रवीन्द्रनाथ टैगोर की सर्वश्रेष्ठ कहानियाँ

रवीन्द्रनाथ टैगोर
की
सर्वश्रेष्ठ कहानियाँ

रवीन्द्रनाथ टैगोर

लेखश्री पब्लिकेशन

ISBN : 978-81-905386-5-7

लेखश्री पब्लिकेशन
पन्नालाल लेन, 21-ए, दरियागंज,
नयी दिल्ली-110002
द्वारा प्रकाशित

संस्करण : 2017

मूल्य : ₹ 165.00

सिटी प्रेस, दिल्ली-110095 द्वारा मुद्रित

लेखश्री पब्लिकेशन, वाणी प्रकाशन की सहयोगी संस्था

अनुक्रम

जीवित और मृत

रानीहाट के जमींदार बाबू शारदाशंकर के परिवार की विधवा बहू के पितृकुल में कोई नहीं था; एक-एक करके सब मर गए। पति-कुल में भी सचमुच अपना कहने योग्य कोई न था, पति भी नहीं, पुत्र भी नहीं। जेठ का एक लड़का था, शारदाशंकर का छोटा पुत्र, वही उसकी आंखों का तारा था। उसके जन्म के बाद उसकी माता बहुत दिनों तक कठिन रोग से पीड़ित रहीं, इसलिए उसकी विधवा काकी कादम्बिनी ने ही उसका पालन-पोषण किया। पराए लड़के का पालन-पोषण करने पर उसके प्रति स्नेह का आकर्षण मानो और भी अधिक हो जाता है, क्योंकि उस पर कोई अधिकार नहीं होता, न उस पर कोई सामाजिक दावा रहता है; बस केवल स्नेह का अधिकार रहता है। किंतु अकेला स्नेह समाज के सामने अपने अधिकार को तर्क द्वारा प्रमाणित नहीं कर पाता और वह करना भी नहीं चाहता, केवल अनिश्चित प्राण-धन को दुगुनी व्याकुलता से प्यार करने लगता है। विधवा की सारी रुद्ध प्रीति से इस बालक को सींचकर श्रावण की एक रात में अकस्मात् कादम्बिनी की मृत्यु हो गई। न जाने किस कारण सहसा उसका हृत्स्पंदन स्तब्ध हो गया—बाकी सारे संसार में समय की गति चलती रही, केवल स्नेह-कातर छोटे-से कोमल वक्ष के भीतर समय की घड़ी की कल चिरकाल के लिए बंद हो गई।

कहीं पुलिस का उपद्रव न हो इस डर से बिना विशेष आडंबर के जमींदार के चार ब्राह्मण कर्मचारी मृत देह को तुरंत दाह-संस्कार के लिए ले गए।

रानीहाट का श्मशान बस्ती से बहुत दूर था। पोखर के किनारे एक झोंपड़ी थी और उसके निकट ही एक विशाल वट वृक्ष था; विस्तृत मैदान में और कहीं कुछ न था। पहले यहां होकर नदी बहती थी, इस समय नदी बिल्कुल सूख गई थी। उसी शुष्क जल-धारा के एक अंश को खोदकर श्मशान के पोखर का निर्माण कर लिया गया था। वर्तमान निवासी उस पोखर को ही पुण्य-स्रोतस्विनी का प्रतिनिधिस्वरूप मानते थे।

मृत देह को झोंपड़ी में रखकर चारों जने चिता के लिए लकड़ी आने की प्रतीक्षा

में बैठे रहे। समय इतना लंबा मालूम होने लगा कि अधीर होकर उनमें से निताई और गुरुचरण तो यह देखने के लिए चल दिए कि लड़की आने में इतनी देर क्यों हो रही है; और विधु तथा वनमाली मृत देह की रक्षा करते बैठे रहे।

सावन की अंधेरी रात थी। सघन बादल छाए हुए थे, आकाश में एक भी तारा नहीं दिखता था। अंधेरी झोंपड़ी में दोनों चुपचाप बैठे रहे। एक की चादर में दियासलाई और बत्ती बंधी हुई थी। वर्षा ऋतु की दियासलाई बहुत प्रयत्न करने पर भी न जली—जो लालटेन साथ थी वह भी बुझ गई।

बहुत देर तक चुप बैठे रहने के बाद एक ने कहा, "भाई, एक चिलम तंबाकू का प्रबंध होता तो बड़ी सुविधा होती। जल्दी-जल्दी में कुछ भी न ला सके।"

दूसरे ने कहा, "मैं झट से एक सपाटे में सब-कुछ इकट्ठा करके ला सकता हूं।"

वनमाली के भागने के अभिप्राय को ताड़कर विधु ने कहा, "मैया री! और मैं क्या यहां अकेला बैठा रहूंगा।"

बातचीत फिर बंद हो गई। पांच मिनट एक घंटे के समान लगने लगे। जो जने लकड़ी लेने गए थे उनको ये लोग मन-ही-मन गाली देने लगे, 'वे कहीं खूब आराम से बैठे बातें करते हुए हुक्का पी रहे होंगे,' धीरे-धीरे यह संदेह उनके मन में दृढ़ होने लगा।

कहीं कोई आहट नहीं—केवल पोखर के किनारे से झिल्लियों और मेढ़कों की अविरल पुकार सुनाई पड़ रही थी। इतने में प्रतीत हुआ जैसे खाट कुछ हिली जैसे मृत देह ने करवट बदली।

विधु और वनमाली राम नाम जपते-जपते कांपने लगे। हठात् झोंपड़ी में दीर्घ-निःश्वास लेने की आवाज सुनाई पड़ी। विधु और वनमाली पलक मारते झोंपड़ी से झपटकर बाहर निकले और गांव की ओर दौड़े।

लगभग डेढ़ कोस रास्ता पार करने पर उन्होंने देखा उनके बाकी दो साथी हाथ में लालटेन लिए चले आ रहे हैं। वे वास्तव में हुक्का पीने ही गए थे, लकड़ी का उन्हें कोई पता न था, तो उन्होंने समाचार दिया कि पेड़ काटकर लकड़ी चीरी जा रही है—जल्दी ही पहुंच जाएगी। तब विधु और वनमाली ने झोंपड़ी की सारी घटना का वर्णन किया। निताइ और गुरुचरण ने अविश्वास करते हुए उसे उड़ा दिया, और कर्त्तव्य त्यागकर भाग आने के लिए उन दोनों पर अत्यंत क्रुद्ध हुए और डांटने-फटकारने लगे।

अविलंब चारों व्यक्ति उस झोंपड़ी में आकर उपस्थित हुए। भीतर घुसकर देखा मृत देह नहीं है, खाट सूनी पड़ी है।

वे परस्पर एक-दूसरे का मुंह देखते रह गए। शायद शृगाल ले गए हों? किंतु आच्छादन वस्त्र तक नहीं था। खोजते-खोजते बाहर आकर देखा, झोंपड़ी के द्वार के पास थोड़ी-सी कीचड़ जमी थी, उस पर किसी स्त्री के नन्हे पैरों के ताजे चिह्न थे।

शारदाशंकर सहज आदमी नहीं थे, उनसे भूत की यह कहानी कहने पर सहसा कोई शुभ फल मिलेगा, ऐसी संभावना न थी। इसलिए चारों व्यक्तियों ने खूब सलाह करके निश्चय किया कि यही खबर देना ठीक होगा कि दाह-कार्य पूरा कर दिया गया है।

भोर में जो लोग लकड़ी लेकर आए उन्हें खबर मिली कि देर होती देखकर पहले ही कार्य संपन्न कर दिया गया, झोंपड़ी में लकड़ी मौजूद थीं। इस विषय में किसी को भी सहज ही संदेह उत्पन्न नहीं हो सकता—क्योंकि मृत देह ऐसी बहुमूल्य संपत्ति नहीं है, जिसे धोखा देकर कोई चुरा ले जाय।

2

सभी जानते हैं, जीवन का जब कोई लक्षण नहीं मिलता तब भी कई बार जीवन प्रच्छन्न रूप में बना रहता है और समय अनुकूल होने पर मृतवत् देह में फिर से उसका कार्य आरंभ होता है। कादम्बिनी भी मरी नहीं थी—सहसा न जाने किस कारण से उसके जीवन की गति बंद हो गई थी।

जब उसकी चेतना लौटी तो उसने देखा, चारों ओर निबिड़ अंधकार था। हमेशा की आदत के अनुसार जहां सोती थी, उसे लगा यह वह जगह नहीं है। एक बार पुकारा 'दीदी'—अंधेरी झोंपड़ी में किसी ने उत्तर न दिया। वह भयभीत होकर उठ बैठी, उसे उस मृत्युशय्या की बात याद आई। एकाएक छाती में हुई पीड़ा—सांस रुकने की बात। उसकी बड़ी जिठानी कमरे के कोने में बैठी चूल्हे पर बच्चे के लिए दूध गर्म कर रही थी—कादम्बिनी खड़ी न रह सकी और पछाड़ खाकर बिछौने पर गिर पड़ी—रुंधे गले से पुकारा 'दीदी, एक बार बच्चे को ले आओ, मेरा मन न जाने कैसा हो रहा है।' उसके बाद सब-कुछ काला पड़ गया—जैसे किसी लिखी हुई पुस्तिका पर दावात की पूरी स्याही उलट गई हो। कादम्बिनी की सारी स्मृति एवं चेतना, विश्व-ग्रंथ के समस्त अक्षर एकमुहूर्त में एकाकार हो गए। बच्चे ने उसको अंतिम बार अपने उस मीठे प्यार-भरे स्वर में 'काकी' कहकर पुकारा था या नहीं, उसकी अनंत अज्ञात मरण-यात्रा के पथ के लिए चिर-परिचित पृथ्वी से यह अंतिम स्नेह पाथेय-मात्र इकट्ठा करके लाया गया था या नहीं, विधवा को यह भी याद नहीं आ रहा था।

पहले तो लगा, यमलोक कदाचित् इसी प्रकार चिर-निर्जन और चिरांधकारपूर्ण है। यहां कुछ भी देखने को नहीं है, सुनने को नहीं है, सुनने को नहीं है, काम करने को नहीं है। केवल सदा इसी प्रकार जागते हुए बैठे रहना पड़ेगा।

उसके पश्चात् जब मुक्त द्वार से एकाएक वर्षा-काल की ठंडी हवा का झोंका आया और कानों में वर्षा के मेंढकों की पुकार पड़ी, तब क्षण-भर में उस लघु जीवन की आशैशव वर्षा की समस्त स्मृति घनीभूत होकर उसके मन में उदित हुई और वह

पृथ्वी के निकट स्पर्श का अनुभव कर सकी। एक बार बिजली चमकी; सामने के पोखर, वट वृक्ष, विस्तृत मैदान, और सुदूर की तरुश्रेणी पर अचानक उसकी दृष्टि पड़ी। उसे याद आया कि पुण्य तिथियों के अवसर पर बीच-बीच में आकर उसने इस पोखर में स्नान किया था और यह भी याद आया कि उस समय श्मशान में मृत देह को देखकर मृत्यु कैसी भयानक प्रतीत होती थी।

पहले तो मन में आया कि घर लौटना चाहिए। किंतु साथ ही सोचा, 'मैं तो जीवित नहीं हूं मुझे वे घर में क्यों घुसने देंगे। वहां तो अमंगल माना जाएगा। जीवन-जगत् से तो मैं निर्वासित होकर आई हूं—मैं अपनी ही प्रेतात्मा हूं।'

यदि यह सही नहीं है तो इस अर्धरात्रि में शारदाशंकर के सुरक्षित अंतःपुर से इस दुर्गम श्मशान में आई कैसे। यदि उसकी अंत्येष्टि क्रिया अभी समाप्त नहीं हुई है तो दाह-क्रिया करने वाले आदमी कहां गए। उसे शारदाशंकर के आलोकित घर में अपनी मृत्यु के अंतिम क्षण याद आए और उसके बाद ही इस बहुदूरवर्ती जन-शून्य अंधेरे श्मशान में अपने को अकेली देखकर उसने अनुभव किया, 'मैं इस पृथ्वी के जन-समाज की अब कोई नहीं—मैं अति भीषण, अकल्याणकारिणी; मैं अपनी ही प्रेतात्मा हूं।'

मन में यह बात आते ही लगा, जैसे उसके चारों ओर से विश्व-नियमों के समस्त बंधन टूट गए हैं। जैसे उसमें अद्भुत शक्ति हो, उसे असीम स्वाधीनता हो—वह जहां चाहे जा सकती है, जो चाहे कर सकती है। इस अभूतपूर्व नूतन विचार के आविर्भाव से वह उन्मत्त की भांति प्रबल वायु के झोंके के समान झोंपड़ी से बाहर निकलकर अंधकारपूर्ण श्मशान को रौंदती हुई चल पड़ी—मन में लज्जा, भय, चिंता का लेश-मात्र न रहा।

चलते-चलते पैर थकने लग गए, देह दुर्बल लगने लगी; एक मैदान पार करते न करते दूसरा आ जाता था। बीच-बीच में धान के खेत पार करने पड़ते या फिर कहीं-कहीं घुटनों तक पानी भरा मिलता। जब भोर का प्रकाश कुछ-कुछ दिखाई देने लगा तब जाकर थोड़ी दूर पर बस्ती के बांस के झाड़ों से दो-एक पक्षियों की चहचहाहट सुनाई दी।

तब उसे न जाने कैसा भय लगने लगा। जगत् और जीते-जागते लोगों के हाथ इस समय उसका कैसा नया संपर्क स्थापित हो गया था यह वह तनिक भी नहीं जानती थी। जब तक मैदान में थी, श्मशान में थी, श्रावण-रजनी के अंधेरे में थी, तब तक वह जैसे निर्भय थी, जैसे अपने राज्य में थी। दिन के प्रकाश में लोगों की बस्ती उसे अत्यंत भयंकर स्थान लगने लगी। मनुष्य भूत से डरता है, भूत भी मनुष्य से डरता है; मृत्यु नदी के अलग-अलग किनारे पर उनका वास है।

3

कपड़ों में कीचड़ लपेटे, अद्भुत भावों में डूबी और रात्रि-जागरण के कारण पागल के समान कादम्बिनी के चेहरे की जो दशा हो गई थी उसे देखकर यह संभव था कि लोग डर जाते और लड़के शायद दूर भागकर उस पर ढेले फेंकने लगते। सौभाग्य से उसे सबसे पहले इस अवस्था में एक सज्जन पथिक ने देखा।

उसने आकर कहा, "बेटी, तुम भले परिवार की वधू लगती हो, तुम भला इस अवस्था में अकेली कहां जा रही हो?"

पहले तो कादम्बिनी कोई उत्तर न देकर ताकती रह गई। सहसा कुछ भी न सोच पाई। वह संसार में है, वह भद्र कुलवधू-जैसी दीखती है, गांव के रास्ते में पथिक उससे प्रश्न पूछ रहा है, ये सारी बातें उसे कल्पनातीत लगीं।

पथिक ने उससे फिर कहा, "चलो बेटी, मैं तुम्हें घर पहुंचा दूं— तुम्हारा घर कहां है, मुझे बताओ!"

कादम्बिनी सोचने लगी। ससुराल लौटने की बात मन में भी न ला सकती थी, पिता का घर था नहीं—तभी उसे बचपन की सहेली याद आई।

यद्यपि सहेली योग माया का साथ बचपन में ही छूट गया था फिर भी कभी-कभी चिट्ठी-पत्री आती-जाती रहती थी। कभी-कभी बाकायदा प्रेम-कलह छिड़ जाता। कादम्बिनी जताना चाहती कि उसी का स्नेह प्रबल है; योगमाया जताना चाहती कि कादम्बिनी उसके स्नेह का यथोचित प्रतिदान नहीं देती। यदि किसी सुयोग से वे एक बार मिल सकें तो फिर वे क्षण-भर के लिए भी एक-दूसरे को आंख की ओट न करेंगी, इस विषय में उन दोनों में से किसी को भी संदेह न था।

कादम्बिनी ने उन सज्जन से कहा, "निशिंदापुर में श्रीपतिचरण बाबू के घर जाना है।" पथिक कलकत्ता जा रहे थे—निशिंदापुर पास तो नहीं था, पर फिर भी उनके मार्ग में पड़ता था। उन्होंने स्वयं बंदोबस्त करके कादम्बिनी को श्रीपतिचरण बाबू के घर पहुंचा दिया।

दोनों सखियों का मिलन हुआ। पहले पहचानने में कुछ देर हुई, फिर दोनों के नेत्रों के सामने बचपन का चित्र धीरे-धीरे परिस्फुट हो उठा।

योगमाया ने कहा, "वाह-वाह, मेरा भाग्य कितना अच्छा है! फिर से तुम्हारे दर्शन कर सकूंगी, इसकी तो मैं कल्पना भी न कर सकती थी। लेकिन बहन, तुम आई कैसे? क्या तुम्हारी ससुराल के लोगों ने तुम्हें छोड़ दिया।"

कादम्बिनी चुप लगा गई। अंत में बोली, "बहन, ससुराल की बात मुझसे मत पूछो! मुझे दासी की भांति घर के एक कोने में जगह दे दो, मैं तुम लोगों का काम-काज कर दिया करूंगी।"

योगमाया बोली, "वाह री, यह खूब कही; दासी की तरह क्यों रहोगी। तुम मेरी

सहेली हो, तुम मेरी..." इत्यादि।

इसी समय श्रीपति ने कमरे में प्रवेश किया। कादम्बिनी कुछ देर उनके मुंह की ओर ताकती रही, फिर धीरे-धीरे कमरे से बाहर निकल गई—सिर पर पल्ला ठीक कर लेने का या किसी प्रकार के संकोच या संभ्रम का कोई लक्षण नहीं दिखाई पड़ा।

बाद में श्रीपति कहीं उसी की सहेली के विरुद्ध कुछ सोच न बैठे, इसी संभावना से विकल होकर योगमाया ने अनेक प्रकार से उनको समझाना शुरू किया। किंतु समझाना इतना कम पड़ा और श्रीपति ने योगमाया के सारे प्रस्तावों का इतनी आसानी से अनुमोदन किया कि योगमाया मन-ही-मन विशेष संतुष्ट न हो सकी।

कादम्बिनी सहेली के घर आ तो गई, पर सहेली के साथ हिल-मिल न सकी—बीच में मृत्यु की दीवार थी। अपने बारे में निरंतर कोई संदेह एवं चेतना बनी रहने पर दूसरे के साथ घुला-मिला नहीं जा सकता। कादम्बिनी योगमाया के मुंह की ओर देखती और न जाने क्या सोचती—सोचती, 'अपने पति और अपनी घर-गृहस्थी लिए वह मानो बहुत दूर किसी दूसरे ही लोक में हो। स्नेह-ममता और समस्त कर्त्तव्य लिए हुए वह मानो धरती की निवासिनी हो, और मैं मानो कोई शून्य छाया हूँ, वह जैसे अस्तित्व के देश में हो, और मैं जैसे किसी अनंत में।'

योगमाया को भी न जाने कैसा-कैसा लगा, कुछ भी समझ न पाई। स्त्री की जाति रहस्य नहीं सह सकती; क्योंकि अनिश्चित को लेकर कवित्व किया जा सकता है, वीरत्व प्रदर्शित किया जा सकता है, पांडित्य दिखाया जा सकता है, किंतु घर-गृहस्थी नहीं चलाई जा सकती। इसी कारण स्त्री जाति जिसको समझ नहीं सकती, या तो वह उसके अस्तित्व का विलोप करके उसके साथ कोई संपर्क ही नहीं रखती या फिर उसको अपने हाथ से नया रूप देकर उससे अपने व्यवहार के योग्य कोई वस्तु गढ़ लेती है—यदि दोनों में से एक भी न कर पाए, तो फिर वह उस पर भीषण क्रोध करती रहती है।

कादम्बिनी जितनी ही दुर्बोध होने लगी, योगमाया उस पर उतनी ही क्रोधित होने लगी। उसने सोचा, 'सिर पर यह क्या मुसीबत आ पड़ी।'

तिस पर एक और भी आफत थी। कादम्बिनी स्वयं अपने से डरती थी। वह स्वयं अपने सामीप्य से किसी भी प्रकार नहीं भाग पाती थी। जो भूत से डरते हैं उन्हें अपने पिछाड़ी का डर सताया करता है—जहां दृष्टि नहीं जा पाती वहीं का भय लगता है। लेकिन कादम्बिनी को अपने से ही सबसे अधिक डर लगता था, बाहर का उसे कोई भय नहीं था।

इसीलिए निर्जन दोपहरी में वह कभी-कभी कमरे में अकेली चीख उठती और संध्या समय दिए के उजाले में अपनी छाया देखकर उसका शरीर थर-थर करने लग जाता।

उसका यह डर देखकर घर के सभी जनों के मन में न जाने कैसा भय समा

गया। नौकर-चाकर, दास-दासियां, यहां तक कि योगमाया को भी जब-तब जहां-तहां भूत दिखाई पड़ने लगा।

एक दिन ऐसा हुआ कि अचानक आधी रात को कादम्बिनी रोती हुई सोने के कमरे से बाहर निकली और योगमाया के कमरे के द्वार पर आकर बोली, ''दीदी, दीदी, तुम्हारे पैरों पड़ती हूं! मुझे अकेली मत छोड़ा करो!''

योगमाया को एक ओर डर लगा, तो दूसरी ओर क्रोध भी आया। उसकी इच्छा हुई कादम्बिनी को इसी क्षण निकाल दे। श्रीपति ने दयापूर्वक जैसे-तैसे उसको शांत करके पास के कमरे में स्थान दिया।

दूसरे दिन असमय श्रीपति को अंतःपुर में तलब किया गया। योगमाया ने उनको अचानक डांटना-फटकारना आरंभ किया, ''क्यों जी, तुम कैसे आदमी हो। एक औरत अपनी ससुराल छोड़कर तुम्हारे घर में आकर डट गई है, महीना होने को आया, फिर भी टलने का नाम नहीं लेती, और तुम्हारे मुंह से विरोध का एक शब्द भी नहीं सुनाई पड़ा। तुम्हारे मन में क्या है साफ-साफ कहो न! पुरुषों की तो जात ही ऐसी होती है।''

वास्तव में, साधारणतः स्त्री जाति पर पुरुषों का एक तर्कहीन पक्षपात रहता है और इसके लिए स्त्रियां ही उनको अधिक अपराधी ठहराती हैं। निःसहाय किंतु सुंदर कादम्बिनी के प्रति उनकी करुणा यथोचित मात्रा से कुछ अधिक थी, इस बात के विरोध में श्रीपति योगमाया की देह छूकर सौंगध खाने को भी तैयार थे। फिर भी, उनके व्यवहार में उसका प्रमाण मिल ही जाता।

वे सोचते, 'इसकी ससुराल के लोग जरूर इस पुत्रहीना विधवा के प्रति अन्याय-अत्याचार करते होंगे, तभी तो किसी भी प्रकार सहन न कर सकने पर ही वहां से भागकर कादम्बिनी ने मेरा आश्रय लिया है। जब इसके मां या बाप कोई है ही नहीं तब इसे मैं कैसे त्याग दूं।'' इसी कारण वे किसी प्रकार की खोज-खबर लेने की ओर से उदासीन थे और इस अप्रीतिकर विषय पर प्रश्न करके कादम्बिनी को व्यथित करने की भी उनकी इच्छा नहीं होती थी।

हारकर उनकी पत्नी उनकी निष्क्रिय कर्त्तव्य-बुद्धि पर नाना प्रकार से आघात करने लगी। कादम्बिनी की ससुराल में समाचार भिजवाना उनके घर की शांति रक्षा के लिए अत्यंत आवश्यक है, यह वे अच्छी तरह समझ गए। अंत में उन्होंने निश्चय किया, अचानक चिट्ठी लिख भेजने का परिणाम शायद अच्छा न भी हो अतएव स्वयं रानीहाट जाकर पता लगाने के बाद अपना कर्त्तव्य तय करेंगे।

श्रीपति तो चले गए, इधर योगमाया ने आकर कादम्बिनी से कहा, ''बहन, तुम्हारा यहां पर अब और टिके रहना अच्छा नहीं दिखता। लोग क्या कहेंगे।''

गंभीरता से योगमाया के मुंह की ओर देखकर कादम्बिनी बोली, ''लोगों से मुझे क्या लेना-देना है।''

योगमाया सुनकर अवाक् रह गई। जरा झल्लाकर बोली, "तुम्हें न हो, हमें तो लेना-देना है। हम पराए घर की बहू को क्या कहकर टिकाए रहें।"

कादम्बिनी ने कहा, "मेरी ससुराल है ही कहां।"

योगमाया ने सोचा, 'मर गए, न जाने क्यों कहती है, जलमुंही!'

कादम्बिनी धीरे-धीरे बोली, "मैं क्या कोई तुम लोगों की हूं। मैं क्या इस जगत् की हूं। तुम लोग हंसते हो, रोते प्यार करते हो, सब अपने में मगन हो, मैं...तो बस देखती रहती हूं। तुम लोग मनुष्य हो और मैं हूं छाया। समझ में नहीं आता भगवान् ने मुझे तुम लोगों के इस जगत् में क्यों ला रखा है। तुम लोगों को भी डर लगा रहता है कि कहीं मैं तुम लोगों के हंसी-खेल में अमंगल न ले आऊं—मैं भी नहीं समझ पाती कि तुम लोगों के साथ मेरा क्या संबंध है। किंतु, ईश्वर ने जब हमारे लिए कोई दूसरा स्थान बनाया ही नहीं, तब चाहे बात-बात में बंधन टूटता रहे फिर भी तुम्हीं लोगों के आस-पास चक्कर काटती रहती हूं।"

उसने ये बातें कुछ इस ढंग से देखते हुए कहीं कि योगमाया जैसे-तैसे मोटे तौर पर कुछ तो समझ पाई किंतु असल बात वह नहीं समझी, जवाब भी न दे सकी। दुबारा प्रश्न भी न कर सकी। वह अत्यंत भारग्रस्त होकर गंभीर भाव से चली गई।

4

जब रात के लगभग दस बज रहे थे तब श्रीपति रानीहाट होकर लोटे। मूसलाधार वर्षा से धरती डूबी जा रही थी। उसकी निरंतर झर-झर ध्वनि से ऐसा प्रतीत होता था कि यह वर्षा समाप्त नहीं होगी, आज रात-भर चलती रहेगी।

योगमाया ने पूछा, "क्या हुआ।"

श्रीपति ने कहा, "ढेरों बातें हैं, फिर होंगी।" कहकर उन्होंने कपड़े बदलकर भोजन किया और हुक्का पीकर सोने चले गए। मुद्रा अत्यंत चिंतित थी।

योगमाया बहुत देर से कौतूहल दबाए थी, बिस्तर पर पहुंचते ही उसने पूछा "क्या सुन आए, बताओ!"

श्रपति ने कहा, "तुमने जरूर कोई भूल की है।"

सुनते ही योगमाया मन-ही-मन कुछ नाराज हुई। औरतें कभी भूल नहीं करतीं; यदि करें भी तो किसी बुद्धिमान पुरुष के लिए उसका उल्लेख करना उचित नहीं है। उसे अपने ही सिर पर ले लेना बुद्धिमानी है। योगमाया ने थोड़ा गर्म होकर कहा, "कैसी, सुनूं तो!"

श्रीपति ने कहा, "तुमने जिस स्त्री को अपने घर में स्थान दिया है वह तुम्हारी सखी कादम्बिनी नहीं है।"

ऐसी बात सुनकर सहज ही क्रोध आ सकता है—विशेष रूप से अपने पति के

मुंह से सुनने पर तो कहना ही क्या। योगमाया ने कहा, ''अपनी सहेली को मैं नहीं पहचानती, तुमसे पहचान करवा लेनी होगी—खूब कही।''

श्रीपति ने समझाया, ''यहां बात की खूबी को लेकर किसी प्रकार का तर्क नहीं हो रहा है, प्रमाण देखना होगा। योगमाया की सहेली कादम्बिनी मर गई है इसमें कोई संदेह नहीं।''

योगमाया ने कहा, ''लो, और सुनो! तुम जरूर कोई गड़बड़ कर आए हो। न जाने कहां के कहां पहुंचे और क्या का क्या सुन आए, भला कोई ठिकाना है! तुम्हें खुद वहां जाने के लिए किसने कहा था, एक चिट्ठी लिख देते, सब बात साफ हो जाती।''

अपनी कर्म-कुशलता के प्रति स्त्री के ऐसे विश्वासाभाव से श्रीपति अत्यंत खिन्न होकर विस्तारपूर्वक सब प्रमाणों का उल्लेख करने लगे, किंतु कोई फल न हुआ। उभय पक्ष के हां-ना करते-करते आधी रात हो गई।

यद्यपि कादम्बिनी को उसी क्षण घर से बाहर निकाल देने के विषय में पति-पत्नी किसी में मतभेद न था—क्योंकि, श्रीपति का विश्वास था कि उनके अतिथि ने छद्म परिचय देकर उनकी स्त्री को इतने दिन तक धोखा दिया है, और योगमाया का विश्वास था कि वह कुल-त्यागिनी है—तथापि प्रस्तुत तर्क के संबंध में दोनों में से कोई भी हार मानने को तैयार न था।

धीरे-धीरे दोनों की आवाज चढ़ने लगी। वे भूल गए कि बगल के ही कमरे में कादम्बिनी सो रही है।

एक ने कहा, ''अच्छी आफत में पड़ गए। मैं अपने कानों से सुन आया हूं।''

दूसरे ने दृढ़ स्वर में कहा, ''तो क्या तुम्हारे कहने से ही मान लूं, मैं अपनी आंखों देख रही हूं।''

अंत में योगमाया ने पूछा, 'अच्छा, कादम्बिनी कब मरी थी, बताओ तो!''

उसने सोचा कि कादम्बिनी की किसी चिट्ठी की तारीख से इस बात का विरोध दिखाकर श्रीपति के भ्रम को प्रमाणित कर देगी।

श्री पति ने जिस तारीख की बात कही, दोनों ने हिसाब करके देखा कि वह तारीख जिस दिन संध्या-समय कादम्बिनी उनके घर आई थी, ठीक उसके पहले दिन पड़ती थी। सुनते ही योगमाया का हृदय सहसा कांप उठा, श्रीपति को भी न जाने कैसा लगने लगा।

इतने में उनके कमरे का द्वार खुला और चौमासे की हवा के एक झोंके से दिया भक् से बुझ गया। पलक मारते ही बाहर का अंधेरा ऊपर से नीचे तक सारे कमरे में भर गया। कादम्बिनी एकाएक कमरे के भीतर आ खड़ी हुई। उस समय ढाई पहर रात बीत चुकी थी, बाहर लगातार वर्षा हो रही थी।

कादम्बिनी ने कहा, ''बहन, मैं तुम्हारी वही कादम्बिनी हूं, किंतु अब मैं जीवित

नहीं हूं। मैं मर चुकी हूं।''

योगमाया भय से चीख पड़ी श्रीपति की बोलती बंद हो गई।

''लेकिन मैंने मरने के अलावा तुम लोगों की दृष्टि में और क्या अपराध किया है? मेरे लिए अगर न इस लोक में स्थान है, न परलोक में—तो फिर हाय! मैं कहां जाऊं?''

जोर से चीखकर वह मानो उस घोर वर्षा की रात में सोते हुए विधाता को जगाकर पूछ उठी, ''हाय! तो फिर मैं कहां जाऊं?''

यह कहकर मूर्छित दम्पति को अंधेरे कमरे में छोड़कर कादम्बिनी विश्व में अपना स्थान खोजने निकल पड़ी।

5

कादम्बिनी किस प्रकार वापस रानीहाट पहुंची, यह कहना कठिन है। किंतु पहले पहल वह किसी को भी दिखाई न पड़ी। उसने दिन-भर बिना खाए-पिए एक टूटे मंदिर के खण्डहर में बिताया।

वर्षा ऋतु की अकाल संध्या जब अत्यंत सघन हो गई और आसन्न दुर्योग की आशंका से गांव के लोगों ने घबराकर अपने-अपने घरों की शरण ली, तब कादम्बिनी बाहर निकली। ससुराल के दरवाजे पर पहुंचकर एक बार तो उसका हृदय कांप उठा, लेकिन जब वह लंबा घूंघट निकालकर भीतर जाने लगी तो उसको दासी समझकर दरबानों ने कोई रोक-टोक न की। तभी बड़े जोर की वर्षा होने लगी, और हवा भी तेजी से चलने लगी।

उस समय घर की मालकिन शारदाशंकर की स्त्री अपनी विधवा ननद के साथ ताश खेल रही थीं। नौकरानी रसोईघर में थी और बीमार मुन्ना ज्वर उतर जाने पर सोने के कमरे में बिछौने पर सो रहा था। कादम्बिनी सबकी आंख बचाकर उसी कमरे में प्रविष्ट हुई। वह क्या सोचकर ससुराल आई थी पता नहीं वह स्वयं भी नहीं जानती थी, बस इतना जानती थी कि एक बार आकर मुन्ने को एक नजर देख लेने की इच्छा थी। उसके बाद कहां जाएगी, क्या होगा, यह तो उसने सोचा भी नहीं था।

दिए के उजाले में उसने देखा, रुग्ण, क्षीणकाय मुन्ना मुट्ठी बांधे सोया है। देखते ही उसका उत्तप्त हदय मानो तृषातुर हो उठा—उसकी सारी बलाएं लेकर उसको एक बार छाती से लगाए बिना क्या रहा जा सकता है। और, फिर उसे याद आया, 'मैं रही नहीं, अब इसको देखने वाला कौन है। इसकी मां को संगत अच्छी लगती है, गप-शप अच्छी लगती है, खेल-तमाशा अच्छा लगता है, इतने दिन तक इसका भार मुझे सौंपकर वे निश्चिंत थीं, लड़के के पालन-पोषण का कोई झंझट उन्हें नहीं उठाना पड़ा। आज कौन इसकी उस प्रकार देखभाल करेगा!'

तभी मुन्ना अचानक करवट बदलकर अर्धनिद्रित अवस्था में बोल पड़ा, "काकी, पानी दो।" हाय! मैं वारी! मेरे लाल, अपनी काकी को तू अब भी नहीं भूला? झटपट सुराही से पानी लेकर मुन्ने को छाती से चिपटाकर कादम्बिनी ने उसे पानी पिलाया।

जब तक वह नींद के झोंके में रहा, अपनी आदत के अनुसार काकी के हाथ से पानी पीने में मुन्ना को कोई आश्चर्य न हुआ। अंत में कादम्बिनी ने जब अपनी बहुत दिनों की आकांक्षा पूरी करने के लिए उसका मुंह चूमकर उसे फिर लिटा दिया, तो उसकी नींद खुल गई और उसने काकी से लिपटकर पूछा, "काकी, तू मर गई थी?"

काकी बोली, "हां, बेटा!"

"तू फिर मुन्ने के पास लौट आई है? अब तो नहीं मरेगी?"

उसका उत्तर देने से पहले ही हल्ला मच गया—नौकरानी कटोरी में साबूदाना लिए कमरे में घुसी थी, अकस्मात् कटोरी फेंककर 'मैया री!' पुकारती हुई वह पछाड़ खाकर गिर पड़ी।

उसकी चीख सुनकर मालकिन ताश फेंककर दौड़ी हुई आई। कमरे में घुसते ही उन्हें मानो काठ मार गया, न तो भाग ही सकीं, न मुंह से एक भी बात निकली।

ये सब बातें देखकर मुन्ने के मन में भी भय का संचार होने लगा— वह रोते-रोते बोला, "काकी, तू जा!"

बहुत दिनों बाद आज कादम्बिनी को अनुभव हुआ कि वह मरी नहीं है—वही पुराना घर-द्वार, वही सब-कुछ, वही मुन्ना, वही स्नेह, उसके लिए ज्यों-के-त्यों जीवित हैं, बीच में कोई विच्छेद, कोई व्यवधान उत्पन्न नहीं हुआ। सहेली के घर जाकर उसे अनुभव हुआ था कि बाल्य-काल की वह सखी मर चुकी है, पर मुन्ने के कमरे में आकर उसने अनुभव किया कि मुन्ने की काकी तनिक भी नहीं मरी है।

उसने विकल होकर, "दीदी, मुझे देखकर तुम लोग डर क्यों रही हो। ये देखो, मैं तो आज भी उसी तरह तुम्हारी हूं।"

मालकिन ज्यादा देर खड़ी न रही सकीं, मूर्छित होकर गिर पड़ीं। बहन से समाचार पाकर शारदाशंकर बाबू स्वयं अंतःपुर में आकर उपस्थित हुए; हाथ जोड़कर उन्होंने कादम्बिनी से कहा, "छोटी बहू, यह क्या तुम्हारे लिए उचित है। सतीश मेरे कुल का इकलौता लड़का है, उसको तुम नजर क्यों लगा रही हो। हम क्या कोई पराए हैं। तुम्हारे जाने के बाद से वह दिनों-दिन सूखता जा रहा है, बीमारी जाने का नाम नहीं लेती, बस रात-दिन 'काकी-काकी' रटता रहता है। तुमने जब संसार से विदा ले ली है तो अब यह माया-बंधन भी तोड़ डालो—हम तुम्हारा यथोचित संस्कार करेंगे।"

कादम्बिनी अब और अधिक न सह सकी, जोर से बोल उठी, "अरे, मैं मरी नहीं हूं, मरी नहीं हूं। मैं तुम लोग को कैसे समझाऊं, मैं मरी नहीं हूं। ये देखो, मैं जीवित हूं।"

यह कहकर वह धरती पर पड़ी कांसे की कटोरी उठाकर माथे पर मारने लगी,

माथे से रक्त फूटकर बहने लगा।

तब वह बोली, "ये देखो मैं जीवित हूं।"

शारदाशंकर मूर्तिवत् खड़े रहे; मुन्ना डर के मारे पिता को पुकारने लगा; दोनों मूर्छित स्त्रियां जमीन पर पड़ी रहीं।

तब कादम्बिनी "अरे! मैं मरी नहीं हूं रे, नहीं मरी रे, नहीं मरी–" चीखती हुई कमरे से बाहर निकलकर सीढ़ियों से उतरती हुई अंतःपुर की पुष्करिणी में कूद पड़ी। ऊपर के कमरे से शारदाशंकर ने छपाक् की आवाज सुनी।

सारी रात वर्षा होती रही, अगले दिन सवेरे भी वर्षा होती रही, दोपहर को भी वर्षा रुकने के कोई आसार दिखाई नहीं दिए। कादम्बिनी ने मरकर प्रमाणित किया कि वह मरी नहीं थी।

क्षुधित पाषाण

मैं और मेरे संबंधी पूजा की छुट्टी में देश-भ्रमण समाप्त करके कलकत्ता लौट रहे थे, तभी रेलगाड़ी में उन बाबू से भेंट हुई। उनकी वेशभूषा देखकर शुरू में उन्हें पश्चिमी प्रांत का मुसलमान समझने का भ्रम हुआ था। उनकी बातचीत सुनकर और भी चक्कर में पड़ गया। वे दुनिया-भर के विषयों पर इस प्रकार बातें करने लगे मानो विधाता उनके साथ परामर्श करने के बाद ही सारा काम-काज करते हैं। संसार में भीतर-ही-भीतर भांति-भांति की जो नाना अश्रुत-पूर्व गूढ़ घटनाएं घटित हो रही थीं--रूसी कितने आगे बढ़ गए हैं, अंग्रेजों का क्या-क्या गुप्त अभिप्राय है, देशी राजाओं में कैसी खिचड़ी पक रही है, इन सबसे बेखबर हम पूर्णतः निश्चिंत थे। हमारे नवपरिचित वक्ता ने कुछ हंसकर कहा; There happen more things in heaven and earth, Horatio, than are reported in your newspapers. होरेशियो, स्वर्ग और पृथ्वी पर तुम्हारे समाचार-पत्रों में छपने वाली बातों की अपेक्षा कहीं अधिक घटनाएं घटती हैं।' हम पहली ही बार घर से बाहर निकले थे अतएव इस व्यक्ति का रंग-ढंग देखकर अवाक् हो गए। वह ज़रा-ज़रा सी बात पर कभी विज्ञान की चर्चा करता, वेद की व्याख्या करता और कभी अचानक फारसी के बैंतों की आवृत्ति करता, विज्ञान, वेद और फारसी भाषा पर हमारा कोई अधिकार न होने के कारण उनके प्रति हमारी भक्ति क्रमशः बढ़ने लगी। यही नहीं मेरे थियोसोफिस्ट संबंधी के मन में यह दृढ़ विश्वास हो गया कि अपने इस सहयात्री से किसी अलौकिक कार्य का कुछ-न-कुछ संबंध है; कोई अद्भुत मैगनेटिज्म या कोई दैव-शक्ति, अथवा सूक्ष्म शरीर, या ऐसी ही कोई चीज। वे इस असामान्य व्यक्ति की साधारण-से-साधारण बात भी भक्ति-विह्वल होकर मुग्ध भाव से सुन रहे थे और चुपचाप नोट भी करते जा रहे थे; मुझे उनके भाव से लगा कि वे असामान्य व्यक्ति भी मन-ही-मन यह समझ गए थे और कुछ खुश भी हुए थे।

जब गाड़ी जंक्शन पर पहुंचकर रुकी, तो हम दूसरी गाड़ी की प्रतीक्षा में वेटिंगरूम में इकट्ठे हुए। उस समय रात के साढ़े दस बजे थे। सुनने में आया कि रास्ते में कुछ बाधा आ जाने के कारण गाड़ी बहुत देर से आएगी। इस बीच मैंने टेबिल के ऊपर

बिस्तर फैलाकर सोने का निश्चय किया, तभी उन असामान्य व्यक्ति ने निम्नलिखित कहानी छेड़ दी। उस रात मुझे नींद नहीं आई।

"राज्य-संचालन के सिलसिले में दो-एक बातों में मतभेद होने के कारण मैं जूनागढ़ की नौकरी छोड़कर जब हैदराबाद के निजाम की सरकारी नौकरी में आया तब शुरू में मुझे उम्र में छोटा और मजबूत आदमी देखकर बरीच में रुई का महसूल वसूल करने पर नियुक्त किया गया।

"बरीच बड़ी रमणीय जगह थी। निर्जन पहाड़ के नीचे बड़े-बड़े वनों के भीतर से होकर शुस्ता नदी (संस्कृत स्वच्छतोया का अपभ्रंश) निपुणा नर्तकी के समान उपलमुखरित पथ में पग-पग पर लहराती बल खाती द्रुत गति से नाचती चली गई थी। ठीक उसी नदी के किनारे पत्थर के बने डेढ़ सौ सीढ़ियों के अत्युच्च घाट पर सफेद पत्थर का एक एकाकी प्रासाद पर्वत की तराई में खड़ा था—आस-पास कहीं कोई बस्ती न थी। बरीच की रुई की हाट एवं ग्राम यहां से दूर थे।

"प्रायः ढाई सौ वर्ष पूर्व द्वितीय शाह महमूद ने भोग-विलास के लिए इस निर्जन स्थान में प्रासाद का निर्माण कराया था। उस समय स्नानागार के फव्वारे के मुख से गुलाब-सुगंधित जल-धारा छूटती रहती और उस सीकर शीतल निभृत कक्ष में संगमरमर-जटित स्निग्ध शिलासन पर बैठकर अपने कोमल नग्न पदपल्लवों को जलाशय की निर्मल जलराशि में फैलाए फारस देश की तरुण रमणियां स्नान के पूर्व केश बिखेरे गोद में सितार लिए द्राक्षावन की गजलें गाती रहतीं।

"अब वह फव्वारा क्रीड़ा नहीं करता था, न वह गीत था। सफेद पत्थर पर शुभ्र चरणों का सुंदर आघात नहीं पड़ता था—अब तो वह हम-जैसे निर्जनता-पीड़ित संगिनीहीन महसूल-कलैक्टर का अति बृहत् एवं अति शून्य निवास-स्थान था। किंतु दफ़्तर के वृद्ध क्लर्क करीमखां ने मुझे इस प्रासाद में रहने को बारंबार मना किया था। कहा था, इच्छा हो तो दिन में रहें, पर यहां रात्रि न बिताएं। मैंने उसकी बात हंसी में उड़ा दी। नौकरों ने कहा कि वे संध्या-पर्यंत काम करेंगे, किंतु रात में यहां न रहेंगे। मैंने कहा, तथास्तु। इस घर की ऐसी बदनामी थी कि रात के समय चोर भी यहां आने का साहस नहीं करते थे।

"पहले-पहल आने पर इस परित्यक्त-पाषाण-प्रासाद की जन-शून्यता मेरे हृदय को मानो किसी भयंकर भार के समान दबाए रहती। मैं यथाशक्ति बाहर रहकर निरंतर काम-काज करने के बाद रात को क्लांत देह से घर लौटकर सो जाता।

"पर अभी एक सप्ताह भी न बीता था कि इस मकान का एक अपूर्व नशा आक्रमण करके मुझे घेरने लगा। अपनी उस अवस्था का वर्णन करना भी कठिन है और लोगों को उसका विश्वास दिलाना भी मुश्किल है। सारा घर मानो एक सजीव पदार्थ की भांति मुझे अपने जठरस्थ मोह रस से धीरे-धीरे जीर्ण करने लगा।

"शायद इस घर में पदार्पण करते ही इस प्रक्रिया का आरंभ हो गया था, किंतु

मैंने जिस दिन सचेत होकर पहली बार इसके सूत्रपात का अनुभव किया, उस दिन की बात मुझे अच्छी तरह याद है।

''ग्रीष्म-काल के आरंभ में उस समय बाजार नरम था; हाथ में कोई काम न था। सूर्यास्त के कुछ पहले मैं नदी-किनारे घाट की सबसे नीची सीढ़ी पर एक आरामकुर्सी लिए बैठा था। शुस्ता नदी क्षीण हो गई थी; दूसरे किनारे पर विस्तृत बालुका-तट अपराह्न की आभा से रंगीन हो उठा था; इस पार घाट की सीढ़ियों के नीचे उथले स्वच्छ जल में बटियां झिलमिला रही थीं। उस दिन कहीं भी हवा नहीं थी। समीप के पर्वत पर वनतुलसी, पोदीना, और सौंफ के जंगल से उड़ती तीखी सुगंध ने शांत आकाश को आक्रांत कर रखा था।

''सूर्य जब गिरि-शिखर के अंतराल में अवतीर्ण हो गए तब दिन की नाट्य शाला पर एक दीर्घ छाया-यवनिका पड़ गई; पर्वत का व्यवधान होने के कारण यहां सूर्यास्त के समय प्रकाश और अंधकार का सम्मिलन बहुत देर स्थायी नहीं रहता। घोड़े पर बैठकर जरा घूम-फिर आऊं यह सोचकर अब उठूं, तब उठूं कर रहा था कि सीढ़ी पर पैरों की आहट सुनाई पड़ी। पीछे फिरकर देखा, कोई नहीं था।

''इंद्रिय-भ्रम समझकर लौटकर दुबारा बैठते ही एकाएक बहुत-से पैरों का शब्द सुनाई पड़ा—जैसे बहुत-से लोग मिलकर भाग-दौड़ करते हुए उतरते आ रहे हों। किंचित् भय के साथ एक अपरूप रोमांच से मेरा सर्वांग परिपूर्ण हो गया। यद्यपि मेरे सामने कोई मूर्ति न थी तथापि प्रत्यक्ष के समान स्पष्ट जान पड़ा कि ग्रीष्म की उस संध्या में प्रमोद-चंचल नारियों का एक दल शुस्ता के जल में स्नान करने उतरा है। यद्यपि उस संध्या-काल में निस्तब्ध गिरि-तट पर नदी के किनारे निर्जन प्रासाद में कहीं कोई शब्द न था तथापि मैंने मानो स्पष्ट सुना कि निर्झर की शतधाराओं के समान क्रीड़ा मग्न कलहास्य करती हुई मिलकर तेजी से दौड़ती हुई स्नानार्थिनियां मेरे पास से निकल गई हों। मुझे मानो उन्होंने देखा भी न हो। जिस प्रकार वे मेरे निकट अदृश्य थीं, मैं भी मानो उसी प्रकार उनके निकट अदृश्य था। नदी पहले की ही भांति स्थिर थी, किंतु मुझे स्पष्ट बोध हुआ मानो स्वच्छतोया का उथला स्रोत अनेक वलयसिंचित बाहु विक्षेपों से विक्षुब्ध हो उठा हो, हंस-हंसकर सखियां एक-दूसरे पर जल के छींटे मार रही हों एंव तैरती हुई रमणियों के पदाघात से जलबिंदु-राशि मुट्ठी-भर मोतियों की भांति आकाश में बिखरी पड़ रही हो।

''मेरे वक्ष में एक प्रकार का कंपन होने लगा; वह उत्तेजना भय की थी, या आनंद की, या कौतूहल की, ठीक नहीं कह सकता। बड़ी इच्छा होने लगी कि अच्छी तरह से देखूं, किंतु देखने के लिए सामने कुछ न था; लगता था, अच्छी तरह कान लगाने पर उनकी सारी बातचीत स्पष्ट सुनाई पड़ेगी—किंतु एकाग्र मन से कान लगाने पर केवल अरण्य के झींगुरों का शब्द सुनाई देता। मुझे लगा, मानो ढाई सौ वर्षों की कृष्णवर्ण-यवनिका ठीक मेरे सामने झूल रही हो, डरते-डरते एक सिरा उठाकर भीतर

नजर डालूं—वहां एक विराट सभा लगी है, किंतु गाढ़ अंधकार में कुछ भी न दिखाई दिया।

अचानक उमस को चीरती हुई हू-हू करके हवा चलने लगी—देखते-देखते शुस्ता का स्थिर जलतल अप्सरा के केश-पाश की भांति कुंचित हो उठा, एवं संध्याछायाच्छन्न समस्त वनभूमि क्षण-भर में एक साथ मर्मर ध्वनि करके मानो दुःस्वप्न से जाग उठी। चाहे स्वप्न कहो या सत्य कहो, ढाई सौ वर्ष के अतीत क्षेत्र से प्रतिफलित होकर मेरे सामने जो एक अदृश्य मरीचिका अवतीर्ण हुई थी वह पल-भर में अंतर्धान हो गई। जो मायामयी मुझे फलांगती हुई देह-हीन द्रुत-पदों से शब्द-ही उच्चकलहास्य से दौड़कर शुस्ता के जल में जाकर कूद पड़ी थीं, अपने सिक्त आंचल से बूंदें टपकातीं-टपकातीं फिर मेरी बगल से होकर नहीं निकलीं। जिस प्रकार वायु गंध को उड़ाकर ले जाती है, उसी प्रकार वे वसंत के एक निश्वास में उड़कर चली गईं।

''उस समय मुझे बड़ी आशंका हुई कि हठात् निर्जन देखकर कहीं कविता देवी मेरे कंधे पर न आ बैठी हों; मैं बेचारा रुई का महसूल वसूल करके मेहनत करके खाता हूं, सर्वनाशिनी शायद इस बार मेरे प्राण ही लेने न आई हों। सोचा, अच्छी तरह भोजन करना होगा; खाली पेट होने पर ही सब तरह के दुःसाध्य रोग आकर घेर लेते हैं। अपने रसोइए को बुलाकर मैंने खूब घी में पकाकर मसाला सुगंधि डालकर बाकायदा मुगलाई खाना तैयार करने का हुक्म दिया।

''दूसरे दिन सवेरे यह सारा मामला अत्यंत हास्यजनक प्रतीत हुआ। प्रसन्न चित्त से साहबों की भांति सोला हैट पहनकर अपने हाथों से गाड़ी हांककर गड़गड़ाहट करता तहकीकात के अपने काम पर चला गया। उस दिन त्रैमासिक रिपोर्ट लिखने का दिन होने के कारण देर से घर लौटने की बात थी। किंतु संध्या होते-न-होते ही मैं घर की ओर खिंचने लगा। कौन खींचने लगा यह नहीं यह सकता; किंतु लगा, अब और देरी करना उचित न होगा। मुझे लगा, सब बैठे हुए हैं। रिपोर्ट असमाप्त छोड़कर मैं सोला हैट लगाए संध्या-धूसर पेड़ों की सघन छाया वाले निर्जन पथ को रथचक्र ध्वनि से चौंकाते हुए उस अंधकारपूर्ण शैलांतवर्ती निस्तब्ध प्रकांड प्रासाद में आ उपस्थित हुआ।

''सीढ़ियों के ऊपर वाला सामने का कमरा बहुत बड़ा था। बड़े-बड़े खम्भों की तीन पंक्तियों पर नक्काशीदार मेहराबों ने विस्तीर्ण छत को धारण कर रखा था। वह विशाल कमरा अपनी अपार शून्यता को लिए हुए अहर्निशि ध्वनित होता रहता। उस दिन संध्या के कुछ पहले का समय था, अभी दीपक नहीं जलाए गए थे। दरवाजा ठेलकर मैंने ज्योंही उस बड़े कमरे में प्रवेश किया त्योंही मुझे लगा मानो कमरे में कोई भारी विप्लव मच गया हो—मानो सहसा सभा भंग करके चारों ओर के दरवाजों, खिड़कियों, कमरों, रास्तों, बरामदों से होकर न जाने कौन किस ओर भाग गया। कहीं भी कुछ न देख पाने के कारण मैं अवाक् होकर खड़ा रह गया। शरीर एक प्रकार के आवेश से रोमांचित हो उठा। मानो बहुत दिन के लुप्तप्रायः केश-द्रव्य और इत्र की मृदुगंध

मेरी नाक में प्रवेश करने लगी हो। उस दीपहीन जनहीन प्रकांड कक्ष की प्राचीन प्रस्तरस्तंभ-श्रेणी के बीच खड़े मुझे सुनाई पड़ा—झर-झार करता हुआ फव्वारे का जल सफेद पत्थर पर आकर गिर रहा है, सितार में कौन-सा सुर बज रहा है समझ नहीं पड़ता। कहीं स्वर्णाभूषणों की झनकार सुनाई पड़ रही है, कहीं नूपुरों की रुनन, कभी तांबे के बृहत् घंटे पर पहर बजने का शब्द, बहुत दूर पर बजती नौबत का आलाप, वायु से दोलायमान झाड़ की स्फटिक लटकनों की ठन-ठन ध्वनि, बरामदे से पिंजरे में बंद बुलबुल का गीत, बागीचे से पालतू सारस का बोल मेरे चारों ओर किसी प्रेतलोक की रागिनी रचने लगे।

''मुझे एक ऐसे मोह ने आ घेरा कि लगा मानो यह अस्पृश्य, अगम्य, अवास्तव व्यापार ही जगत् में एकमात्र सत्य हो, बाकी सब मिथ्या मरीचिका हो। मैं जो मैं हूं—अर्थात् मैं जो श्रीयुक्त अमुक हूं, अमुक का ज्येष्ठ पुत्र हूं, रुई का महसूल वसूल करके साढ़े चार सौ रुपये वेतन पाता हूं, मैं जो सोला हैट और ऊंचा कुर्ता पहनकर टमटम हांककर दफ्तर जाता हूं ये सारी बातें मुझे ऐसी अद्भुत हास्यकर निर्मूल और मिथ्या-सी लगीं कि मैं उस विशाल निस्तब्ध अंधेरे कमरे के बीच खड़ा हा-हा करके हंस उठा।

''उसी समय मेरे मुसलमान नौकर ने हाथ में केरोसिन का जलता हुआ लैंप लिए घर में प्रवेश किया। मालूम नहीं, उसने मुझे पागल समझा या नहीं, किंतु उसी क्षण मुझे याद आई कि मैं स्वर्गीय अमुकचंद्र का ज्येष्ठ पुत्र श्रीयुक्त अमुकनाथ ही हूं; यह भी सोचा कि जगत् के भीतर अथवा बाहर कहीं कोई अमूर्त्त फव्वारा सर्वदा झरता है या नहीं और अदृश्य अंगुली की आघात से किसी माया-सितार से कोई अनंत रागिनी ध्वनित होती है या नहीं यह हमारे महाकवि और कविवर ही बता सकते हैं, किंतु यह बात अवश्य सत्य है कि में बरीच के बाजार में रूई का महसूल वसूल करके महीने में साढ़े चार सौ रुपया वेतन लेता हूं। तभी मैं फिर अपने थोड़ी देर पहले के अद्भुत मोह की याद करके केरोसिन से प्रकाशित कैंप-टेबिल के पास समाचार-पत्र लिए विनोद से हंसने लगा।

''समाचार-पत्र पढ़कर और मुगलाई खाना खाकर मैं कोने के एक छोटे-से कमरे में बत्ती बुझाकर बिस्तर पर जा लेटा। मेरे सामने वाले खुले जंगले में से अंधेरे वन-वेष्टित अरावली पर्वत के उर्ध्व देश का एक अत्युज्ज्वल नक्षत्र सहस्र कोटि योजना दूर आकाश से उस अति तुच्छ कैंप-खाट के ऊपर श्रीयुक्त महसूल कलेक्टर को एकटक देख रहा था—इस पर विस्मय और कौतुक अनुभव करते-करते मैं कब सो गया, कह नहीं सकता। कितनी देर सोया यह भी नहीं जानता। सहसा एक बार सिहरकर जग पड़ा। कमरे में कोई आहट हुई हो, सो नहीं; किसी आदमी ने प्रवेश किया हो यह भी नहीं देख सका। अंधकारपूर्ण पर्वत के ऊपर से निर्निमेष नक्षत्र अस्तमित हो गया था और कृष्णपक्ष के क्षीण चंद्रालोक ने अनधिकार संकुचित स्वभाव से मेरी खिड़की की राह प्रवेश कर

लिया था।

''कोई भी व्यक्ति दिखाई नहीं पड़ा। तो भी मुझे स्पष्ट प्रतीत हुआ, मानो कोई मुझे धीरे-धीरे ठेल रहा हो। मेरे जाग उठते ही उसने बिना कुछ कहे मानो केवल अपनी अंगूठी-खचित पांच उंगलियों के इशारे से मुझे अत्यंत सावधानी से अपना अनुसरण करने का आदेश किया।

''मैं बिल्कुल चुपके से उठा। यद्यपि उस शतकक्ष प्रकोष्ठमय, अपार शून्यतापूर्ण, निद्रित ध्वनि एवं सजग प्रतिध्वनिपूर्ण विशाल प्रासाद में मेरे अतिरिक्त और कोई भी प्राणी न था, तथापि पग-पग पर भय लगता कि कहीं कोई जाग न पड़े। प्रासाद के अधिकांश कक्ष बंद रहते थे और उन कमरों में मैं कभी नहीं गया था।

''उस रात मैं बिना आहट किए पैर रखता हुआ सांस रोके उस अदृश्य आह्वान-कारिणी का अनुसरण करता किधर से होकर कहां जा रहा था, आज यह नहीं बता सकता। मैंने कितना संकरा अंधेरा रास्ता, कितना लंबा बरामदा, कितना गंभीर निस्तब्ध विशाल सभागृह, कितनी रुद्धवायु संकरी छिपी कोठरियां पार कीं, इसका कोई ठिकाना नहीं।

''अपनी अदृश्य दूती को यद्यपि मैं आंखों से नहीं देख पा रहा था तथापि उसकी मूर्ति मेरे मन से अगोचर न थी। अरब रमणी जिसकी झलती आस्तीनों से संगमर्मर के-से कठिन, सुडौल हाथ दिख रहे थे, टोपी से लेकर मुंह तक एक झीने कपड़े का पर्दा पड़ा था, कमरबंद में एक कटार बंधी थी।

''मुझे लगा, आज आरब्य उपन्यास की एकाधिक सहस्र रजनी में से एक रजनी उपन्यास-लोक से उड़कर आ गई है। मैंने मानो अंधकारपूर्ण अर्धरात्रि में निद्रामग्न बगदाद के आलोक-हीन संकरे रास्ते पर कोई संकट-संकुल अभिसार यात्रा की हो।

''अंत में मेरी दूती सहसा एक घने नीले पर्दे के सामने चौंककर खड़ी हो गई और मानो उसने अंगुली से नीचे की ओर संकेत किया। नीचे कुछ भी न था, किंतु भय से मेरे हृदय का रक्त जम गया। मैंने अनुभव किया, उस पर्दे के सामने जमीन पर कीमखाब की पोशाक पहने एक भीषण हब्शी खोजा गोद में नंगी तलवार लिए पैर फैलाए बैठा ऊंघ रहा था। दूती ने धीमी गति से उसके पैर लांघकर पर्दे का एक कोना पकड़कर उठाया।

''भीतर से कमरे का थोड़ा-सा भाग दिखाई पड़ा, जिस पर फारसी गलीचा बिछा हुआ था। तख्त के ऊपर कौन बैठा था यह नहीं दिखाई पड़ा—केवल जाफ़रानी रंग के ढीले पाजामे के नीचे जरी की जूतियां पहने गुलाबी मखमल के आसन पर असल भाव से रखे दो सुंदर चरण दिखाई दिए। मेज पर एक ओर एक नीलाभ स्फाटिक पात्र में कुछ सेब, नाशपाती, नारंगी और बहुत-से अंगूरों के गुच्छे सजे हुए थे और उसकी बगल में दो प्याले और स्वर्णाभ मदिरा का एक कांच-पात्र अतिथि के लिए प्रतीक्षा कर रहा था। कमरे के भीतर से किसी अपूर्व धूप के मादक-से सुगंधित धूम्र ने आकर

मुझे विह्वल कर डाला।

"मैं ज्योंही कांपते हृदय से उस खोजे के फैले हुए पैरों को लांघने चला त्योंही वह चौंक उठा, उसकी गोद से तलवार पत्थर के फर्श पर आवाज़ करती हुई गिर पड़ी।

"सहसा एक विकट चीत्कार सुनकर चौंककर देखा, मैं अपनी उसी कैंपखाट पर पसीने में तर बैठा हुआ था—भोर के आलोक में कृष्णपक्ष का खंडित चन्द्र जागरण से क्लांत रोगी के समान पांडुवर्ण हो गया था—एवं अपना पागल मेहरअली अपने प्रतिदिन के नियमानुसार प्रातःकाल जनशून्य रास्ते पर हट जाओ, हट जाओ', चिल्लाता जा रहा था।

"इस प्रकार आरव्य उपन्यास की मेरी एक रात अकस्मात् समाप्त हो गई—किंतु अभी तो एक हजार रातें बाकी थीं।

"मेरे दिन से मेरी रात का एक भारी विरोध ठन गया। दिन के समय मैं श्रांत-क्लांत-देह से काम करने जाता और शून्य स्वप्नमयी मायाविनी रात को कोसता रहता—और फिर संध्या के बाद मुझे दिन के समय का अपना यह कर्म बद्ध अस्तित्व अत्यंत तुच्छ, मिथ्या एवं हास्यकर लगने लगता।

"संध्या के पश्चात् तैं विह्वलभाव से एक नशे के जाल में जकड़ जाता। मैं सैंकड़ों वर्ष पहले के किसी अलिखित इतिहास का कोई अन्य अपूर्व व्यक्ति हो जाता, फिर उस समय मुझे विलायती ऊंची कुर्ता एवं चुस्त पतलून न फबती। उस समय मैं सिर पर लाल मखमल की एक फैज लगाकर, ढीला पाजामा, फूलदार कावा और रेशम का लंबा चोगा पहनकर रंगीन रूमाल में इत्र लगाकर बड़े यत्न से साज एवं सिगरेट छोड़कर गुलाबजल से भरा बहुकुण्डलायित विशाल हुक्का लेकर एक ऊंची विशेष गद्दी वाले बड़े दीवान पर बैठ जाता। मानो रात में होने वाले किसी अपूर्व प्रिय सम्मेलन के लिए बड़े आग्रह से तैयार हो जाता।

"इसके बाद ज्यों-ज्यों अंधकार घनीभूत होता जाता त्यों-त्यों न जाने कैसी अद्भुत घटनाएं घटती रहतीं कि मैं उनका वर्णन नहीं कर सकता। ठीक मानो किसी चमत्कारपूर्ण कहानी के कुछ फटे हुए अंश वसंत की आरंभिक वायु से इस विशाल प्रासाद के विचित्र कमरों में उड़ते रहते। थोड़ी दूर तक तो मिलते, फिर और दिखाई न देते। मैं भी उन मंडराते विच्छिन्न अंशों का अनुसरण करता हुआ रात-भर एक-एक कमरे में चक्कर काटता रहता।

"स्वप्न-खंड के इस आवर्त्त में कभी हिना की सुगंधि, कभी सितार के शब्द, कभी सुरभि-जल-सीकर-मिश्रित वायु के झोंकों के बीच क्षण-क्षण में विद्युत-शिखा के समान एक नायिका अचानक दीख जाती। जाफरानी रंग का उसका पाजामा, कोमल विमल लाल चरणों में पहनी घुंडीदार उठी हुई जरी की जूतियां, वक्ष पर कसकर बंधी जरी की फूलोंदार चोली, सिर पर लाल टोपी और उससे झूलती सोने की झालर ने उसके शुभ्र ललाट एवं कपोलों को घेर लिया था।

"उसने मुझे पागल बना दिया। मैं उसी के अभिसार में रोज रात को निद्रा के पाताल-लोक में जटिल पथ-संकुल स्वप्नों की मायापुरी की गली-गली, कमरे-कमरे में चक्कर काटता रहता था।

"किसी-किसी दिन संध्या के समय बड़े आईने के दोनों ओर दो बत्तियां जलाकर यत्नपूर्वक शहजादे की भांति सजावट कर रहा होता कि तभी अचानक देखता—आईने में मेरे प्रतिबिंब के पास क्षण-भर के लिए उसी ईरानी तरुणी की छाया आ पड़ी है—और पलक मारते गर्दन झुकाकर अपने गहरे काले विशाल नेत्रों के तारकों से सुगंभीर तीव्र आवेगमय, वेदनापूर्ण आग्रहयुक्त कटाक्ष-पात करके, सरस सुंदर बिंबाधरों पर एक अस्फुट भाषा का आभास मात्र देकर, लघु ललित नृत्य द्वारा अपनी यौवन-पुष्पित देह-लता को द्रुत गति से ऊपर की ओर लहराकर मुहूर्त्तभर में वेदना, वासना, विभ्रम, हास्य, कटाक्ष तथा भूषणों की चमक के स्फुलिंगों की वर्षा करके दर्पण में ही विलीन हो गई है। गिरि-कानन की समस्त सुगंधि लूटकर उद्दाम वायु का एक उच्छ्वास आकर मेरी बत्तियों को बुझा देता। मैं साज-सज्जा छोड़कर प्रसाधन कक्ष के पास शैया पर पुलकित तन से नयन मूंदकर लेटा रहता—उस वायु में अरावली के उस पर्वत-कुंज के समस्त मिश्रित सौरभ में मानो मेरे चारों ओर प्रचुर प्रेम, अनेक चुम्बन, अनेक कोमल कर-स्पर्श निभृत अंधकार को भरकर तैरते रहते, कानों के पास प्रचुर कलगुंजन सुनाई देता, मेरे माथे पर सुगंधित निश्वास आकर टकराते। और कोई मृदु-सौरभ रमणीय सुकोमल ओढ़नी बारंबार उड़-उड़कर मेरे कपोलों का स्पर्श करती रहती। धीरे-धीरे मानो कोई मोहिनी सर्पिणी अपने मादक वेष्टन में मेरा सर्वांग कस लेती। मैं गहरी सांस लेकर बेसुध तन से गहरी नींद में अभिभूत हो जाता।

"एक दिन अपराह्न में मैंने घोड़े पर चढ़कर बाहर जाने की ठानी न जाने कौन मुझे निषेध करने लगा—किंतु उस दिन मैंने निषेध नहीं माना। काठ की एक खूंटी पर मेरा साहबी हैट और ऊंचा कुर्ता लटक रहा था, उसको उतारकर मैं पहनने ही वाला था कि तभी शुस्ता नदी की बालू एवं अरावली पर्वत की सूखी पल्लव-राशि की ध्वजा फहराता एक प्रबल बवंडर अचानक मेरे कुर्ते और टोपी को उड़ाकर घुमाता-घुमाता ले चला एवं एक अत्यंत सुमिष्ट कलहास्य उस हवा के साथ चक्कर काटता हुआ कौतूहल के एक-एक पर्दे पर आघात करता हुआ उच्च-से- उच्चतर सप्तक पर चढ़ता सूर्यास्त-लोक के पास पहुंचकर विलीन हो गया।

"उस दिन फिर घोड़े की सवारी नहीं हुई और उसके दूसरे दिन से मैंने वह विचित्र ऊंचा कुर्ता और साहबी टोप पहनना एकदम छोड़ दिया।

"उसी दिन आधी रात को बिस्तर पर उठ बैठने पर सुनाई पड़ा मानो कोई भीतर-ही-भीतर फूट-फूटकर रो रही हो—मानो मेरी खाट के नीचे, फर्श के नीचे इस बृहत् प्रासाद की पाषाणभित्ति के तले किसी आर्द्र अंधकारपूर्ण कब्र में से कोई रो-रोकर कह रही हो, 'तुम मेरा उद्धार करके ले चलो—कठिन माया-पाश गंभीर निद्रा, निष्फल

स्वप्न के सारे दरवाजे चूर-चूरकर तुम मुझे घोड़े पर बिठाकर अपनी छाती से चिपकाकर, वन के बीच से, पहाड़ों के ऊपर से, नदी पार करके अपने सूर्यालोकित कमरे में ले चलो! मेरा उद्धार करो!'

''मैं कौन हूं? मैं कैसे उद्धार करूंगा? मैं इस घूर्ण्यमान परिवर्तनशील स्वप्न प्रवाह में डूबी हुई किस कामना-सुंदरी को किनारे खींच लाऊंगा। हे दिव्यरूपिणी! तुम कब हुई थीं? कहां थी? तुमने किस शीतल उत्स के किनारे खजूर-कुंज की छाया में किस गृह-हीना मरुवासिनी की गोद में जन्म ग्रहण किया था? कौन बेदुई दस्यु, वनलता से पुष्पकोरक की भांति तुम्हें मातृक्रोड से वियुक्त करके विद्युत्गामी अश्व पर बैठाकर दग्ध बालुका-राशि के पार किस राजपुरी की दासीहाट में बेचने ले गया था? वहां पर किस बादशाह के भृत्य ने तुम्हारी नवविकसित सलज्जकातर यौवन-शोभा का निरीक्षण करके स्वर्ण मुद्राएं गिनकर समुद्र पार करके तुम्हें सोने की शिविका में बैठाकर प्रभुग्रह के अंतःपुर को तुम्हारा उपहार दिया था? कैसा विचित्र इतिहास था वहां का! वही सारंगी का संगीत, नूपुरों की ध्वनि और शीराज की स्वर्णमदिरा के बीच कटार की झलक, विष की ज्वाला, कटाक्ष का आघात! कैसा असीम ऐश्वर्य, कैसा अनंत करागार! दो दासियां इधर-उधर कंगनों के हीरों से बिजली चमकाती हुई चंवर डुलाती थीं। शाहंशाह बादशाह शुभ्र चरणों की मणि मुक्ताजटित पादुकाओं पर लोटता था, बाहर दरवाजे पर हब्शी देवदूत की भांति सजकर हाथ में नंगी तलवार लिए यमदूत की तरह खड़ा रहता। उसके पश्चात् उस रक्त-कलुषित ईर्ष्या-फेनिल षड्यंत्र-संकुल भीषणोज्ज्वल ऐश्वर्य के प्रवाह में उतारती हुई तुम मरुभूमि की पुष्प मंजरी किस निष्ठुर मृत्यु में समा गई अथवा किस निष्ठुरतर महिमा-तट पर जा पड़ीं?

''इसी समय वह पागल मेहरअली अकस्मात् चिल्ला उठा, ''हट जाओ, हट जाओ। सब झूठ है, सब झूठ है।'' आंख खोलकर देखा, सवेरा हो गया था, चपरासी ने डाक की चिट्ठी-पत्री लाकर मेरे हाथ में दी और रसोइए ने आकर सलाम करके पूछा कि आज किस प्रकार का भोजन तैयार करना होगा।

''मैंने कहा, 'नहीं, अब इस घर में और नहीं रहा जा सकता।' उसी दिन अपना सामान उठाकर ऑफिस में जा ठहरा। ऑफिस का बूढ़ा क्लर्क करीम खां मुझे देखकर कुछ मुस्कराया। मैं उसकी हंसी से खीझकर कोई उत्तर दिए बिना काम करने लग गया।

''ज्यों-ज्यों शाम होने लगी त्यों-ही-त्यों मैं अन्यमनस्क होने लगा—लगने लगा, बस अभी तुरंत कहीं जाना है—रुई के हिसाब की जांच का काम अत्यंत अनावश्यक प्रतीत होने लगा, निज़ाम की निजामत भी महत्त्वपूर्ण प्रतीत नहीं हुई—जो कुछ वर्तमान था, जो कुछ मेरे चारों ओर चल रहा था, फिर रहा था, कार्यरत था, खा रहा था, सब-कुछ मेरे लिए अत्यंत दीन, अर्थ-हीन और तुच्छ प्रतीत होने लगे।

''मैं कलम पटककर बड़ी बही बंद करके उसी क्षण टमटम पर चढ़कर भागा! देखा, टमटम ठीक गोधूलि-वेला में अपने-आप उस पाषाण-प्रासाद के द्वार के पास

पहुंचकर रुक गई। शीघ्रता से सीढ़ियां चढ़कर कमरे में प्रवेश किया।

''आज सब-कुछ निस्तब्ध था। अंधेरे कमरों ने मानो नाराज होकर मुंह फुला लिया था। पश्चात्ताप से मेरा हृदय उद्वेलित हो उठा; किंतु किसे बताऊं, किससे क्षमा चाहूं, खोज नहीं पाया। मैं उदास चित्त से अंधेरे में एक-एक कमरे में घूमने लगा। इच्छा होने लगी कि हाथ में कोई साज लेकर किसी को लक्ष्य करके गीत गाऊं। कहूं, 'हे वह्नि, जिस पतंग ने तुमको छोड़कर भागने की चेष्टा की थी, वह फिर मरने के लिए आया है। इस बार उसे क्षमा करो उसके पंख जला दो, उसे भस्मसात् कर डालो।' सहसा ऊपर से मेरे मस्तक पर आंसू की बूंदें आ पड़ीं। उस दिन अरावली पर्वत की चोटी पर घनघोर मेघ छाए हुए थे। अंधकारपूर्ण अरण्य और शुस्ता का स्याह-वर्ण जल किस भीषण प्रतीक्षा में निश्चल हो गए थे। सहसा जल-स्थल-आकाश सिहर उठे; एवं अकस्मात् विद्युतूदंत विकसित आंधी शृंखलाछिन्न उन्माद के समान पथहीन सुदूर बन के भीतर से आर्त्त चीत्कार करती हुई झपट पड़ी। प्रासाद के बड़े-बड़े शून्य कमरों के सारे द्वार पछाड़ खाकर तीव्र वेदना से हू-हू करके रोने लगे।

''आज सारे नौकर लोग ऑफिस में थे, यहाँ बत्ती जलाने वाला कोई न था। उस मेघाच्छन्न अमावस्था की रात में घर के भीतरी निकषकृष्ण अंधेरे में मैं स्पष्ट अनुभव करने लगा—कोई रमणी पलंग के नीचे गलीचे के ऊपर मुंह के बल पड़ी कसकर बंधी मुट्ठियों से अपने बिखरे केश-जाल को खींच-खींचकर नोंचे डाल रही है, उसके गौर वर्ण ललाट से रक्त फूटकर निकल रहा है, कभी वह शुष्क तीव्र अट्टहासयुक्त हा-हा करके हंस पड़ती है, कभी फफक-फफककर फूट-फूटकर रोती है, दोनों हाथों में चोली फाड़कर उघरी हुई छाती पीट रही है, खुली खिड़की से वायु गर्जन करती हुई आ रही है, एवं मूसलाधार वर्षा ने आकर उसके सारे अंगों को अभिषिक्त कर दिया है।

''सारी रात न तूफान थमा, न रोना बंद हुआ। मैं निष्फल परिताप से अंधेरे में एक-एक कमरे में घूमता रहा। कहीं कोई न था; किसको सांत्वना देता! यह प्रचंड अभिमान किसका था, यह अशांत आक्षेप कहां से उठ रहा था?

''पागल चीख उठा, 'हट जाओ, हट जाओ! सब झूठ है, सब झूठ है।'

''देखा, भोर हो गया था और मेहरअली इस घोर दुर्योग के दिन भी यथा-नियम प्रासाद की प्रदक्षिणा करके अपने अभ्यास के अनुसार चीख रहा था। अचानक मुझे लगा, शायद यह मेहरअली भी मेरी तरह कभी इस महल में निवास करता रहा हो, अब पागल होकर बाहर आने पर भी इस पाषाणराक्षस के मोह से आकर्षित होकर प्रतिदिन प्रातःकाल प्रदक्षिणा करने आता हो।

''मैंने तत्क्षण उस वर्षा में ही दौड़ते हुए पागल के पास जाकर उससे पूछा, 'मेहरअली, क्या झूठ है रे?'

''वह मेरी बात का कोई उत्तर दिए बिना मुझे धकेलकर अजगर के समान चक्कर काटते हुए अजगर के ग्रास मोहाविष्ट पक्षी के समान चीखता हुआ प्रासाद के चारों

ओर घूमने लगा। प्राणपण से केवल अपने को सतर्क करने के लिए बारंबार कह उठता, 'हट जाओ, हट जाओ! सब झूठ है, सब झूठ है।'

''उस वर्षा और आंधी में पागल की भांति ऑफिस में जाकर करीम खां को बुलाकर मैंने कहा, 'इसका क्या अर्थ है, मुझे खोलकर बताओ!'

''वृद्ध ने जो कहा उसका मर्मार्थ यह है, 'किसी समय उस प्रासाद में अनेक अतृप्त वासनाएं, अनेक उन्मत्त संभोगों की शिखाएं आलोड़ित होती थीं—उस समस्त चित्त-दाह से, उन सब निष्फल कामनाओं के अभिशाप से इस प्रासाद का प्रत्येक प्रस्तर-खंड क्षुधार्त्त हो उठा है, जीवित मनुष्य को पाने पर वह उसको लालायित पिशाचिनी के समान खा डालना चाहता है। जिन्होंने तीन रात उस प्रासाद में वास किया है उनमें से केवल मेहरअली पागल होकर बाहर निकला है, आज तक और कोई उनके ग्रास से नहीं बच सका है।'

''मैंने पूछा, 'क्या मेरे उद्धार का कोई मार्ग नहीं है?'

''वृद्ध ने कहा, 'केवल एक उपाय है, जो अत्यंत दुरूह है। वह तुम्हें बताता हूं—किंतु इसके पहले उस गुलबाग की एक ईरानी क्रीतदासी का पुराना इतिहास बताना आवश्यक है। वैसी आश्चर्यजनक और वैसी हृदय-विदारक घटना संसार में और कभी नहीं घटी।' ''

तभी कुलियों ने आकर खबर दी, गाड़ी आ रही है। इतनी जल्दी? जल्दी- जल्दी बिस्तर-सामान बांधते-बांधते गाड़ी आ गई। उस गाड़ी के फर्स्ट क्लास में सोकर उठे एक अंग्रेज सज्जन खिड़की के बाहर मुख निकालकर स्टेशन का नाम पढ़ने की कोशिश कर रहे थे, हमारे सहयात्री मित्र को देखते ही 'हैलो' कहते हुए चीख उठे और उसे अपने डिब्बे में बैठा लिया। हम सैकिंड क्लास में चढ़े। बाबू कौन थे, पता नहीं लगा, कहानी भी पूरी नहीं सुनी जा सकी।

''मैंने कहा, ''वह आदमी हम लोगों को मूर्ख समझकर मजाक-मजाक में बुद्धू बना गया; कहानी शुरू से आखिर तक कल्पित थी।''

इस तर्क के फलस्वरूप अपने थियोसोफिस्ट संबंधी के साथ मेरा सदा के लिए विच्छेद हो गया है।

नष्टनीड़

भूपति को काम करने की कोई आवश्यकता न थी। उनके पास पर्याप्त रुपया था और बाजार भी गर्म था। किंतु ग्रहों के प्रभाव से उन्होंने कामकाजी आदमी के रूप में जन्म ग्रहण किया था। इसीलिए उनको एक अंग्रेजी समाचार-पत्र निकालना पड़ा। इसके बाद समय की दीर्घता के लिए उन्हें फिर कभी विलाप नहीं करना पड़ा।

बचपन से ही उनको अंग्रेजी में लिखने तथा वक्तृता देने का शौक था। किसी प्रकार का प्रयोजन न रहने पर भी वे अंग्रेजी अखबार में संपादक के नाम पत्र लिखते, और वक्तव्य न रहने पर भी सभाओं में दो-एक बात बोले बिना न रहते।

उनके समान धनी व्यक्ति को दल में पाने के लिए राजनीतिक दलपतियों द्वारा निरंतर वाह-वाह करते रहने के कारण अपनी अंग्रेजी लेखन-शक्ति के संबंध में उनकी धारणा यथेष्ट परिपुष्ट हो गई थी।

अंत में उनके साले वकील उमापति ने वकालत के व्यवसाय से हतोत्साहित होकर बहनोई से कहा, "भूपति तुम एक अंग्रेजी अखबार निकालो! तुम्हारा जिस प्रकार आसाधारण" इत्यादि।

भूपति उत्साहित हो उठे। दूसरे के अखबार में पत्र प्रकाशित करवाने में कोई गौरव नहीं है, अपने अखबार में स्वाधीन लेखनी को पूरे वेग से दौड़ा सकेंगे। साले को सहकारी बनाकर अत्यंत छोटी अवस्था में ही भूपति ने संपादक की गद्दी पर आसन जमाया।

छोटी अवस्था में संपादकी तथा राजनीति का नशा बहुत जोरों से चढ़ता है। भूपति को नचाने वाले लोग भी अनेक थे।

इस प्रकार वह जिन दिनों अखबार को लेकर व्यस्त थे उन्हीं दिनों उनकी बालिका वधू चारुलता ने धीरे-धीरे यौवनावस्था में पदार्पण किया। समाचार-पत्र के संपादक को इस बड़ी खबर का ठीक से पता न चला। भारत-सरकार की सीमांत- नीति क्रमशः स्फीत होकर मर्यादा का उल्लंघन करने जा रही है, यही उसका प्रधान लक्ष्य था।

धनी परिवार में चारुलता को कोई काम न था। फलपरिणामरहित फूल के समान

परिपूर्ण अनावश्यकता के बीच प्रस्फुटित हो उठना ही उसके चेष्टाशून्य लंबे रात-दिनों का एकमात्र काम था। उसे कोई अभाव न था।

ऐसी स्थिति का सुयोग पाने पर वधू पति के साथ अत्यंत अति करती है, दांपत्य-लीला की सीमांत-नीति संसार की समस्त सीमाओं का उल्लंघन करके समय से असमय में और विहित से अविहित में जा पहुंचती है। चारुलता को वह सुयोग प्राप्त नहीं था। समाचार-पत्र का आवरण भेदकर पति पर अधिकार करना उसके लिए दुरूह हो गया।

युवती स्त्री के प्रति ध्यान आकर्षित करते हुए किसी आत्मीया के उन्हें डांटने पर भूपति ने एक बार सचेत होकर कहा, "हां, सच तो है। चारु के पास किसी संगिनी का रहना आवश्यक है, उस बेचारी के पास कोई काम नहीं है।"

साले उमापति से कहा, "अपनी पत्नी को हमारे यहां लाकर रख दो न, कोई समवयस्का स्त्री पास नहीं है, चारु को अवश्य ही बड़ा सूना-सूना लगता होगा।"

स्त्री-संग का अभाव ही चारु के लिए अत्यंत चिंत्य है, संपादक ने ऐसा समझा और साले की पत्नी मंदाकिनी को घर में लाकर वह निश्चिंत हो गए।

प्रेमोन्मेष के प्रथम अरुणालोक में जिस समय पति और पत्नी एक-दूसरे को अपूर्व महिमायुक्त चिरनवीन प्रतीत होते हैं, दांपत्य का वह स्वर्णप्रभामंडित प्रत्युष-काल अचेतन अवस्था में कब व्यतीत हो गया, किसी को पता न चला। नवीनता का स्वाद प्राप्त किए बिना ही दोनों एक-दूसरे के लिए पुरातन परिचित अभ्यस्त हो गए।

खिलने-पढ़ने में चारुलता की स्वाभाविक रुचि थी इसलिए दिन उसे ज्यादा भारी नहीं लगते थे। उसने अपने परिश्रम और नाना कौशलों से पढ़ने का बंदोबस्त कर लिया था। भूपति का फुफेरा भाई अमल थर्ड ईयर में पढ़ता था, चारुलता उससे पढ़ लेती थी। यह काम करा लेने के लिए उसे अमल की बहुत-सी अनुचित मांगें पूरी करनी पड़ती थीं। प्रायः उसको होटल में खाने की खुराकी और अंग्रेजी साहित्य के ग्रंथ खरीदने का खर्च जुटाना पड़ता। बीच-बीच में अमल मित्रों को आमंत्रित करके खिलाता था। उस यज्ञ को पूरा करने का भार गुरुदक्षिणास्वरूप चारुलता स्वयं वहन करती। भूपति चारुलता पर कोई अधिकार दर्शन न करते थे, किंतु जरा-सा पढ़ा देने-भर से फुफेरे भाई अमल के अधिकारों का अंत न था। इसे लेकर चारुलता प्रायः बीच-बीच में कृत्रिम रोष और विद्रोह प्रदर्शित करती रहती, किंतु किसी-न-किसी व्यक्ति के किसी काम आना और स्नेह-जनित उपद्रव झेलना उसके लिए अत्यंत आवश्यक हो गया था।

अमल ने कहा, "भाभी, हमारे कॉलिज में राजघराने के जमाई खास रनिवास के हाथों से बने कार्पेट के जूते पहनकर आते हैं, मुझसे तो सहन नहीं होता—एक जोड़ी कार्पेट के जूते चाहिए, नहीं तो किसी भी प्रकार पद-मर्यादा की रक्षा नहीं कर पा रहा हूं।"

चारु, "हां हां, सो तो है ही। मैं बैठी-बैठी तुम्हारे जूतों की सिलाई करके मरूं।

दाम देती हूं, जाकर बाजार से खरीद लाओ!''

अमल ने कहा, ''यह नहीं होगा।''

चारु जूता सीना नहीं जानती और अमल के सामने वह यह बात स्वीकार करना भी नहीं चाहती। किंतु उससे और कोई कुछ नहीं चाहता, अमल चाहता है– संसार में इस एकमात्र प्रार्थी की प्रार्थना-रक्षा किए बिना वह रह नहीं सकती। अमल जिस समय कॉलेज जाता उसी समय वह छिपकर बड़े यत्न से कार्पेट की सिलाई सीखने लगी। और अमल जब स्वयं अपने जूते की मांग को बिल्कुल भूल बैठा था तभी एक दिन संध्या-समय चारु ने उसे निमंत्रण दिया।

ग्रीष्म-काल था। छत पर आसन बिछाकर अमल के भोजन का स्थान बनाया गया था। उड़कर बालू गिरने के भय से पीतल के ढकने से थाल ढका था। कॉलेज की वेश-भूषा बदलकर मुंह-हाथ धोकर तैयार होकर अमल आ उपस्थित हुआ।

आसन पर बैठकर अमल ने ढकना उठाया। देखा, थाल में नई बंधी ऊन के जूतों की एक जोड़ी सजी रखी है। चारुलता उच्च स्वर से हंस उठी।

जूते पाकर अमल की आशा और भी बढ़ गई। इस बार गुलूबंद चाहिए। रेशम के रूमाल पर फूल काढ़कर किनारी की सिलाई कर देनी होगी; बाहर के कमरे में उसके बैठने की बड़ी कुर्सी को तेल के दाग से बचाने के लिए कशीदे का एक गिलाफ चाहिए।

प्रत्येक बार चारुलता आपत्ति करती हुई झगड़ा करती और हर बार बड़े यत्न और स्नेह से शौकीन अमल का शौक पूरा कर देती। अमल बीच-बीच में पूछता, ''भाभी, कहां तक हुआ?''

चारुलता झूठ-मूठ कहती, ''कुछ भी नहीं हुआ,'' कभी कहती, ''इसकी तो मुझे याद ही न रही।''

किंतु अमल छोड़ने वाला व्यक्ति न था। प्रतिदिन स्मरण करा देता और हठ करता। हठी अमल के इन सब उपद्रवों का उद्रेक कराने के लिए ही उदासीनता का प्रदर्शन करके वह विरोध की सृष्टि करती और सहसा एक दिन उसकी मांग पूरी करके तमाशा देखती।

धनी के घर में चारु को और किसी के लिए कुछ भी नहीं करना पड़ता था, केवल अमल उसे बिना काम कराए नहीं छोड़ता था। शौक से किए गए इन सब छोटे-मोटे परिश्रमों में ही उसकी हृदय-वृत्ति की तुष्टि और चरितार्थता थी।

भूपति के अंतःपुर में जमीन का जो एक टुकड़ा पड़ा था उसको बागीचा कहने में बहुत-कुछ अत्युक्ति होगी। उस बागीचे की प्रधान वनस्पति थी—एक विलायती आंवले का पेड़।

इस भूखंड की उन्नति करने के लिए चारु और अमल की एक कमेटी बैठी। दोनों मिलकर कई दिनों तक चित्र खींचकर, प्लॉन बनाकर, बड़े उत्साह से उस जमीन पर एक बागीचे की कल्पना को साकार करने में लगे रहे।

अमल ने कहा, "भाभी, अपने इस बागीचे में प्राचीनकाल की राज-कन्या के समान तुमको अपने हाथों पेड़ों में जल देना होगा।"

चारु ने कहा, "और इस पश्चिम के कोने में एक झोंपड़ी तैयार करने होगी, हरिण का बच्चा रहेगा।"

अमल ने कहा, "और एक छोटी-सी झील बनानी होगी, उसमें हंस चुगेगा।"

इस प्रस्ताव से उत्साहित होकर चारु बोली, "और उसमें नीलकमल लगाऊंगी, बहुत दिनों से मेरी इच्छा है नीलकमल देखने की।"

अमल बोला, "उस झील पर एक पुल बनाया जाएगा, और घाट पर एक छोटी-सी सुंदर डोंगी रहेगी।"

चारु ने कहा, "घाट तो अवश्य ही सफेद संगमरमर का बनेगा।"

अमल ने पेंसिल-कागज लेकर, रूल-कंपास जुटाकर बड़े आडंबर से बागीचे का एक नक्शा खींचा।

प्रतिदिन दोनों के मिलकर कल्पना में संशोधन, परिवर्तन करते-करते बीस, पच्चीस नए नक्शे तैयार हो गए।

नक्शा तैयार हो जाने पर कितना खर्च बैठेगा इसका एक एस्टिमेट (मीजान) तैयार होने लगा। पहले सोचा था—चारु अपने निर्धारित हाथ-खर्च में से धीरे-धीरे उद्यान तैयार करवा लेगी, घर में कहां क्या हो रहा है भूपति तो इस ओर आंख उठाकर भी नहीं देखते, बागीचा तैयार हो जाने पर उनको वहां आमंत्रित करके आश्चर्य में डाल देगी; वह सोचेगा अलादीन के चिराग की सहायता से जापान देश से एक संपूर्ण बाग उखाड़कर लाया गया है।

किंतु एस्टिमेट काफी कम करने पर भी चारु की सामर्थ्य के बाहर था। अमल फिर रूपरेखा में परिवर्तन करने बैठा। बोला, "तो भाभी, उस झील को छोड़ दिया जाए।"

चारु बोली, "नहीं, नहीं, झील तो किसी तरह नहीं छोड़ी जा सकती उसमें मेरे नीलपद्म रहेंगे!"

अमल ने कहा, "अपने हरिण के घर पर खपरैल की छत मत डालो। उस पर यों ही मामूली-सा पुआल छवा देने से काम चलेगा।"

चारु ने अत्यंत प्रसन्न होकर कहा, "तो हमें उस घर की जरूरत नहीं, रहने दो!"

मारीशस से लवंग, कर्णाट से चंदन और सिंहल से दालचीनी के पौधे मंगवाने का प्रस्ताव था, अमल द्वारा उनके बदले में मानिकतला से मामूली देशी और विलायती वृक्षों के नाम प्रस्तावित करते ही चारु मुंह फुलाकर बैठ गई और बोली, "तो फिर रहने दो, मुझे बागीचा नहीं चाहिए!"

एस्टिमेट कम करने का यह ढंग नहीं है। एस्टिमेट के साथ-साथ कल्पना को नष्ट करना चारु के लिए असाध्य था और अमल मुंह से चाहे कुछ कहे, मन-ही-मन उसे भी यह रुचिकर नहीं लगा था।

अमल ने कहा, "तो भाभी, तुम भैया से बागीचे की बात छेड़ो, वे अवश्य ही रुपया देंगे।"

चारु ने कहा, "नहीं, उनसे कहने में मजा क्या रहा। हमीं दोनों बागीचा तैयार कर लेंगे। वे तो साहब के घर में फर्माइश करके ईडेन गार्डेन बनवा सकते हैं—तब हमारे प्लॉन का क्या होगा।"

आंवले के वृक्ष की छाया में बैठकर चारु और अमल असाध्य संकल्प के कल्पना-सुख की रचना कर रहे थे। चारु की भावज मंदा ने दोतल्ले से पुकारकर कहा, "इतनी देर हो गई, तुम लोग बागीचे में क्या कर रहे हो?"

चारु ने कहा, "पके आंवले ढूंढ़ रहे हैं।"

ललचाकर मंदा ने कहा, "मिलें तो मेरे लिए भी लाना!"

चारु हंसी, अमल भी हंसा। उनके समस्त संकल्पों का प्रधान सुख और गौरव यही था कि वे उन दोनों तक ही सीमित थे। मंदा में और चाहे जो गुण हों, कल्पना न थी, वह इन समस्त प्रस्तावों का रस कैसे ग्रहण कर सकती थी। इन दो सदस्यों की हर कमेटी से वह बिल्कुल बहिष्कृत थी।

न तो उस असाध्य बागीचे का एस्टिमेट कम हुआ और न कल्पना ने ही किसी प्रकार हार माननी चाही। अतएव आंवले के वृक्ष के नीचे की कमेटी कुछ दिन इसी प्रकार चलती रही। बागीचे में जिस स्थान पर झील बनेगी, जहां पर हरिण का घर तैयार होगा, जहां पत्थर की वेदी बनेगी, अमल ने उन स्थानों पर चिह्न लगा दिए।

उनके इस कल्पित बागीचे में आंवले के वृक्ष के नीचे चारों ओर किस प्रकार का चबूतरा होगा अमल एक छोटी कुदाल लेकर उसका निशान बना रहा था—तभी वृक्ष की छाया में बैठी चारु ने कहा, "अमल, यदि तुम लिख सकते तो अच्छा होता!"

अमल ने प्रश्न किया, "क्यों अच्छा होता?"

चारु, "अपने इस बागीचे का वर्णन करके तुमसे एक कहानी लिखवाती यह झील, यह हरिण का घर, आंवले की छाया, उसमें ये सभी रहते—हम दोनों को छोड़कर और कोई न समझ पाता, बड़ा मजा आता। अमल तुम एक बार लिखने का प्रयत्न कर देखो न, तुम अवश्य लिख सकोगे।"

अमल ने कहा, "अच्छा, यदि लिख सका तो मुझे क्या दोगी।"

चारु ने कहा, "तुम क्या चाहते हो?"

अमल बोला, "अपनी मसहरी की छत पर मैं स्वयं लता चित्रित कर दूंगा, तुम्हें वह पूरा-का-पूरा रेशम से काढ़ देना होगा।"

चारु ने कहा, "तुम सभी बातों में अति करते हो। भला मसहरी की छत पर कढ़ाई।"

मसहरी-जैसी वस्तु की श्री-हीन कारागार के समान बना रखने के विरुद्ध अमल ने बहुत-सी बातें कहीं। उसने कहा, "संसार के पंद्रह आना लोगों में सौंदर्य-बोध नहीं

है और कुरूपता उन्हें तनिक भी नहीं अखरती यह उसी का प्रमाण है।''

चारु ने यह बात मन-ही-मन तुरंत स्वीकार कर ली और अपनी दो जनों की जो गुप्त कमेटी है वह उन पंद्रह आना लोगों में नहीं है यह सोचकर वह प्रसन्न हुई।

उसने कहा, ''अच्छा ठीक है, मैं मसहरी की छत तैयार कर दूंगी, तुम लिखो!''

अमल ने गूढ़ भाव से कहा, ''तुम सोचती हो कि मैं लिख नहीं सकता?''

चारु ने अत्यंत उत्तेजित होकर कहा, ''तब तो तुमने जरूर कुछ लिखा है, मुझे दिखलाओ!''

अमल, ''आज रहने दो भाभी!''

चारु, ''नहीं, आज ही दिखाना होगा–तुम्हें मेरे सिर की सौगंध, अपना लेख ले आओ!''

चारु को अपना लेख सुनाने की अत्यंत उत्सुकता ही अमल को इतने दिन से बाधा दे रही थी। कहीं चारु समझ न पाए, कहीं उसको अच्छा न लगे, इस संकोच को वह दूर नहीं कर पा रहा था।

आज कापी लाकर थोड़ा लाल होकर थोड़ा खांसकर उसने पढ़ना आरंभ किया। चारु पेड़ के तने से पीठ टेककर घास के ऊपर पैर फैलाकर सुनने लगी।

लेख का विषय था, 'मेरी कॉपी'। अमल ने लिखा था, ''हे मेरी कोरी कॉपी, मेरी कल्पना ने अभी तक तुम्हारा स्पर्श नहीं किया है। सूतिका-गृह में भाग्य-पुरुष के प्रवेश करने के पूर्व शिशु के ललाटपट्ट के समान तुम निर्मल हो, रहस्यमयी हो। जिस दिन तुम्हारे अंतिम पृष्ठ की अंतिम पंक्ति में उपसंहार लिख सकूंगा वह दिन आज कहां है। तुम्हारे ये कोरे शिशुपत्रादि आज उस चिरंतन मसि-चिह्नित समाप्ति की बात की स्वप्न में भी कल्पना नहीं करते''–इत्यादि अनेक बातें लिखी थीं।

चारु वृक्ष की छाया में बैठकर स्तब्ध होकर सुनने लगी। पढ़ना समाप्त होने पर क्षण-भर चुप रहकर बोली, ''तुम फिर नहीं लिख सकते?''

उस दिन उस वृक्ष के नीचे अमल ने साहित्य के मादक-रस का प्रथम पान किया; साकी नया था, रसना भी नवीन, और अपराह्न का आलोक लंबी छाया में रहस्यपूर्ण-सा लग रहा था।

चारु बोली, ''अमल, कुछ आंवले तोड़कर ले चलने होंगे, नहीं तो मंदा को क्या हिसाब देंगे?''

मूढ़ मंदा को अपनी पढ़ाई-लिखाई और चर्चा की बातें बताने की इच्छा नहीं होती, इसलिए आंवले तोड़कर ले जाने पडे।

2

बाग लगाने का संकल्प उनके अन्य अनेक संकल्पों की भांति सीमाहीन कल्पना-क्षेत्र में कब खो गया, अमल और चारु को इसका पता भी न चला।

अब अमल के लेख ही उनकी चर्चा और परामर्श के प्रधान विषय बन गए। अमल आकर कहता, "भाभी, एक बहुत सुंदर भाव दिमाग में आया है।"

चारु उत्साहित हो उठती। कहती, "चलो, हमारे दक्षिण की ओर के बरामदे में—यहां अभी मंदा पान लगाने आएगी।"

चारु बरामदे में एक जीर्ण कश्मीरी बेंत की कुर्सी पर आकर बैठती और अमल रेलिंग के नीचे की ऊंची जगह पर बैठकर पैर फैला देता।

अमल के लिखने के विषय प्रायः सुनिर्दिष्ट न होते थे; उनको स्पष्ट रूप से बता सकना कठिन था। अव्यवस्थित ढंग से वह जो कहता उसको स्पष्ट रूप से समझना किसी के लिए भी संभव न था। अमल स्वयं ही बार-बार कहता, "भाभी, तुमको अच्छी तरह समझा नहीं पा रहा हूं।"

चारु कहती, "नहीं, में बहुत-कुछ समझ गई; तुम इसी को लिख डालो; देरी मत करो!"

वह कुछ समझती, कुछ न समझती, बहुत-कुछ कल्पना करके, बहुत-कुछ अमल के व्यक्त करने के आवेग द्वारा उत्तेजित होकर मन के भीतर जाने क्या गढ़ लेती—उसी से वह सुख का अनुभव करती और व्यग्रता से अधीर हो उठती।

चारु उसी दिन अपराह्न में पूछती, "कितना लिखा?"

अमल कहता, "इतनी जल्दी क्या लिखा जा सकता है।"

चारु दूसरे दिन प्रातः कुछ झगड़े के स्वर में प्रश्न करती, "क्यों, तुमने वह लिखी नहीं?"

अमल कहता, "ठहरो, और थोड़ा सोच लूं!"

चारु गुस्सा होकर कहती, "चलो, हटो!"

संध्या को क्रोध घनीभूत होने पर चारु जब बातचीत बंद करने का उपक्रम करती तब अमल लिखे कागज का एक अंश रूमाल निकालने के बहाने जेब से थोड़ा बाहर निकालता।

क्षण-भर में ही चारु का मौन भंग हो जाता। वह बोल उठती, "अच्छा, तो तुमने लिख लिया है, मुझे बहका रहे थे! दिखाओ!"

अमल कहता, "अभी पूरा नहीं हुआ; थोड़ा और लिखकर सुनाऊंगा।"

चारु, "नहीं, अभी सुनाना होगा।"

अमल तुरंत सुनाने के लिए व्याकुल रहता; किंतु कुछ देर चारु के छीनाझपटी किए बिना वह नहीं सुनाता था। उसके बाद अमल कागज हाथ में लिए बैठा-बैठा पहले तो कुछ पन्ने ठीक करता, पेंसिल लेकर दो-एक जगह दो-एक संशोधन करता रहता, इस बीच चारु का चित्त प्रसन्न कौतूहल भाव से जलभारनत मेघ के समान कागज के उन पन्नों पर झुका रहता।

अमल अब भी जो छोटे-मोटे दो-चार अनुच्छेद लिखता वे ही चारु को तभी सुनाने

पड़ते। बाकी अलिखित भाग आलोचना और कल्पना द्वारा दोनों के बीच मथित होता रहता।

इतने दिन तक दोनों आकाश-कुसुम के संकलन में लगे हुए थे, अब काव्यकुसुम की कृषि आरंभ करते ही वे और सब-कुछ भूल गए।

एक दिन अपराह्न में कॉलेज से लौटने पर अमल की जेब कुछ ज्यादा भरी हुई प्रतीत हुई। अमल ने जब घर में प्रवेश किया, तभी चारु ने अंतःपुर के गवाक्ष से उसकी जेब की पूर्णता की ओर ध्यान दिया था।

और दिन कॉलेज से लौटकर घर के भीतर आने में अमल देरी नहीं करता था, आज उसने अपनी भरी हुई जेब के साथ बाहर के कक्ष में प्रवेश किया; जल्दी आने का नाम ही न लिया।

अंतःपुर की सीमा के पास आकर चारु ने बहुत बार तालियां बजाईं, किसी ने नहीं सुना। कुछ क्रोध से अपने बरामदे में मन्मथदत्त की एक पुस्तक लेकर चारु पढ़ने की चेष्टा करने लगी।

मन्मथदत्त नए लेखक थे। उनके लिखने की शैली बहुत-कुछ अमल के समान ही थी; इसी कारण अमल कभी भी उनकी प्रशंसा नहीं करता था; बीच-बीच में उनके लेखों को चारु के सामने विकृत उच्चारण से पढ़कर हंसी उड़ाता—चारु अमल से वह पुस्तक छीनकर अवज्ञा-भाव से दूर फेंक देती।

आज जैसे ही अमल का पद-शब्द सुना तो उन्हीं मन्मथदत्त की 'कलकंठ' नामक कृति मुंह के पास लाकर चारु ने अत्यंत एकाग्रभाव से पढ़ना आरंभ किया।

अमल ने बरामदे में प्रवेश किया, चारु ने ध्यान भी न दिया। अमल ने कहा, "क्यों भाभी, क्या पढ़ाई हो रही है।"

चारु को निरुत्तर देखकर अमल ने कुर्सी के पीछे आकर पुस्तक देखी। कहा, "मन्मथदत्त की 'गड़बड़'।"

चारु ने कहा, "उफ! परेशान मत करो, मुझे पढ़ने दो!" पीठ के समीप खड़े होकर अमल व्यंग्यपूर्ण स्वर में पढ़ने लगा, "मैं तृण हूं, क्षुद्र तृण; भाई रक्तांबर राजवेशधारी अशोक, मैं तृण-मात्र हूं! मेरे फूल नहीं, मेरी छाया नहीं, मैं आकाश में अपना सिर नहीं उठा सकता, वसंत की कोकिल मेरा आश्रय लेकर कुहू स्वर से जगत् को उन्मत्त नहीं करती—तो भी भाई अशोक, अपनी उस उच्च पुष्पित शाखा से तुम मेरी उपेक्षा मत करना; तुम्हारे पैरों में पड़ा हुआ मैं तृण हूं, फिर भी मुझे तुच्छ मत समझना!"

अमल पुस्तक से इतना-सा पढ़ने के बाद बना-बनाकर कहने लगा, "मैं केले की गहर हूं, कच्चे केले की गहर, भाई कूष्मांड भाई, गृह-छप्पर-विहारी कूष्मांड, में नितांत कच्चे केले की गहर हूं।"

चारु कौतूहल के मारे रोष बनाए न रह सकी; हंसकर उठती हुई पुस्तक पटककर

बोली, ''तुम बड़े ही ईर्ष्यालु हो, अपनी रचना के अलावा कुछ भी पसंद नहीं आता।''

अमल ने कहा, ''तुम्हारी उदारता का क्या कहना है, तिनका भी मिल जाए तो निगल लो!

चारु, ''अच्छा जनाब, मजाक रहने दो, पॉकेट में क्या है, निकाल डालो।''

अमल, ''क्या है, अंदाज लगाओ!''

बहुत देर तक चारु को परेशान करके अमल ने जेब से 'सरोरुह' नामक विख्यात मासिक-पत्र बाहर निकाला।

चारु ने देखा, पत्रिका में अमल का वही 'खाता' (कॉपी) नामक लेख प्रकाशित हुआ है।

चारु देखकर चुप रह गई। अमल ने सोचा था, उसकी भाभी खूब खुश होगी। किंतु प्रसन्नता का कोई विशेष लक्षण न देखकर बोला, ''सरोरुह पत्र में ऐसा-वैसा लेख प्रकाशित नहीं होता।''

अमल ने यह कुछ बढ़ाकर कहा था। चाहे-जैसा कामचलाऊ लेख हो, मिल जाता तो संपादक छोड़ते न थे। किंतु अमल ने चारु को समझा दिया, संपादक बहुत बड़ा आदमी होता है, सौ लेखों में से एक छांटता है।

सुनकर चारु प्रसन्न होने की चेष्टा करने लगी, किंतु वह प्रसन्न न हो सकी। क्यों उसके मन को आघात पहुंचा, यह समझने की चेष्टा की, किंतु कोई संगत कारण न खोज सकी।

अमल का लेख अमल और चारु दोनों की संपत्ति थी। अमल लेखक था और चारु पाठक। उसकी गोपनीयता ही उसका प्रधान रस था। उस लेख को सब कोई पढ़ेगा और बहुत-से लोग उसकी प्रशंसा करेंगे, यह चारु को क्यों इतना कष्ट दे रहा था, यह वह ठीक से न समझ सकी।

किंतु लेखक की आकांक्षा केवल एक पाठक-भर से ज्यादा दिन तक तृप्त नहीं होती। अमल ने अपने लेख छपाने आरंभ किए। प्रशंसा भी प्राप्त की।

बीच-बीच में भक्तों के पत्र भी आने लगे। अमल उन्हें अपनी भाभी को दिखलाता। चारु इससे खुश भी होती और कष्ट भी पाती। अब अमल को लेख लिखने में प्रवृत्त कराने के लिए एकमात्र उसके उत्साह और प्रेरणा की आवश्यकता नहीं रह गई थी। अमल को बीच-बीच में कदाचित नाम-हस्ताक्षर-विहीन रमणियों के पत्र भी मिलने लगे। इसे लेकर चारु उससे मजाक तो करती, किंतु उसे सुख न मिलता। सहसा उनकी कमेटी का बंद द्वार खोलकर बंगाल की पाठक-मंडली उन दोनों के बीच में आकर खड़ी हो गई।

भूपति ने एक दिन छुट्टी के समय कहा, ''अरे चारु अपना अमल इतना अच्छा लिख सकता है यह तो मैं जानता ही न था।''

भूपति की प्रशंसा से चारु खुश हुई। अमल भूपति का आश्रित था; किंतु अन्य

आश्रितों की अपेक्षा उसमें बहुत भेद था—इस बात को उसके पति के समझाने पर चारु ने जैसे गर्व का अनुभव किया। उसका अभिप्राय यह था कि, "अमल को मैं क्यों इतना प्यार-दुलार करती हूं यह बात तुम लोग इतने दिनों बाद समझे। मैं बहुत दिनों पहले ही अमल की मर्यादा समझ गई थी; अमल किसी की भी अवज्ञा का पात्र नहीं है।"

चारु ने प्रश्न किया, "तुमने उसका लेख पढ़ा है।"

भूपति ने कहा, "हां, नहीं, ठीक से नहीं पढ़ा। समय नहीं मिला। किंतु अपना निशिकांत पढ़कर खूब प्रशंसा कर रहा था। वह बंगला-रचना अच्छी तरह समझता है।"

भूपति के मन में अमल के प्रति सम्मान का भाव जग उठे, चारु की यह एकांत इच्छा थी।

3

उमापद भूपति को अपने अखबार के साथ अन्य कई प्रकार के उपहार देने की बात समझा रहा था। उपहार से किस प्रकार नुकसान की बजाय लाभ हो सकता है, यह भूपति किसी प्रकार भी नहीं समझ पा रहा था।

चारु एक बार कमरे में झांककर उमापद को देखकर चली गई। कुछ देर बाद फिर घूम-फिरकर उसने कमरे में आकर देखा, दोनों व्यक्ति हिसाब को लेकर बहस कर रहे हैं।

चारु की अधीरता देखकर उमापद कोई बहाना करके बाहर चले गए। भूपति हिसाब से माथा-पच्ची करने लगा।

कमरे में प्रवेश कर चारु ने कहा, "क्या अभी तक तुम्हारा काम समाप्त नहीं हुआ। मैं तो यही सोचती रहती हूं कि इस अखबार के पीछे तुम रात-दिन कैसे काट देते हो।"

हिसाब को एक ओर सरकाते हुए भूपति थोड़ा मुस्कराए। मन-ही-मन सोचा, 'वास्तव में चारु की ओर ध्यान देने का समय ही नहीं मिलता, यह बड़ा अन्याय है। इस बेचारी के पास समय काटने के लिए कुछ भी नहीं है।'

स्नेहपूर्ण स्वर में भूपति ने कहा, "आज तुम्हारी पढ़ाई नहीं होगी? मास्टर क्या भाग गए हैं? तुम्हारी पाठशाला का नियम सब उल्टा है—छात्रा तो पोथी-पत्रा लिए तैयार है, मास्टर गायब! शायद आजकल अमल तुमको पहले के समान नियमित रूप से नहीं पढ़ाता।"

चारु ने कहा, "मुझे पढ़ाकर अमल का समय नष्ट करना क्या उचित है। अमल को तुमने क्या एक मामूली प्राइवेट ट्यूटर समझ लिया है?"

चारु की कमर पकड़कर पास खींचकर भूपति ने कहा, "यह क्या मामूली

प्राइवेट-ट्यूटरी हुई। तुम्हारी-जैसी भाभी यदि मुझे पढ़ाने के लिए मिलती तो–"

चारु, "बस-बस रहने भी दो! पति बने हो यही क्या कम आफत है जो अब और...

कुछ व्यथित-से होकर भूपति ने कहा, "अच्छा, कल से मैं अवश्य तुमको पढ़ाऊंगा। अपनी पुस्तकें तो लाओ, एक बार देखूं तो तुम क्या पढ़ती हो?"

चारु, "बस, बस, हो गया, तुम्हें पढ़ाने की जरूरत नहीं। पल-भर के लिए तो जरा अपना यह अखबार का हिसाब छोड़ नहीं सकते, अभी किसी और बात पर ध्यान दे सकते हो या नहीं, बताओ!"

भूपति ने कहा, "जरूर दे सकता हूं। इस समय तुम मेरे मन को जिधर घुमाना चाहो उधर ही घूम जाएगा।"

चारु, "बहुत खूब, तो फिर अमल के इस लेख को एक बार पढ़कर देखो कैसा सुंदर बन पड़ा है। संपादक ने अमल को लिखा है, इस लेख को पढ़कर नवगोपाल बाबू ने उसे 'बंगला का रस्किन' नाम दिया है।"

सुनकर कुछ सकुचाते हुए भूपति ने पत्रिका हाथ में ले ली। खोलकर देखा, लेख का शीर्षक था, 'आषाढ़ का चांद'। पिछले दो सप्ताह से भारत सरकार के बजट की समालोचना के संबंध में भूपति अंकों की बड़ी-बड़ी तालिकाएं बना रहा था। वे अंक बहुपद कीड़ों के समान उसके मस्तिष्क के नाना विवरों में रेंग रहे थे। ऐसे अचानक बंगला भाषा में 'आषाढ़ का चांद' शीर्षक लेख आद्योपांत पढ़ने के लिए उसका मन तैयार न था। लेख भी नितांत छोटा न था।

लेख इस प्रकार शुरू हुआ था, "आज आषाढ़ का चांद रात-भर मेघों में इस तरह छिपकर क्यों घूम रहा है? मानो स्वर्गलोक से वह कुछ चोरी कर लाया हो, मानो उसे अपना कलंक छिपाने की जगह न हो। फाल्गुन के महीने में जब आकाश के किसी भी कोने में कहीं मुट्ठी-भर भी मेघ नहीं थे तब तो जगत की आंखों के सामने वह निर्लज्ज के समान उन्मुक्त आकाश में अपने को प्रकाशित किए हुए था–और आज उसकी वही तरल हंसी–शिशु के स्वप्न के समान, प्रिया की स्मृति के समान, सुरेश्वरी शची के अलकविलंबित मोतियों की माला के समान–"

भूपति ने सिर खुजलाकर कहा, "अच्छा लिखा है। किंतु मुझे क्या! यह सब कवित्व क्या मैं समझता हूं।"

चारु ने लज्जित होकर भूपति के हाथ से पत्रिका छीनकर कहा, "तब तुम क्या समझते हो?"

भूपति ने कहा, "मैं संसारी आदमी हूं, मैं मनुष्य को समझता हूं।"

चारु ने कहा, "मनुष्य की बात क्या साहित्य में नहीं लिखी जाती?"

भूपति, "गलत लिखते हैं। इसके अतिरिक्त मनुष्य के सशरीर वर्तमान रहते बनावटी बातों के बीच उसे खोजते फिरने की क्या जरूरत है?"

यह कहकर चारुलता की ठोड़ी पकड़कर कहा, ''यही लो, जैसे मैं तुमको समझता हूं, किंतु उसके लिए क्या 'मेघनाद-वध', 'कविकंकण चंडी' आदि आद्योपांत पढ़ने की जरूरत है।''

भूपति को इस बात का अहंकार था कि वह काव्य नहीं समझता तो भी अमल के लेख को अच्छी तरह न पढ़ने पर भी उसके प्रति मन-ही-मन भूपति को कुछ श्रद्धा थी। भूपति सोचता, 'कहने को कुछ भी नहीं, फिर भी अनर्गल इतनी बातें बनाकर कहना, यह तो मैं सिर फोड़कर मर जाऊं तो भी नहीं कर सकता। अमल में इतनी क्षमता है, यह कौन जानता था।'

भूपति अपनी रसज्ञता अस्वीकार करता, किंतु साहित्य के प्रति उसमें कृपणता नहीं थी। दरिद्र लेखक के पकड़ लेने पर भूपति उसको किताब छापने का खर्चा देता, केवल विशेष रूप से यह कह देता, ''किताब मुझे समर्पित न की जाए।'' बंगला के छोटे-बड़े साप्ताहिक और मासिक-पत्र प्रसिद्ध, अप्रसिद्ध, पाठ्य-अपाठ्य सभी किताबें वह खरीदता। कहता, ''एक तो पढ़ता नहीं, ऊपर से यदि खरीदूं भी नहीं तो पाप भी करूंगा और प्रायश्चित्त भी न होगा।'' पढ़ता नहीं था, इसलिए खराब पुस्तकों के प्रति उसका लेशमात्र भी विद्वेष न था, इसी कारण उसकी बंगला-पुस्तकों की लाइब्रेरी ग्रंथों से परिपूर्ण थी।

अमल अंग्रेजी के प्रूफ-संशोधन के कार्य में भूपति की सहायता करता था; किसी कापी की दुर्बोध लिखावट दिखा लेने के लिए उसने एक गट्ठर कागज-पत्र लिए कमरे में प्रवेश किया।

भूपति ने हंसकर कहा, ''अमल, तुम आषाढ़ के चांद और भाद्र मास के पके ताड़-फल पर जो चाहो लिखो, उसमें मुझे कोई आपत्ति नहीं—मैं किसी की भी स्वाधीनता में हाथ नहीं डालना चाहता—किंतु मेरी स्वाधीनता में हस्तक्षेप क्यों? वह सब मुझे पढ़ाए बिना नहीं छोड़ेंगी, तुम्हारी भाभी का यह कैसा अत्याचार है।''

अमल ने हंसकर कहा, ''ठीक तो है भाभी—मेरे लेखों को लेकर तुम भैया पर जुल्म करने का उपाय निकाल लोगी, ऐसा जानता तो मैं लिखता ही नहीं।''

साहित्यरस-विमुख भूपति के सामने लाकर अपने अत्यंत भावपूर्ण लेखों को अपदस्थ कराने के लिए अमल मन-ही-मन चारु के ऊपर नाराज हो गया एवं उसी क्षण यह समझते ही चारु दुखी हो गई। प्रसंग बदलने के अभिप्राय से उसने भूपति से कहा, ''अपने भाई का विवाह करा दो, तो फिर कभी लेखों का उपद्रव न सहना पड़ेगा।''

भूपति ने कहा, ''आजकल के लड़के हमारे समान अबोध नहीं हैं, वे कविता लिखने में जैसे सयाने हैं वैसे ही काम-काज में भी हैं, भला तुम अपने देवर को विवाह करने के लिए राजी कहां करा पाईं।''

चारु के चले जाने पर भूपति ने अमल से कहा, ''अमल, मुझे इस अखबार के झंझट में रहना पड़ता है, चारु बेचारी बड़ी अकेली रहती है। कोई काम-काज नहीं।

बीच-बीच में मेरे लिखने के कमरे में झांककर चली जाती है। क्या करूं, बताओ! अमल, तुम उसे जरा लिखने-पढ़ने में लगाए रह सको तो अच्छा हो। बीच- बीच में यदि चारु को अंग्रेजी काव्य का अनुवाद करके सुनाओ तो उसको लाभ भी होगा और अच्छा भी लगेगा। चारु की साहित्य में बड़ी रुचि है।''

अमल ने कहा, ''यह तो ठीक है। भाभी यदि थोड़ा और पढ़-लिख लें तो मेरा विश्वास है वे स्वयं अच्छा लिख सकेंगी।''

भूपति ने हंसकर कहा, ''इतनी आशा नहीं करता, किंतु चारु बंगला लेखों की अच्छाई-बुराई मेरी अपेक्षा ज्यादा समझ सकती।''

अमल, ''उनकी कल्पना-शक्ति खूब है, महिलाओं में ऐसी नहीं दिखती।''

भूपति, ''पुरुषों में भी कम दिखती है, उसका प्रमाण मैं हूं। अच्छी बात है, तुम यदि अपनी भाभी को गढ़कर तैयार कर सको तो मैं तुमको पारितोषिक दूंगा।''

अमल, ''क्या दोगे सुनूं।''

भूपति, ''तुम्हारी भाभी की जोड़ की कोई एक और खोज-खाजकर ले आऊंगा।

अमल, ''फिर उसमें लगना होगा! सारा जीवन क्या गढ़कर तैयार करने में ही काटूंगा।''

दोनों भाई आजकल के लड़के थे, किसी बात पर उनकी जीभ नहीं अटकती।

4

पाठक-समाज में प्रतिष्ठा प्राप्त करके अब अमल का सिर ऊंचा हो गया है। पहले वह स्कूली विद्यार्थी की भांति रहता था, अब वह मानो समाज का गण्यमान्य व्यक्ति बन गया है। बीच-बीच में सभाओं में साहित्यिक निबंध पढ़ता है—संपादक और संपादक के दूत उसके कमरे में आकर बैठे रहते हैं, उसको निमंत्रित करके खिलाते हैं, नाना सभाओं का सदस्य और सभापति बनने के लिए अनुरोध आते हैं, भूपति के घर में नौकर-चाकरों तथा कुटुंबियों की दृष्टि में उसकी प्रतिष्ठा बढ़ गई है।

मंदाकिनी अभी तक उसको महत्त्वपूर्ण व्यक्ति नहीं समझती थी। अमल और चारु के हास्यालाप तथा आलोचना को वह बचपन कहकर उपेक्षा करती, पान लगा देती और घर का काम-काज करती रहती; अपने को वह उनसे श्रेष्ठ और संसार के लिए आवश्यक समझती थी।

अमल बेहद पान खाता था। मंदा के ऊपर पान लगाने का भार था, इसलिए वह पान में अनुचित अपव्यय से चिढ़ती। षड्यंत्र करके मंदा के पान-भंडार को प्रायः लूट लाना अमल और चारु के आमोदों में से एक था। किंतु इन दोनों शौकीन चोरों का चोरी का मजाक मंदा को अच्छा नहीं लगता था।

असल बात है, एक आश्रित व्यक्ति दूसरे आश्रित व्यक्ति को अच्छी नजर से नहीं देखता। अमल के लिए मंदा को जो थोड़े-बहुत अतिरिक्त काम-काज करने पड़ते

उन्हीं से वह मानो कुछ अपमान का अनुभव करती। चारु को अमल का पक्षपाती समझकर वह मुख से स्पष्ट कुछ नहीं कह पाती थी, किंतु अमल की अवहेलना करने की उसकी कोशिश बराबर रहती। अवसर पाते ही पीठ पीछे नौकर-चाकरों से भी वह अमल के नाम पर ताने देना न भूलती। वे भी साथ देते।

किंतु जब अमल का उत्थान आरंभ हुआ तो मंदा कुछ चौंकी। अमल अब वह नहीं था। अब उसकी संकोचभरी नम्रता एकदम लुप्त हो गई थी। दूसरे की अवज्ञा करने का अधिकार अब मानो उसी के हाथ में हो। संसार में प्रतिष्ठा प्राप्त करके जो व्यक्ति बिना किसी हिचकिचाहट के निस्संकोच अपना प्रचार कर सकता है, जिस व्यक्ति ने एक निश्चित अधिकार प्राप्त कर लिया है, वह समर्थ व्यक्ति सहज ही स्त्री की दृष्टि आकर्षित कर सकता है। मंदा ने जब देखा अमल चारों ओर से श्रद्धा पा रहा है, तब उसने भी अमल के ऊंचे उठे हुए मस्तक की ओर मुंह उठाकर देखा। अमल के तरुण मुख में नवगौरव की गर्वोज्ज्वल दीप्ति ने मंदा की आंखों में मोह उत्पन्न कर दिया; उसने मानो अमल को एक नए रूप में देखा।

अब पान चुराने की आवश्यकता न रही। अमल के प्रसिद्धि पाने से चारु को यह एक और हानि हुई, उनके षड्यंत्र का विनोद-बंधन विच्छिन्न हो गया; पान अब अमल को अपने-आप मिल जाता, कोई अभाव न होता।

इसके अलावा, वे अपने दोनों के संगठित दल से मंदाकिनी को विभिन्न उपायों द्वारा दूर रखने में जिस आनंद का अनुभव करते थे, उसके नष्ट होने की भी तैयारी हो गई। मंदा को दूर रखना कठिन हो गया। अमल का यह सोचना कि चारु ही उसकी एकमात्र मित्र और प्रशंसक है, मंदा को अच्छा न लगता। पहले की अवहेलना को वह ब्याज-सहित शोधकर देने के लिए उद्यत थी। अतः अमल और चारु की भेंट होते ही मंदा किसी-न-किसी बहाने बीच में पड़कर छाया डालकर ग्रहण लगा देती। मंदा के इस आकस्मिक परिवर्तन को लेकर चारु उसकी अनुपस्थिति में परिहास कर ले इसका भी अवसर पाना कठिन हो गया।

मंदा का यह अनामंत्रित प्रवेश चारु को जितना अरुचिकर लगता था अमल को उतना नहीं—यह कहना व्यर्थ है। विमुख रमणी का मन क्रमशः उसकी ओर फिर रहा था, इससे वह भीतर-ही-भीतर एक आसक्ति का अनुभव करता था।

किंतु चारु जब दूर से मंदा को देखकर धीमे से तीखे स्वर में कहती, "यह लो, आ रही हैं।" तब अमल भी कहता, "सच, नाक में दम कर दिया।" संसार के और सभी लोगों के संग के प्रति असहिष्णुता प्रकट करना उनका दस्तूर था, अमल उसे कैसे छोड़े। अंत में मंदाकिनी के पास आने पर अमल जैसे बलपूर्वक शिष्टता दिखाकर कहता, "कहो, मंदा भाभी, तुम्हें अपने पानदान में आज बटमारी के कुछ चिह्न दिखे!"

मंदा, "जब मांगते ही पा जाते हो, तब चोरी करने की जरूरत!"

अमल, "मांगकर पाने की बजाय इसमें ज्यादा मजा है।"

मंदा, "तुम लोग क्या पढ़ रहे थे, पढ़ो न भई। रुक क्यों गए। पाठ सुनना मुझे बहुत अच्छा लगता है।"

इससे पूर्व पाठानुराग में प्रसिद्धि प्राप्त करने के लिए मंदा की ओर से कोई प्रयत्न नहीं देखा गया था, किंतु 'कालो हि बलवत्तरः।'

चारु की इच्छा नहीं थी कि अरसिका मंदा के सामने अमल पढ़े, अमल की इच्छा थी कि मंदा भी उसका लेख सुने।

चारु, "अमल कमलाकांत के दफ्तर की समालोचना लिखकर लाया है, वह क्या तुमको—"

मंदा, "मैं मूर्ख ही सही, फिर भी अगर सुनूं तो क्या बिल्कुल भी न समझ पाऊंगी।"

तब अमल को और एक दिन की बात याद आ गई। चारु और मंदा ताश खेल रही थीं, वह हाथ में अपना लेख लिए खेल की मजलिस में प्रविष्ट हुआ था। वह चारु को सुनाने के लिए अधीर था, खेल खत्म न होते देखकर खीझ रहा था, अंत में बोल पड़ा, "तो फिर भाभी तुम खेलो, मैं अखिल बाबू को लेख सुना आता हूं।"

चारु ने अमल की चादर पकड़कर कहा था, "अरे; बैठो न। कहां जाते हो।" यह कहकर चटपट हार मानकर खेल खत्म कर दिया था।

मंदा ने कहा था "क्या तुम लोगों का पाठ आरंभ होगा? तो मैं उठूं?"

चारु ने शिष्टाचार दिखाते हुए कहा था, "क्यों, तुम भी सुनो न भई!"

मंदा, "नहीं भैया, मैं तुम्हारी ये बातें खाक भी नहीं समझती। मुझे तो बस नींद आने लग जाती है" यह कहते हुए वह बीच ही में खेल खत्म हो जाने के कारण दोनों पर खीझती हुई चली गई थी।

वही मंदा आज कमलाकांत की समालोचना सुनने के लिए उत्सुक थी। अमल बोला, "यह तो अच्छी बात है मंदा भाभी, तुम सुनो यह तो मेरा सौभाग्य है।" यह कहते हुए उसने पन्ने पलटकर फिर शुरू से पढ़ने की तैयारी की। लेख के आरंभ में उसने पर्याप्त मात्रा में रस बरसाया था उसे शामिल किए बिना पढ़ने की उसकी इच्छा नहीं हुई।

चारु चट से बोली, "देवरजी, तुमने कहा था न कि जाह्नवी लाइब्रेरी से कुछ पुराने मासिक-पत्र ला दोगे!"

अमल, "आज थोड़े ही।"

चारु, "आज ही तो। वाह भूल गए शायद?"

अमल, "भूलूंगा क्यों। तुमने कहा था न—"

चारु, "अच्छी बात है, मत लाओ। तुम लोग पढ़ो। मैं चलूं, चलकर परेश को लाइब्रेरी भेज दूं।—" कहकर चारु उठ खड़ी हुई।

अमल को विपद् की आशंक हुई। मंदा मन-ही-मन समझ गई और क्षणभर

में ही उसका मन चारु के प्रति विषाक्त हो उठा। चारु के चले जाने पर जब अमल उठे या न उठे, यह सोचता हुआ इधर-उधर कर रहा था तब मंदा जरा हंसकर बोली, "जाओ भई, जाकर मनाओ; चारु रूठ गई है। मुझे लेख सुनाओगे तो मुश्किल में पड़ जाओगे।"

इसके बाद अमल के लिए उठना अत्यंत कठिन हो गया। अमल ने चारु पर कुछ रुष्ट होकर कहा, "क्यों, मुश्किल काहे की।" कहते हुए लेख खोलकर पढ़ने की तैयारी करने लगा।

मंदा ने दोनों हाथों से उसका लेख ढकते हुए कहा, "क्या जरूरत है भई, मत पढ़ो!"—कहकर मानो आंसू रोकने के लिए वह अन्यत्र चली गई।

5

चारु दावत में गई थी। मंदा कमरे में बैठी बालों में चुटीला गूंथ रही थी। 'भाभी' कहते हुए अमल ने कमरे में प्रवेश किया। मंदा अच्छी तरह जानती थी कि चारु के दावत में जाने का समाचार अमल से छिपा नहीं है। हंसकर बोली, "अक्खाह, अमल बाबू, किसे खोजने आए और मिला कौन; तुम्हारी तकदीर ही ऐसी है।"

अमल ने कहा, "जैसा बाईं ओर का पुआल ठीक वैसा ही दाहिनी ओर का पुआल—गदहे को तो दोनों बराबर प्रिय हैं।" कहकर वहीं बैठ गया।

अमल, "मंदा भाभी, अपने गांव की कहानी कहो, मैं सुनूंगा।"

लेख के विषय संग्रह करने के लिए अमल सभी जनों की सारी बातें कौतूहल के साथ सुनता। इसी कारण अब वह मंदा की पहले के समान पूर्ण उपेक्षा नहीं करता था। मंदा का मनस्तत्त्व, मंदा का इतिहास अब उसकी उत्सुकता के विषय थे। उसकी जन्मभूमि कहां थी, उसका गांव कैसा था, बचपन किस प्रकार बिताया विवाह कब हुआ, इत्यादि सभी बातें खोद-खोदकर पूछने लगा। मंदा के लघु जीवन-वृत्तांत के संबंध में इतनी उत्सुकता कभी किसी ने प्रकट नहीं की थी। मंदा आनंदपूर्वक अपनी बातें सुनाती जा रही थी; बीच-बीच में कहती, "क्या कहती जा रही हूं, कोई ठिकाना है।"

अमल ने प्रोत्साहन देते हुए कहा, "नहीं, मुझे बहुत अच्छा लग रहा है, कहे जाओ!" मंदा के पिता का एक काना गुमाश्ता था, वह अपनी दूसरी स्त्री के साथ झगड़ा करके किसी-किसी दिन रूठकर अनशन व्रत करता, अंत में भूख की ज्वाला से त्रस्त मंदा के घर किस प्रकार छिपकर भोजन करने आता और दैवात् एक दिन स्त्री के द्वारा किस प्रकार पकड़ा गया, जिस समय यह कहानी चल रही थी और अमल मनोयोग पूर्वक सुनता सकौतुक हंस रहा था उसी समय चारु ने आकर कमरे में प्रवेश किया।

कहानी का सूत्र टूट गया। उसके आगमन से सहसा एक जमी हुई सभा भंग हो गई, चारु इसको साफ समझ गई।

अमल ने प्रश्न किया, "भाभी, इतनी जल्दी कैसे लौट आईं।"

चारु ने कहा, "यही तो देख रही हूं। बहुत जल्दी लौट आई।" यह कहती हुई वह चली जाने को उद्यत हुई।

अमल बोला, "अच्छा ही किया, मुझे बचा लिया। मैं सोच रहा था, न मालूम, कब लौटोगी। मन्मथदत्त की 'संध्यार पाखि' (संध्या का पक्षी) नामक नई पुस्तक तुमको पढ़कर सुनाने के लिए लाया हूं।"

चारु, "अभी रहने दो, मुझे काम है।"

अमल, "काम है तो मुझे हुकुम दो, मैं कर डालता हूं।"

चारु जानती थी कि अमल आज पुस्तक खरीदकर उसे सुनाने आएगा; चारु ईर्ष्या उत्पन्न करने के लिए, मन्मथ के लेख की खूब प्रशंसा करेगी और अमल उस पुस्तक को विकृत करके पढ़कर हंसी उड़ाएगा। यह सब कल्पना करके अधैर्यवश वह समय से पहले ही निमंत्रण-गृह की समस्त अनुनय-विनय का उल्लंघन करके तबीयत खराब के बहाने घर लौट आई थी। अब बार-बार मन में सोच रही थी, 'वहीं ठीक थी, चले आना अनुचित हुआ।'

मंदा भी तो कम बेहया नहीं। अमल के साथ एक कमरे में अकेली बैठी दांत निपोरकर हंस रही है। लोग देखेंगे तो क्या कहेंगे। किंतु मंदा की इस बात को लेकर फटकारना चारु के लिए बड़ा कठिन था। कारण, यदि मंदा ने उनके ही दृष्टांत का उल्लेख करके उत्तर दिया तो। किंतु वह अलग बात है, और यह अलग। वह अमल को लिखने के लिए उत्साह देती है, अमल के साथ साहित्यालोचना करती है, किंतु मंदा का तो ऐसा कोई उद्देश्य नहीं। मंदा निस्संदेह ही सरल युवक को मुग्ध करने के लिए जाल बिछा रही है। इस भयंकर विपत्ति से बेचारे अमल की रक्षा करना उसी का कर्त्तव्य है। अमल को इस मायाविनी का उद्देश्य किस प्रकार समझाए। समझने पर उसके प्रलोभन की निवृत्ति न होकर यदि उल्टा हुआ तो।

बेचारे भैया। वे तो अपने मालिक के अखबार में दिन-रात पिसे जा रहे हैं, और मंदा यहां कोने में बैठी अमल को भुलाने का आयोजन कर रही है। भैया एकदम निश्चिंत हैं। मंदा के ऊपर उनका अगाध विश्वास है। इन सब बातों को स्वयं अपनी आंखों देखकर चारु कैसे स्थिर रहे। बड़ी ज्यादती है।

किंतु पहले अमल अच्छा था, जिस दिन से लिखना आरंभ करके ख्याति प्राप्त की है उसी दिन से सारे अनर्थ दिखने लगे हैं। चारु ही तो उसके लिखने के मूल में थी। किस अशुभ क्षण में उसने अमल को रचना करने के लिए उत्साहित किया। अब क्या अमल के ऊपर उसका पहले की भांति जोर चलेगा। अब अमल को पांच जनों के प्यार का स्वाद मिल चुका है, अतएव एक को छोड़ देने से उसका कुछ नहीं आता-जाता।

चारु ने स्पष्ट समझा, अमल के लिए उसके हाथ से निकलकर पांच जनों के हाथ में जा पड़ने पर चारों ओर विपद् है। अमल अब चार को ठीक अपना समकक्ष

नहीं समझता, चारु से वह आगे निकल गया। अब वह लेखक है, चारु पाठक। इसका प्रतिकार करना ही होगा।

ओह! सरल अमल, मायाविनी मंदा, बेचारे भैया।

6

उस दिन आषाढ़ के नवीन मेघों से आकाश ढक गया था। कमरे में घनीभूत अंधकार होने के कारण चारु अपने खुले जंगले के पास खूब झुककर न जाने क्या लिख रही थीं।

अमल कब चुपचाप पीछे आकर खड़ा हो गया इसका उसे पता न चला। बादलों के स्निग्ध आलोक में चारु लिखती रही, अमल पढ़ने लगा। पास में अमल के ही छपाए दो-एक लेख खुले पड़े थे, चारु के लिए वे ही रचना के एकमात्र आदर्श थे।

''तुम तो कहती थीं, तुम लिख ही नहीं सकतीं।''

अचानक अमल की आवाज सुनकर चारु जोर से चौंक पड़ी; झटपट कापी छिपाकर बोली ''यह तुम्हारी ज्यादती है।''

अमल, ''क्या ज्यादती की है।''

चारु, ''छिपे-छिपे क्यों देख रहे थे?''

अमल, ''प्रकट रूप से नहीं देख पाता इसीलिए।''

चारु ने अपना लेख फाड़ डालने का प्रयत्न किया। अमल ने झट से उसके हाथ से कॉपी छीन ली। चारु बोली, ''अगर तुम पढ़ोगे तो तुम्हारे साथ हमेशा के लिए कुट्टी हो जाएगी।''

अमल, ''अगर पढ़ने से रोकोगी तो तुम्हारे साथ हमेशा को कुट्टी हो जाएगी।

चारु, ''तुम्हें मेरे सिर की सौगंध है देवरजी, मत पढ़ो।''

अंत में चारु को ही हार माननी पड़ी। कारण, अमल को अपना लेख दिखाने के लिए मन छटपटा रहा था; लेकिन दिखलाने के समय उसे इतनी लज्जा का अनुभव होगा, यह उसने नहीं सोचा था! अमल ने जब बहुत अनुनय विनय करके पढ़ना प्रारंभ किया तो लज्जा से चारु के हाथ-पैर बर्फ के समान ठंडे हो गए। बोली, ''मैं पान ले आती हूं।'' यह कहती हुई झटपट पान लगाने का बहाना करके अमल के कमरे में चली गई।

पढ़ना समाप्त करके अमल ने चारु के पास जाकर कहा, ''बहुत सुंदर है।''

चारु ने पान में कत्था लगाना भूलकर कहा, ''चलो, अब मजाक रहने दो। लाओ, मेरी कॉपी दे दो!''

अमल ने कहा, ''कॉपी अभी नहीं दूंगा, लेख की नकल करके पत्र में भेजूंगा।''

चारु, ''हां, पत्र में तो भेजोगे ही, यह नहीं हो सकता।'' चारु ने बड़ी आफत कर दी, अमल ने भी किसी तरह नहीं छोड़ा। उसने जब बार-बार शपथ खाकर कहा, ''पत्र में देने के उपयुक्त है।'' तब चारु ने मानो अत्यंत हताश होकर कहा, ''तुम्हारे साथ

तो पार पाना मुश्किल है! जो तय कर लेते हो फिर उसे किसी भी तरह नहीं छोड़ते!''

अमल ने कहा, ''एक बार भैया को दिखाना होगा।''

सुनकर पान लगाना छोड़कर चारु आसन से तेजी से उठ खड़ी हुई; कॉपी छीनने की कोशिश करती हुई बोली, ''नहीं, उनको नहीं सुना सकते! उनसे यदि मेरे लिखने की बात कहोगे तो फिर मैं एक भी अक्षर नहीं लिखूंगी।''

अमल, ''भाभी, तुम बहुत गलत समझ रही हो। भैया मुख से चाहे जो कहें, किंतु तुम्हारा लेख देखकर बहुत खुश होंगे।''

चारु, ''होने दो, मुझे खुशी से क्या लेना है!''

चारु प्रतिज्ञा कर बैठी थी कि वह लिखेगी, अमल को आश्चर्य में डाल देगी, मंदा और उसमें बड़ा अंतर है वह इस बात को प्रमाणित किए बिना न रहेगी। इधर कई दिन उसने ढेरों लिखा और फाड़कर फेंक दिया। जो भी लिखने बैठती वह एकदम अमल का-सा लेख हो जाता। मिलाने पर देखती कोई-कोई अंश अमल की रचना से प्रायः अविकल उद्धृत किया हुआ लगता। वे ही अंश अच्छे होते, बाकी सब कच्चे। देखने पर अमल अवश्य ही मन-ही-मन हंसेगा, यही कल्पना करके वह उन लेखों को फाड़कर खूब छोटे-छोटे टुकड़े करके तालाब में फेंक देतीं बाद में कहीं उसका एक भी टुकड़ा अमल के हाथ न पड़े।

सबसे पहले उसने लिखा 'श्रावण का मेघ'। सोचा था, 'भावाश्रुजल-अभिषिक्त एक बहुत ही नवीन लेख लिखा है।' सहसा होश आने पर देखा लेख अमल के 'आषाढ़ का चांद' का रूपांतर मात्र है। अमल ने लिखा था 'भाई चांद, तुम मेघों के बीच छिपे चोर की तरह क्यों घूम रहे हो।' चारु ने लिखा, 'सखी कादंबिनी, सहसा कहां से आकर अपने नीलांचल के नीचे चांद को चुराकर भागे जा रही हो' इत्यादि।

किसी भी प्रकार अमल की सीमा को न लांघ पा सकने पर अंत में चारु ने रचना का विषय-परिवर्त्तन किया। चांद, मेघ, शेफालिका, बहू-कथा कहो[1] इन सबको छोड़कर उसने 'काली तला'[2] नामक एक लेख लिखा। उसके गांव में छायांधकारयुक्त तालाब के किनारे काली का मंदिर था; उस मंदिर को लेकर उसके बाल्यकाल की कल्पना, भय, औत्सुक्त, उसके संबंध में उसकी विचित्र स्मृति, उस जाग्रत देवी के माहात्म्य के संबंध में गांव में चिरप्रचलित प्राचीन कहानी—इस सबको लेकर उसने एक लेख लिखा। उसका आरंभिक हिस्सा अमल के लेख के समान काव्याडंबरपूर्ण हुआ, किंतु थोड़ा आगे चलकर उसका लेख सहज सरल और ग्रामीण भाषा-भंगी के आभास से परिपूर्ण हो उठा।

इस लेख को अमल ने छीनकर पढ़ा। उसको लगा प्रारंभ का भाग बहुत सरस बन पड़ा है, किंतु कवित्त्व की अंत तक रक्षा नहीं हो सकी है। जो हो, प्रथम रचना

1. कोकिलजातीय एक पक्षी। बोली के अनुकरण पर नामकरण।
2. कालिका देवी की पूजा के लिए निर्दिष्ट स्थान।

की दृष्टि से लेखिका का उद्यम सराहनीय था।

चारु ने कहा, "देवरजी, आओ हम लोग एक मासिक-पत्र निकालें। क्या कहते हो!"

अमल, "ढेरों रौप्यचक्र हुए बिना वह पत्र चलेगा कैसे!"

चारु, "अपने इस पत्र में कोई खर्च नहीं होगा। छापा तो जाएगा नहीं—हाथ से लिखेंगे। उसमें तुम्हारे और मेरे अतिरिक्त और किसी का लेख नहीं निकलेगा, न किसी और को पढ़ने दिया जाएगा। केवल दो प्रतियां निकालेंगी; एक तुम्हारे लिए, एक मेरे लिए।"

कुछ दिन पहले अमल इस प्रस्ताव पर उन्मत हो उठता; इस समय उसका गोपनीयता का उत्साह चला गया है। इस समय तो उसे दस व्यक्तियों को उद्देश्य किए बिना किसी रचना से सुख ही नहीं मिलता। तो भी बीते हुए समय का ठाठ बनाए रखने के लिए उसने उत्साह प्रकट किया। कहा, "बड़ा मजा आएगा।"

चारु ने कहा, "किंतु प्रतिज्ञा करनी होगी, अपने पत्र को छोड़कर और कहीं तुम लेख नहीं छपवा सकोगे।"

अमल, "तब तो संपादक लोग मार ही डालेंगे।"

चारु, "और मेरे हाथ जैसे मारने का अस्त्र ही नहीं है?"

बात पक्की हो गई। दोनों संपादक, दोनों लेखक और दोनों पाठकों की सम्मिलित कमेटी बैठी। अमल ने कहा, "पत्र का नाम रखा जाए चारुपाठ।"

चारु ने कहा, "नहीं, इसका नाम हो अमला।"

इस नवीन बंदोबस्त में चारु बीच के कई दिनों की दुखभरी खीझ भूल गई। उनके मासिक-पत्र में मंदा के प्रवेश करने के लिए भी कोई ऐसा मार्ग नहीं था और बाहर के लोगों के प्रवेश का भी द्वार बंद था।

7

भूपति ने एक दिन आकर कहा, "चारु, तुम लेखिका बनोगी, पहले तो ऐसी कोई आशा नहीं थी।"

चारु चौंककर लाल होकर बोली, "मैं लेखिका! तुमसे किसने कहा। कभी नहीं।"

"चोर माल समेत गिरफ़्तार। हाथों-हाथ प्रमाण"—कहते हुए भूपति ने 'सरोरुह' की एक प्रति निकाली। चारु ने देखा, जिन लेखों को वह अपनी गुप्त संपत्ति समझकर अपने हस्तलिखित मासिक-पत्र में संचित कर रखती वे ही लेखक-लेखिका के नाम के साथ 'सरोरुह' में प्रकाशित हुए हैं।

उसे लगा कि न जाने किसने बड़ी साध से पाले गए पक्षियों को पिंजड़े का द्वार खोलकर उड़ा दिया हो, भूपति द्वारा पकड़ी जाने की लज्जा भूलकर विश्वासघाती अमल के ऊपर मन-ही-मन उसे बड़ा क्रोध आया।

"और हां, यह तो देखो!" कहते हुए 'विश्वबंधु' समाचार-पत्र खोलकर भूपति ने चारु के सामने रख दिया। उसमें 'आधुनिक बंगला लेख का ढंग' शीर्षक से एक निबंध प्रकाशित हुआ था।

चारु ने हाथ से उसे हटाते हुए कहा, "इसे पढ़कर मैं क्या करूंगी।" उस समय अमल से मान के कारण अपने को कहीं लगा नहीं पा रही थी। भूपति ने जिद करके कहा, "एक बार पढ़ ही देखो न!"

चारु ने हारकर उस पर दृष्टि डाली! कुछ आधुनिक लेखकों की भावाडंबरपूर्ण गद्य-रचनाओं को गाली देते हुए लेखक ने खूब कड़ा निबंध लिखा। उसमें समालोचक ने अमल और मंमथदत्त की लेखन-शैली का कटु उपहास किया था; और उसी के साथ तुलना करते हुए नवीन लेखिका श्रीमती चारुबाला की भाषा की अकृत्रिम सरलता, अनायास सरसता और चित्र-रचना-नैपुण्य की खूब प्रशंसा की थी। लिखा था, "इसी प्रकार की रचना-प्रणाली का अनुकरण करके सफलता प्राप्त करने से ही अमल कंपनी का विस्तार संभव है, नहीं तो वह पूर्ण रूप से फेल होगी इसमें कोई संदेह नहीं है।"

भूपति ने हंसकर कहा, "इसी को कहते हैं, गुरु गुड़ ही रहे चेला शक्कर हो गए।"

चारु अपनी रचना-शैली की इस प्रथम प्रशंसा से ज्यों-ही जरा खुश होती त्यों-ही उसे पीड़ा होने लगती। उसका मन जैसे किसी भी प्रकार प्रसन्न नहीं होना चाहता था। प्रशंसा के लुभावने सुधा-पात्र को वह मुंह के पास पहुंचते ही दूर ठेल देती।

वह समझ गई, उसके लेख पत्र में छपवाकर अमल ने एकाएक उसे विस्मित कर देने का संकल्प किया था। अंत में छप जाने पर निश्चय किया होगा कि किसी पत्र में प्रशंसापूर्ण समालोचना छप जाने पर दोनों को एक साथ दिखाकर चारु की रोष-शांति और उत्साहवर्द्धन करेगा। जब प्रशंसा छप गई तब अमल क्यों आग्रहपूर्ण उसे दिखाने नहीं आया। इस समालोचना से अमल को चोट पहुंची और चारु को दिखाना नहीं चाहा इसीलिए इन पत्रों को उसने एकदम छिपा लिया। चारु स्वांतःसुखाय चुपचाप एकांत में एक छोटे-साहित्य-नीड़ की रचना कर रही थी, सहसा प्रशंसा-शिला-वृष्टि की एक बड़ी-सी शिला ने आकर उसको एकदम गिरा देने का प्रयत्न किया। चारू को यह बिल्कुल अच्छा न लगा।

भूपति के चले जाने पर चारु अपने सोने के कमरे में खाट पर चुपचाप बैठी रही; सामने 'सरोरुह' और 'विश्वबंधु' खुले पड़े थे।

चारु को सहसा चकित कर देने के लिए कॉपी हाथ में लिए अमल ने पीछे से चुपचाप प्रवेश किया। पास आकर देखा, 'विश्वबंधु' की समालोचना खोले हुए चारु ध्यानमग्न बैठी थी!

अमल फिर चुपचाप बाहर चला गया। "मुझे गाली देकर चारु की रचनाओं की प्रशंसा की गई है। इसीलिए प्रसन्नता के कारण चारु को होश नहीं है।" क्षण-भर में ही उसका सारा मन जैसे कड़वा हो गया। वह जरूर इस मूर्ख की समालोचना पढ़कर

अपने को अपने गुरु की अपेक्षा अधिक बड़ा समझ रही है, इस निश्चित धारणा के कारण अमल चारु पर बहुत क्रुद्ध हुआ। चारु को चाहिए था कि उस पत्र को फाड़कर टुकड़े-टुकड़े करके आग में डालकर भस्म कर देती।

चारु के ऊपर गुस्सा होकर अमल ने मंदा के कमरे के द्वार पर खड़े होकर जोर से पुकारा, "मंदा भाभी!"

मंदा, "आओ, भई आओ! आज तो बिना मांगे ही दर्शन मिल गए, बड़े सौभाग्य की बात है।"

अमल, "मेरे दो-एक नए लेख सुनोगी?"

मंदा, "कितने दिन से, सुनाऊंगा, सुनाऊंगा कहकर आशा दे रखी है? किंतु सुनाते तो हो नहीं। क्या जरूरत है, भई—फिर कहीं कोई नाराज हो जाए तो तुम्हीं मश्किल में पड़ोगे—मेरा क्या।"

अमल ने कुछ ऊंचे स्वर से कहा, "गुस्सा कौन होगा। और क्यों गुस्सा होगा। अच्छा वह देखा जाएगा, तुम इस समय तो सुनो।"

मंदा जैसे अत्यंत आग्रह से झटपट तैयार होकर बैठ गई। अमल ने सस्वर समारोह के साथ पढ़ना आरंभ किया।

अमल का लेख मंदा के लिए नितांत अपरिचित था, उसमें वह कहीं कोई कूल-किनारा नहीं पा सकी। इसीलिए मुंह पर प्रसन्नता की हंसी लाकर और भी उत्सुक भाव से सुनने लगी। उत्साह पाकर अमल की आवाज उत्तरोत्तर ऊंची होती गई।

वह पढ़ रहा था—'अभिमन्यु ने गर्भावस्था में जिस प्रकार ब्यूह में प्रवेश करना सीखा था, ब्यूह से बाहर निकलना नहीं सीखा था—उसी प्रकार नंदी की धारा ने भी पर्वत गह्वरों के पाषाण-गर्भ में रहकर केवल आगे चलना ही सीखा है, पीछे लौटना नहीं सीखा। हा नदी के स्त्रोत, हा यौवन, हा! काल, हा संसार तुम केवल आगे ही चल सकते हो—जिस पथ पर स्मृति के स्र्वणमंडित उपलखंड बिखरा आते हो, उस पथ पर फिर किसी दिन लौटकर नहीं जाते। केवल मनुष्य का मन ही पीछे की ओर देखता है, अनंत संसार उस ओर कभी मुड़कर भी नहीं देखता।'

इसी समय मंदा के द्वार के समीप एक छाया पड़ी, मंदा ने उस छाया को को देखा। किंतु जैसे उसने न देखा हो, ऐसी चेष्टा करके निर्निमेष दृष्टि से अमल के मुख की ओर देखती हुई गंभीर मनोयोग से पाठ सुनने लगी।

छाया उसी क्षण हट गई।

चारु ने प्रतीक्षा की थी कि अमल के आते ही उसके सामने 'विश्वबंधु' पत्र को यथोचित लांछित करेगी, और उसने प्रतिज्ञा-भंग करके उसके लेख मासिक-पत्र में छिपा दिए हैं, इसके लिए अमल को भी फटकारेगी।

अमल के आने का समय निकल गया, तो भी वह नहीं आया। चारु ने एक लेख ठीक करके रखा था; अमल को सुनाने की इच्छा से; वह भी पड़ा रह गया।

ऐसी अवस्था में कहीं से अमल का कंठ-स्वर सुनाई पड़ा। लगा, जैसे मंदा के कमरे से। शरबिद्ध के समान वह उठ खड़ी हुई। दबे पैर वह द्वार के समीप आकर खड़ी हो गई। अमल जो लेख मंदा को सुना रहा था अभी चारु ने उसको नहीं सुना। अमल पढ़ रहा था—'केवल मनुष्य का मन ही पीछे की ओर जाता है—अनंत संसार उस ओर कभी मुड़कर भी नहीं देखता!'

चारु जिस प्रकार चुपचाप आई थी, उसी प्रकार चुपचाप फिर लौट न सकी। आज एक के बाद एक दो-तीन आघातों ने उसको एकदम धैर्यच्युत कर दिया था। मंदा एक अक्षर भी नहीं समझ रही है और अमल नितांत निर्बोध मूढ़ की भांति उसे पाठ सुनाकर तृप्ति-लाभ कर रहा है—यह बात चिल्लाकर कह आने की उसकी इच्छा हुई। किंतु बिना बोले सक्रोध पद शब्दों द्वारा वह यही प्रचार कर आई। शयन-कक्ष में जाकर चारु ने सशब्द द्वार बंद कर लिया।

क्षण-भर के लिए अमल ने पढ़ना बंद कर दिया। मंदा ने हंसकर चारु की ओर इशारा किया। अमल ने मन-ही-मन कहा, "भाभी, यह कैसा निष्ठुर आचरण। क्या उन्होंने समझ रखा है, मैं उनका ही क्रीतदास हूं। उनको छोड़कर और किसी को भी पढ़कर नहीं सुना सकता। यह तो बड़ा जुल्म है।' ऐसा सोचकर वह और भी ऊंचे स्वर से पढ़कर मंदा को सुनाने लगा।

पढ़ना समाप्त होने पर चारु के कमरे के सामने से होकर वह बाहर चला गया। एक बार दृष्टि डाली, कमरे का द्वार बंद था।

चारु ने पैरों की आहट से जान लिया, अमल उसके कमरे के सामने से निकल गया—एक बार भी नहीं रुका। क्रोध और क्षोभ के कारण उसे रुलाई नहीं आई। अपने नए लेख वाली कॉपी को निकालकर बैठे-बैठे उसके प्रत्येक पृष्ठ के फाड़कर टुकड़े कर ढेर लगा दिया। हाय! किस अशुभ क्षण में यह लेखालेखी आरंभ हुई थी।

8

संध्या समय बरामदे के गमले से जुही के फूलों की सुगंध आ रही थी, बिखरे बादलों में से स्निध आकाश में तारे दिख रहे थे। आज चारु ने केश नहीं बांधे, कपड़े नहीं बदले। जंगले के पास अंधकार में बैठी थी, मंद पवन में उसके खुले केश धीरे-धीरे उड़ रहे थे, और उसके नेत्रों से इस प्रकार टप-टप करके आंसू क्यों गिर रहे थे इसको वह स्वयं भी नहीं समझ पा रही थी।

तभी भूपति ने कमरे में प्रवेश किया। उसका मुख बिल्कुल उतरा हुआ, हृदय भाराक्रांत था। भूपति के आने का अभी समय नहीं था। अखबार के लिए लेख लिखकर प्रूफ देखकर अंतःपुर में आने में प्रायः उनको देर होती थी। आज संध्या के तुरंत बाद ही मानो किसी सांत्वना की प्रत्याशा से वह चारु के पास आकर उपस्थित हुआ है।

घर में दीपक नहीं जल रहा था। खुले जंगले के क्षीण आलोक में भूपति चारु

को खिड़की के पास स्पष्ट नहीं देख पाया; धीरे-धीरे पीछे आकर खड़ा हो गया। पैरों की आहट सुनकर भी चारु ने मुंह नहीं फेरा—मूर्तिवत् स्थिर, कठिन होकर बैठी रही।

भूपति ने कुछ आश्चर्यान्वित होकर पुकारा, "चारु!"

भूपति के स्वर से चौंककर वह झटपट उठ खड़ी हुई। भूपति आया है उसने नहीं सोचा था। भूपति ने चारु के केशों में उंगली फेरते-फेरते स्नेहार्द्र स्वर में पूछा, "अंधकार में तुम अकेली क्यों बैठी हो, चारु? मंदा कहां गई?"

चारु ने जैसी आशा की थी आज सारे दिन वह सब-कुछ भी नहीं हुआ। उसने यह निश्चित रूप से सोच रखा था कि अमल आकर क्षमा मांगेगा—उसके लिए तैयार होकर वह प्रतीक्षा कर रही थी, इतने में भूपति के अप्रत्याशित कंठ-स्वर को सुनकर वह जैसे और अधिक आत्म-संवरण न कर सकी—एकदम रो पड़ी।

भूपति ने घबराकर व्यथित होकर पूछा, "चारु, क्या हुआ।"

क्या हुआ यह कहना था। ऐसा तो कुछ नहीं हुआ। विशेष तो कुछ नहीं हुआ। अमल ने अपना नया लेख पहले उसको न सुनाकर मंदा को सुनाया है, इस बात को लेकर भूपति के पास वह क्या नालिश करे। सुनकर क्या भूपति हंसेगा नहीं? इस तुच्छ बात में गुरुतर शिकायत का विषय कहां छिपा हुआ था, उसको खोज निकालना चारु के लिए दुस्तर था। आकरण ही वह क्यों इतना अधिक कष्ट पा रही है इसको पूर्ण रूप से समझ पाने के कारण उसकी वेदना और भी बढ़ गई।

भूपति, "बोलो न चारु, तुमको क्या हुआ है! मैंने क्या तुम्हारे प्रति कोई अन्याय किया है? तुम तो जानती ही हो, अखबार के झंझट में मैं किस प्रकार अतिव्यस्त रहता हूं, यदि तुम्हारे मन को कोई आघात पहुंचा तो मैंने जान-बूझकर नहीं पहुंचाया है।"

भूपति ऐसे विषयों पर प्रश्न कर रहा था जिनमें से किसी का कोई उत्तर नहीं। इसी कारण चारु भीतर-ही-भीतर अधीर हो उठी। सोचने लगी, 'भूपति यदि उसे इस समय निष्कृति दे दे तो जान बचे।'

दूसरी बार कोई उत्तर न पाकर भूपति ने फिर स्नेहसिक्त-स्वर में कहा, "चारु, मैं हर समय तुम्हारे पास नहीं आ सकता, इसलिए मैं अपराधी हूं, किंतु अब ऐसा नहीं होगा, अब से दिन-रात अखबार में नहीं लगा रहूंगा। मुझे तुम जितना चाहोगी उतना पाओगी।"

चारु अधीर होकर बोली, "इसलिए नहीं।"

भूपति ने कहा, "तो फिर किसलिए।" कहता हुआ खाट पर बैठ गया।

चारु खीझ के स्वर को न छिपा सकी। बोली, अभी रहने दो, रात को बताऊंगी!"

क्षण-भर स्तब्ध रहकर भूपति ने कहा, "अच्छा, इस समय रहने दो!" कहते हुए उठकर धीरे-धीरे बाहर चला गया। उसे अपनी कोई बात कहनी थी, वह भी न कह पाया।

भूपति क्षोभ से चला गया, चारु से यह छिपा नहीं रहा! सोचा, 'बुलाऊं। किंतु

बुलाकर क्या कहूंगी।'' पश्चात्ताप ने उसे पीड़ित किया, किंतु उसका कोई भी प्रतिकार वह नहीं ढूंढ़ पाई।

रात हुई। चारु ने आज बहुत यत्न से भूपति का रात का भोजन परोसा और स्वयं हाथ में पंखा लेकर बैठी रही।

इसी समय उसने सुना, मंदा ऊंचे स्वर में पुकार रही थी, ''ब्रज, ब्रज!'' नौकर ब्रज के उत्तर देने पर पूछा, ''अमल बाबू ने भोजन कर लिया है क्या।'' ब्रज ने उत्तर दिया, ''कर लिया।'' मंदा ने कहा, ''भोजन हो गया और तू पान नहीं ले गया, क्यों!'' मंदा ब्रज को बहुत डांटने लगी।

इसी समय भूपति अंतःपुर में आकर भोजन करने बैठा, चारु पंखा झलने लगी।

चारु ने आज निश्चय किया था कि भूपति के साथ प्रफुल्ल स्नेह भाव से अनेक बातें करेंगी। बातचीत पहले से ही ठीक करके वह तैयार बैठी थी। किंतु मंदा की आवाज से उसका विस्तृत आयोजन नष्ट हो गया, भोजन के समय वह भूपति से एक भी बात न कर सकी। भूपति भी अत्यंत उदास और अन्य मनस्क था। उसने अच्छी तरह भोजन भी नहीं किया, चारु ने केवल एक बार पूछा, ''कुछ खा नहीं रहे हो, क्यों?''

भूपति ने प्रतिवाद करते हुए कहा, ''क्यों, कम तो नहीं खाया।''

शयन-कक्ष में दोनों के मिलने पर भूपति ने कहा, ''आज रात को तुमने क्या कहने के लिए कहा था।''

चारु ने कहा, ''देखो, कुछ दिनों से मंदा का व्यवहार मुझे अच्छा नहीं लग रहा है। उसको यहां रखने का मुझे और साहस नहीं हो रहा है।''

भूपति, ''क्यों, उसने क्या किया है।''

चारु, ''अमल के साथ वह ऐसा व्यवहार करती है कि उसे देखने में लज्जा लगती है।''

भूपति हंस पड़ा। कहा, ''धृत्, तुम पागल हो गई हो। अमल तो बच्चा है। कल का छोकरा—''

चारु, ''तुम तो घर की कोई खबर नहीं रखते, केवल बाहर की खबर इकट्ठी करते फिरते हो। जो हो, बेचारे भैया के लिए मैं चिंतित हूं। वे कब खाते हैं, नहीं खाते हैं, इसकी मंदा कोई भी सुध नहीं लेती, लेकिन अमल के कामों में जरा-सी भूल-चूक होते ही नौकर-चाकरों के साथ बक-झक करके अनर्थ कर देती है।''

भूपति, ''तुम स्त्रियां बहुत संदेही होती हो।''

चारु गुस्से में बोली, ''अच्छा ठीक है, हम संदेही ही सही, किंतु घर में मैं यह सब बेहयापन नहीं होने दूंगी यह कहे देती हूं।''

चारु की इस समस्त निराधार आशंका से भूपति मन-ही-मन हंसा। खुश भी हुआ। घर जिससे पवित्र रहे, दांपत्य धर्म को आनुमानिक और काल्पनिक कलंक भी लेश-मात्र स्पर्श न करे, इसके लिए साध्वी स्त्रियों में जो अतिरिक्त सतर्कता और

संदेहाकुल दृष्टि पाई जाती है उसमें अपना एक माधुर्य और महत्त्व होता है।

भूपति ने श्रद्धा और स्नेह से चारु के ललाट का चुंबन करते हुए कहा, "इसको लेकर और कोई हंगामा करने की आवश्यकता नहीं होगी। उमापद मेमनसिंह में प्रैक्टिस करने जा रहा है; मंदा को भी साथ ले जाएगा।"

अंत में अपनी दुश्चिंता और यह सब अप्रीतिकर आलोचना दूर करने के लिए चारु ने टेबिल से एक कापी उठाकर कहा, "यह तुमको अच्छा नहीं लगेगा, तुम मजाक उड़ाओगे!"

इस बात से भूपति कुछ व्यथित हुआ, किंतु उसे छिपाकर हंसते हुए कहा, "अच्छा, मैं मजाक नहीं उड़ाऊंगा, इस प्रकार स्थिर होकर सुनूंगा कि तुम्हें लगेगा कि मैं सो गया हूं।"

किंतु भूपति की एक न चली। देखते-देखते वह कॉपी अनेक आवरण आच्छादनों में अंतर्हित हो गई।

9

भूपति चारु से सारी बातें न कह सका। उमापद भूपति के अखबार का व्यवस्थापक था। चंदा-अदायगी, छापेखाने और बाजार का हिसाब चुकाना, नौकरों को वेतन देना, यह सारा भार उमापद पर था।

इस बीच सहसा एक दिन कागज वाले के यहां से वकील की चिट्ठी पाकर भूपति को आश्चर्य हुआ। भूपति के पास उनका 2,700 रुपया बाकी है इसकी सूचना दी गई थी। भूपति ने उमापद को बुलाकर कहा, "यह क्या मामला है! यह रुपया तो मैंने तुमको दे दिया था। कागज का बकाया तो चार-पांच सौ से अधिक नहीं होना चाहिए।"

उमापद ने कहा, "अवश्य ही उन्होंने भूल की है।"

किंतु बात अब और दबी न रह सकी। कुछ समय से उमापद इसी प्रकार धोखा देता आ रहा था। केवल कागज के ही संबंध में नहीं, भूपति के नाम से उमापद ने बाजार में बहुत-सा उधार कर रखा था। वह गांव में जो एक पक्का मकान बनवा रहा था उसके लिए बहुत-कुछ सामान भूपति के नाम लिखवा दिया था, अधिकांश कागज के रुपयों में से अदा कर दिया था।

जब वह बिलकुल पकड़ा ही गया तो रूखे स्वर से बोला, "मैं कहीं चला तो नहीं जा रहा हूं। काम करते-करते धीरे-धीरे चुका दूंगा—तुम पर यदि एक कौड़ी भी उधार रहे तो मेरा नाम उमापद नहीं।"

उसका नाम बदलने में भूपति के लिए कोई सांत्वना की बात न थी। अर्थक्षति से भूपति उतना दुखी नहीं हुआ, किंतु अकस्मात् इस विश्वासघातकता से उसे ऐसा लगा मानो घर से शून्य में पैर रखा हो।

उसी दिन वह असमय अंतःपुर में गया था। संसार में विश्वास का एक स्थान तो अवश्य ही है। क्षण-भर के लिए यही अनुभव करने के लिए उसका हृदय व्याकुल हो गया था। चारु उस समय अपने दुःख में संध्या-दीप बुझाकर जंगले के पास अंधकार में बैठी थी।

दूसरे ही दिन उमापद मैमनसिंह जाने के लिए तैयार हुआ। बाजार के रुपया पाने वालों को खबर लगने के पहले ही वह खिसक जाना चाहता था। घृणा के कारण उमापद से भूपति ने बात नहीं की—भूपति की इस मौनावस्था को उमापद ने अपना सौभाग्य समझा।

अमल ने आकर पूछा, "भाभी, यह क्या मामला है। सामान ठीक करने की इतनी धूम क्यों मची हुई है?"

मंदा, "अरे भाई, जाना तो है ही। हमेशा थोड़े ही रहूंगी।"

अमल, "कहां जा रही हो?"

मंदा, गांव।"

अमल, "क्यों, यहां क्या असुविधा हो रही है?"

मंदा, "मुझे क्या असुविधा होगी। तुम पांच जनों के साथ थी, सुख से ही थी। किंतु दूसरों को जो असुविधा होने लगी।"—कहते हुए चारु के कमरे की ओर कटाक्ष किया।

अमल गंभीर होकर चुप रहा। मंदा ने कहा, "छीः, छीः, कैसी लज्जा की बात है। बाबू ने सोचा होगा।"

इस बात को लेकर अमल ने और अधिक आचोलना नहीं की। केवल इतना स्थिर किया, "चारु ने उनके संबंध में भैया से कुछ ऐसी बात कही है, जो नहीं कहनी चाहिए थी।'

अमल घर से बाहर निकलकर सड़क पर टहलने लगा। उसकी इच्छा हुई— इस घर में फिर लौटकर न आए। भैया ने यदि भाभी की बात पर विश्वास करके उसे अपराधी समझ लिया है, तो जिस रास्ते मंदा गई है उसको भी उसी रास्ते चला जाना चाहिए। मंदा को विदा करना एक हिसाब से अमल के प्रति भी निर्वासन का आदेश था—केवल मात्र मुंह खोलकर कहा नहीं गया। इसके बाद तो कर्त्तव्य बिल्कुल स्पष्ट है—यहां और एक क्षण भी नहीं रहना। किंतु भैया मन-ही-मन उसके संबंध में किसी प्रकार की गलत धारणा पाल लें यह नहीं हो सकता। इतने दिन से वे अक्षुण्ण विश्वास से उसे घर में स्थान देकर पालन करते आ रहे हैं, और उस विश्वास को अमल ने तनिक भी आघात नहीं पहुंचाया है, भैया को यह बात बिना समझाए वह किस प्रकार जाएगा।

भूपति उस समय कुटुंबियों की कृतघ्नता, महाजनों की भर्त्सना, बिखरा हिसाब-किताब और रिक्त तहबील लिए सिर पर हाथ रखे सोच रहा था। उसके उस शुष्क मनोदुःख का कोई साथी नहीं था—भूपति अकेला खड़े होकर चित्तवेदना और ऋण से युद्ध करने

के लिए तैयार हो रहा था।

ऐसे समय अमल ने आंधी के समान कमरे में प्रवेश किया। भूपति ने सहसा अपनी अगाध चिंता से चौंककर देखा। कहा, ''क्या है, अमल!'' अकस्मात् लगा, अमल शायद और कोई गुरुतर दुःसंवाद लेकर आया है।

अमल ने कहा, ''भैया, मेरे ऊपर संदेह करने का क्या तुम्हें कोई कारण मिला है।''

भूपति ने आश्चर्य से कहा, ''तुम्हारे ऊपर संदेह!'' मन-ही-मन सोचा, 'संसार जैसा दिखाई दे रहा है, उससे किसी दिन अमल पर भी संदेह कर बैठूं तो क्या आश्चर्य है!''

अमल, ''क्या भाभी ने तुमसे मेरे चरित्र के संबंध में किसी प्रकार का दोषारोपण किया है?

भूपति ने सोचा, 'ओह! तो यह बात है। जान बची। स्नेह का उलाहना।' वह तो सोच बैठा था कि शायद एक सर्वनाश पर कोई दूसरा सर्वनाश घटित हुआ है? किंतु गुरुतर संकट के समय भी ये सब तुच्छ बातें सुननी पड़ती हैं। दुनिया एक ओर तो पुल हिलाना भी नहीं छोड़ती और साथ-ही-साथ उस पुल पर से शाकभाजी का बोझा उतारने के लिए ताकीद करना भी नहीं छोड़ती। और कोई अवसर होता तो भूपति अमल का परिहास करता, किंतु आज उसमें वैसी प्रसन्नता नहीं थी। उसने कहा, ''पागल हो गए हो क्या?''

अमल ने फिर पूछा, ''भाभीजी ने कुछ नहीं कहा?''

भूपति, ''तुमसे स्नेह करती हैं, इसलिए कुछ कह बैठी हों तो भी उसमें क्रोध करने का तो कोई कारण नहीं है।''

अमल, ''काम-काज की खोज में अब मुझे अन्यत्र जाना चाहिए।''

भूपति ने डांटकर कहा, ''अमल, न जाने तुम यह क्या लड़कपन कर रहे हो। अभी पढ़ो-लिखो; काम-काज पीछे होगा।''

अमल उदास चेहरे से चला गया, भूपति अपने अखबार के ग्राहकों की शुल्क-प्राप्ति की तालिका लेकर तीन वर्ष के जमा-खर्च का हिसाब मिलाने बैठ गया।

10

अमल ने तय किया, 'भाभी का मुकाबला करना होगा, इस बात को समाप्त किए बिना नहीं छोड़ेगा।' भाभी को जो कड़ी-कड़ी बातें सुनाएगा मन-ही-मन दुहराने लगा।

मंदा के चले जाने पर चारु ने संकल्प किया, अमल को वह स्वयं बुलाकर उसका क्रोध शांत करेगी। किंतु लेख का बहाना करके बुलाना होगा। अमल के ही एक लेख का अनुकरण करके 'अमावस्या का आलोक' शीर्षक एक निबंध उसने तैयार किया। चारु यह समझ गई थी कि उसके स्वतंत्र लेख अमल पसंद नहीं करता।

पूर्णिमा अपने संपूर्ण आलोक को प्रकाशित कर लेती है, इसलिए चारु ने अपनी

नवीन रचना में पूर्णिमा को तिरस्कृत करते हुए धिक्कारा। उसने लिखा– 'अमावस्या के अतलस्पर्शी अंधकार में षोडशकला चंद्र का संपूर्ण आलोक तहों में आबद्ध हो गया है, उसकी रश्मि भी बिखरने नहीं पाती–इसीलिए पूर्णिमा की उज्ज्वलता की अपेक्षा अमावस्था की कालिमा अधिक पूर्ण है–' इत्यादि। अमल अपनी सारी रचनाएं सबके सामने प्रकाशित कर देता है और चारु ऐसा नहीं करती– पूर्णिमा-अमावस्या की तुलना में क्या इसी बात का आभास था।

उधर इस परिवार का तीसरा व्याक्ति भूपति किसी आसन्न ऋण के तगादे से मुक्ति-लाभ कराने की दृष्टि से अपने परम मित्र मतिलाल के पास गया था।

भूपति ने मतिलाल को संकट के समय कई हजार रुपये उधार दिए थे–उस दिन अत्यंत विपन्न होकर वे ही रुपये मांगने गया था। मतिलाल स्नान करके नंगे बदन बैठा पंखे की हवा खा रहा था और लकड़ी के एक बक्स पर कागज रखकर खूब छोटे-छोटे अक्षरों में हजार बार दुर्गा का नाम लिख रहा था। भूपति को देखकर अत्यंत आत्मीयता के स्वर में बोला, "आओ, आओ–आजकल तो तुम्हारे दर्शन ही दुर्लभ हैं।"

रुपयों की बात सुनकर मतिलाल ने बहुत सोचकर कहा, "किन रुपयों की बात कर रहे हो। इस बीच क्या तुमसे कुछ लिया है?"

भूपति के साल, तारीख स्मरण करा देने पर मतिलाल ने कहा, "ओह! उसे तो बहुत दिन हुए तमादी लग गई।"

भूपति की आंखों में मानो चारों ओर दुनिया का स्वरूप ही बदल गया हो। संसार के जिस अंश पर से चेहरा हट गया था उसकी ओर देखकर भूपति का शरीर आतंक से सिहर उठा। जिस प्रकार सहसा बाढ़ आ जाने से भयभीत व्यक्ति जहां सबसे ऊंची जगह देखता है वहीं दौड़ जाता है, संशयाक्रांत भूपति ने भी उसी प्रकार बहिःसंसार से अंतःपुर में प्रवेश किया। मन-ही-मन कहा, 'और जो हो, चारु तो मुझे धोखा नहीं देगी।'

चारु उस समय खाट पर बैठी गोद में तकिया और तकिए पर कॉपी रखकर झुकी हुई एकाग्रचित से लिख रही थी। जब भूपति उसके अत्यंत समीप पहुंचकर खड़ा हो गया तभी उसे पता चला, जल्दी से कॉपी पैरों के नीचे दबाकर बैठ गई।

मन जब व्यथित रहता है तब छोटे-से आघात से भी गुरुतर व्यथा का अनुभव होता है। चारु को इस प्रकार अनावश्यक शीघ्रता से अपना लेख छिपाते देख भूपति के मन को कष्ट हुआ।

भूपति धीरे-धीरे खाट पर चारु के पास बैठ गया। चारु अपने रचना-स्रोत में अप्रत्याशित बाधा पाकर और सहसा कॉपी छिपाने की व्यस्तता से अप्रति होकर कोई भी बात शुरू न कर सकी।

उस दिन भूपति के पास स्वयं भी कुछ देने या कहने को न था। वह खाली हाथों चारु के पास प्रार्थी होकर आया था। चारु से यदि वह आशंका धर्मी प्रेम का

कोई प्रश्न या प्यार का कोई चिह्न पा जाता तो उसकी क्षत यंत्रणा पर औषधि का लेप हो जाता। किंतु लक्ष्मी ही लक्ष्मीहीन हो गई। जरूरत पड़ने पर एक क्षण के लिए चारु मानो प्रीति-भंडार की चाबी कहीं खोज ही न पाई। दोनों के कठित मौन के कारण कमरे की नीरवता बड़ी गहरी हो उठी।

कुछ देर बिल्कुल चुपचाप बैठा भूपति दीर्घ निःश्वास लेकर खाट से उठा और धीरे-धीरे बाहर चला गया।

उसी समय अमल अनेक कड़ी-कड़ी बातें मन में संचित करके तेज़ी से चारु के कमरे की ओर आ रहा था। रास्ते में भूपति के अत्यंत शुष्क विवर्ण मुख को देखकर अमल उद्विग्न होकर रुक गया। पूछा, "भैया, क्या तबीयत खराब है?"

अमल के स्निग्ध स्वर को सुनते ही हठात् भूपति का सारा हृदय अपनी अश्रुधारा को लेकर मानो अंदर-ही-अंदर फूल उठा। कुछ देर तक कोई बात न निकल सकी। बलपूर्वक आत्म-संवरण करके भूपति ने आर्द्र स्वर से कहा, "कुछ नहीं हुआ, अमल! इस बार पत्र में तुम्हारा कोई लेख निकल रहा है क्या।"

अमल ने जो कड़ी-कड़ी बातें संचित की थीं, वे कहां गईं। झटपट चारु के कमरे में आकर उसने प्रश्न किया, "भाभी, भैया को क्या हुआ है, बताओ तो!"

चारु ने कहा, "कहां, कुछ समझ ही न पाई। शायद किसी अखबार में उनके अखबार को गाली दी गई होंगी।"

अमल ने सिर हिला दिया।

अमल बिना बुलाए ही आया और सहज भाव से बातचीत कर रहा था। यह देखकर चारु को बहुत चैन मिला। सीधे लेख की बात छेड़ दी—बोली, "आज मैंने 'अमावस्या का आलोक' शीर्षक एक लेख लिखा था; और जरा देर हो जाती तो उन्होंने उसे देख लिया होता।"

चारु को पूरा विश्वास था, कि उसका नया लेख देखने के लिए अमल जिद करेगा। इसी अभिप्राय से उसने कॉपी भी जरा इधर-उधर की। किंतु, अमल ने एक बार तीखी निगाह से कुछ क्षण चारु के मुख की ओर देखा—क्या समझा, क्या सोचा, पता कहीं। फिर चौंककर उठ खड़ा हुआ। मानो पर्वतीय पथ पर चलते-चलते सहसा कुहरे के बादल हटते ही पथिक ने चौंककर देखा कि वह हजार हाथ गहरे गह्वर में पैर देने जा रहा था। अमल बिना कुछ कहे सीधा कमरे से बाहर चला गया।

चारु अमल के इस अभूतपूर्व व्यवहार का कोई तात्पर्य न समझ सकी।

11

दूसरे दिन भूपति ने फिर असमय शयन-कक्ष में आकर चारु को बुलवाया। बोला, "चारु, अमल के विवाह का एक बड़ा बढ़िया प्रस्ताव आया है।"

चारु अन्यमनस्क थी। बोली, "क्या आया है बढ़िया?"

भूपति, ''विवाह का प्रस्ताव।''

चारु, ''क्यों, मैं क्या पसंद नहीं आई?''

भूपति उच्च स्वर से हंस पड़ा। उसने कहा, ''तुम पसंद आईं या नहीं आईं, यह बात तो अभी अमल से पूछी नहीं गई। यदि पसंद आ भी गई होओ तो भी मेरा भी तो एक छोटा-मोटा अधिकार है मैं झट से थोड़े ही छोड़ दूंगा।''

चारु, ''उफ, न जाने क्या बकते हो। कुछ ठिकाना है। तुमने कहा था न, कि तुम्हारे विवाह का संबंध आया है–'' चारु का मुख लाल हो उठा।

भूपति, ''ऐसा होता तो क्या दौड़कर तुम्हें खबर देने आता? बख्शीश पाने की तो कोई आशा न थी।''

चारु, ''अमल का संबंध आया है? अच्छी बात है। तो फिर अब देर क्यों?''

भूपति, ''बर्दवान के वकील रघुनाथ बाबू अपनी लड़की के साथ विवाह करके अमल को विलायत भेजना चाहते हैं।''

चारु ने विस्मित होकर प्रश्न किया, ''विलायत?''

भूपति, ''हां, विलायत।''

चारु, ''अमल विलायत जाएगा? बड़े मजे की बात है। अच्छा हुआ, ठीक हुआ, तो फिर तुम उससे एक बार बात करके देखो!''

भूपति, ''यदि मेरे कहने के पहले तुम एक बार उसे बुलाकर समझाओ तो क्या अच्छा नहीं होगा?''

चारु, ''मैं तो हजारों बार कह चुकी हूं। वह मेरी बात नहीं मानता; मैं उससे नहीं कह सकूंगी।''

भूपति, ''तुम क्या सोचती हो? वह नहीं करेगा?''

चारु, ''और भी तो अनेक बार प्रयत्न करके देखा है, किसी प्रकार भी तो राजी नहीं होता।''

भूपति, ''किंतु इस बार के इस प्रस्ताव को छोड़ना उसके लिए उचित न होगा। मुझ पर बहुत कर्ज हो गया है, अब मैं तो इस तरह अमल को आश्रय न दे पाऊंगा।''

भूपति ने अमल को बुलवाया। अमल के आने पर उससे कहा, ''बर्दवान के वकील रघुनाथ बाबू की लड़की के साथ तुम्हारे विवाह का प्रस्ताव आया है। उनकी इच्छा है कि विवाह के बाद तुमको विलायत भेज दें, तो तुम्हारी क्या राय है?''

अमल ने कहा, ''यदि तुम्हारी अनुमति हो, तो मुझे इसमें कोई आपत्ति नहीं है।''

अमल की बात सुनकर दोनों को आश्चर्य हुआ। वह कहते ही राजी हो जाएगा, यह किसी ने भी नहीं सोचा था।

चारु ने तीखे स्वर से मजाक करते हुए कहा, ''भैया की अनुमति होने पर ये अपनी राय देंगे! वाह रे मेरे आज्ञाकारी छोटे भाई। भैया के ऊपर भक्ति इतने दिनों तक कहां थी देवरजी?''

अमल ने उत्तर न देकर थोड़ा हंसने का प्रयत्न किया।

अमल को निरुत्तर देखकर चारु मानो उसे सतर्क करने के लिए द्विगुणित तेजी से बोली, ''यह क्यों नहीं कहते कि तुम्हारी इच्छा है। इतने दिन यह बहाना करते रहने की क्या जरूरत थी कि विवाह नहीं करना चाहते? 'मन-मन भावे मूड़ हिलावे'।''

भूपति ने मजाक करते हुए कहा, ''तुम्हारी ही खातिर अमल इतने दिन मन को रोके रहा, कहीं देवरानी की बात सुनकर तुम्हें ईर्ष्या न हो।''

यह बात सुनकर चारु लाल हो उठी। जोर से बोली, ''ईर्ष्या! अच्छा जी! मुझे कभी ईर्ष्या नहीं होती। इस प्रकार की बात कहना तुम्हारा बड़ा अन्याय है।''

भूपति, ''यह लो, अपनी स्त्री से हंसी-मजाक भी नहीं कर सकता।''

चारु, ''नहीं, इस तरह का मजाक मुझे अच्छा नहीं लगता!''

भूपति, ''अच्छा, गुरुतर अपराध किया। माफ कर दो! जो हो, तो फिर विवाह की बात तय रही?''

अमल ने कहा, ''हां।''

चारु, ''लड़की अच्छी है या बुरी एक बार यह देखने की भी देर नहीं सह सकते। तुम्हारी ऐसी दशा हो गई है इसका तो जरा भी आभास न दिया।''

भूपति, ''अमल, लड़की को देखना चाहो तो उसका बंदोबस्त करूं। मैंने पता लगाया है, लड़की सुंदर है।''

अमल, ''नहीं, देखने की तो कोई जरूरत मालूम नहीं पड़ती।''

चारु, ''इसकी बात क्यों सुनते हो। भला ऐसा होता है। लड़की देखे बिना विवाह होगा! वह न देखना चाहे, हम लोग तो देखेंगे।''

अमल, ''नहीं भैया, इसको लेकर फिजूल देर करने की जरूरत नहीं दिखती।''

चारु, ''रहने दो बाबा, देर हुई तो छाती फट जाएगी। तुम सिर पर मौर लगाकर अभी चल दो। क्या पता, कहीं तुम्हारा सात राजाओं[1] का ईप्सित बहुमूल्य माणिक्य कोई और न छीन ले जाए।''

अमल को किसी भी हंसी-मजाक से चारु जरा भी न विचलित कर पाई।

चारु, ''विलायत भाग जाने के लिए तुम्हारा मन इतना उतावला क्यों हो रहा है? क्यों, यहां हम लोग तुमको क्या मार-पीट रहे थे? हैट-कोट पहनकर साहब बने बिना आजकल के लड़कों का मन ही नहीं भरता। देवरजी, विलायत से लौटकर हम-जैसे काले आदमियों को पहचान तो पाओगे न?''

अमल, ''तो फिर भला विलायत जाने की क्या जरूरत है।''

भूपति ने हंसकर कहा, ''काला रूप भूलने के लिए ही तो सात समुद्र पार जाते हैं। खैर इसकी क्या बात है चारु, हम तो हैं, काले के भक्तों की कमी न होगी।''

भूपति ने खुश होकर उसी समय चिट्ठी लिखकर बर्दवान भेज दी। विवाह का दिन निश्चित हो गया।

12

इसी बीच अखबार बंद कर देना पड़ा। भूपति और खर्च नहीं जुटा सका। जनसाधारण नामक एक अत्यंत निर्मम पदार्थ की जिस साधना में भूपति बहुत समय से दिन-रात एकाग्र मन से लगा हुआ था उसे एक क्षण में विसर्जित करना पड़ा। भूपति के जीवन का सारा प्रयत्न निरंतर गत बारह वर्ष से जिस परिचित पथ पर चला आ रहा था वह सहसा एक जगह पहुंचकर मानो जल में आ पड़ा हो। इसके लिए भूपति बिल्कुल भी तैयार न था। अकस्मात् बाधा आ पड़ने पर अपने इतने दिन के समस्त उद्यमों को वह लौटाकर कहां ले जाए? निराहार अनाथ शिशुओं की भांति उन्होंने भूपति के मुख की ओर देखा। भूपति ने उन्हें करुणामयी सेवापरायणा पत्नी के समीप अपने अंतःपुर में ला खड़ा किया।

पत्नी उस समय कुछ सोच रही थी। वह मन-ही-मन कह रही थी—'आश्चर्य है, अमल का विवाह होगा यह तो बहुत ही अच्छी बात है। किंतु इतने दिनों बाद हमें छोड़कर पराए घर में विवाह करके विलायत चला जाएगा, इससे उसके मन में क्या एक बार जरा भी द्विविधा उत्पन्न नहीं हुई? इतने दिन हमने उसे इतने यत्न से रखा, और विदा लेने का जरा-सा अवसर पाते ही ऐसे कमर कसकर तैयार हो गया मानो इतने दिन तक अवसर की प्रतीक्षा में हो। वैसे ऊपर से कितना मिष्टभाषी और स्नेहशील है। मनुष्य को पहचानना कितना कठिन है। कौन जानता था कि जो व्यक्ति इतना लिख सकता है उसके पास हृदय है ही नहीं।'

अपनी सहृदयता से तुलना करते हुए चारु ने अमल के रिक्त हृदय की अत्यंत अवज्ञा करने की बहुत चेष्टा की, किंतु कर न सकी। भीतर-ही-भीतर स्थित वेदना का उद्वेग तप्त शूल के समान उसके अभिमान को ठेल-ठेलकर जगाने लगा, 'अमल आज नहीं तो कल चला जाएगा, फिर भी इन कई दिनों से वह दिखाई नहीं दिया। हमारे बीच आपस में जो एक मनोमालिन्य हो गया है उसे दूर करने का भी कोई अवसर नहीं मिला।' चारु प्रतिक्षण मन में सोचती, 'अमल स्वयं आएगा—उनकी इतने दिनों की खेल-कूद यों ही समाप्त न हो जाएगी, किंतु अमल तो अब आता ही नहीं।' अंत में जब यात्रा का दिन अत्यंत निकट आ पहुंचा, तब चारु ने स्वयं ही अमल को बुलवाया।

अमल ने कहा, "थोड़ी देर बाद आता हूं।" चारु अपने उसी बरामदे की कुर्सी पर जाकर बैठ गई। सबेरे से ही घने बादलों के छाए रहने से उमस हो रही थी—चारु अपने खुले केशों का जूड़ा बनाकर हाथ का एक पंखा लिए थकी देह पर धीरे-धीरे पंखा झलने लगी।

बहुत देर हो गई। अंत में हाथ का पंखा रुक गया। क्रोध, दुःख, अधैर्य उसके

1. बंगला में कहावत है 'सात राजाओं का एक धन माणिक्य', जिसका अर्थ है अत्यंत बहुमूल्य धन।

हृदय में उमड़ पड़े। मन-ही-मन बोली, "अमल नहीं आया, तो क्या हुआ।" किंतु तो भी पैरों की आहट-मात्र से उसका मन दरवाजे की ओर दौड़ पड़ता।

दूर गिरजे के घंटे ने ग्यारह बजाए। स्नान करके अभी भूपति खाना खाने आएगा। अब भी आधा घंटा समय है, अब काश अमल आ जाए। जैसे भी हो, पिछले कुछ दिनों का अपना नीरव झगड़ा आज चुका ही डालना होगा—अमल को इस प्रकार विदा नहीं किया जा सकता। इस समवयस्क देवर-भावज के बीच जो चिरंतन मधुर संबंध है—प्रगाढ़ मित्रता, लड़ाई, गहरे स्नेह के उपद्रव, नाना प्रशांत सुख चर्चाओं से विजड़ित एक चिरच्छायामय लता-वितान—अमल क्या आज उसे धूल में मिलाकर बहुत दिनों के लिए बहुत दूर चला जाएगा। जरा भी परिताप न होगा? वह उसमें अंतिम बार जल-सिंचन करके भी नहीं जाएगा—उनके बहुत दिनों के देवर-भावज-संबंध का अंतिम अश्रु-जल।

लगभग आधा घंटा बीत गया। अपना ढीला जूड़ा खोलकर बालों की एक लट लेकर चारु द्रुतवेग से उसे अंगुली में लपेटने और खोलने लगी। अब आंसू रोके नहीं रुकते। नौकर ने आकर कहा, "मांजी, बाबूजी के लिए डाभ[1] (कच्चा नारियल) निकालना है।"

चारु ने अंचल से भंडार की चाबी खोलकर झन्न-से नौकर के पैरों के पास फेंक दी—वह आश्चर्यचकित होकर चाबी लेकर चला गया है।

चारु के हृदय से न जाने क्या उमड़ता हुआ उसके कंठ तक आने लगा।

यथासमय प्रसन्न-मुख से भूपति खाने के लिए आया। पंखा हाथ में लिए चारु ने आहार-स्थान पर आकर देखा, अमल भूपति के साथ आया है। चारु ने उसके मुख की ओर नहीं देखा।

अमल ने पूछा, "भाभी, मुझे बुलाया था?"

चारु ने कहा, "नहीं, अब कोई ज़रूरत नहीं।"

अमल, "तो मैं जाऊं, मुझे बहुत समान ठीक करना है।"

चारु ने उस समय तीव्र दृष्टि से एक बार अमल के मुख की ओर देखा। कहा, "जाओ!"

अमल चारु के मुख की ओर एक बार देखकर चला गया।

भोजनोपरांत भूपति कुछ देर चारु के पास बैठा था। आज लेन-देन के हिसाब के झगड़े में भूपति बहुत ही व्यस्त था—इसी से आज अंतःपुर में बहुत देर नहीं रुक सकेगा—इसलिए कुछ खिन्न होकर बोला, "आज मैं ज़्यादा देर नहीं बैठ सकता—आज बहुत झंझट है।"

चारु बोली, "तो जाओ न!"

भूपति ने सोचा, चारु रूठ गई, बोला, "फिर भी अभी तुरंत जाना हो, ऐसा नहीं है, थोड़ा आराम करके जाऊंगा।" यह कहते हुए वह बैठ गया। उसने देखा, चारु उदास

है। भूपति अनुतप्त चित्त से बहुत देर तक बैठा रहा, किंतु किसी प्रकार कोई बात शुरू न कर सका। काफी देर तक बातचीत करने की व्यर्थ कोशिश करके भूपति ने कहा, अमल तो कल चला जा रहा है, कुछ दिन शायद तुमको बहुत सूना लगेगा।''

चारु उसका कोई उत्तर न देकर जाने क्या लेने के लिए झट दूसरे कमरे में चली गई। भूपति कुछ देर प्रतीक्षा करके बाहर चला गया।

चारु ने आज अमल के मुख की ओर देखकर लक्ष्य किया, अमल इन कई दिनों में बहुत दुबला हो गया है—उसके चेहरे पर तरुणाई की वह स्फूर्ति बिल्कुल नहीं है। इससे चारु को प्रसन्नता भी हुई और वेदना भी। आसन्न-विच्छेद अमल को दुःख दे रहा है, चारु को इसमें संदेह न रहा—किंतु तो भी अमल का ऐसा व्यवहार क्यों? क्यों वह दूर-दूर भागता फिर रहा है। विदा की बेला को क्यों इच्छापूर्वक इस प्रकार विरोध से कटु बना रहा है।

बिस्तर पर लेटी हुई सोचते-सोचते वह सहसा चौंककर उठ बैठी। सहसा मंदा की बात याद आई। ''मान लो, अमल मंदा को प्यार करता है। मंदा चली गई है इसलिए यदि अमल इस प्रकार—छिः! अमल का मन क्या ऐसा होगा! इतना छोटा? ऐसा कलुषित? विवाहिता रमणी के प्रति उसका मन आसक्त होगा? असंभव।' संदेह को पूरे प्रयत्न से दूर करना चाहा, किंतु संदेह ने उसको बलपूर्वक जकड़ लिया था।

इसी प्रकार विदा की बेला आ गई। बादल न हटे। अमल ने आकर कंपित स्वर में कहा, ''भाभी, मेरे जाने का समय हो गया। तुम अब से भैया को देखना। उनकी बड़ी संकटपूर्ण अवस्था है—तुम्हें छोड़कर उनके लिए सांत्वना का और कोई मार्ग नहीं है।''

अमल भूपति का विषण्ण, म्लान भाव देखकर, पता लगाकर उसकी दुर्गति की बात जान चुका था। भूपति किस प्रकार अकेला ही चुपचाप अपनी दुःख-दुर्दशा से जूझ रहा था, उसे किसी से भी सहायता या सांत्वना नहीं मिल रही थी, फिर भी उसने आश्रित-पालित आत्मीयजनों को इस संकटावस्था में विचलित नहीं होने दिया, यह सोचकर वह चुप रह गया। फिर उसने चारु की बात सोची, अपने विषय में सोचा। उसकी कनपटी लाल हो गई। तेजी से बोला, ''चूल्हे में जाए आषाढ़ का चांद और अमावस्या का आलोक। मैं बैरिस्टर होकर लौटने पर यदि भैया की सहायता कर सकूं तभी समझो कि मैं पुरुष हूं।''

कल रात-भर जागकर चारु ने सोच लिया था कि विदाई के समय अमल से क्या बातें कहेगी—सहास्य मन और प्रफुल्ल उदासीनता द्वारा मार्जित बातों को उसने मन-ही-मन उज्ज्वल तीक्ष्ण बना लिया था, किंतु विदा देने के समय चारु के मुंह से कोई बात न निकली। उसने केवल कहा, ''चिट्ठी तो लिखोगे अमल?''

अमल ने धरती पर सिर टेककर प्रणाम किया। चारु ने दौड़कर शयन-कक्ष में जाकर द्वार बंद कर लिया।

13

भूपति बर्दवान जाकर अमल को विवाहोपरांत विलायत रवाना करके घर लौट आया।

चारों ओर से चोट खाकर विश्वासपरायण भूपति के मन में बहिः-संसार के प्रति कुछ वैराग्य आ गया था। सभा-समिति, मेल-मुलाकात कुछ भी उसे अच्छा न लगा। उसे लगा, "इन्हीं बातों में पड़कर मैं इतने दिन तक अपने-आपको बस धोखा ही देता रहा—जीवन के सुख के दिन व्यर्थ चले गए और सार-भाग मैंने घूरे पर फेंक दिया।"

भूपति ने मन-ही-मन कहा, "जाने दो, अखबार गया, अच्छा ही हुआ। मुक्ति मिली।" संध्या समय अंधकार का सूत्रपात देखते ही पक्षी जिस प्रकार घोंसले में लौट आता है, उसी प्रकार भूपति अपने अनेक दिन के संचरण-क्षेत्र का परित्याग करके अंतःपुर में चारु के पास लौट आया। मन-ही-मन निश्चय किया, "बस, अब और कहीं नहीं, यहीं मेरी स्थिति है। कागज के जिस जहाज को लेकर सारे दिन खेल किया करता था, वह डूब गया, अब घर चलूं।"

मालूम होता है भूपति का एक साधारण विश्वास था, पत्नी के ऊपर किसी को अधिकार प्राप्त नहीं करना पड़ता, वह ध्रुवतारे के समान अपने प्रकाश से स्वयं को आलोकित रखती है—हवा से बुझती नहीं, तेल की आवश्यकता नहीं होती। बाहर जिस समय तोड़-फोड़ शुरू हुई उस समय अंतःपुर के किसी मेहराब में दरार पड़ी है कि नहीं इसकी एक बार परीक्षा करके देखने की बात भी भूपति के मन में नहीं आई।

संध्या समय बर्दवान से भूपति घर लौटकर आया। झटपट मुंह-हाथ धोकर जल्दी से खाना खाया। अमल के विवाह और विलायत-यात्रा का वर्णन आद्योपांत सुनने के लिए चारु स्वभावतः विशेष उत्सुक होगी, ऐसा सोचकर भूपति ने आज जरा भी देर न की। भूपति सोने के कमरे में बिस्तर पर लेटकर हुक्के की लंबी नली गुड़गुड़ाने लगा। चारु अभी तक अनुपस्थित थी, शायद घर का काम कर रही हो। तंबाकू समाप्त हो जाने पर श्रांत भूपति को नींद आने लगी। तंद्रा भंग होने पर क्षण-क्षण में वह चौंककर जागता हुआ सोचने लगा, 'अभी तक चारु आई क्यों नहीं।' अंत में भूपति से न रहा गया। उसने चारु को बुलवा भेजा। भूपति ने पूछा, "चारु, आज बड़ी देर कर दी?"

चारु ने कैफियत दिए बिना ही कहा, "हां, आज देर हो गई।"

चारु के आग्रहपूर्ण प्रश्न की भूपति प्रतीक्षा करता रहा। चारु ने कोई प्रश्न न किया। इससे भूपति कुछ खिन्न हुआ। तो क्या चारु अमल से स्नेह नहीं करती। जितने दिन अमल यहां रहा चारु उसके साथ हंसती-खेलती रही, और जैसे ही वह चला गया वैसे ही उसके संबंध में उदासीन! इस प्रकार के विषम व्यवहार से भूपति के मन में खटका हुआ। वह सोचने लगा—'तो क्या चारु के हृदय में गहराई नहीं है। वह केवल आमोद-प्रमोद करना ही जानती है, स्नेह करना नहीं जानती? स्त्रियों के लिए इस प्रकार का निरासक्त भाव तो अच्छा नहीं है।'

चारु और अमल की मैत्री से भूपति आनंद का अनुभव करता। इन दोनों का

लड़कपन, विवाद और मित्रता, खेल और मंत्रणा उसके लिए मधुर कौतुहल के विषय थे! अमल को चारु सदा जिस तरह लाड-प्यार करती उससे चारु की कोमल सहृदयता का परिचय पाकर भूपति मन-ही-मन प्रसन्न होता। आज आश्चर्य से वह सोच रहा था, कि वह सब क्या केवल ऊपर-ही-ऊपर था, हृदय के भीतर उसकी कोई नींव न थीं? भूपति ने सोचा, ''चारु के पास यदि हृदय नहीं है तो भूपति कहां आश्रय पाएगा?''

धीरे-धीरे परीक्षा करने के लिए भूपति ने बात छेड़ी, ''चारु, तुम अच्छी तरह तो रहीं? तुम्हारी तबीयत तो ठीक है?''

चारु ने संक्षेप में उत्तर दिया, ''ठीक ही हूं।''

भूपति, ''अमल का विवाह तो संपन्न हो गया!''

यह कहकर भूपति चुप हो गया। चारु ने उस अवसर के अनुकूल कोई संगत बात कहने की बहुत चेष्टा की, किंतु कोई बात न मिली। वह जड़वत रह गई।

भूपति स्वभावतः कभी किसी बात पर ध्यान नहीं देता था—किंतु अमल की विदाई का शोक उसने मन पर छाया हुआ था। इसी कारण चारु की उदासीनता ने उसे आघात पहुंचाया। उसकी इच्छा थी, संवेदना से व्यथित चारु के साथ अमल के प्रसंग में बातचीत करके हृदय का भार हल्का करे।

भूपति, ''लड़की देखने में सुंदर है—चारु सो रही हो?''

चारु ने कहा, ''नहीं।''

भूपति, ''बेचारा अमल अकेला चला गया। जब उसे गाड़ी में चढ़ाया तो वह बच्चों की भांति रोने लगा—देखकर इस वृद्धावस्था में मैं और आंसू न रोक सका। गाड़ी में दो साहब थे, पुरुष को रोते देखकर उन्हें बड़ा कौतुक हुआ।''

दीपक-बुझे शयन-कक्ष में बिस्तर पर अंधकार में चारु पहले तो पीठ फेरकर लेटी रही, फिर सहसा झटपट बिस्तर छोड़कर चली गई। चकित होकर भूपति ने पूछा, ''चारु, तबीयत खराब है?''

कोई उत्तर न पाकर वह भी उठा। पास के बरामदे से रोने की दबी आवाज सुनकर जल्दी से जाकर देखा, चारु धरती पर औंधी पड़ी रोना रोकने की चेष्टा कर रही है।

ऐसा प्रबल शोकोच्छ्वास देखकर भूपति को आश्चर्य हुआ। सोचा, 'चारु को कितना कितना गलत समझा था। चारु का स्वभाव इतना भीतरी है कि मुझसे भी हृदय की वेदना व्यक्त नहीं करना चाहती। जिन लोगों की ऐसी प्रकृति होती है उनका प्रेम अत्यंत गंभीर एवं उनकी वेदना भी अत्यंत गहन होती है। चारु का प्रेम साधारण स्त्रियों के समान बाहर से दिखने वाला नहीं है', भूपति ने यह मन-ही-मन जांचकर देखा। भूपति ने चारु के प्रेम का उच्छ्वास कभी नहीं देखा था; आज विशेष रूप से समझा कि उसका कारण था चारु के स्नेह का भीतर- ही-भीतर गोपन प्रसार। भूपति स्वयं भी अपने-आपको प्रकट करने में अपटु था; चारु की प्रकृति से भी हृदयावेग की गंभीर अंतःशीलता का परिचय पाकर उसने एक प्रकार की तृप्ति का अनुभव किया।

तब भूपति चारु के पास बैठकर बिना बोले धीरे-धीरे उसके शरीर पर हाथ फेरने लगा। किस प्रकार सांत्वना दी जाती है भूपति को इसका ज्ञान नहीं था—वह यह नहीं समझ सका कि जब कोई अंधकार में शोक को गला दबाकर हत्या करना चाहे तब साक्षी का बैठा रहना अच्छा नहीं लगता।

14

भूपति ने जब समाचार-पत्र से छुट्टी ली थी तब उसने अपने मन में अपने भविष्य का एक चित्र खींच लिया था। उसने प्रतिज्ञा की थी, किसी प्रकार की दुराशा-दुश्चेष्टा की ओर नहीं जाएगा, चारु को लेकर लिखना-पढ़ना प्रेम और प्रतिदिन के गार्हस्थ्य के छोटे-मोटे कर्त्तव्यों का पालन करता चलेगा। सोचा था, ये घरेलू सुख सबसे सुलभ है साथ ही सुंदर है, पूरी तरह अपने अधिकार में हैं साथ ही पवित्र और निर्मल हैं, उन्हीं सहजलभ्य सुखों द्वारा वह अपने जीवन के घर के कोने में संध्या प्रदीप जलाकर निभृत शांति की अवतारणा करेगा। हासपरिहास, वार्तालाप, परस्पर मनोरंजन के लिए प्रतिदिन के छोटे-मोटे आयोजन इन सबके लिए बहुत अधिक प्रयत्न की आवश्यकता नहीं होती, फिर भी सुख अपरिसीम मिलता है।

कार्यान्वित करके उसने देखा, सहज सुख सहज नहीं है। जिसे मूल्य देकर खरीदना नहीं पड़ता वह यदि अपने हाथ के पास न मिले तो उसे और किसी प्रकार कहीं भी खोजकर पाना संभव नहीं।

भूपति किसी भी प्रकार चारु के साथ अच्छी तरह पटरी नहीं बैठा सका। इसके लिए उसने अपने को ही दोषी ठहराया। सोचा, 'बारह वर्ष तक केवल समाचार-पत्र लिखते-लिखते पत्नी के साथ कैसे बात की जाती है यह विद्या बिल्कुल गंवा दी है।' संध्या-दीप जलते ही भूपति आग्रह के साथ कमरे में जाता, एकाध बात करता, एकाध बात चारु करती, उसके बाद क्या कहे भूपति किसी भी प्रकार न सोच पाता। अपनी इस अक्षमता के कारण पत्नी के समीप वह लज्जा का अनुभव करता। पत्नी के साथ बातचीत करना उसने बहुत-ही आसान समझा था, जब कि मूढ़ के लिए वह बहुत ही कठिन है। सभा में भाषण देना उसकी अपेक्षा सहज है।

भूपति ने जिस संध्या को हास्य, कौतुक, प्रणय, प्रेम से रमणीय बना देने की कल्पना की थी, वही संध्या वेला काटनी उसके लिए समस्या बन गई। कुछ देर मौने बैठे रहने के बाद भूपति सोचता—'उठकर चला जाऊं'—किंतु उठकर चले जाने पर चारु मन में क्या सोचेगी यही सोचकर उठ भी नहीं पाता था। कहता, "चारु, ताश खेलोगी?" चारु और कोई रास्ता न देखकर कहती, "अच्छा।" यह कहकर अनिच्छापूर्वक वह ताश ले आती, बहुत-सी भूलें करके अनायास ही हार जाती—उस खेल में कोई आनंद न आता।

बहुत सोचकर भूपति ने चारु से एक दिन पूछा, "चारु, मंदा को बुला न लिया

जाए? तुम बिल्कुल अकेली पड़ गई हो।''

चारु मंदा का नाम सुनते ही जल उठी। बोली, ''नहीं, मंदा की मुझे ज़रूरत नहीं।''

भूपति हंसा। मन-ही-मन खुश हुआ। साध्वी जहां सती धर्म का थोड़ा भी व्यक्तिक्रम देखती है वहां धैर्य नहीं रख सकती।

विद्वेष के प्रथम धक्के से संभलकर चारु ने सोचा, 'मंदा के रहने से शायद वह भूपति को बहुत-कुछ प्रसन्न रख सके। भूपति उससे मन का जो सुख चाहता है वह उसे किसी भी प्रकार नहीं दे पा रही है', यह समझकर चारु पीड़ा का अनुभव करती। भूपति संसार का सब-कुछ छोड़कर एकमात्र चारु से अपने जीवन का संपूर्ण आनंद प्राप्त कर लेने की चेष्टा कर रहा है, इस एकनिष्ठ प्रयत्न को और अपने हृदय के दैन्य को समझकर चारु भयभीत हो गई थी। इस प्रकार कितने दिन चलेगा। भूपति और कोई सहारा क्यों नहीं लेता। एक और समाचार-पत्र क्यों नहीं चलाता। भूपति का मनोरंजन करने का अभ्यास अभी तक चारु को कभी नहीं करना पड़ा था, भूपति ने उससे किसी प्रकार की सेवा की मांग नहीं की, किसी सुख की प्रार्थना नहीं की, चारु को उसने पूरी तरह से केवल अपने ही लिए प्रयोजनीय नहीं बनाया था; आज अचानक उसके चारु से अपने जीवन के समस्त प्रयोजन मांग बैठने के कारण वह मानो कहीं कुछ खोज नहीं पा रही थी। भूपति को क्या चाहिए, क्या हो कि उसे तृप्ति मिले, चारु यह ठीक से नहीं जानती और जान ले तो भी वह चारु के लिए सहज उपलब्ध नहीं।

भूपति यदि धीरे-धीरे बढ़ता तो चारु के लिए शायद इतना कठिन न होता—किंतु सहसा रात-भर में ही दिवालिया होकर खाली भिक्षा-पात्र फैला देने से वह मानो विपन्न हो गई हो।

चारु ने कहा, ''अच्छा, मंदा को बुला लो, उसके रहने से तुम्हारी देख-भाल की बहुत सुविधा हो सकेगी।''

भूपति ने हंसकर कहा, ''मेरी देख-भाल! कोई जरूरत नहीं।''

भूपति ने खिन्न होकर सोचा, मैं बड़ा नीरस व्यक्ति हूं, चारु को मैं किसी भी प्रकार सुखी नहीं कर पा रहा हूं।''

ऐसा सोचकर वह साहित्य के पीछे पड़ गया। मित्र कभी घर आते, विस्मित होकर देखते, भूपति टेनिसन, बायरन, बंकिम की कहानियां आदि लेकर बैठा है। भूपति के इस असमय काव्यानुराग को देखकर मित्र-मंडली खूब हंसी-मजाक करने लगी। भूपति ने हंसकर कहा, ''भाई, बांस में फूल लगते हैं, किंतु कब लगते हैं—इसका पता नहीं।''

एक दिन संध्या समय सोने के कमरे में बड़ी बत्ती जलाकर पहले भूपति ने लज्जा से कुछ इधर-उधर किया। बाद में कहा, ''कुछ पढ़कर सुनाऊं।''

चारु बोली, ''सुनाओ न!''

भूपति, ''क्या सुनाऊं?''

चारु, "जो तुम्हारी इच्छा हो।"

भूपति चारु का अधिक आग्रह ने देखकर कुछ हतोत्साहित हो गया। तो भी साहस करके कहा, "टेनिस का कुछ तर्जुमा करके तुमको सुनाऊं।"

चारु ने कहा, "सुनाओ!"

सब मिट्टी हो गया। संकोच और निरुत्साह के कारण भूपति के पढ़ने में बाधा पड़ने लगी, बंगला के ठीक पर्याय नहीं खोज पा रहा था। चारु की शून्य दृष्टि से यह स्पष्ट था, कि वह ध्यान नहीं दे रही थी। वह दीपालोकित छोटा कमरा, वह संध्यावेला का निभृत अवकाश वैसी प्रसन्नता से नहीं भर सका।

भूपति ने और दो-एक बार ऐसी भूल करके अंत में पत्नी के साथ साहित्य-चर्चा करने का प्रयत्न छोड़ दिया।

15

जिस प्रकार कठोर आघात से स्नायु सुन्न पड़ जाती हैं और प्रारंभ में वेदना का बोध नहीं होता, उसी प्रकार विच्छेद के आरंभकाल में अमल के अभाव को चारु मानो अच्छी तरह से अनुभव नहीं कर पाई।

अतः ज्यों-ज्यों दिन बीतने लगे त्यों-ही अमल के अभाव में मानो सांसारिक शून्यता की मात्रा क्रमशः बढ़ने लगी। इस भयंकर अनुभव से चारु हतबुद्धि हो गई। निकुंज-वन से निकलकर वह सहसा मानो किसी मरुभूमि में आ पड़ी हो—दिन के बाद दिन बीत रहे हैं—मरुप्रांत क्रमशः बढ़ता ही चला जा रहा है। इस मरुभूमि की बात वह तनिक भी नहीं जानती थी।

नींद से जागकर सहसा उसकी छाती धक् कर उठती—ध्यान आता, अमल नहीं है। सुबह जिस समय वह बरामदे में पान लगाने बैठती, प्रतिक्षण उसे केवल यही लगता, अमल आज पीछे से नहीं आएगा। कभी-कभी अन्यमनस्क होकर ज़्यादा पान लगा डालती, फिर सहसा ध्यान आता, ज्यादा पान खाने वाला आदमी ही नहीं है। जैसे ही भंडारघर में पैर रखती, मन में आता अमल को जलपान नहीं देना है। अंतःपुर की सीमा पर पहुंचकर मन का अधैर्य उसे स्मरण करा देता, अमल कॉलेज से नहीं लौटेगा। कोई नई पुस्तक, नया लेख, नई खबर, नये कौतुक की आशा नहीं है, किसी के लिए न कुछ सीना है, न कोई शौक़ीनी की वस्तु खरीदकर रखनी है।

अपनी असह्य वेदना और चांचल्य पर चारु स्वयं विस्मित थी। मनोवेदना की अविरत पीड़ा से वह डरने लगी, वह अपने से ही प्रश्न करने लगी, 'क्यों? इतना कष्ट क्यों हो रहा है? अमल मेरा ऐसा कौन है कि उसके लिए इतना दुःख भोगूं। मुझे क्या हो गया। इतने दिन बाद मुझे यह क्या हुआ? नौकर-चाकर, रास्ते के मजदूर भी तो निश्‍िचत होकर फिर रहे हैं, मुझे ऐसा क्यों हुआ? हे भगवान्! मुझे ऐसी विपद् में क्यों डाल दिया?'

वह प्रश्न करती रहती और आश्चर्य करती रहती, किंतु दुःख किसी भी प्रकार शांत न होता। अमल की स्मृति से उसका भीतर-बाहर इस प्रकार परिव्याप्त रहता कि उसे कहीं भागने को स्थान ही न मिलता।

भूपति को कहां तो अमल की स्मृति के आक्रमण से उसकी रक्षा करनी चाहिए थी, ऐसा न करके वियोग-व्यथित स्नेहशील मूढ़ बार-बार अमल की ही याद दिला देता।

अंत में चारु ने हिम्मत हार दी—वह अपने-आपसे युद्ध करते-करते थक गई, हार मानकर अपनी अवस्था को उसने निर्विरोध स्वीकार कर लिया। अमल की स्मृति को बड़े यत्न से अपने हृदय में प्रतिष्ठित कर लिया।

बाद में ऐसा हो गया कि एकाग्रचित्त से अमल का ध्यान करना उसके लिए छिपे गर्व का विषय हो गया—वह स्मृति ही मानो उसके जीवन का श्रेष्ठ गौरव हो।

गृह-कार्य से अवकाश का उसने एक समय निश्चित कर लिया। उस समय वह एकांत में कमरे का द्वार बंद करके एक-एक करके अमल के साथ अपने विगत जीवन की प्रत्येक घटना पर विचार करती। औंधी होकर लेटी-लेटी वह तकिए पर मुंह रखकर बार-बार पुकारती, ''अमल, अमल, अमल!'' समुद्र-पार से जैसे उत्तर मिलता, ''भाभी, क्या है भाभी।'' चारु भीगे नेत्रों को बंद करके कहती, ''अमल, तुम क्रोध करके क्यों चले गए? मैंने तो कोई गलती नहीं की। तुम यदि प्रसन्न मुख से विदा ले जाते, तो शायद मैं इतना दुःख न पाती।'' अमल के सामने रहने पर जिस प्रकार की बातें होतीं थी चारु ठीक उसी प्रकार जोर से कहती, ''अमल, तुमको मैं एक दिन भी नहीं भूली। एक दिन के लिए भी नहीं। मेरे जीवन के श्रेष्ठ पदार्थ सब तुमने ही अंकुरित किए हैं अपने जीवन का सारभाग देकर प्रतिदिन तुम्हारी पूजा करूंगी।''

इस प्रकार चारु ने अपनी सारी घर-गृहस्थी, सारे कर्त्तव्यों के अंतरतम प्रदेश में सुरंग खोदकर उस निरालोक निस्तब्ध अंधकार में अंशुमाला से सज्जित एक गोपन शोक-मंदिर का निर्माण कर लिया। वहां उसके पति या संसार के अन्य किसी व्यक्ति का कोई अधिकार न था। वह स्थान जैसा गोपनतम था वैसा ही गंभीरतम तथा प्रियतम था। उसी के द्वार पर वह संसार के सारे छद्म-वेशों का परित्याग करके अपने अनावृत आत्मस्वरूप को लेकर प्रवेश करती और वहां से बाहर निकलते ही फिर मुख पर चेहरा लगाकर संसार के हास्यालाप और क्रिया-कर्म की रंगभूमि में उपस्थित होती।

16

इस तरह मन से द्वंद्व और विवाद का त्याग करके चारु ने व्यापक विषाद में एक प्रकार की शांति का अनुभव किया और एकनिष्ठ होकर पति की भक्ति और सेवा करने लगी। भूपति जब सो जाता तो चारु धीरे से उसके पैरों पर सिर रखकर पैरों की धूल मांग में धारण करती। घर के काम में, सेवा-शुश्रूषा में पति की रंच-मात्र इच्छा भी वह अधूरी न रखती। आश्रित, प्रतिपालित लोगों के प्रति किसी प्रकार सेवा में कमी देखकर भूपति

कभी दुखी होता है, यह जानकर चारु उनके आतिथ्य में तनिक भी त्रुटि न होने देती। इस तरह सारा काम-काज करके भूपति का जूठा प्रसाद खाकर चारु के दिन बीतते।

इस सेवा और देख-भाल के फलस्वरूप भग्नश्री भूपति ने मानो फिर नवयौवन पा लिया हो। मानो इसके पहले पत्नी के साथ विवाह ही नहीं हुआ था, मानो इतने दिनों के बाद अब हुआ हो। सज-धज, हास-परिहास से उत्फुल्ल होकर संसार की सारी दुर्भावनाओं को भूपति ने मन में एक ओर ठेलकर रख दिया। रोग-शमन के बाद जिस प्रकार भूख बढ़ जाती है, शरीर में भोग-शक्ति के विकास का सजीव भाव से अनुभव होने लगता है, भूपति के मन में इतने दिनों के बाद उसी प्रकार के एक अपूर्व और प्रकट भावावेश का संचार हुआ। मित्रों से, यही नहीं चारु से भी छिपाकर भूपति बस कविताएं पढ़ता रहता। मन-ही-मन कहता, 'समाचार-पत्र बंद करके और अनेक दुःख भोगकर इतने दिनों के बाद मैं अपनी पत्नी को जान पाया हूं।'

भूपति ने चारु से कहा, ''चारु, आजकल तुमने लिखना एकदम क्यों छोड़ दिया है।''

चारु ने कहा, ''क्या कहने हैं मेरे लेख के!''

भूपति, ''सच कहता हूं, तुम्हारी-जैसी बंगला तो मैंने आजकल के लेखकों में और किसी की नहीं देखी। 'विश्वबंधु' ने जो लिखा था मेरा भी ठीक वही मत है।''

चारु, ''बस, बस रहने दो।''

भूपति ने ''यह देखो न'' कहकर 'सरोरुह' का एक अंक निकालकर चारु और अमल की भाषा की तुलना करनी शुरू की। चारु का मुंह लाल हो गया। उसने भूपति के हाथ से पत्र छीनकर आंचल में छिपा लिया।

भूपति ने मन-ही-मन सोचा, 'लेखन का कोई साथी न हो तो लेख प्रकट नहीं होता, ठहरो, मुझे लिखने का अभ्यास करना होगा। इस तरह से क्रमशः चारु में भी लिखने के उत्साह का संचार कर सकूंगा।'

भूपति ने अत्यंत छिपाकर कॉपी लेकर लिखने का अभ्यास करना शुरू किया। शब्दकोष देखकर बार-बार प्रतिलिपि करते हुए भूपति के बेकारी के दिन कटने लगे। उसे लिखने में इतना कष्ट और प्रयत्न करना पड़ता कि उन कष्टों से लिखी गई रचनाओं के प्रति धीरे-धीरे उसके मन में विश्वास और ममता उत्पन्न हो गई।

अंत में एक दिन अपने लेख को किसी दूसरे से नकल करवाकर भूपति ने लाकर पत्नी को दिया। कहा, ''मेरे एक मित्र ने अभी-अभी लिखना शुरू किया है। मैं तो कुछ समझता नहीं, तुम एक बार पढ़कर तो देखो तुम्हें कैसा लगता है?''

कॉपी चारु के हाथ में देकर जल्दी से भूपति बाहर चला गया। सरल भूपति की यह चालाकी चारु से छिपी न रह सकी।

पढ़ा, लेख की शैली एवं विषय देखकर कुछ हंसी। हाय! चारु अपने पति की भक्ति करने के लिए इतना आयोजन कर रही है। वह क्यों इस प्रकार लड़कपन करके

पूजा के अर्घ्य को बिखेरे डाल रहा है। चारु से वाह-वाह पाने के लिए उनका इतना प्रयत्न क्यों? वह यदि कुछ भी न करते, चारु का ध्यान आकर्षित करने के लिए यदि हमेशा प्रयास न करते रहते, तो चारु के लिए पति की पूजा बहुत सहज होती। चारु की एकमात्र इच्छा थी, भूपति किसी भी प्रकार अपने को चारु की अपेक्षा छोटा न समझे।

चारु कॉपी मोड़कर तकिए पर टिककर दूर की ओर देखती हुई बहुत देर तक सोचती रही। अमल भी उसे पढ़ने के लिए नए लेख ला देता था।

चारु बोली, ''तो जाओ न!''

भूपति ने सोचा, चारु रूठ गई, बोला, ''फिर भी अभी तुरंत जाना हो, ऐसा नहीं है, थोड़ा आराम करके जाऊंगा।'' यह कहते हुए वह बैठ गया। उसने देखा, संध्या-मय उत्सुक भूपति शयन-कक्ष के सामने स्थित बरामदे में फूलों के गमलों के निरीक्षण में लग गया, कुछ पूछने का साहस न किया।

(चारु) स्वयं बोली, ''यह क्या तुम्हारे मित्र का पहला लेख है?''

भूपति ने कहा, ''हां।''

चारु, ''बहुत ही सुंदर है–पहला लेख हो, ऐसा नहीं लगता।''

अत्यंत प्रसन्न होकर भूपति सोचने लगा, 'बिना नाम के लेख के लिए अपना नाम किस प्रकार प्रकट किया जाए।'

भूपति की कॉपी अत्यंत द्रुत गति से भरने लगी। नाम प्रकट होने में भी देर न लगी।

17

विलयात से चिट्ठी आने का दिन कब पड़ता इसकी खबर चारु हमेशा रखती। पहले अदन से भूपति के नाम एक चिट्ठी आई, उसमें अमल ने भाभी को प्रणाम निवेदन किया था, स्वेज़ से भी भूपति को चिट्ठी मिली, उसमें भी भाभी के लिए प्रणाम था। माल्टा से भी चिट्ठी मिली, उसमें फिर भाभी को प्रणाम निवेदन किया गया था।

चारु को अमल की एक भी चिट्ठी नहीं मिली। भूपति की चिट्ठियों को मांगकर उलट-पुलटकर बार-बार पढ़कर देखती–प्रणाम लिखने के अतिरिक्त और कहीं भी उसके संबंध में आभास-मात्र भी नहीं था।

इधर कई दिन से चारु ने जो एक शांत विषाद की चंद्रातप छाया का आश्रय लिया था, अमल की इस उपेक्षा से वह नष्ट हो गया। अंतर में अपने हृदय को लेकर मानो फिर छीना-झपटी शुरू हुई। संसार-विषयक उसकी कर्त्तव्य-स्थिति में फिर भूकंप का आंदोलन जाग उठा।

अब भूपति किसी-किसी दिन आधी रात को उठकर देखता, चारु बिस्तर पर नहीं है। खोजकर देखता, चारु दक्षिण की ओर वाले कमरे के जंगले पर बैठी है। उसको देखकर चारु तुरंत बोल उठती, ''कमरे में आज बड़ी गर्मी है, इसलिए जरा खुले में

चली आई।''

उद्विग्न होकर भूपति ने बिस्तर के ऊपर पंखा लगवाने का बंदोबस्त कर दिया, और चारु का स्वास्थ्य खराब होने की आशंका करते हुए हमेशा उस पर दृष्टि रखता। चारु हंसकर कहती, ''मैं तो ठीक हूं, तुम क्यों व्यर्थ चिंतित होते हो।'' मुंह पर यह हंसी लाने के लिए उसे अपने हृदय की सारी शक्ति लगानी पड़ती।

अमल विलायत पहुंच गया। चारु ने सोचा था, शायद मार्ग में उसे अलग चिट्ठी लिखने का यथेष्ट सुयोग न मिला होगा, विलायत पहुंचकर अमल चिट्ठी लिखेगा। किंतु वह लंबी चिट्ठी नहीं आई।

प्रत्येक डाक आने वाले दिन चारु अपने सारे काम-काज तथा बातचीत के बीच भीतर-ही-भीतर छटपटाती रहती। कहीं भूपति कहे, ''तुम्हारे नाम चिट्ठी नहीं है।'' इसलिए साहस करके भूपति से और कोई प्रश्न नहीं कर पाती है।

ऐसी ही अवस्था में चिट्ठी आने वाले एक दिन धीरे-धीरे आते हुए भूपति ने मृदुहास्य के साथ कहा, ''एक चीज है, देखोगी?''

चारु ने अत्यंत हड़बड़ाकर चौंककर कहा, ''कहां, दिखाओ!''

भूपति ने हंसी करते हुए न दिखाने का अभिनय किया।

अधीर होकर चारु ने भूपति की चादर से इच्छित पदार्थ निकाल लेने का प्रयत्न किया। उसने मन-ही-मन सोचा, 'सुबह से ही मेरा मन कह रहा है, आज मेरी चिट्ठी जरूर आएगी--यह कभी व्यर्थ नहीं हो सकता।'

परिहास करने की भूपति की इच्छा और भी बढ़ी; चारु से बचकर वह खाट के चारों ओर चक्कर लगाने लगा।

चारु अत्यंत खीझकर खाट के ऊपर बैठ गई और उसकी आंखें छलछला आईं।

चारु के एकांत आग्रह से अत्यंत खुश होकर भूपति ने चादर के भीतर से अपनी रचना की कॉपी बाहर निकालकर तुरंत चारु की गोद में डालते हुए कहा, ''क्रोध मत करो। यह लो!''

18

यद्यपि अमल ने भूपति को सूचित कर दिया था कि पढ़ाई-लिखाई की व्यस्तता के कारण उसे दीर्घकाल तक पत्र लिखने का समय नहीं मिलेगा, तो भी दो-एक मेल से उसका पत्र न आने पर चारु के लिए सारा संसार कांटों की सेज-सा हो उठा।

संध्या समय इधर-उधर की बातों के बीच अत्यंत उदासीन भाव से शांत स्वर में चारु ने अपने पति से कहा, ''अच्छा देखो, क्या विलायत को एक तार भेजकर यह नहीं जाना जा सकता कि अमल कैसा है?''

भूपति ने कहा, ''दो सप्ताह पूर्व उसकी चिट्ठी मिली थी, वह इन दिनों पढ़ने में व्यस्त है।''

चारु, "अच्छा! तब कोई जरूरत नहीं। मैंने सोचा था, विदेश में है, यदि बीमार हो गया हो–कुछ कहा भी तो नहीं जा सकता।"

भूपति, "न, वैसी कोई बात होती तो खबर मिलती। तार करने में भी तो कम खर्चा नहीं है।"

चारु, "अच्छा? मैंने तो सोचा था, अधिक-से-अधिक एक या दो रुपये लगेंगे।"

भूपति, "क्या कहती हो, लगभग सौ रुपये का धक्का है।"

चारु, "तब तो कोई बात ही नहीं।"

दो-एक दिन बाद चारु ने भूपति से कहा, "मेरी बहन यहां चूंचड़ा में है, आज एक बार उसकी खबर ले आ सकते हो?"

भूपति, "क्यों? बीमार हो गई क्या?"

चारु, "नहीं बीमार नहीं, तुम तो जानते ही हो, तुम्हारे जाने से वे कितने खुश होते हैं।"

चारु के अनुरोध से भूपति गाड़ी पर बैठकर हावड़ा स्टेशन की ओर रवाना हुआ। रास्ते में बैलगाड़ियों की एक कतार ने आकर उसकी गाड़ी रोक ली।

इसी समय तारघर के परिचित हरकारे ने भूपति को देखकर उसके हाथ में एक तार थमा दिया। विलायत का तार देखकर भूपति बहुत भयभीत हुआ। सोचा, 'शायद अमल अस्वस्थ है।' डरते-डरते खोलकर देखा, तार में लिखा था, "मैं अच्छा हूं।"

इसका क्या अर्थ है! जांच करके देखा, यह प्रीपेड टेलिग्राम का उत्तर था।

हावड़ा जाना नहीं हुआ। गाड़ी लौटाकर भूपति ने घर आकर तार पत्नी को दिया। भूपति के हाथ में टेलिग्राम देखकर चारु का मुख पीला हो गया।

भूपति ने कहा, "मैं तो इसका कुछ भी मतलब नहीं समझ पा रहा हूं।" पता लगाने पर भूपति अर्थ समझा। चारु ने अपना गहना गिरवी रखकर रुपया उधार लेकर तार भेजा था।

भूपति ने सोचा, इतना करने की कोई जरूरत न थी। मुझसे थोड़ा-बहुत अनुरोध करती तो मैं ही तार कर देता, छिपाकर नौकर के हाथ गहना गिरवी रखने के लिए भेजना–यह तो अच्छा नहीं हुआ।

रह-रहकर भूपति के मन में केवल मात्र यही प्रश्न उठने लगा; चारु ने क्यों इतनी अति की। एक अस्पष्ट संदेह अलक्ष्य भाव से उसको बिद्ध करने लगा। उस संदेह को भूपति ने प्रत्यक्ष भाव से देखना नहीं चाहा, भूलने की चेष्टा की, किंतु वेदना ने किसी प्रकार पीछा नहीं छोड़ा।

19

अमल की तबीयत ठीक है, तो भी वह चिट्ठी नहीं लिखता! एकदम इस तरह कठोर विच्छेद हुआ कैसे? एक बार आमने-सामने होकर इस प्रश्न का जवाब ले आने की

इच्छा होती है, किंतु बीच में समुद्र है—पार करने का कोई रास्ता नहीं। निष्ठुर विच्छेद, सब प्रश्न, सब प्रतिकारों से परे विच्छेद।

चारु अपने को अब और नहीं संभाल पाती। काम-काज पड़ा रहता, सभी कामों में भूल होती, नौकर-चाकर चोरी करते, उसकी दयनीय दशा को लक्ष्य करके लोग तरह-तरह की कानाफूसी करते, उसे किसी की भी सुध न थी।

यहां तक कि चारु अचानक चौंक पड़ती, बात करते-करते उसे रोने के लिए उठ जाना पड़ता, अमल का नाम सुनते ही उसका मुख विवर्ण हो जाता।

अंत में भूपति ने भी सब-कुछ देखा, और जिसकी क्षण-भर के लिए भी कल्पना न की थी वह भी सोचा—दुनिया उसके लिए एकदम पुरानी, शुष्क जीर्ण हो गई।

बीच में जिन दिनों भूपति आनंद के उन्मेष से अंधा हो गया था, उन कुछ दिनों की स्मृति उसको लज्जित करने लगी। जो अज्ञानी बंदर नहीं पहचानता, झूठा या पत्थर देकर क्या उसको इसी तरह ठगा जाता है?

चारु की जिन बातों में, प्रेम-व्यवहार में भूपति भूला हुआ था वे मन में आकर उसको 'मूढ़, मूढ़, मूढ़' कहकर बेंत मारने लगीं।

अंत में बहुत कष्ट और बहुत प्रयत्न से लिखी अपनी रचनाओं की बात जब मन में आई तब भूपति ने धरती फट जाने की प्रार्थना की। अंकुश से ताड़ित की भांति द्रुतगति से चारु के पास जाकर भूपति ने कहा, "मेरे वे लेख कहां हैं?"

चारु ने कहा, "मेरे ही पास हैं।"

भूपति ने कहा, "वे दे दो!"

चारु उस समय भूपति के लिए अंडे की कचौड़ी तल रही थी। बोली, "तुम्हें क्या अभी चाहिए?"

भूपति ने कहा, "हां अभी चाहिए।"

चारु कड़ाही उतारकर अल्मारी से कॉपी और कागज निकाल लाई।

अधीर भाव से उसके हाथ से सब-कुछ छीनकर भूपति ने कॉपी-कागज तुरंत चूल्हे में फेंक दिए।

चारु ने घबराकर उनको बाहर निकालने का प्रयत्न करते हुए कहा, "यह क्या किया?"

भूपति ने कसकर उसका हाथ पकड़े हुए चिल्लाकर कहा, "रहने दो!"

विस्मित होकर चारु खड़ी रही। सारे लेख अंत में जलकर भस्म हो गए।

चारु समझ गई। दीर्घ निःश्वास ली। कचौड़ियों का तलना बीच ही में छोड़कर धीरे-धीरे अन्यत्र चली गई।

चारु के सामने कॉपी नष्ट करने का भूपति का संकल्प नहीं था। किंतु ठीक सामने आग जल रही थी, उसे देखकर जाने उस पर कैसा खून सवार हो गया। भूपति ने आत्म-संवरण न कर सकने पर प्रवंचित निर्बोध के सारे प्रयत्नों को वंचना-कारिणी

के सामने ही आग में फेंक दिया।

सब-कुछ राख हो जाने पर भूपति की आकस्मिक उद्दामता जब शांत हो आई, तब चारु अपने अपराध का भार वहन करती जिस प्रकार गहरे विषाद से नीरव नतमुख होकर चली गई वह भूपति के मन में साकार हो उठा—सामने दृष्टि डालने पर देखा, भूपति को खासतौर से पसंद है इसीलिए चारु अपने हाथ से यत्नपूर्वक भोजन तैयार कर रही थी।

भूपति बरामदे में रेलिंग के ऊपर टिककर खड़ा हो गया। मन-ही-मन सोचने लगा—'उसके लिए चारु का यह सब अथक प्रयत्न, प्राणपण से की गई यह सारी वंचना-इसकी अपेक्षा करुण बात संसार में और क्या है! यह समस्त प्रतारणा, यह तो छलनाकारणी की तुच्छ छलना-मात्र नहीं है; इस छलना के लिए क्षत हृदय की क्षत यंत्रणा चौगुनी बढ़ाकर अभागिनी को प्रतिदिन प्रतिक्षण हृदय से रक्त निचोड़कर डालना पड़ता है।' भूपति ने मन-ही-मन कहा, 'हाय अबला! हाय दुःखिनी! कोई आवश्यकता नहीं थी, मुझे इस सबकी तनिक भी जरूरत न थी। इतने समय तक मैं तो प्रेम न पाकर भी "मिला नहीं" यह जान भी न पाया था—मेरे तो केवल प्रूफ़ देखकर, अखबार में लिखकर दिन कट रहे थे; मेरे लिए इतना करने की कोई जरूरत नहीं थी।'

तब भूपति ने अपने जीवन को चारु के जीवन से दूर हटकर जिस प्रकार भीषण रोगग्रस्त रोगी को देखता है, भूपति ने भी उसी प्रकार अपरिचित व्यक्ति की तरह चारु को दूर से देखा। एक क्षीणशक्ति नारी-हृदय कैसे प्रबल संसार द्वारा चारों ओर से आक्रांत हो गया है। कोई भी ऐसा नहीं जिसके सामने सब बातें कही जा सकें, ऐसी कोई बात नहीं जो व्यक्त की जा सके, ऐसा कोई स्थान नहीं, जहां समस्त हृदय को खोलकर वह हाहाकार कर सके—फलतः इस अप्रकाशित, अपरिहार्य, अप्रतिकारी पुंजीभूत दुःख भार को अत्यंत सहज व्यक्ति की भांति प्रतिदिन वहन करती, अपनी स्वस्थ-चित्त पड़ोसिनों के समान उसे प्रतिदिन का गृह-कर्म संपन्न करना पड़ता।

भूपति ने उसके शयन-कक्ष में जाकर देखा—जंगले के सींखचे पकड़कर अश्रुहीन निर्निमेष दृष्टि से चारु बाहर की ओर देख रही थी। धीरे-धीरे आकर भूपति उसके पास खड़ा हो गया—कुछ बोला नहीं, उसके सिर पर हाथ रख दिया।

20

मित्रों ने भूपति से पूछा, "बात क्या है। इतने परेशान क्यों हो?"

भूपति ने कहा, "अखबार।"

मित्र, "फिर अखबार? घर-द्वार अखबार में लपेटकर गंगाजी में डालना है क्या!"

भूपति, "नहीं, अब अपना अखबार नहीं निकालूंगा।"

मित्र, "तब?"

भूपति, "मैसूर से एक अखबार निकलेगा। मुझे उसका संपादक बनाया गया है।"

मित्र, ''घर-बार छोड़कर एकदम मैसूर जाओगे? चारु को साथ ले जा रहे हो?''

भूपति, ''नहीं, मामा वगैरह यहां आकर रहेंगे।''

मित्र, ''संपादकी का तुम्हारा नशा किसी तरह नहीं छूटा?''

भूपति, ''मनुष्य को एक-न-एक नशा तो चाहिए ही।''

बिदाई के अवसर पर चारु ने प्रश्न किया, ''कब आओगे?''

भूपति ने कहा, ''तुम्हें यदि सूना-सूना लगे तो मुझे लिखना, मैं चला आऊंगा।''

कहकर विदा लेकर भूपति द्वार के पास पहुंचा तब सहसा दौड़कर चारु ने उसका हाथ पकड़ लिया। कहा, ''मुझे संग ले चलो। मुझे यहां छोड़कर मत जाओ!''

भूपति जाते-जाते सहसा रुककर चारु के मुख की ओर देखता रहा। मुट्ठी शिथिल पड़ने के कारण भूपति के हाथ से चारु का हाथ छूट गया। भूपति चारु के पास से हट आकर बरामदे में खड़ा हो गया।

भूपति समझ गया, अमल की वियोग-स्मृति जिस घर को लपेटकर जला रही है चारु दावानलग्रस्त हरिणी के समान उस घर को छोड़कर भागना चाहती है। ''किंतु, मेरी स्थिति उसने एक बार भी सोचकर नहीं देखी? मैं कहां भागू? जो पत्नी हृदय में सदा दूसरे का ध्यान कर रही है, विदेश चले जाने पर भी उसे भूलने का अवसर नहीं पाऊंगा? निर्जन मित्ररहित प्रवास में प्रतिदिन उसको संग-दान करना होगा? दिन-भर परिश्रम करके संध्या को जब घर लौटूंगा तब निस्तब्ध शोकपरायणा नारी को लेकर वह संध्या कैसी भयानक हो उठेगी। जिसके हृदय पर मृतभार है, उसे छाती से लगाकर रखना, यह मैं कितने दिन कर सकूंगा। प्रतिदिन यही करते-करते मुझे और कितने वर्ष जीवित रहना होगा! जो आश्रय चूर्ण होकर टूट गया है उसके टूटे ईंट-काठादि को छोड़कर नहीं जा सकूंगा, कंधे पर लिए घूमना होगा?''

भूपति ने आकर चारु से कहा, ''नहीं, यह मैं नहीं कर सकूंगा।''

क्षण-भर में सारा रक्त उतर जाने के कारण चारु का मुख काग़ज की तरह शुष्क, सफेद हो गया, चारु ने चारपाई मुट्ठी से कसकर पकड़ ली। उसी क्षण भूपति ने कहा, ''चलो, चारु, मेरे ही संग चलो!''

चारु बोली, ''नहीं, रहने दो!''

समाज का शिकार

मैं जिस युग का वर्णन कर रहा हूं उसका न आदि है न अंत!

वह एक बादशाह का बेटा था और उसका महलों में लालन-पालन हुआ था, किन्तु उसे किसी के शासन में रहना स्वीकार न था। इसलिए उसने राजमहलों को तिलांजलि देकर जंगलों की राह ली। उस समय देशभर में सात शासक थे। वह सातों शासकों के शासन से बाहर निकल गया और ऐसे स्थान पर पहुंचा जहां किसी का राज्य न था।

आखिर शाहजादे ने देश को क्यों छोड़ा?

इसका कारण स्पष्ट है कि कुएं का पानी अपनी गहराई पर सन्तुष्ट है। नदी का जल तटों की जंजीरों में जकड़ा हुआ है, किन्तु जो पानी पहाड़ की चोटी पर है उसे हमारे सिरों पर मंडराने वाले बादलों में बन्दी नहीं बनाया जा सकता।

शाहजादा भी ऊंचाई पर था और यह कल्पना भी न की जा सकती थी कि वह इतना विलासी जीवन छोड़कर जंगलों, पहाड़ों और मैदानों में दृढ़ता से सामना करेगा। इस पर भी बहादुर शाहजादा भयावने जंगल को देखकर भयभीत न हुआ। उसकी राह में सात समुद्र थे और न जाने कितनी नदियां? किन्तु उसने सबको अपने साहस से पार कर लिया।

मनुष्य शिशु से युवा होता है और युवा से वृद्ध होकर मर जाता है, और फिर शिशु बनकर संसार में आता है। वह इस कहानी को अपने माता-पिता से अनेक बार सुनता है कि भयानक समुद्र के किनारे एक किला है। उसमें एक शाहजादी बन्दी है, जिसे मुक्त कराने के लिए एक शाहजादा जाता है।

कहानी सुनने के पश्चात् वह चिंतन की मुद्रा में कपोलों पर हाथ रखकर सोचता कि कहीं मैं ही तो वह शाहजादा नहीं हूं।

जिन्नों के द्वीप की दशा सुनकर उसके हृदय में विचार उत्पन्न हुआ कि मुझे एक दिन शाहजादी को बन्दीगृह से मुक्ति दिलाने के लिए उस द्वीप को प्रस्थान करना पड़ेगा।

संसार वाले मान-सम्मान चाहते हैं, धन-ऐश्वर्य के इच्छुक रहते हैं, प्रसिद्धि के लिए मरते हैं, भोग-विलास की खोज में लगे रहते हैं, किन्तु स्वाभिमानी शाहजादा सुख-चैन का जीवन छोड़कर अभागी शाहजादी को जिन्नों के भयानक बन्दीगृह से मुक्ति दिलाने के लिए भयानक द्वीप का पर्यटन करता है।

2

भयानक तूफानी सागर के सम्मुख शाहजादे ने अपने थके हुए घोड़े को रोका; किन्तु पृथ्वी पर उतरना था कि सहसा दृश्य बदल गया और शाहजादे ने आश्चर्यचकित दृष्टि से देखा कि समाने एक बहुत बड़ा नगर बसा हुआ है। ट्राम चल रही है, मोटरें दौड़ रही हैं, दुकानों के सामने खरीददारों की और दफ्तरों के सामने क्लर्कों की भीड़ है। फैशन के मतवाले चमकीले वस्त्रों से सुसज्जित चहुंओर घूम-फिर रहे हैं। शाहजादे की यह दशा कि पुराने कुर्ते में बटन भी लगे हुए नहीं। वस्त्र मैले, जूता फट गया, हरेक व्यक्ति उसे घृणा की दृष्टि से देखता है किन्तु उसे चिन्ता नहीं। उसके सामने एक ही उद्देश्य है और वह अपनी धुन में मग्न है।

अब वह नहीं जानता कि शाहजादी कहां है?

वह एक अभागे पिता की अभागी बेटी है। धर्म के ठेकेदारों ने उसे समाज की मोटी जंजीरों में जकड़कर छोटी अंधेरी कोठरी के द्वीप में बन्दी बना दिया है। चहुंओर पुराने रीति-रिवाज और रूढ़ियों के समुद्र घेरा डाले हुए हैं।

क्योंकि उसका पिता निर्धन था और वह अपने होने वाले दामाद को लड़की के साथ अमूल्य धन-सम्पत्ति न दे सकता था। इसलिए किसी सज्जन खानदान का कोई शिक्षित युवक उसके साथ विवाह करने पर सहमत न होता था।

लड़की की आयु अधिक हो गई। वह रात-दिन देवताओं की पूजा-अर्चना में लीन रहती थी। उसके पिता का स्वर्गवास हो गया और वह अपने चाचा के पास चली गई।

चाचा के पास नकद रुपया भी था और काफी मकान आदि भी। अब उसे सेवा के लिए मुफ्त की सेविका मिल गई। वह सवेरे से रात के बारह बजे तक घर के काम-काज में लगी रहती।

बिगड़ी दशा का शाहजादा उस लड़की के पड़ोस में रहने लगा। दोनों ने एक-दूसरे को देखा। प्रेम की जंजीरों ने उनके हृदयों से विवाह कर दिया। लड़की जो अब तक पैरों से कुचली हुई कोमल कली की भांति थी उसने प्रथम बार संतोष और शांति का सांस लिया।

किन्तु धर्म के ठेकेदार यह किस प्रकार सहन कर सकते थे कि कोई दुखित स्त्री लोहे की जंजीरों से छुटकारा पाकर सुख का जीवन व्यतीत कर सके।

उसका विवाह क्या हुआ एक प्रलय उपस्थित हो गई। प्रत्येक दिशा में शोर मचा

कि 'धर्म संकट में है, 'धर्म संकट में है।'

चाचा ने मूछों पर ताव देकर कहा—"चाहे मेरी सम्पूर्ण सम्पत्ति नष्ट ही क्यों न हो जाये, अपने कुल के रीति-रिवाजों की रक्षा करूंगा।"

बिरादरी वाले कहने लगे—"एक समाज की सुरक्षा हेतु लाखों रुपया बलिदान कर देंगे", और एक धर्म के पुजारी सेठ ने कहा—"भाई कलयुग है, कलियुग। यदि हम अचेत रहे तो धर्म विलय हो जायेगा। आप सब महानुभाव रुपये-पैसे की चिन्ता न करें, यदि यह मेरा महान कोष धर्म के काम न आया, तो फिर किस काम आयेगा? तुम तुरन्त इस पापी चांडाल के विरुद्ध अभियोग आरम्भ करो।"

अभियोगी न्यायालय में उपस्थित हुआ। अभियोगी की ओर से बड़े-बड़े वकील अपने गाऊन फड़काते हुए न्यायालय पहुंचे। अभागी लड़की के विवाह के लिए तो कोई एक पैसा भी खर्च करना न चाहता था, किन्तु उसे और उसके पति को जेल भिजवाने के लिए रुपयों की थैलियां खुल गईं।

नौजवान अपराधी ने चकित नेत्रों से देखा।

विधान की किताबों को चाटने वाली दीमकें दिन को रात और रात को दिन कर रही थीं।

धर्म के ठेकेदारों ने देवी-देवताओं की मन्नत मानी। किसी के नाम पर बकरे बलिदान किये गये, किसी के नाम पर सोने का तख्त चढ़ाया गया। अभियोग की क्रिया तीव्र गति से आरम्भ हुई। बिगड़ी हुई दशा वाले शाहजादे की ओर से न कोई रुपया व्यय करने वाला था न कोई पक्ष-समर्थन करने वाला।

न्यायाधीश ने उसे कठिन कारावास का दण्ड दिया।

मन्दिरों में प्रसन्नता के घंटे-घड़ियाल बजाये गये, सम्पूर्ण शक्ति से शंख बजाये गये, देवी और देवताओं के नाम बलि दी गई, पुजारियों और महन्तों की बन आई। सब आदमी खुशी से परस्पर धन्यवाद और साधुवाद देकर कहने लगे—

"भाइयो! यह समय कलियुग का है परन्तु ईश्वर की कृपा से धर्म अभी जीवित है।"

3

शाहजादा अपनी सजा काटकर कारावास से वापिस आ गया किन्तु उसका लम्बा-चौड़ा पर्यटन अभी समाप्त न हुआ था। वह संसार में अकेला था, कोई भी उसका संगी-साथी नहीं। संसार वाले उसे दंडी (सजायाफ्ता) कहकर उसकी छाया से भी बचते हैं।

सत्य है इस संसार में राज-नियम भी ईश्वर है।

फिर ईश्वर के अपराधी से सीधे मुंह बात करना किसे सहन हो सकता है?

लम्बी-चौड़ी मुसाफिरी तो उसकी समाप्त न हुई; किन्तु उसके चलने का अन्त हो गया। उसके जख्मी पांवों में चलने की शक्ति शेष न रही।

वह थककर गिर पड़ा, रोगी था...बहुत अधिक रोगी। उस असहाय पथिक की सेवा-सुश्रूषा कौन करता?

किन्तु उसकी अवस्था पर एक सुहृदय देवता का हृदय दुखा। उसका नाम 'काल' था। उसने शाहजादे की सेवा-सुश्रूषा की। उसने सिर पर स्नेह से हाथ फेरा और उसके साथ शाहजादा उस संसार में पहुंच गया जहां न समाज है और न उसके अन्याय और न अन्यायी।

बच्चा आश्चर्य से अपनी मां की गोद में यह कहानी सुनता है और अपने फूल-से कोमल कपोलों पर हाथ रखकर सोचता है, कहीं वह शाहजादा मैं ही तो नहीं हूं।

भिखारिन

अन्धी प्रतिदिन मन्दिर के दरवाजे पर जाकर खड़ी होती, दर्शन करने वाले बाहर निकलते तो वह अपना हाथ फैला देती और नम्रता से कहती—"बाबूजी, अन्धी पर दया हो जाए।"

वह जानती थी कि मन्दिर में आने वाले सहृदय और श्रद्धालु हुआ करते हैं। उसका यह अनुमान असत्य न था। आने-जाने वाले दो-चार पैसे उसके हाथ पर रख ही देते। अन्धी उनको दुआएं देती और उनकी सहृदयता को सराहती। स्त्रियां भी उसके पल्ले में थोड़ा-बहुत अनाज डाल जाया करती थीं।

प्रातः से संध्या तक वह इसी प्रकार हाथ फैलाए खड़ी रहती। उसके पश्चात् मन-ही-मन भगवान को प्रणाम करती और अपनी लाठी के सहारे झोंपड़ी का पथ ग्रहण करती। उसकी झोंपड़ी नगर से बाहर थी। रास्ते में भी याचना करती जाती किन्तु राहगीरों में अधिक संख्या श्वेत वस्त्रों वालों की होती, जो पैसे देने की अपेक्षा झिड़कियां दिया करते हैं। तब भी अन्धी निराश न होती और उसकी याचना बराबर जारी रहती। झोंपड़ी तक पहुंचते-पहुंचते उसे दो-चार पैसे और मिल जाते।

झोंपड़ी के समीप पहुंचते ही एक दस वर्ष का लड़का उछलता-कूदता आता और उससे चिपट जाता। अन्धी टटोलकर उसके मस्तक को चूमती।

बच्चा कौन है? किसका है? कहां से आया? इस बात से कोई परिचय नहीं था। पांच वर्ष हुए पास-पड़ोस वालों ने उसे अकेला देखा था। इन्हीं दिनों एक दिन संध्या-समय लोगों ने उसकी गोद में एक बच्चा देखा, वह रो रहा था, अन्धी उसका मुख चूम-चूमकर उसे चुप कराने का प्रयत्न कर रही थी। वह कोई असाधारण घटना न थी, अतः किसी ने भी न पूछा कि बच्चा किसका है। उसी दिन से यह बच्चा अन्धी के पास था और प्रसन्न था। उसको वह अपने से अच्छा खिलाती और पहनाती।

अन्धी ने अपनी झोंपड़ी में एक हांडी गाड़ रखी थी। संध्या-समय जो कुछ मांगकर लाती उसमें डाल देती और उसे किसी वस्तु से ढांप देती। इसलिए कि दूसरे व्यक्तियों की दृष्टि उस पर न पड़े। खाने के लिए अन्न काफी मिल जाता था। उससे काम चलाती।

पहले बच्चे को पेट भरकर खिलाती फिर स्वयं खाती। रात को बच्चे को अपने वक्ष से लगाकर वहीं पड़ रहती। प्रातःकाल होते ही उसको खिला-पिलाकर फिर मन्दिर के द्वार पर जा खड़ी होती।

2

काशी में सेठ बनारसीदास बहुत प्रसिद्ध व्यक्ति हैं। बच्चा-बच्चा उनकी कोठी से परिचित है। बहुत बड़े देशभक्त और धर्मात्मा हैं। धर्म में उनकी बड़ी रुचि है। दिन के बारह बजे तक सेठ स्नान-ध्यान में संलग्न रहते। कोठी पर हर समय भीड़ लगी रहती। कर्ज के इच्छुक तो आते ही थे, परन्तु ऐसे व्यक्तियों का भी तांता बंधा रहता जो अपनी पूंजी सेठजी के पास धरोहर रूप में रखने आते थे। सैकड़ों भिखारी अपनी जमा-पूंजी इन्हीं सेठजी के पास जमा कर जाते। अन्धी को भी यह बात ज्ञात थी, किन्तु पता नहीं अब तक वह अपनी कमाई यहां जमा कराने में क्यों हिचकिचाती रही।

उसके पास काफी रुपये हो गए थे, हांडी लगभग पूरी भर गई थी। उसको शंका थी कि कोई चुरा न ले। एक दिन संध्या-समय अन्धी ने वह हांडी उखाड़ी और अपने फटे हुए आंचल में छिपाकर सेठजी की कोठी पर पहुंची।

सेठजी बही-खाते के पृष्ठ उलट रहे थे, उन्होंने पूछा—"क्या है बुढ़िया?"

अंधी ने हांडी उनके आगे सरका दी और डरते-डरते कहा—"सेठजी, इसे अपने पास जमा कर लो, मैं अंधी, अपाहिज कहां रखती फिरूंगी?"

सेठजी ने हांडी की ओर देखकर कहा—"इसमें क्या है?"

अन्धी ने उत्तर दिया—"भीख मांग-मांगकर अपने बच्चे के लिए दो-चार पैसे संग्रह किये हैं, अपने पास रखते डरती हूं, कृपया इन्हें आप अपनी कोठी में रख लें।"

सेठजी ने मुनीम की ओर संकेत करते हुए कहा—"बही में जमा कर लो।" फिर बुढ़िया से पूछा—"तेरा नाम क्या है?"

अंधी ने अपना नाम बताया, मुनीमजी ने नकदी गिनकर उसके नाम से जमा कर ली और वह सेठजी को आशीर्वाद देती हुई अपनी झोंपड़ी में चली गई।

3

दो वर्ष बहुत सुख के साथ बीते। इसके पश्चात् एक दिन लड़के को ज्वर ने आ दबाया। अंधी ने दवा-दारू की, झाड़-फूंक से भी काम लिया, टोने-टोटके की परीक्षा की, परन्तु सम्पूर्ण प्रयत्न व्यर्थ सिद्ध हुए। लड़के की दशा दिन-प्रतिदिन बुरी होती गई, अंधी का हृदय टूट गया, साहस ने जवाब दे दिया, निराश हो गई। परन्तु फिर ध्यान आया कि संभवतः डॉक्टर के इलाज से फायदा हो जाए। इस विचार के आते ही वह गिरती-पड़ती सेठजी की कोठी पर आ पहुंची। सेठजी उपस्थित थे।

अंधी ने कहा—"सेठजी मेरी जमा-पूंजी में से दस-पांच रुपये मुझे मिल जायें

तो बड़ी कृपा हो। मेरा बच्चा मर रहा है, डॉक्टर को दिखाऊंगी।''

सेठजी ने कठोर स्वर में कहा—''कैसी जमा पूंजी? कैसे रुपये? मेरे पास किसी के रुपये जमा नहीं हैं।''

अंधी ने रोते हुए उत्तर दिया—''दो वर्ष हुए मैं आपके पास धरोहर रख गई थी। दे दीजिए बड़ी दया होगी।''

सेठजी ने मुनीम की ओर रहस्यमयी दृष्टि से देखते हुए कहा—''मुनीमजी, जरा देखना तो, इसके नाम की कोई पूंजी जमा है क्या? तेरा नाम क्या है री?''

अंधी की जान-में-जान आई, आशा बंधी। पहला उत्तर सुनकर उसने सोचा कि सेठ बेईमान है, किन्तु अब सोचने लगी सम्भवतः उसे ध्यान न रहा होगा। ऐसा धर्मी व्यक्ति भी भला कहीं झूठ बोल सकता है। उसने अपना नाम बता दिया। उलट-पलटकर देखा। फिर कहा—''नहीं तो, इस नाम पर एक पाई भी जमा नहीं है।''

अंधी वहीं जमी बैठी रही। उसने रो-रोकर कहा—''सेठजी, परमात्मा के नाम पर, धर्म के नाम पर, कुछ दे दीजिए। मेरा बच्चा जी जाएगा। मैं जीवन-भर आपके गुण गाऊंगी।''

परन्तु पत्थर में जोंक न लगी। सेठजी ने क्रुद्ध होकर उत्तर दिया—''जाती है या नौकर को बुलाऊं।''

अंधी लाठी टेककर खड़ी हो गई और सेठजी की ओर मुंह करके बोली—''अच्छा भगवान तुम्हें बहुत दे।'' और अपनी झोंपड़ी की ओर चल दी।

यह अशीष न था बल्कि एक दुखी का शाप था। बच्चे की दशा बिगड़ती गई, दवा-दारू हुई ही नहीं, फायदा क्यों कर होता। एक दिन उसकी अवस्था चिन्ताजनक हो गई, प्राणों के लाले पड़ गये, उसके जीवन से अंधी भी निराश हो गई। सेठजी पर रह-रहकर उसे क्रोध आता था। इतना धनी व्यक्ति है, दो-चार रुपये दे देता तो क्या चला जाता और फिर मैं उससे कुछ दान नहीं मांग रही थी, अपने ही रुपये मांगने गई थी। सेठजी से घृणा हो गई।

बैठे-बैठे उसको कुछ ध्यान आया। उसने बच्चे को अपनी गोद में उठा लिया और ठोकरें खाती, गिरती-पड़ती, सेठजी के पास पहुंची और उनके द्वार पर धरना देकर बैठ गई। बच्चे का शरीर ज्वर से भभक रहा था और अंधी का कलेजा भी।

एक नौकर किसी काम से बाहर आया। अंधी को बैठा देखकर उसने सेठजी को सूचना दी, सेठजी ने आज्ञा दी कि उसे भगा दो।

नौकर ने अंधी से चले जाने को कहा, किन्तु वह उस स्थान से न हिली। मारने का भय दिखाया, पर वह टस-से-मस न हुई। उसने फिर अन्दर जाकर कहा कि वह नहीं टलती।

सेठजी स्वयं बाहर पधारे। देखते ही पहचान गये। बच्चे को देखकर उन्हें बहुत आश्चर्य हुआ कि उसकी शक्ल-सूरत उनके मोहन से बहुत मिलती-जुलती है। सात

वर्ष हुए तब मोहन किसी मेले में खो गया था। उसकी बहुत खोज की, पर उसका कोई पता न मिला। उन्हें स्मरण हो आया कि मोहन की जांघ पर एक लाल रंग का चिह्न था। इस विचार के आते ही उन्होंने अंधी की गोद के बच्चे की जांघ देखी। चिह्न अवश्य था परन्तु पहले से कुछ बड़ा। उनको विश्वास हो गया कि बच्चा उन्हीं का है। परन्तु तुरन्त उसको छीनकर अपने कलेजे से चिपटा लिया। शरीर ज्वर से तप रहा था। नौकर को डॉक्टर लाने के लिए भेजा और स्वयं मकान के अन्दर चल दिये।

अंधी खड़ी हो गई और चिल्लाने लगी—"मेरे बच्चे को न ले जाओ, मेरे रुपये तो हजम कर गये अब क्या मेरा बच्चा भी मुझसे छीनोगे?"

सेठजी बहुत चिन्तित हुए और कहा—"बच्चा मेरा है, यही एक बच्चा है, सात वर्ष पूर्व कहीं खो गया था अब मिला है, सो इसे कहीं नहीं जाने दूंगा और लाख यत्न करके भी इसके प्राण बचाऊंगा।"

अंधी ने एक जोर का ठहाका लगाया—"तुम्हारा बच्चा है, इसलिए लाख यत्न करके भी उसे बचाओगे। मेरा बच्चा होता तो उसे मर जाने देते, क्यों? यह भी कोई न्याय है? इतने दिनों तक खून-पसीना एक करके उसको पाला है। मैं उसको अपने हाथ से नहीं जाने दूंगी।"

सेठजी की अजीब दशा थी। कुछ करते-धरते बन नहीं पड़ता था। कुछ देर वहीं मौन खड़े रहे फिर मकान के अन्दर चले गये। अन्धी कुछ समय तक खड़ी रोती रही फिर वह भी अपनी झोंपड़ी की ओर चल दी।

दूसरे दिन प्रातःकाल प्रभु की कृपा हुई या दवा ने जादू का-सा प्रभाव दिखाया। मोहन का ज्वर उतर गया। होश आने पर उसने आंख खोली तो सर्वप्रथम शब्द उसकी जबान से निकला, "मां।"

चहुंओर अपरिचित शक्लें देखकर उसने अपने नेत्र फिर बन्द कर लिये। उस समय से उसका ज्वर फिर अधिक होना आरम्भ हो गया। मां-मां की रट लगी हुई थी, डॉक्टरों ने जवाब दे दिया, सेठजी के हाथ-पांव फूल गये, चहुंओर अंधेरा दिखाई पड़ने लगा।

"क्या करूं एक ही बच्चा है, इतने दिनों बाद मिला भी तो मृत्यु उसको अपने चंगुल में दबा रही है, इसे कैसे बचाऊं?"

सहसा उनको अन्धी का ध्यान आया। पत्नी को बाहर भेजा कि देखो कहीं वह अब तक द्वार पर न बैठी हो। परन्तु वह वहां कहां? सेठजी ने फिटन तैयार कराई और बस्ती से बाहर उसकी झोंपड़ी पर पहुंचे। झोंपड़ी बिना द्वार के थी, अन्दर गए। देखा अन्धी एक फटे-पुराने टाट पर पड़ी है और उसके नेत्रों से अश्रुधार बह रही है। सेठजी ने धीरे से उसको हिलाया। उसका शरीर भी अग्नि की भांति तप रहा था।

सेठजी ने कहा—"बुढ़िया! तेरा बच्चा मर रहा है, डॉक्टर निराश हो गए, रह-रहकर वह तुझे पुकारता है। अब तू ही उसके प्राण बचा सकती है। चल और मेरे...नहीं-नहीं

अपने बच्चे की जान बचा ले।''

अन्धी ने उत्तर दिया—''मरता है तो मरने दो, मैं भी मर रही हूं। हम दोनों स्वर्ग-लोक में फिर मां-बेटे की तरह मिल जाएंगे। इस लोक में सुख नहीं है, वहां मेरा बच्चा सुख में रहेगा। मैं वहां उसकी सुचारू रूप से सेवा-सुश्रूषा करूंगी।''

सेठजी रो दिये। आज तक उन्होंने किसी के सामने सिर न झुकाया था। किन्तु इस समय अन्धी के पांवों पर गिर पड़े और रो-रोकर कहा—''ममता की लाज रख लो, आखिर तुम भी उसकी मां हो। चलो, तुम्हारे जाने से वह बच जायेगा।''

ममता शब्द ने अन्धी को विकल कर दिया। उसने तुरन्त कहा—''अच्छा चलो।''

सेठजी सहारा देकर उसे बाहर लाये और फिटन पर बिठा दिया। फिटन घर की ओर दौड़ने लगी। उस समय सेठजी और अन्धी भिखारिन दोनों की एक ही दशा थी। दोनों की यही इच्छा थी कि शीघ्र-से-शीघ्र अपने बच्चे के पास पहुंच जायें।

कोठी आ गई, सेठजी ने सहारा देकर अन्धी को उतारा और अन्दर ले गए। भीतर जाकर अन्धी ने मोहन के माथे पर हाथ फेरा। मोहन पहचान गया कि यह उसकी मां का हाथ है। उसने तुरन्त नेत्र खोल दिये और उसे अपने समीप खड़े हुए देखकर कहा—''मां, तुम आ गईं।''

अन्धी भिखारिन मोहन के सिरहाने बैठ गई और उसने मोहन का सिर अपने गोद में रख लिया। उसको बहुत सुख अनुभव हुआ और वह उसकी गोद में तुरन्त सो गया।

दूसरे दिन से मोहन की दशा अच्छी होने लगी और दस-पन्द्रह दिन में वह बिल्कुल स्वस्थ हो गया। जो काम हकीमों के जोशान्दे, वैद्यों की पुड़िया और डॉक्टरों के मिक्सचर न कर सके वह अन्धी की स्नेहमयी सेवा ने पूरा कर दिया।

मोहन के पूरी तरह स्वथ हो जाने पर अन्धी ने विदा मांगी। सेठजी ने बहुत-कुछ कहा-सुना कि वह उन्हीं के पास रह जाए परन्तु वह सहमत न हुई, विवश होकर विदा करना पड़ा। जब वह चलने लगी तो सेठजी ने रुपयों की एक थैली उसके हाथ में दे दी। अन्धी ने मालूम किया, ''इसमें क्या है।''

सेठजी ने कहा—''इसमें तुम्हारे धरोहर है, तुम्हारे रुपये। मेरा वह अपराध...''

अन्धी ने बात काट कर कहा—''यह रुपये तो मैंने तुम्हारे मोहन के लिए संग्रह किये थे, उसी को दे देना।''

अन्धी ने थैली वहीं छोड़ दी। और लाठी टेकती हुई चल दी। बाहर निकलकर फिर उसने उस घर की ओर नेत्र उठाये उसके नेत्रों से अश्रु बह रहे थे किन्तु वह एक भिखारिन होते हुए भी सेठ से महान थी। इस समय सेठ याचक था और वह दाता थी।

काबुलीवाला

मेरी पांच वर्ष की छोटी लड़की मिनी से पल भर भी बात किए बिना नहीं रहा जाता। दुनिया में आने के बाद भाषा सीखने में उसने सिर्फ एक ही वर्ष लगाया होगा। उसके बाद से जितनी देर तक सो नहीं पाती है, उस समय का एक पल भी वह चुप्पी में नहीं खोती। उसकी माता बहुधा डांट-फटकारकर उसकी चलती हुई जबान बन्द कर देती है; किन्तु मुझसे ऐसा नहीं होता, मिनी का मौन मुझे ऐसा अस्वाभाविक-सा प्रतीत होता है, कि मुझसे वह अधिक देर तक सहा नहीं जाता और यही कारण है कि मेरे साथ उसके भावों का आदान-प्रदान कुछ अधिक उत्साह के साथ होता रहता है।

सवेरे मैंने अपने उपन्यास के सत्रहवें अध्याय में हाथ लगाया ही था कि इतने में मिनी ने आकर कहना आरम्भ कर दिया–"बाबूजी! रामदयाल दरबान कल 'काक' को कौआ कहता था। वह कुछ जानता ही नहीं, न बाबूजी?"

विश्व की भाषाओं की विभिन्नता के विषय में मेरे कुछ बताने से पहले ही उसने दूसरा प्रसंग छेड़ दिया–"बाबूजी! भोला कहता था आकाश मुंह से पानी फेंकता है, इसी से बरसा होती है। अच्छा बाबूजी, भोला झूठ-मूठ कहता है न? खाली बक-बक किया करता है, दिन-रात बकता रहता है।"

इस विषय में मेरी राय की तनिक भी राह न देख करके, चट से धीमे स्वर में एक जटिल प्रश्न कर बैठी, बाबूजी, मां तुम्हारी कौन लगती है?"

मन-ही-मन में मैंने कहा साली और फिर बोला–"मिनी, तू जा, भोला के साथ खेल, मुझे अभी काम है, अच्छा।"

तब उसने मेरी मेज के पार्श्व में पैरों के पास बैठकर अपने दोनों घुटने और हाथों को हिला-हिलाकर बड़ी शीघ्रता से मुंह चलाकर 'अटकन-बटकन दही चटाके' कहना आरम्भ कर दिया। जबकि मेरे उपन्यास के अध्याय में प्रतापसिंह उस समय कंचनमाला को लेकर रात्रि के प्रगाढ़ अन्धकार में बन्दीगृह के ऊंचे झरोखे से नीचे कलकल करती हुई सरिता में कूद रहे थे।

मेरा घर सड़क के किनारे पर था, सहसा मिनी अपने अटकन-बटकन को छोड़कर

कमरे की खिड़की के पास दौड़ गई, और जोर-जोर से चिल्लाने लगी, "काबुल वाला, ओ काबुल वाला।"

मैले-कुचैले ढीले कपड़े पहने, सिर पर कुल्ला रखे, उस पर साफा बांधे कन्धे पर सूखे फलों की मैली झोली लटकाये, हाथ में चमन के अंगूरों की कुछ पिटारियां लिये, एक लम्बा-तगड़ा-सा काबुली मन्द चाल से सड़क पर जा रहा था। उसे देखकर मेरी छोटी बेटी के हृदय में कैसे भाव उदय हुए वह बताना असम्भव है। उसने जोरों से पुकारना शुरू किया। मैंने सोचा, अभी झोली कंधे पर डाले, सर पर एक मुसीबत आ खड़ी होगी और मेरा सत्रहवां अध्याय आज अधूरा रह जायेगा।

किन्तु मिनी के चिल्लाने पर ज्योंही काबुली ने हंसते हुए उसकी ओर मुंह फेरा और घर की ओर बढ़ने लगा; त्योंही मिनी भय खाकर भीतर भाग गई। फिर उसका पता ही नहीं लगा कि कहां छिप गई? उसके छोटे से मन में वह अन्धविश्वास बैठ गया था कि उस मैली-कुचैली झोली के अन्दर ढूंढ़ने पर उस जैसी और भी जीती-जागती बच्ची निकल सकती हैं।

इधर काबुली ने आकर मुस्कराते हुए मुझे हाथ उठाकर अभिवादन किया और खड़ा हो गया। मैंने सोचा, वास्तव में प्रतापसिंह और कंचनमाला की दशा अत्यन्त संकटापन्न है, फिर भी घर में बुलाकर इससे कुछ न खरीदना अच्छा न होगा।

कुछ सौदा खरीदा गया। उसके बाद मैं उससे इधर-उधर की बातें करने लगा। रहमत, रूस, अंग्रेज, सीमान्त रक्षा के बारे में गप-शप होने लगी।

अन्त में उठकर जाते हुए उसने अपनी मिली-जुली भाषा में पूछा—"बाबूजी, आपकी बच्ची कहां गई?"

मैंने मिनी के मन से व्यर्थ का भय दूर करने के अभिप्राय से उसे भीतर से बुलवा लिया। वह मुझसे बिल्कुल लगकर काबुली के मुख और झोली की ओर सन्देहात्मक दृष्टि डालती हुई खड़ी रही। काबुली ने झोली में से किसमिस और खुबानी निकालकर देनी चाहीं, पर उसने न लीं, और दुगुने सन्देह के साथ मेरे घुटनों से लिपट गई। उसका पहला परिचय इस प्रकार हुआ।

इस घटना के कुछ दिन बाद एक दिन सवेरे मैं किसी आवश्यक कार्यवश बाहर जा रहा था? देखूं तो मेरी बिटिया दरवाजे के पास बैंच पर बैठी हुई काबुली से हंस-हंसकर बातें कर रही है और काबुली उसके पैरों के समीप बैठा-बैठा मुस्कराता हुआ, उन्हें ध्यान से सुन रहा है और बीच-बीच में अपनी राय मिली-जुली भाषा में व्यक्त करता जाता है। मिनी को अपने पांच वर्ष के जीवन में, बाबूजी के सिवा, ऐसा धैर्य वाला श्रोता शायद ही कभी मिला हो। देखा तो, उसका फिराक का अग्रभाग बादाम-किसमिस से भरा हुआ है। मैंने काबुली से कहा—"इसे यह सब क्यों दे दिया? अब कभी मत देना?" कहकर कुर्ते की जेब में से एक अठन्नी निकालकर उसे दी। उसने बिना किसी हिचक के अठन्नी लेकर अपनी झोली में रख ली?

कुछ देर बार, घर लौटकर देखता हूं तो उस अठन्नी ने बड़ा भारी उपद्रव खड़ा कर दिया है।

मिनी की मां एक सफेद चमकीला गोलाकार पदार्थ हाथ में लिये डांट-डपटकर मिनी से पूछ रही थी—"तूने यह अठन्नी पाई कहां से, बता?"

मिनी ने कहा—"काबुल वाले ने दी है।"

"काबुल वाले से तूने अठन्नी ली कैसे, बता?"

मिनी ने रोने का उपक्रम करते हुए कहा—"मैंने मांगी नहीं थी, उसने आप ही दी है।"

मैंने जाकर मिनी की उस अकस्मात मुसीबत से रक्षा की, और उसे बाहर ले आया।

मालूम हुआ कि काबुली के साथ मिनी की यह दूसरी ही भेंट थीं, सो बात नहीं। इस दौरान में वह रोज आता रहा है और पिस्ता-बादाम की रिश्वत दे-देकर मिनी के छोटे से हृदय पर बहुत अधिकार कर लिया है।

देखा कि इस नई मित्रता में बंधी हुई बातें और हंसी ही प्रचलित है। जैसे मेरी बिटिया, रहमत को देखते ही, हंसती हुई पूछती—"काबुल वाला और काबुल वाला, तुम्हारी झोली के भीतर क्या है? काबुली जिसका नाम रहमत था, एक अनावश्यक चन्द्र-बिन्दु जोड़कर मुस्कराता हुआ उत्तर देता—"हां बिटिया उसके परिहास का रहस्य क्या है, यह तो नहीं कहा जा सकता; फिर भी इन नये मित्रों को इससे तनिक विशेष खेल-सा प्रतीत होता है और जाड़े के प्रभात में एक सयाने और एक बच्ची की सरल हंसी सुनकर मुझे भी बड़ा अच्छा लगता।

उन दोनों मित्रों में और भी एक-आध बात प्रचलित थी। रहमत मिनी से कहता—"तुम ससुराल कभी नहीं जाना, अच्छा?"

हमारे देश की लड़कियां जन्म से ही 'ससुराल' शब्द से परिचित रहती हैं; किन्तु हम लोग तनिक कुछ नई रोशनी के होने के कारण तनिक-सी बच्ची को ससुराल के विषय में विशेष ज्ञानी नहीं बना सके थे, अतः रहमत का अनुरोध वह स्पष्ट रूप से नहीं समझ पाती थी; इस पर भी किसी बात का उत्तर दिये बिना चुप रहना उसके स्वभाव के बिल्कुल ही विरुद्ध था। उल्टे वह रहमत से ही पूछती—"तुम ससुराल जाओगे?"

रहमत काल्पनिक श्वसुर के लिए अपना जबर्दस्त घूंसा तानकर कहता—"हम ससुर को मारेगा।"

सुनकर मिनी 'ससुर' नामक किसी अनजाने जीव की दुरावस्था की कल्पना करके खूब हँसती।

देखते-देखते जाड़े की सुहावनी ऋतु आ गई। पूर्व युग में इसी समय राजा लोग दिग्विजय के लिए कूच करते थे। मैं कलकत्ता छोड़कर कभी कहीं नहीं गया, शायद

इसीलिए मेरा मन ब्रह्माण्ड में घूमा करता है। यानी, मैं अपने घर में ही चिर प्रवासी हूं, बाहरी ब्रह्माण्ड के लिए मेरा मन सर्वदा आतुर रहता है। किसी विदेश का नाम आगे आते ही मेरा मन वहीं की उड़ान लगाने लगता है। इसी प्रकार किसी विदेशी को देखते ही तत्काल मेरा मन सरिता-पर्वत-बीहड़ वन के बीच में एक कुटीर का दृश्य देखने लगता है और एक उल्लासपूर्ण स्वतंत्र जीवन-यात्रा की बात कल्पना में जाग उठती है।

इधर देखा तो मैं ऐसी प्रकृति का प्राणी हूं, जिसका अपना घर छोड़कर बाहर निकलने में सिर कटता है। यही कारण है कि सवेरे के समय अपने छोटे से कमरे में मेज के सामने बैठकर उस काबुली से गप-शप लड़ाकर बहुत कुछ भ्रमण का काम निकाल लिया करता हूं। मेरे सामने काबुल का पूरा चित्र खिंच जाता। दोनों ओर ऊबड़खाबड़, लाल-लाल ऊंचे दुर्गम पर्वत हैं और रेगिस्तानी मार्ग, उन पर लदे हुए ऊंटों की कतार जा रही है। ऊंचे-ऊंचे साफे बांधे हुए सौदागर और यात्री कुछ ऊंट की सवारी पर हैं तो कुछ पैदल ही जा रहे हैं। किन्हीं के हाथों में बरछा है, तो कोई बाबा आदम के जमाने की पुरानी बन्दूक थामे हुए है। बादलों की भयानक गर्जन के स्वर में काबुली लोग अपने मिली-जुली भाषा में अपने देश की बातें कर रहे हैं।

मिनी की मां बड़ी वहमी तबीयत की है। राह में किसी प्रकार का शोर-गुल हुआ नहीं कि उसने समझ लिया कि संसार भर के सारे मस्त शराबी हमारे ही घर की ओर दौड़े आ रहे हैं? उसके विचारों में यह दुनिया इस छोर से उस छोर तक चोर-डकैत, मस्त, शराबी, सांप, बाघ, रोगों, मलेरिया, तिलचट्टे और अंग्रेजों से भरी पड़ी है। इतने दिन हुए इस दुनिया में रहते हुए भी उसके मन का यह रोग दूर नहीं हुआ।

रहमत काबुली की ओर से भी वह पूरी तरह निश्चिंत नहीं थी। उस पर विशेष नजर रखने के लिए मुझसे बार-बार अनुरोध करती रहती। जब मैं उसके शक को परिहास के आवरण से ढकना चाहता तो मुझसे एक साथ कई प्रश्न पूछ बैठती–''क्या कभी किसी का लड़का नहीं चुराया गया? क्या काबुल में गुलाम नहीं बिकते? क्या एक लम्बे-तगड़े काबुली के लिए एक छोटे बच्चे का उठा ले जाना असम्भव है?'' इत्यादि।

मुझे मानना पड़ता कि यह बात नितान्त असम्भव हो सो बात नहीं पर भरोसे के काबिल नहीं। भरोसा करने की शक्ति सब में समान नहीं होती, अतः मिनी की मां के मन में भय ही रह गया लेकिन केवल इसीलिए बिना किसी दोष के रहमत को अपने घर में आने से मना न कर सका।

हर वर्ष रहमत माघ मास में लगभग अपने देश लौट जाता है। इस समय वह अपने व्यापारियों से रुपया-पैसा वसूल करने में तल्लीन रहता है। उसे घर-घर, दुकान-दुकान घूमना पड़ता है, लेकिन फिर भी मिनी से उसकी भेंट एक बार अवश्य हो जाती है। देखने में तो ऐसा प्रतीत होता है कि दोनों के मध्य किसी षड्यंत्र का श्रीगणेश हो रहा है। जिस दिन वह सवेरे नहीं आ पाता, उस दिन देखूं तो वह संध्या

को हाजिर है। अंधेरे में घर के कोने में उस ढीले-ढाले जामा-पाजामा पहने, झोली वाले लम्बे-तगड़े आदमी को देखकर सचमुच ही मन में अचानक भय-सा पैदा हो जाता है।

लेकिन, जब देखता हूं कि मिनी 'ओ काबुल वाला' पुकारती हुई हंसती-हंसती दौड़ी आती है और दो भिन्न-भिन्न आयु के असम मित्रों में वही पुराना हास-परिहास चलने लगता है, तब मेरा सारा हृदय खुशी से नाच उठता है।

एक दिन सवेरे मैं अपने छोटे कमरे में बैठा हुआ नई पुस्तक के प्रूफ देख रहा था। जाड़ा, विदा होने से पूर्व, आज दो-तीन दिन खूब जोरों से अपना प्रकोप दिखा रहा है। जिधर देखो, उधर उस जाड़े की ही चर्चा है। ऐसे जाड़े-पाले में खिड़की में से सवेरे की धूप मेज के नीचे मेरे पैरों पर आ पड़ी। उसकी गर्मी मुझे अच्छी प्रतीत होने लगी। लगभग आठ बजे का समय होगा। सिर से मफलर लपेटे ऊषाचरण सवेरे की सैर करके घर की ओर लौट रहे थे। ठीक इस समय राह में एक बड़े जोर का शोर सुनाई दिया।

देखूं तो अपने उस रहमत को दो सिपाही बांधे लिये जा रहे हैं। उनके पीछे बहुत से तमाशाही बच्चों का झुंड चला आ रहा है। रहमत के ढीले-ढाले कुर्ते पर खून के दाग हैं और एक सिपाही के हाथ में खून से लथपथ छुरा। मैंने द्वार से बाहर निकलकर सिपाही को रोक लिया, पूछा—''क्या बात है?''

कुछ सिपाही से और कुछ रहमत से सुना कि हमारे एक पड़ोसी ने रहमत से रामपुरी चादर खरीदी थी। उसके कुछ रुपये उसकी ओर बाकी थे, जिन्हें देने से उसने साफ इन्कार कर दिया। बस इसी पर दोनों में बात बढ़ गई और रहमत ने छुरा निकालकर घोंप दिया।

रहमत उस झूठे बेईमान आदमी के लिए भिन्न-भिन्न प्रकार के अपशब्द सुना रहा था। इतने में ''काबुल वाला! ओ काबुल वाला!'' पुकारती हुई मिनी घर से निकल आई।

रहमत का चेहरा क्षण-भर में कौतुक हास्य से चमक उठा। उसके कंधे पर आज झोली नहीं थी। अतः झोली के बारे में दोनों मित्रों की अभ्यस्त आलोचना न चल सकी। मिनी ने आते के साथ ही उसने पूछा ''तुम ससुराल जाओगे।''

रहमत ने प्रफुल्लित मन से कहा—''हां, वहीं तो जा रहा हूं।''

रहमत ताड़ गया कि उसका यह जवाब मिनी के चेहरे पर हंसी न ला सकेगा और तब उसने हाथ दिखाकर कहा—''ससुर को मारता, पर क्या करूं, हाथ बंधे हुए हैं।''

छुरा चलाने के जुर्म में रहमत को कई वर्ष का कारावास मिला।

रहमत का ध्यान धीरे-धीरे मन से बिल्कुल उतर गया। हम लोग अब अपने घर में बैठकर सदा के अभ्यस्त होने के कारण, नित्य के काम-धन्धों में उलझे हुए दिन बिता रहे थे। तभी एक स्वाधीन पर्वतों पर घूमने वाला इन्सान कारागार की प्राचीरों

के अन्दर कैसे वर्ष पर वर्ष काट रहा होगा, यह बात हमारे मन में कभी उठी ही नहीं।

और चंचल मिनी का आचरण तो और भी लज्जाप्रद था। यह बात उसके पिता को भी माननी पड़ेगी। उसने सहज ही अपने पुराने मित्र को भूलकर पहले तो नबी सईस के साथ मित्रता जोड़ी, फिर क्रमशः जैसे-जैसे उसकी वयोवृद्धि होने लगी वैसे-वैसे सखा के बदले एक के बाद एक उसकी सखियां जुटने लगीं और तो क्या, अब वह अपने बाबूजी के लिखने के कमरे में भी दिखाई नहीं देती। मेरा तो एक तरह से उसके साथ नाता ही टूट गया है।

कितने ही वर्ष बीत गये? वर्षों बाद आज फिर एक शरद् ऋतु आई है। मिनी की सगाई की बात पक्की हो गई। पूजा की छुट्टियों में उसका विवाह हो जायेगा। कैलाशवासिनी के साथ-साथ अबकी बार हमारे घर की आनन्दमयी मिनी भी मां-बाप के घर में अंधेरा करके ससुराल चली जायेगी।

सवेरे दिवाकर बड़ी सज-धज के साथ निकले। वर्षों के बाद शरद् ऋतु की यह नई धवल धूप सोने में सुहागे का काम दे रही है। कलकत्ता की संकरी गलियों से परस्पर सटे हुए पुराने ईटझर गन्दे घरों के ऊपर भी इस धूप की आभा ने एक प्रकार का अनोखा सौन्दर्य बिखेर दिया है।

हमारे घर पर दिवाकर के आगमन से पूर्व ही शहनाई बज रही है। मुझे ऐसा प्रतीत हो रहा है कि जैसे यह मेरे हृदय की धड़कनों में से रो-रोकर बज रही हो। उसकी करुण भैरवी रागिनी मानो मेरी विच्छेद पीड़ा को जाड़े की धूप के साथ सारे ब्रह्माण्ड में फैला रही है। मेरी मिनी का आज विवाह है।

सवेरे से घर बवंडर बना हुआ है। हर समय आने-जाने वालों का तांता बंधा हुआ है। आंगन में बांसों का मंडप बनाया जा रहा है। हरेक कमरे और बरामदे में झाड़फानूस लटकाये जा रहे हैं, और उनकी टक-टक की आवाज मेरे कमरे में आ रही है। 'चलो रे', 'जल्दी करो', 'इधर आओ' की तो कोई गिनती ही नहीं है।

मैं अपने लिखने-पढ़ने के कमरे में बैठा हुआ हिसाब लिख रहा था। इतने में रहमत आया और अभिवादन करके खड़ा हो गया।

पहले तो मैं उसे पहचान न सका। उसके पास न तो झोली थी और न पहले जैसे लम्बे-लम्बे बाल और न चेहरे पर पहले जैसी दिव्य ज्योति ही थी। अन्त में उसकी मुस्कान देखकर पहचान सका कि वह रहमत है।

मैंने पूछा—"क्यों रहमत, कब आये?"

उसने कहा—"कल शाम को जेल से छूटा हूं।"

सुनते ही उसके शब्द मेरे कानों में खट से बज उठे। किसी खूनी को मैंने कभी आंखों से नहीं देखा था, उसे देखकर मेरा सारा मन एकाएक सिकुड़-सा गया? मेरी यही इच्छा होने लगी कि आज के इस शुभ दिन में वह इंसान यहां से टल जाये तो अच्छा हो।

मैंने उससे कहा—"आज हमारे घर में कुछ आवश्यक काम है, सो आज मैं उसमें लगा हुआ हूं। आज तुम जाओ, फिर आना।"

मेरी बात सुनकर वह उसी क्षण जाने को तैयार हो गया। पर द्वार के पास आकर कुछ इधर-उधर देखकर बोला—"क्या, बच्ची को तनिक नहीं देख सकता?"

शायद उसे यही विश्वास था कि मिनी अब तक वैसी ही बच्ची बनी है। उसने सोचा हो कि मिनी अब भी पहले की तरह 'काबुल वाला, ओ काबुल वाला' पुकारती हुई दौड़ी चली आयेगी। उन दोनों के पहले हास-परिहास में किसी प्रकार की रुकावट न होगी? यहां तक कि पहले की मित्रता की याद करके वह एक पेटी अंगूर और एक कागज के दोने में थोड़ी-सी किसमिस और बादाम, शायद अपने देश के किसी आदमी से मांग-तांगकर लेता आया था? उसकी पहले की मैली-कुचैली झोली आज उसके पास न थी।

मैंने कहा—"आज घर में बहुत काम है। सो किसी से भेंट न हो सकेगी?"

मेरा उत्तर सुनकर वह कुछ उदास-सा हो गया। उसी मुद्रा में उसने एक बार मेरे मुख की ओर स्थिर दृष्टि से देखा। फिर अभिवादन करके दरवाजे के बाहर निकल गया।

मेरे हृदय में जाने कैसी एक वेदना-सी उठी। मैं सोच ही रहा था कि उसे बुलाऊं, इतने में देखा तो वह स्वयं ही आ रहा है।

वह पास आकर बोला—"ये अंगूर और कुछ किसमिस, बादाम बच्ची के लिए लाया था, उसको दे दीजियेगा।"

मैंने उसके हाथ से सामान लेकर पैसे देने चाहे, लेकिन उसने मेरे हाथ को थामते हुए कहा—"आपकी बहुत मेहरबानी है बाबू साहब, हमेशा याद रहेगी, पिसा रहने दीजिए।" तनिक रुककर फिर बोला—"बाबू साहब! आपकी जैसी मेरी भी देश में एक बच्ची है। मैं उसकी याद कर-कर आपकी बच्ची के लिए थोड़ी-सी मेवा हाथ में ले आया करता हूं। मैं यह सौदा बेचने नहीं आता।"

कहते हुए उसने ढीले-ढाले कुर्ते के अन्दर हाथ डालकर छाती के पास से एक मैला-कुचैला मुड़ा हुआ कागज का टुकड़ा निकाला, और बड़े जतन से उसकी चारों तह खोलकर दोनों हाथों से उसे फैलाकर मेरी मेज पर रख दिया।

देखा कि कागज के उस टुकड़े पर एक नन्हे से हाथ के छोटे से पंजे की छाप है। फोटो नहीं, तेलचित्र नहीं हाथ में थोड़ी सी कालिख लगाकर कागज के ऊपर उसी का निशान ले लिया गया है। अपनी बेटी के इस स्मृति-पत्र को छाती से लगाकर, रहमत हर वर्ष कलकत्ता की गली-कूचों में सौदा बेचने के लिए आता है और तब वह कालिख चित्र मानो उसकी बच्ची के हाथ का कोमल-स्पर्श, उसके बिछड़े हुए विशाल वक्षःस्थल में अमृत उड़ेलता रहता है।

देखकर मेरी आंखें भर आई और फिर मैं इस बात को बिल्कुल ही भूल गया

कि वह एक मामूली काबुली मेवा वाला है, मैं एक उच्चवंश का रईस हूं। तब मुझे ऐसा लगने लगा कि जो वह है, वही मैं हूं। वह भी एक बाप है और मैं भी। उसकी पर्वतवासिनी छोटी बच्ची की निशानी मेरी ही मिनी की याद दिलाती है। मैंने तत्काल ही मिनी को बाहर बुलवाया; हालांकि इस पर अन्दर घर में आपत्ति की गई, पर मैंने उस पर कुछ भी ध्यान नहीं दिया। विवाह के वस्त्रों और अलंकारों में लिपटी हुई बेचारी मिनी मारे लज्जा के सिकुड़ी हुई-सी मेरे पास आकर खड़ी हो गई।

उस अवस्था में देखकर रहमत काबुल पहले तो सकपका गया। उससे पहले जैसी बातचीत न करते बना। बाद में हंसते हुए बोला—''लल्ली! सास के घर जा रही है क्या?''

मिनी अब सास का अर्थ समझने लगी थी, अतः अब उससे पहले की तरह उत्तर देते न बना। रहमत की बात सुनकर मारे लज्जा के उसके कपोल लाल-सुर्ख हो उठे। उसने मुंह को फेर लिया। मुझे उस दिन की याद आई, जबकि रहमत के साथ मिनी का प्रथम परिचय हुआ था। मन मे एक पीड़ा की लहर दौड़ गई।

मिनी के चले जाने के बाद, एक गहरी सांस लेकर रहमत फर्श पर बैठ गया। शायद उसकी समझ में यह बात एकाएक साफ हो गई कि उसकी बेटी भी इतने दिनों में बड़ी हो गई होगी, और उसके साथ भी उसे अब फिर से नई जान-पहचान करनी पड़ेगी। सम्भवतः वह उसे पहले जैसी नहीं पायेगा। इन आठ वर्षों में उसका क्या हुआ होगा, कौन जाने? सवेरे के समय शरद् की स्निग्ध सूर्य किरणों में शहनाई बजने लगी और रहमत कलकत्ता की एक गली के भीतर बैठा हुआ अफगानिस्तान के मेरु-पर्वत का दृश्य देखने लगा।

मैंने एक नोट निकालकर उसके हाथ में दिया और कहा, ''रहमत, तुम देश चले जाओ, अपनी लड़की के पास। तुम दोनों के मिलन-सुख से मेरी मिनी सुख पायेगी।''

रहमत को रुपये देने के बाद विवाह के हिसाब में से मुझे उत्सव-समारोह के दो-एक अंग छांटकर काट देने पड़े। जैसी मन में थी, वैसी रोशनी नहीं करा सका, अंग्रेजी बाजा भी नहीं आया, घर में औरतें बड़ी बिगड़ने लगीं, सब-कुछ हुआ, फिर भी मेरा विचार है, कि आज एक अपूर्व ज्योत्स्ना से हमारा शुभ समारोह उज्ज्वल हो उठा।

पाषाणी

अपूर्वकुमार बी.ए. पास करके ग्रीष्मावकाश में विश्व की महान नगरी कलकत्ता से अपने गांव को लौट रहा था।

मार्ग में छोटी-सी नदी पड़ती है। वह बहुधा बरसात के अन्त में सूख जाया करती है; परन्तु अभी तो सावन मास है। नदी अपने यौवन पर है, गांव की हद और बांस की जड़ों का आलिंगन करती हुई तीव्रता से बहती चली जा रही है।

लगातार कई दिनों की घनघोर बरसात के बाद आज तनिक मेघ छटे हैं और नभ पटल पर सूर्य देव के दर्शन हो रहे हैं।

नौका पर बैठे हुए अपूर्वकुमार के हृदय में बसी हुई प्रतिमा यदि दिखाई देती तो देखते कि वहां भी इस नवयुवक की हृदय-सरिता नव वर्षा से बिल्कुल तट तक भर गई है और सरिता का जल ज्योति से झिल-मिल झिल-मिल और वायु से छप्-छप् कर रहा है।

नौका यथास्थान घाट पर लगी है। नदी के उस तट पर से वृक्षों की आड़ में से अपूर्व के घर की छत स्पष्ट दिखाई दे रही है। घर पर किसी को खबर तक नहीं कि अपूर्व शहर से लौट रहा है, अतः घर पर से लिवाने के लिए कोई नहीं आया? नाविक सूटकेस उठाने के लिए तैयार हुआ तो अपूर्व ने उसे इन्कार कर दिया। वह स्वयं ही सूटकेस हाथ में उठाकर आनन्द की लहर से झटपट नौका से उतर पड़ा।

उतरते ही, घाट पर थी फिसलन, सूटकेस सहित वह दल-दल में गिर पड़ा, और ज्योंही गिरा, त्योंही न जाने किधर से मोटी ऊंची हास लहरी ने आकर समीप के पीपल पर बैठी हुई चिड़ियों को उड़ा दिया।

अपूर्व बहुत ही लज्जित हुआ और झटपट स्वयं को संभाल कर चहुंओर देखने लगा, देखा कि घाट के एक छोर पर जहां महाजन की नौका से नई ईंटें उतारकर इकट्ठी की गई हैं उन्हीं पर बैठी हुई एक नवयौवना हंसते-हंसते लोट-पोट हो रही है।

अपूर्व ने पहचान लिया कि वह उसी के पड़ोसी की लाड़ली बेटी मृगमयी है।

पहले इनका घर यहां से बहुत दूरी पर बड़ी नदी के तट पर था। दो-तीन साल गुजरे, नदी की बाढ़ के कारण उन्हें वह स्थान छोड़कर वहां चला आना पड़ा।

मृगमयी के विषय में बहुत कुछ अपवाद सुनने के लिए मिलता है। ग्रामीणवासी पुरुष तो इसे स्नेह के स्वर में पगली कहकर पुकारते हैं; लेकिन उनकी घरवालियां इसके उद्दण्ड स्वभाव से सर्वदा त्रस्त, चिन्तित और शंकित रहा करती हैं। गांव के छोकरों के साथ ही उसका खेल होता है; क्योंकि समवयस्क लड़कियों के प्रति उसकी अवज्ञा की सीमा नहीं। बालकों के राज्य में यह लड़की एक प्रकार से शत्रु-पक्ष की सेना के उपद्रव के समान-सी प्रतीत होती है।

पिता की लाड़ली बिटिया ठहरी और इसीलिए वह इतनी निर्भय रहती है। वास्तव में इस विषय मृगमयी की मां अपने सहेलियों के आगे हर समय अपने पति के विरुद्ध फरियाद किया ही करती, मगर फिर भी यह सोचकर कि पिता बेटी को लाड़ करते हैं और जब ये अवकाश के समय घर रहते हैं तो मृगमयी के नेत्रों के अश्रु उनके हृदय-पटल पर बहुत ही आघात पहुंचाते हैं, वे प्रवासी पति का स्मरण करके लड़की को किसी भी तरह पीड़ा नहीं पहुंचा सकती?

मृगमयी का रंग देखने में अधिक साफ नहीं है। छोटे-छोटे घुंघराले केश पीठ पर आच्छादित रहते हैं। चेहरे पर बिल्कुल बचपना छाया रहता है। बड़ी-बड़ी कजरारी आंखों में न तो लज्जा है, न भय और न हाव-भाव में किसी प्रकार का संशय? वह लम्बी, परिपुष्ट, स्वस्थ और सबल है। उसकी आयु अधिक है या कम, यह प्रश्न किसी के मन में उठता ही नहीं। यदि उठता तो ग्रामीण पड़ोसी इस बात पर मां-बाप की निन्दा करते कि अभी तक यह कुंवारी ही फिर रही है। जब कभी गांव के विदेशी जमींदार की नौका आकर घाट पर लगती है, तो उस दिन ग्रामीणवासी, उनकी आवभगत में घबरा से जाते हैं, गृहणियों की मुख-रंग-भूमि पर अकस्मात नाक के नीचे तक अवगुंठन खिंच जाता है; परन्तु मृगमयी न जाने कहां के किसी के वस्त्रों से हीन बच्चे को उठाये हुए घुंघराले केशों को पीठ पर बिखेरे जा खड़ी होती है। जिस देश में कोई शिकारी नहीं, कोई मुसीबत नहीं, उस देश की मृगी शावक की तरह निडर खड़ी हुई आश्चर्यचकित-सी देखा करती और अन्त में बाल-संगियों के पास जाकर इस नये मानव के आचार-व्यवहार के विषय में विस्तार के साथ भूमिका बांधती।

हमारे अपूर्वकुमार ने अवकाश के दिनों में घर आकर इससे पहले और भी दो-चार बार इस सीमाहीन नवयौवना को देखा है और फालतू समय में, यहां तक कि काम के समय में भी, इसके विषय में विचार किया है। इस धरा पर बहुत से चेहरे देखने में आते हैं; पर कोई-कोई चेहरा ऐसा होता है कि न कुछ कहना न सुनना, चट से मन के भीतर जाकर ऐसा बस जाता है कि उसे निकालना मुश्किल हो जाता है। केवल सौन्दर्य के कारण ही ऐसा होता है। सो बात नहीं, वह तो कुछ और ही है, सम्भवतः वह है स्वच्छता। अधिकांश चेहरों पर मानव प्रकृति पूरी तौर से अपनी

ज्योति से नहीं जगमगा पाती; जिस चेहरे पर हृदय के कोने में छिपा हुआ वह रहस्यमय व्यक्ति बिना रुकावट के बाहर निकलकर दिखाई देता है, वह चेहरा सैकड़ों-हजारों में छिपता नहीं; पल-भर में हृदय-पटल पर अंकित हो जाता है। इस लड़की के चेहरे पर, आंखों पर एक चंचल और उद्दण्ड नारी प्रकृति सदैव स्वच्छन्द और वन के दौड़ते हुए हिरन की तरह दिखाई देती रहती है, भागती-फिरती रहती है और इसलिए ऐसे सलौने चंचल मुख को एक बार देख लेने पर फिर सहज में वह भुलाये नहीं भूला।

पाठकगण को यह बताने की आवश्यकता नहीं कि मृगमयी की कौतुहलता से भरी हास्य-ध्वनि चाहे कितनी ही मृदु क्यों न हो, लेकिन अभागे अपूर्व के लिए वह तनिक कुछ दुखदायी ही साबित हुई? मारे लज्जा के उसका चेहरा सुर्ख हो उठा और हाथ का सूटकेस झट-पट नाविक के हाथ में सौंपकर वह शीघ्रता से अपने घर की ओर चल दिया।

नदी का किनारा, वृक्षों की छाया, पक्षियों का मृदु कलरव, प्रभात की मीठी-मीठी धूप और बीस वर्ष की अवस्था। कतिपय ईंटों का ढेर ऐसा कुछ खास उल्लेख योग्य नहीं; पर उस पर जो मानवी बैठी थी, उसने उस शुष्क और नीरस आसन पर भी एक प्रकार का मूक सौन्दर्य का भाव फैला रखा था। छिः! छिः! ऐसे दृश्य के मध्य में प्रथम पग उठाते ही, जिसका सारा का सारा व्यक्तित्व प्रहसर में परिवर्तित हो जाये तो उसके भाग्य की इससे बढ़कर निष्ठुरता और क्या हो सकती है?

2

ईंटों के ढेर से बहती हुई हंसी की तरंग सुनते-सुनते वृक्षों की छाया के नीचे दलदल में सनी निम्न दुकुल सूटकेस लिये हुए श्रीयुत अपूर्वजी किसी तरह अपने घर पहुंचे?

अकस्मात ही बेटे के पहुंच जाने से विधवा मां मारे उल्लास के फूली न समाई। उसी समय खोया, दही, दूध और बढ़िया मछली की तलाश में दूर-पास सब स्थानों पर आदमी दौड़ाये गये और पास-पड़ोस में भी एक प्रकार की हलचल-सी पैदा हो गई।

भोजन की समाप्ति पर मां ने बेटे के आगे ब्याह का प्रस्ताव छेड़ा। अपूर्व इसके लिए तैयार था ही। कारण यह प्रस्ताव बहुत पहले से ही पेश था, केवल अपूर्व तनिक कुछ नई रोशनी के चक्कर में आकर हठ कर बैठा था कि बी.ए. पास किए बिना विवाह हर्गिज नहीं कर सकता इत्यादि। अब तक उसकी मां उसके पास होने की ही राह देख रही थी; सो अब किसी प्रकार की आपत्ति उठाने के मायने हैं कि झूठी बहानेबाजी। अपूर्व ने कहा—"पहले लड़की तो देखो, फिर देखा जायेगा।"

मां ने उत्तर दिया—"लड़की-वड़की सब देखी जा चुकी है, उसके लिए तुझे फिक्र करने की जरूरत नहीं।"

किन्तु अपूर्व उसके लिए स्वयं ही फिक्र करने के लिए उद्यत हो गया, बोला—"लड़की बिना देखे मैं विवाह नहीं कर सकता।"

मां सोच में पड़ गई। ऐसी अनोखी बात तो आज तक नहीं सुनी थी। फिर भी वह राजी हो गई।

रात को अपूर्व दीपक बुझाकर बिस्तर पर जा पड़ा। पड़ते ही बरसात यामिनी की सारी-की-सारी स्वर लहरी और पूर्व निस्तब्धता के उस पार से उसकी सेज पर एक उच्छ्वासित उच्च मृदु कंठ की हास-ध्वनि आ-आकर उसके कानों में झंकरित होने लगी। उसका अशांत मन स्वयं को बार-बार निरन्तर यह कह-कहकर व्यथित करने लगा कि सवेरे वह जो पैर फिसलकर गिर पड़ा था उसका किसी-न-किसी युक्ति से सुधार कर लेना ही चाहिए? उस नवयौवना को यह मालूम ही नहीं कि मैं अपूर्वकुमार हूं, अचानक फिसलन पर पांव पड़ जाने से दलदल में गिर जाने पर भी मैं कोई उपेक्षणीय गांव का वासी नहीं।

अगले दिन अपूर्व को लड़की देखने जाना था। अधिक दूर नहीं, पड़ोस में ही लड़की वालों का घर है। तनिक कुछ कोशिश करने के बाद ही कपड़े बदन पर डाले। निम्न दुकुल (धोती) और दुपट्टा जोड़कर रेशमी अचकन, सिर पर अमीरी रंग की गोल पगड़ी और पैरों में बढ़िया चमकते हुए जूते पहनकर, रेशमी कपड़े की बढ़िया छतरी हाथ में लटकाये वह सवेरे ही चल दिया।

भावी सुसराल में घुसते ही वहां कोलाहल-सा मच गया। अन्त में यथा समय कम्पित हृदय को झाड़-पोंछकर, रंग-वंग कर, जूड़े में गोटे आदि लगाकर, एक पतली रंगीन साड़ी में लपेटकर उसे भावी पति के सामने लाया गया। आगन्तुका एक कोने में लगभग घुटनों तक माथा झुकाये चुपचाप जड़-वस्तु-सी बैठी रही और उसके पीछे धैर्य बंधाये रखने के लिए खड़ी एक अधेड़ अवस्था की दासी। उसका एक भाई, जोकि अभी बच्चा ही था, अपने परिवार में अनाधिकार प्रवेश करने वाले इस नये व्यक्ति की पगड़ी, घड़ी की चैन और उठती हुई मूंछों की ओर बड़े ध्यान से टकटकी लगाये देखने लगा। अपूर्व ने कुछ देर मूंछों पर हाथ फेरने के बाद अन्त में गम्भीरता के साथ पूछा—"तुम क्या पढ़ती हो?"

आभूषणों के भार से दबी हुई लज्जा की गठरी में से उसे अपने प्रश्न का कोई भी उत्तर नहीं मिला। दो-चार बार पूछे जाने और अधेड़ दासी द्वारा पीठ पर बारम्बार धैर्य की थपकियां पड़ने के बाद लड़की ने बहुत ही धीमे स्वर में शीघ्रता के साथ एक ही सांस में कहकर छुट्टी पा ली—"कन्या बोधिनी दूसरा भाग, व्याकरण सार, भूगोल, अंकगणित और भारत का इतिहास।

इतने में बाहर किसी की तेज चलने की धम-धम की आवाज सुनाई दी और दूसरे ही क्षण दौड़ती-हांफती और पीठ पर केशों को हिलाती हुई मृगमयी वहां पर आ धमकी। उसने अपूर्व की ओर आंख उठाकर देखा तक नहीं, सीधी उस भावी वधू के भाई राखाल के पास पहुंची और उसके कोमल हाथ को पकड़कर खींचना शुरू कर दिया। राखाल उस समय भावी वधू को देखने में लीन था; वहां से वह

किसी भी तरह टस से मस नहीं हुआ? दासी अपने संयत कण्ठ की मृदुता की भरसक रक्षा करती हुई यथासाध्य तीव्रता के साथ मृगमयी को धिक्कारने लगी। अपूर्व अपनी सारी-की-सारी मौनता और यश को एकत्रित करके पगड़ी बंधे माथे को ऊंचा करके बैठा रहा और उदर के पास लटकती हुई घड़ी की चैन को हिलाने लगा।

अन्त में मृगमयी ने जब देखा कि उसका साथी किसी भी तरह विचलित नहीं हो रहा, तब उसने उसकी कमर पर जोर का मुक्का जमा दिया और लगे हाथों भावी वधू के माथे का अवगुंठन उघाड़कर वह आंधी के वेग के समान जिस प्रकार आई थी, उसी प्रकार भाग गई। दासी मन मारकर रह गई और भीतर-ही-भीतर घुमड़कर गरजने लगी। राखाल अचानक अवगुंठन के हट जाने से एकाएक खिलखिला पड़ा। इस खुशी में कमर पर पड़े मुक्के की चोट को भी उसने महसूस नहीं किया कारण, ऐसा लेन-देन अक्सर हुआ ही करता था, इससे किसी प्रकार की आज नवीनता नहीं थी। इसके लिए एक दृष्टान्त ही बहुत है।

एक दिन की बात है, मृगमयी के केश तब पीठ तक बढ़े थे; राखाल ने अचानक पीछे से आकर कैंची से उसके बाल काट दिए; इस पर मृगमयी को बहुत क्रोध आया और उसने चट से राखाल के हाथ से कैंची छीनकर अपने शेष केश बड़ी निर्दयता से कतर-कतरकर उसके मुंह पर दे मारे। मृगमयी के घुंघराले केशों के गुच्छे डाली से गिरे हुए काले अंगूरों के गुच्छों की तरह धरा पर गिर पड़े। इन दोनों में शुरू से ही इस प्रकार की प्रणाली प्रचलित थी।

इसके बाद वह शांत सभा अधिक देर तक न चल सकी। गठरी-सी बनी भावी वधू अपने को बड़ी कठिनता से लम्बी बनाकर दासी के साथ घर के भीतर चली गई। अपूर्व अपनी मूंछों पर हाथ फेरता हुआ उठ खड़ा हुआ। बाहर जाकर देखा कि उसका बढ़िया नया जूता वहां से गायब है। बहुत प्रयत्न करने पर भी इस बात का पता नहीं लगा कि जूते कौन ले गया और कहां गये?

घर वाले सभी बड़े परेशान से हुए और अपराधी के नाम पर अपशब्दों की बौछार होने लगी। जब किसी प्रकार भी जूतों का पता नहीं लगा, तो अन्त में विवश होकर घर के मालिक की फटी-पुरानी ढीली चट्टी पहनकर पतलून पगड़ी से सुसज्जित अपूर्व गांव के कीचड़ वाले रास्ते को बहुत सावधानी के साथ पार करता हुआ घर की ओर चल दिया।

तालाब के किनारे सुनसान पथ पर पहुंचते ही सहसा फिर उसे वही जोर का परिहासात्मक स्वर सुनाई दिया। मानो वृक्ष और पल्लवों की ओट में से कौतुकप्रिया बन देवी ही अपूर्व की उन पुरानी चट्टियों को देखकर एकाएक हंस पड़ी हो।

अपूर्व कुछ लज्जित-सा होकर ठिठक गया और इधर-उधर दृष्टि फेंककर देखने लगा। इतने में सघन झाड़ियों में से निकलकर किसी निर्लज्ज अपराधिनी ने उसके सामने नये जूते रख दिए और चट से बाहर जाने के लिए उद्यत हुई कि अपूर्व ने

उसके दोनों हाथ पकड़कर अपनी कैद में ले लिया?

मृगमयी ने यथा-शक्ति टेढ़ी-तिरछी होकर पूरी शक्ति का प्रयोग करके भागने का बहुत प्रयत्न किया; लेकिन सब व्यर्थ। घुंघराले केशों से घिरे हुए उसके गोल-मटोल चेहरे पर सूर्य की किरणें, वृक्षों की डालियों और पल्लवों में छन-छनकर पड़ने लगीं। कौतूहलता से वशीभूत होकर कोई पथिक, जिस प्रकार दिवाकर की किरणों से चमकती हुई स्वच्छ चंचल निर्झरणी की ओर झुककर टकटकी लगाये उसकी तली को देखता रहता है, ठीक उसी तरह अपूर्व ने मृगमयी के ऊपर उठे चेहरे पर तनिक झुककर उसकी खंजन-सी चंचल आंखों के भीतर गहरी दृष्टि फेंककर देखा और फिर बहुत धीमे से उसे अपनी मुट्ठियों के बन्धन से मुक्त कर दिया। अपूर्व क्रोधित मुद्रा में मृगमयी को पकड़कर मारता तो उसे तनिक भी अचम्भा न होता; किन्तु इस प्रकार सुनसान पथ में इस अनोखी सजा का वह कुछ अर्थ ही न समझ सकी।

नर्त्तन करती हुई प्रकृति नटी के नूपुरों की झंकार की भांति फिर वही हास्य-ध्वनि उस नीरव पथ में गूंज उठी और चिन्तातुर अपूर्व धीरे-धीरे पग उठाता हुआ घर की ओर चल दिया।

3

अपूर्व उस दिन अनेक प्रकार के बहाने बना-बनाकर न तो घर के अन्दर गया और न मां से भेंट की। किसी के यहां भोज का निमंत्रण था; वहीं खा आया। अपूर्व जैसा पढ़ा-लिखा और भावुक नवयुवक एक मामूली पढ़ी-लिखी लड़की के मुकाबले अपने छिपे हुए गौरव का बखान करने और उसे आन्तरिक महत्ता का पूर्ण परिचय देने के लिए क्यों इतना आतुर हो उठा; यह समझना बहुत कठिन है? एक निरी गांव की चंचल बाला ने उसे मामूली नवयुवक समझ ही लिया, तो क्या हो गया? और उसने पल भर के लिए अपूर्व का परिहास करके और फिर उसके अस्तित्व को किसी ताक पर रखकर, राखाल नाम के अबोध बच्चे के साथ खेलने के लिए इच्छा प्रकट की, तो उसमें अपूर्व का बिगड़ ही क्या गया? इन बच्चों के सामने उसे प्रमाणित करने की आवश्यकता ही क्या है कि वह विश्वदीप मासिक पत्र में पुस्तकों की समालोचना लिखा करता है और उसने सूटकेस में एसन्स, जूते, रूबिनी के कैम्फर, पत्र लिखने के रंगीन कागज और हारमोनियम शिक्षा, पुस्तक के साथ एक पूरी लिखी हुई प्रेस कापी, यामिनी के गर्भ में भावी उषा की तरह, प्रज्वलित होने की राह देख रही है; पर मन को समझना कठिन है, कम-से-कम इस देहाती चंचल लड़की के सामने श्री अपूर्वकुमार बी.ए. हार मानने के लिए किसी प्रकार भी तैयार नहीं।

संध्या को अपूर्व जब घर के भीतर पहुंचा, तो उसकी मां ने पूछा—"क्यों रे, लड़की देख आया? कैसी है, पसंद है न?"

अपूर्व ने कुछ लजाते हुए उत्तर दिया—"हां, देख तो आया मां, उनमें से मुझे

एक ही लड़की पसन्द है।"

मां ने तनिक कुछ आश्चर्यचकित स्वर में पूछा—"तूने कितनी लड़कियाँ देखी थीं वहां?"

अन्त में दो-चार प्रश्नोत्तर के बाद मां को मालूम हुआ कि उसके लड़के ने पड़ोसिन शारदा की लड़की मृगमयी पसंद की है। इतना पढ़-लिखकर भी यह पसंद।

परिणाम यह निकला कि कमबख्त अड़ियल टट्टू की तरह गर्दन टेढ़ी करके, कुछ पीछे को उठकर कह बैठी—"मैं ब्याह नहीं करूंगी, जाओ।"

4

इस पर भी उसे ब्याह करना ही पड़ा।

उसके बाद अध्ययन शुरू हुआ। अपूर्व की मां के घर जाकर एक ही रात में मृगमयी की अपनी सारी दुनिया ने बेड़ियां पहन लीं।

सास ने वधू का सुधार करना आरम्भ कर दिया। बहुत ही कठोर मुद्रा बनाकर उससे बोली—"देखो बेटी, अब तुम नन्हीं बच्ची नहीं रहीं...हमारे घर में ऐसी बेहाई नहीं चल सकेगी।"

सास ने यह बात जिस भाव से कही, मृगमयी ठीक उसे उसी रूप में न समझ सकी। उसने विचारा कि इस घर में यदि न चले, तो शायद कहीं दूसरी जगह जाना पड़ेगा। मध्याह्न के बाद वह घर में नहीं दिखाई दी। 'कहां गई? कहां गई?' शोर मच गया। ढूंढ़ शुरू हुई। अन्त में विश्वासघातक राखाल ने उसके गुप्त स्थान का पता बताकर, उसे कैद करवा ही दिया। वह बड़-वृक्ष के नीचे श्री राधाकान्तजी के टूटे रथ में जाकर छिप गई थी।

सब ही के सामने मां ने और पास-पड़ोस की गृह-स्त्रियों ने उसे कितना डांटा-फटकारा और लज्जित किया, इसकी कल्पना स्वयं आप ही बना लें तो अच्छा हो?

रात्रि को खूब घनघोर घटाएं छा गईं और रिमझिम-रिमझिम मेह बरसने लगा। अपूर्व ने धीरे से मृगमयी के पास शैया पर जाकर उसके कान में धीमे स्वर में कहा—"मृगमयी, क्या तुम मुझे प्यार नहीं करतीं?"

मृगमयी ने तत्काल ही कड़क उत्तर दिया—"नहीं, मैं तुम्हारे से हर्गिज प्यार नहीं कर सकती।" मानो उसने सारी गुस्से की पोटली अपूर्व के माथे पर दे मारी।

अपूर्व ने खिन्न स्वर में पूछा—"क्यों, मैंने तुम्हारा क्या बिगाड़ा है?" इस दोष की सन्तोषजनक कैफियत देना तो कठिन है। अपूर्व ने मन-ही-मन कहा, इस विद्रोह-मन को जैसे भी बने वश में करना ही होगा।

अगले रोज सास ने मृगमयी में विद्रोह भाव के सब लक्षण देखकर उसे अन्दर के कोठे में बन्द कर दिया। पिंजड़े में फंसी नई चिड़िया की तरह पहले तो वह कोठे के अन्दर फड़फड़ाती रही अन्त में जब कहीं से भी भागने का कोई मार्ग दिखाई

न दिया तो हताश, क्रोध से उन्मत्त हो बिछौने की चादर को दांत से धज्जियां उड़ा दीं और धरा पर औंधी गिर पड़ी और मन-ही-मन पिता की याद करके रोने-चिल्लाने लगी।

ठीक इस समय धीरे-से कोई उसके समीप जाकर बैठ गया। बड़े स्नेह से उसके धूल-धूसरित केशों को कपोलों पर से एक ओर हटा देने का प्रयत्न करने लगा। मृगमयी ने बड़े जोर से अपना सिर हिलाकर उसका हाथ हटा दिया। अपूर्व ने उसके कानों के पास अपना मुंह ले जाकर बहुत ही कोमल स्वर में कहा—"मैंने चुपके से द्वार खोल दिया है, चलो, अपने पीछे के बगीचे में आ जायें।"

मृगमयी ने जोर से सिर हिलाते हुए कहा—"नहीं।"

अपूर्व ने उसकी ठोड़ी पकड़कर उसका मुंह ऊपर को उठाना चाहा और बोला—"एक बार देखो तो सही कौन आया है?" राखाल धरा पर औंधी लेटी हुई मृगमयी को घूरता हुआ हतबुद्धि ही द्वार पर खड़ा था। मृगमयी ने बिना मुंह उठाये ही अपूर्व का हाथ झटककर अलग कर दिया। अपूर्व ने कहा—"देखो राखाल तुम्हारे साथ खेलने आया है; इसके साथ खेलने नहीं जाओगी।"

उसने कुपित स्वर में कहा—"नहीं।"

राखाल ने भी देखा कि मामला कुछ संगीन है। वह किसी प्रकार वहां से निकल, जान बचाकर भाग गया? अपूर्व चुपचाप बैठा रहा। अब मृगमयी अश्रु बहाकर सो गई तब वह चुपके से उठा और द्वार की सांकल चढ़ा दबे पांव वहां से चल दिया।

इसके अगले ही रोज मृगमयी को पिता की एक चिट्ठी मिली उसमें उन्होंने प्राणप्यारी बेटी मृगमयी के ब्याह में न आने के कारण विलाप करके अन्त में नव दम्पति को शुभ आशीष दिया था।

मृगमयी ने सास मां के पास जाकर कहा—"मैं पिताजी के पास जाऊंगी।" सास मां ने अनायास ही वधू की इस असम्भव प्रार्थना को सुनकर उसे फटकार दिया, बोली—"पिता का कहीं ठौर-ठिकाना भी है कि ऐसे ही पिताजी के पास जायेगी। तेरा तो हर काम दुनिया से निराला ही है। लाड़ मुझे पसन्द नहीं।"

वधू ने कोई उत्तर नहीं दिया? अपने कमरे में जाकर उसने भीतर से द्वार बन्द कर लिया और बिल्कुल निराश मानव, जिस प्रकार देवी-देवताओं से प्रार्थना करता है, उस तरह वह कहने लगी—"पिताजी, तुम मुझे ले जाओ यहां से। यहां मेरा कोई नहीं है? मैं यहां जीवित न रह सकूंगी।"

अधिक रात चले जाने पर, जब उसके पति निद्रा में खो गये तब वह चुपके से द्वार खोलकर बाहर चल दी। वास्तव में बीच-बीच में मेघों की गर्जन सुनाई देती थी, फिर भी बिजली की रोशनी में रास्ता दिखाई देने लायक काफी रोशनी थी। पिताजी के पास जाने के लिए कौन से रास्ते को पकड़ना चाहिए, मृगमयी को कुछ भी पता न था। उसे तो केवल इतना ही विश्वास था कि जिस रास्ते में पत्रवाहक डाक लेकर

जाते हैं, उसी मार्ग से दुनिया के किसी भी ठिकाने पर पहुंचा जा सकता है? मृगमयी भी उसी रास्ते पर चलती रही। चलते-चलते उसके शरीर का चूरा हो गया, रात्रि का लगभग अन्तिम पहर भी खत्म हो चला। सुनसान वन में, जबकि दो-चार पक्षी पंख हिला-हिलाकर अनिश्चित स्वर में बोलना चाहते थे और समय का पूर्ण निर्णय न कर सकने के कारण दुविधा में फंस चुप रह जाते थे, उस समय मृगमयी सड़क के किनारे नदी के तट पर के बाजार में पहुंची। इसके बाद, वह विचार कर रही थी कि अब किस ओर चलना चाहिए, इतने में उसे परिचित 'झमझम' शब्द सुनाई दिया? थोड़ीं देर में कंधे पर चिट्ठियों का थैला लटकाए हांफता हुआ पत्रवाहक 'खट' आ पहुंचा। मृगमयी जल्दी से उसके पास जाकर करुण स्वर में बोली—

" 'कुशीगंज' में पिताजी के पास जाऊंगी, तुम मुझे साथ ले चलो न।"

उसने उत्तर दिया—"कुशीगंज कहां है, इसका मुझे नहीं मालूम।" छोटा-सा उत्तर देकर वह घाट पर जा पहुंचा और घाट पर बंधी हुई डाक की नौका में बैठकर नाविक को जगाकर नौका खुलवा दी। उस समय उसे किसी पर दया करने या पूछ-ताछ करने की फुर्सत नहीं थी।

देखते-देखते बाजार और घाट सजग हो गये। मृगमयी ने घाट पर पहुंचकर एक नाविक से कहा—"मुझे कुशीगंज पहुंचा सकोगे।"

उस नाविक ने उत्तर देने से पहले ही, बगल की नौका पर से कोई बोल उठा—"अरे कौन है? मृगी बिटिया, तू यहां कैसे आई?"

मृगमयी ने व्यग्रता से उत्तर दिया—"बनमाली! मैं पिताजी के पास कुशीगंज जाऊंगी, तू अपनी नौका पर मुझे ले चल।"

बनमाली उसके गांव का ही नाविक था। वह उस उच्छृंखल मानवी को भली-भांति पहचानता था। उसने पूछा—"बाबूजी के पास जायेगी बिटिया। बड़ी अच्छी बात है। चल, मैं तुझे पहुंचा दूं।"

मृगमयी नौका पर जा बैठी

नाविक ने नौका छोड़ दी। मेघों ने अश्रु बहाना शुरू कर दिया। सावन-भादों के समान पूरी चढ़ी हुई नदी के थपेड़े नौका को जोर से हिलाने लगे। मृगमयी का सारा शरीर थकावट और नींद के मारे टूटने-सा लगा, आंखें नींद से बोझिल हो गईं और वह आंचल बिछाकर लेट रही और लेटते ही वह चंचल नवयौवना नदी के हिंडोले में प्रकृति के स्नेह छाया में पालित शिशु की तरह बेधड़क सो गई।

आंख खुली, तो देखा कि वह अपनी ससुराल में पड़ी सो रही है। उसे जगते देख, महरी बड़बड़ाने लगी। उसका बड़बड़ाना सुनकर सास मां भी आ पहुंची और जो मन में आया वह कहा। मृगमयी आंखें फाड़-फाड़कर शांत हो उनके मुख की ओर देखती रही। अन्त में सास मां ने भी जब उसके पिता की शिक्षा पर व्यंग करना शुरू कर दिया तब मृगमयी ने जल्दी से उठ, बगल की कोठरी में घुसकर अन्दर

से द्वार बन्द कर लिया।

अपूर्व ने लाज को बिल्कुल ही ताक पर रखकर मां से कहा, "मां! वधू को दो-चार दिन के लिए उसके घर ही भेज देने में कोई हर्ज की बात नहीं?"

मां ने अपूर्व को बुरी तरह आड़े हाथों लिया, बोली—"नपूते! दुनिया में इतनी लड़कियां होते हुए भी न जाने, कहां से छांट-छांट के ऐसी हड़जाल को मेरी छाती पर डाल दिया।"

इस प्रकार के कटु शब्द अपूर्व को निर्दोष होते हुए भी सुनने पड़े।

5

उस रोज सारे दिन घर के बाहर बूंदा-बांदी और अन्दर अश्रु की वर्षा होती रही।

अगले रोज अर्धरात्रि को अपूर्व ने मृगमयी को धीरे-से जाकर पूछा—"मृगमयी, क्या तुम अपने पिताजी के पास जाना चाहती हो?"

मृगमयी ने चौंककर जल्दी से अपूर्व का हाथ पकड़कर कृतज्ञ कंठ से उत्तर दिया—"हां।"

तब अपूर्व ने चुपके से कहा—"तो चलो, हम दोनों चोरी-चोरी भाग चलें। मैंने घाट पर नौका प्रबन्ध कर रखा है।"

मृगमयी ने इस बार कृतज्ञ दृष्टि से अपूर्व की ओर देखा और उसके बाद तत्काल ही उठ, कपड़े बदल, चलने के लिए उद्यत हो गई। अपूर्व ने मां को किसी प्रकार की फिक्र न हो, इसलिए एक पत्र लिखकर रख दिया और रात्रि के नीरव पहर में घर से निकल पड़े।

मृगमयी ने उस नीरव और शान्त अंधेरी में पहली ही बार अपने मन से पूर्ण अवस्था एवं विश्वास के साथ पति का हाथ पकड़ा; उसके अपने ही हृदय का उद्वेग उस स्पर्श मात्र से अपूर्व की नसों में भी संचारित होने लगा।

नौका उसी रात्रि के नीरव पहर में वहां से चल दी। अकस्मात् खुशी के होते हुए भी मृगमयी को बहुत जल्दी ही नींद ने आ दबाया। अगले रोज आनन्द-ही- आनन्द था। दोनों ओर कितने ही बाजार, खेत और जंगल दिखाई दे रहे थे। इधर-उधर कितनी ही नौकाएं आ-जा रही थीं। मृगमयी उन्हें देखकर पूछने लगी— "उस नौका पर क्या है? ये लोग कहां से आ रहे हैं, इस स्थान को क्या कहते हैं?" ये सवाल ऐसे पेचीदा थे जो अपूर्व ने कभी कॉलिज की किताबों में कहीं नहीं पढ़े थे और उसके कलकत्ता जैसी महानगरी के तजुर्बे के बाहर थे। फिर भी उसके मन को संतुष्ट करने के लिए जो भी उत्तर दिये थे, वे सब मृगमयी को बहुत अच्छे लगे थे।

दूसरी संध्या को नौका, कुशीगंज के घाट पर जा लगी। पास में ही टीन के एक छोटे से झोंपड़े में, मैली-सी धोती बांधे, कांच की भद्दी लालटेन जला, छोटे से डेक्स पर एक चमड़े की जिल्द वाला बड़ा-सा रजिस्टर रखकर, नंगे बदन, स्टूल पर

बैठे, ईशानचन्द्र कुछ लिख-पढ़ रहे थे। इसी समय इस नव दम्पति ने झोंपड़े में प्रवेश किया। मृगमयी ने पुकारा–"पिताजी।" उस झोंपड़ी में आज तक ऐसी मृदु ध्वनि इस प्रकार से पहले और कभी नहीं सुनाई दी थी।

ईशान के नेत्रों से टप-टप आंसू गिरने लगे। उस समय वे निश्चय न कर सके कि उन्हें क्या करना चाहिए। उनकी बिटिया और दामाद मानो साम्राज्य के युवराज और युवराज्ञी हैं। यहां पटसन के ढेर के बीज में उनके बैठने लायक स्थान कैसे बनाया जा सकता है? इसी के निर्णय हेतु उनकी भटकती हुई बुद्धि और भी भटक गई और खाने-पीने का प्रबन्ध? यह भी दूसरी चिन्ता की बात थी। निर्धन बाबू अपने हाथ से दालभात पकाकर किसी प्रकार पेट भर लेता है, पर आज इस खुशी के अवसर पर क्या खिलाए और क्या करे?

मृगमयी पिता को असमंजस में देखकर फौरन बोली–"पिताजी, आज हम सब मिलकर रसोई तैयार करेंगे।"

अपूर्व ने इस नवीन प्रस्ताव पर उत्साह प्रगट किया। उस छोटी-सी झोंपड़ी में स्थान की कमी, आदमी की कमी और अन्न की बहुत कमी थी। लेकिन छोटे से छिद्र में से जिस प्रकार फौव्वारा चौगुने वेग से छूटता है, उसी प्रकार निर्धनता के सूक्ष्म सुराख से खुशी का फौव्वारा तीव्रता से छूटने लगा।

इसी प्रकार तीन दिन बीत गये। दोनों समय नियमित रूप से स्टीमर आता, यात्रियों का आना-जाना और शोरगुल सुनाई देता था, लेकिन संध्या के समय नदी का तट बिल्कुल सुनसान हो जाता था तब अपूर्व एक अनोखी स्वतन्त्रता का अनुभव किया करता था। तीनों मिलकर कहीं-कहीं रसोई तैयार किया करते थे। उसके बाद नई-नई चूड़ियों से भरे हाथों से उसका परोसा जाना, श्वसुर और जामाता का सम्मिलित रूप से भोजन करना और नई गृहिणी के भोजन की त्रुटियों पर परिहास किया जाना, इस पर मृगमयी का अभिमान करना, इन सब बातों से सबका मन पुलकित हो उठता था।

अन्त में अपूर्व ने कहा कि अब अधिक दिन ठहरना उचित नहीं। मृगमयी ने कुछ और दिन ठहरने की प्रार्थना की। लेकिन ईशान बाबू ने कहा–"नहीं, अब नहीं।"

विदा बेला पर बिटिया को छाती से लगा, उसके माथे पर स्नेहसिंचित हाथ को रखकर अश्रुमिश्रित स्वर में ईशानचन्द्र ने कहा–"बिटिया, तू अपनी ससुराल में ज्योति जगाना, लक्ष्मी बनकर रहना...जिससे मेरी भी नू में कोई दोष न निकाल सके।"

मृगमयी अश्रु बहाती हुई अपने पति के साथ विदा हो गई और ईशान बाबू अपनी उसी झोंपड़ी में लौटकर उसी पुराने नियम के अनुसार माल तोलकर दिन पर दिन और मास पर मास बिताने लगे।

6

दोनों अपराधियों की युगल जोड़ी अब घर पहुंची तो मां गम्भीर बनी रही, किसी से कुछ बात नहीं की? मां की ओर से किसी के व्यवहार में कोई दोष ही प्रदर्शित नहीं किया गया कि जिसकी सफाई के लिए दोनों में से कोई कुछ प्रयत्न करता? इस शान्त अभियोग ने, इस मूक अभियान ने, पर्वत की तरह सारी घर-गृहस्थी को अटल होकर दबा रखा।

जब यह सहन शक्ति से बाहर की बात हो गई तो अपूर्व ने कहा—"मां, कॉलेज खुल गया है,'अब मुझे कानून पढ़ने जाना है।" मां ने कुछ उदासीनता प्रकट करते हुए कहा—"बहू का क्या करोगे?" अपूर्व ने कहा—"यहीं रहेगी।"

मां ने उत्तर दिया—"ना बेटा, यहां पर उसकी जरूरत नहीं। उसे तुम अपने साथ ही लेते जाओ।"

अपूर्व ने अभिमान पीड़ित स्वर में कहा—"जैसी इच्छा।"

कलकत्ता लौटने की तैयारी मां करने लगी। लौटने के एक दिन पहले, रात को अपूर्व जब अपने कमरे में विश्राम के लिए गया, तो देखा कि मृगमयी शैया पर पड़ी रो रही है।

अनायास ही उसके हृदय को चोट पहुंची। व्यक्ति स्वर में बोला—"मृगमयी! मेरे साथ महानगरी चलने को मन नहीं चाहता क्या?"

मृगमयी ने उत्तर दिया—"नहीं।"

अपूर्व ने पुनः पूछा—"क्या तुम मुझसे प्रेम नहीं करतीं?"

इस प्रश्न का कुछ भी उत्तर न मिला। विशेषतया इस प्रकार के प्रश्न का उत्तर बहुत ही सरल हुआ करता है; किन्तु कभी-कभी इसके अन्दर मनःस्तर की इतनी जटिलता होती है कि कन्या से ठीक वैसे उत्तर की आशा नहीं की जा सकती।

अपूर्व ने प्रश्न किया—"राखाल को छोड़कर यहां से चलने की इच्छा नहीं होती है क्या?"

मृगमयी ने बड़ी सुगमता से उत्तर दिया—"हां।'

इसे सुनकर बी. ए. पास अपूर्व के हृदय में सुई के बराबर बालक राखाल की ओर से ईष्या का अंकुर उठ खड़ा हुआ। बोला—"बहुत दिनों तक गांव नहीं लौट सकूंगा। शायद दो-ढाई साल या इससे भी अधिक समय लग जाये।"

इसके विषय में कुछ न कहकर मृगमयी बोली—"वापस आते समय राखाल के लिए एक बढ़िया-सा राजस का चाकू लेते आना।"

अपूर्व लेटे हुए था; तनिक उठकर बोला—"तो तुम यहीं रहोगी।"

मृगमयी ने उत्तर दिया—"हां, अपनी मां के पास जाकर रहूंगी।"

अपूर्व ने ठंडी-सी उच्छ्वास छोड़ी, बोला—"अच्छा, वहीं रहना। अब जब तक बुलाने की चिट्ठी नहीं लिखोगी, मैं नहीं आऊंगा। अब तो खुश हो न।"

मृगमयी ने इस प्रश्न का उत्तर देना व्यर्थ समझा और सोने लगी; किन्तु अपूर्व को नींद नहीं आई, तकिया ऊंचा किये उसके सहारे बैठा रहा।

रात्रि के अन्तिम पहर में सहसा चन्द्रमा दिखाई दिया और उसकी चांदनी बिस्तर पर आकर फैल गई। अपूर्व ने उस रोशनी में मृगमयी के चेहरे की ओर देखा। देखते-देखते उसे ऐसा महसूस हुआ कि रूप कथा की शहजादी को किसी ने चांदी की छड़ी छुआकर अचेत कर दिया हो। एक बार फिर सोने की छड़ी छुआते ही इस सोती हुई आत्मा को जगाकर उससे बदली की जा सकती है। चांदी की छड़ी परिहास है और सोने की छड़ी कुन्दन।

भोर से पहले ही अपूर्व ने मृगमयी को जगा दिया, बोला, ''मृगमयी, मेरे चलने का समय आ गया है। चलो, मैं तुम्हारी मां के पास छोड़ आऊं।''

मृगमयी बिस्तर से उठकर चलने के लिए तैयार हो गई। अपूर्व ने उसके दोनों हाथों को हाथों में लेकर कहा—''अब एक विनती और है, मैंने कितने ही अवसरों पर तुम्हारी सहायता की है, आज परदेश जाते समय तुम मुझे उसका इनाम दे सकोगी।''

मृगमयी ने आश्चर्य के साथ पूछा—''क्या?''

अपूर्व ने कहा—''स्वेच्छा से केवल एक चुम्बन दे दो।''

अपूर्व की इस अनोखी विनती और शान्त चेहरे को देखकर मृगमयी हंसने लग गई, और फिर बड़ी कठिनाई से हंसी को रोककर वह चुम्बन देने के लिए आगे बढ़ी। अपूर्व के मुंह के पास मुंह ले जाकर उससे न रहा गया, खिलखिलाकर हंस पड़ी। इस प्रकार दो बार किया और अन्त में शांत होकर आंचल से मुंह ढंककर हंसने लगी। जब कुछ न बन पड़ा तब अपूर्व ने डांटने के बहाने उसके कान खींच लिये।

अपूर्व ने भी बड़ी भारी प्रतिज्ञा कर रखी थी कि वह जबर्दस्ती से कभी भी मृगमयी से कुछ नहीं लेगा; क्योंकि इसमें वह अपना अपमान समझता था। उसकी इच्छा थी कि देवताओं के समान सगौरव रहकर स्वेच्छा से भेंट किए हुए उपहार को पाये, और अपने हाथ से उठाकर कुछ भी न ले।

मृगमयी फिर न हंसी। अपूर्व उसे उषा की प्रथम किरणों में निर्जन पथ से उसकी मां के घर छोड़ आया फिर लौटकर मां से बोला—''मां! बहुत सोच-विचार कर इस निर्णय पर पहुंचा कि वधू को कलकत्ता ले जाने से पढ़ाई में बहुत नुकसान होगा और फिर उसकी वहां कोई साथिन भी तो नहीं है...तुम तो उसको अपने पास रखना नहीं चाहतीं। इसलिए मैं उसे उसके घर छोड़ आया हूं।''

इस प्रकार गर्व के चूर्ण में ही मा पुत्र का विच्छेद हुआ।

7

मां के घर पहुंचकर मृगमयी को पता लगा कि अब यहां उसका किसी प्रकार मन

ही नहीं लगता है? उस घर में जाने कौन-सा परिवर्तन आ गया है कि समय काटे नहीं कटता। क्या करे, कहां जाये, किससे मिले, उसकी कुछ भी समझ में नहीं आया?

थोड़े ही दिनों में मृगमयी को कुछ ऐसा लगने लगा, कि घरबार और गांव भर में कोई आदमी ही नहीं है? अब कलकत्ता जाने को उसका मन इतना आतुर क्यों है, पहले ऐसा क्यों नहीं था? यह उलझन उसकी समझ में नहीं आई। उसने वृक्ष के शुष्क पत्ते के समान ही डंठल से गिरे हुए उस अतीत जीवन को आज अपनी इच्छा से अनायास ही दूर फेंक दिया।

प्राचीन कथाओं से सुना जाता है कि पहले निपुण अस्त्रकार ऐसी बारीक खड्ग बना सकते थे कि जिससे आदमी को काटकर दो टुकड़े कर देने पर भी उसे मालूम नहीं पड़ता और जब उसे हिलाया जाता था तो उसके दो टुकड़े हो जाते थे। विधाता की खड्ग ऐसी ही सूक्ष्म है, कि कब उन्होंने मृगमयी के बचपन और जवानी के बीच वार किया, वह जान ही न सकी। आज न जाने कैसे तनिक हिल जाने से उसका बचपना जवानी से अलग जा गिरा, और तब वह आश्चर्यचकित होकर देखती ही रह गई।

मायके में उसकी वह चिर-परिचित कोठरी उसे अपनी नहीं मालूम पड़ी। जो मृगमयी वहां काम करती थी, अब मालूम हुआ कि यहां रही ही नहीं। अब उसके हृदय की सारी स्मृति एक-दूसरे ही घर में, दूसरे ही कमरे में, दूसरी ही शैया के आस-पास गूंजती हुई उड़ने लगी। मृगमयी अब बाहर नहीं दिखाई पड़ती, उसकी हास्य-ध्वनि अन्दर ही घुटकर रह जाती। उसका बचपन का साथी राखाल तो उसे देखकर त्रस्त हो भाग जाता, खेलकूद की बात तो अब उनके मन में ही नहीं आती।

मृगमयी ने अपनी मां से कहा—"मां, मुझे सास मां के घर ले चल।"

उधर कलकत्ते जाते समय बेटे की उदासीनता को याद करके मां का हृदय विदीर्ण हो रहा था। क्रोध में आकर वधू को वह अपनी ससुराल छोड़ आया, यह बात उसके मन में सुई की तरह चुभने लगी थी।

इतने में एक दिन अवगुंठन डाले मृगमयी आ पहुंची। चेहरा उसका मुर्झा-सा गया था और उसने सास मां के चरणों का स्पर्श किया। आशीष देने के स्थान पर सास मां की आंखों में अश्रु भर आये और उसी क्षण मृगमयी को उठाकर जलते हुए कलेजे से लगा लिया। उसी क्षण दोनों का मिलाप हो गया। मृगमयी के चेहरे की ओर निहारकर सास मां को बड़ा आश्चर्य हुआ। अब वह पहली मृगमयी नहीं रही थी, ऐसा परिवर्तन तो कतिपय सबके लिए सम्भव नहीं। ऐसे परिवर्तनों के लिए बड़ी ताकत की आवश्यकता होती है। सास मां ने बहुत सोच-समझकर निश्चय किया था कि वधू के सारे दोषों को धीरे-धीरे से सुधरेगी, किन्तु यहां तो पहले से ही किसी विशेष सुधारक ने उसे नव-जीवन दे डाला था।

अब वधू ने सास मां को अच्छी तरह पहचान लिया था; और सास मां ने

उसको। मृगमयी के हृदय में आषाढ़ माह के सजल मेघों के समान अश्रुओं से पूर्ण गर्व उमड़ने लगा। उस गर्व से उसकी बड़ी-बड़ी आंखों की छायादार घनी पलकों पर और भी गहरा आवरण डाल दिया। वह मन-ही-मन अपूर्व से कहने लगी, मैं अब तक अपने को न समझ सकी तो न सही पर तुमने मुझे क्यों नहीं समझने का प्रयत्न किया? तुमने मुझे दण्ड क्यों नहीं दिया? तुमने अपनी इच्छा के वशीभूत ही क्यों नहीं चलाया? मुझ डाइन ने जब तुम्हारे साथ महानगरी चलने को इन्कार किया, तो तुम मुझे जबर्दस्ती पकड़कर क्यों नहीं ले गये? तुमने मेरा कहना क्यों पूरा किया? मेरे हठ के आगे क्यों झुके? मेरी अवज्ञा को क्यों सहन किया?

इसके उपरान्त, फिर उसे उस दिन की याद आई, पहले पहल जिस दिन अपूर्व सवेरे तालाब के किनारे सुनसान रास्ते में उसे बन्दी बना कर मुंह से कुछ न कहकर केवल उसके मुख की ओर निहारता रहा था। उस दिन के उस तालाब की, उस पथ की, वृक्ष की नीचे उस छाया की, भोर की उस सुनहली धूप की, हृदय भार से झुकी हुई उस गहरी चितवन की उसे स्मृति छा गई और सहसा उसका पूरा-पूरा अर्थ अब उसकी समझ में आ गया था। इसके उपरान्त विदा की बेला पर जिस चुम्बन को वह अपूर्व के होंठों तक ले जाकर लौटा आई थी वह अधूरा चुम्बन अब मरु-मरीचिका की ओर तृषित मृग की तरह उत्तरोत्तर तीव्रता के साथ उन बीते हुए दिनों की ओर उड़ान भरने लगा किन्तु तृष्णा उसकी किसी प्रकार भी न मिट सकी। अब रह-रहकर उसके मन में यही बातें उठा करतीं; यदि, उस समय तू ऐसा करती, उनकी बात का यदि ऐसा उत्तर देती, तब ऐसा करती।

अपूर्व के मस्तिष्क में इस बात का बड़ा दुःख रहा कि मृगमयी ने उसे अच्छी तरह पहचाना नहीं और मृगमयी ने भी आज बैठे-बैठे यही सोचा कि उन्होंने उसे क्या समझा होगा, क्या सोचते होंगे? अपूर्व ने उसे पाषाणी चंचल, उद्दण्ड, नादान लड़की समझ लिया होगा। लबालब भरे हुए तरलामृत की धारा से अपनी प्रेम तृष्णा मिटाने में उसे समर्थ नवयौवना नहीं जाना। इस वेदना से धिक्कार के मारे लज्जा से वह धरा में धंसी जा रही थी और प्रियतम के चुम्बन और सुहाग के उस ऋण को वह अपूर्व के तकिए को दे-देकर उऋण होने का प्रयत्न करने लगी।

इसी प्रकार काफी दिन बीत गए।

चलते समय अपूर्व कह गया था, जब तक तुम्हारा पत्र नहीं आयेगा, तब तक मैं नहीं आऊंगा। मृगमयी इसी बात को याद कर, कमरे का द्वार बन्द कर, एक दिन पत्र लिखने के लिए बैठी अपूर्व ने जो सुनहरी किरणों के कागज दिये थे उन्हें निकालकर बैठी-बैठी विचारने लगी, क्या लिखे? बड़े यत्न के बाद हाथ जमा कर टेढ़ी-मेढ़ी रेखायें अंकित कर उंगलियों में स्याही पोत कर छोटे-बड़े अक्षरों में ऊपर सम्बोधन बिना किए ही एकदम लिख दिया—तुम मुझे चिट्ठी क्यों नहीं भेजते? तुम कौन हो? घर चले आओ और क्या होना चाहिए? वह सोचकर भी किसी निर्णय

पर न पहुंच सकी? अन्त में उसने कुछ विचार कर लिया—"अब मुझे चिट्ठी लिखना और कैसे रहते हो सो लिखना; जल्दी आना सब अच्छी तरह हैं और कल हमारी काली गाय के बछड़ा हुआ है।" इतना लिखकर चिट्ठी लिफाफे में बन्द कर दी और फिर हृदय के प्यार से सिंचित शब्दों में लिख दिया श्रीयुत अपूर्वकुमार राय। प्यार चाहे कितना ही उड़ेला गया हो, किन्तु तो भी रेखा सीधी, अक्षर सुन्दर और लिखावट सही नहीं हुई।

लिफाफे पर नाम के सिवा और कुछ लिखना भी आवश्यक है, मृगमयी इस बात से परिचित न थी।

कहीं सास मां या कोई और न देख ले, इस भय से लिफाफे को विश्वस्त दासी के हाथ डाक में डलवा दिया।

कहने की आवश्यकता नहीं कि उस पत्र का कुछ फल नहीं निकला और अपूर्व घर नहीं लौटा।

8

मां ने देखा कि कॉलेज बन्द हो गया, फिर भी अपूर्व घर नहीं आया। सोचा, अब भी वह उनसे गुस्से है। मृगमयी ने भी समझ लिया कि अपूर्व उससे गुस्सा कर रहा है और तब वह अपने पत्र की याद करके, मारे लज्जा के गड़ जाने लगी। वह पत्र उसका कितना तुच्छ और छोटा था। उसमें तो कोई बात ही नहीं लिखी गई, उसने अपने मन के भाव तो उसमें लिखे ही नहीं...फिर उनका ही क्या दोष? यह सोच-सोचकर वह तीर बिंधे शिकार की तरह भीतर-ही-भीतर तड़पने लगी। दासी ने उसने बार-बार पूछा—"उस पत्र को तू डाक में डाल आई थी।" दासी ने उसे कितनी ही बार समझाया—"हां, बहूजी, मैं खुद चिट्ठी को डिब्बे में डाल आई हूं। बाबूजी को वह मिल भी गई होगी।"

अन्त में अपूर्व की मां ने मृगमयी को पास बुलाकर पूछा—"बहू, वह बहुत दिनों से घर नहीं आया, मन चाहता है कि कलकत्ता जाकर उसे देख आऊं, क्या तुम साथ चलोगी?"

मृगमयी जबान से कुछ न कह सकी; परन्तु स्वीकृति रूप में सिर हिला दिया और अपने कमरे में जाकर, तकिए को छाती से लगाकर, इधर से उधर करवटें बदलकर, हृदय के आवेश को दबाकर हल्की होने का प्रयत्न करने लगी और इसके बाद भावी आशंका के विषय में सोचकर रोने लगी।

अपूर्व को सूचित किए बिना ही दोनों उसकी शुभकामना चाहती हुई कलकत्ता को चल दी।

अपूर्व की मां कलकत्ते में अपने दामाद के यहां ठहरी। उसी दिन संध्या को अपूर्व मृगमयी के पत्र की आस छोडकर और वचन को भंग करके स्वयं ही पत्र

लिखने के लिए बैठा था तभी उसे जीजाजी का पत्र मिला कि तुम्हारी मां आई हैं। जल्दी आकर मिलो और रात को भोजन यहीं करना, समाचार सब ठीक है। इतना पढ़ने पर भी उसका मन किसी अमंगल सूचना की आशंका कर घबरा उठा। वह तुरन्त ही कपड़े बदल, जीजाजी के घर की ओर चल दिया। मिलते ही उसने मां से पूछा—"मां, सब मंगल तो है।"

मां ने कहा—"सब देवी की कृपा है। छुट्टियों में तू घर क्यों नहीं आया, इसीलिए मैं तुझे लेने आई हूं?"

अपूर्व ने कहा—"मेरे लिए इतनी तकलीफ उठाने की क्या जरूरत थी मां! मैं तो कानून की परीक्षा के कारण..."

ब्यालू करते समय दीदी ने पूछा—"भइया! उस समय भाभी को तुम साथ ही क्यों नहीं लेते आये।"

भइया ने गम्भीरता के साथ कहा—"कानून की पढ़ाई थी दीदी।"

जीजा ने हंसकर कहा—"यह सब तो बहाना है, असल में हमारे डर से लाने की हिम्मत नहीं पड़ी।"

दीदी बोली—"बड़े डरपोक निकले भइया। कहीं इस डर से बुखार तो नहीं चढ़ा।"

इस तरह हंसी-मजाक चलने लगा, परन्तु अपूर्व वैसे ही उदासीन बना रहा। मां जब कलकत्ते आई, तब मृगमयी भी चाहती तो वह भी कलकत्ते आ सकती थी, पाषाणी कहीं की। इस प्रकार सोचते-सोचते उसे सारा मानव-जीवन व्यर्थ-सा प्रतीत होने लगा।

ब्यालू के बाद बड़ी जोर की आंधी आई और बहुत तेज वर्षा होने लगी। दीदी ने कहा—"भइया, आज यहीं रह जाओ।"

अपूर्व ने कहा—"नहीं दीदी, मुझे जाना ही होगा, बहुत-सा काम पड़ा है।"

जीजा ने कहा—"ऐसी रात में तुम्हें क्या काम है? एक रात को ठहर ही जाओगे तो कौन-सा काम बिगड़ जायेगा?"

बहुत कहने-सुनने के उपरान्त अनिच्छा से अपूर्व को उस रात दीदी के पास ठहरना पड़ा।

राजी हो जाने पर दीदी ने कहा—"भइया, तुम थके हुए दिखाई देते हो, अब चलकर आराम कर लो।"

अपूर्व की यही इच्छा थी कि शैया पर अंधेरे में अकेले जाकर सो रहे तो उसकी जान बचे। बातें करना भी तो उसे बुरा लगता था।

सोने के लिए जिस कमरे के द्वार तक उसे पहुंचाया गया, वहां जाकर देखा कि भीतर अन्धकार छाया था। दीदी ने कहा—"डरो मत भइया, हवा से बत्ती बुझ गई मालूम होती है, दूसरी बत्ती लिये आती हूं।"

अपूर्व ने कहा—"नहीं दीदी, अब उसकी आवश्यकता नहीं है। मुझे अंधेरे में ही सोने की आदत है।"

दीदी के चले जाने पर अपूर्व अंधकार से भरे कमरे में सावधानी के साथ शैया की ओर बढ़ा।

शैया पर बैठना चाहता था कि इतने में चूड़ियों के खनकने की आवाज सुनाई दी और कोमल बाहुपाश में वह बुरी तरह जकड़ गया। उन्हीं क्षणों पुष्प से कोमल व्याकुल ओष्ठों ने डाकू के समान आकर अविरल अश्रु धारा के भीगे हुए चुम्बनों के मारे उसे आश्चर्य प्रकट करने तक का अवसर न दिया।

अपूर्व पहले तो चौंक पड़ा। इसके बाद उसकी समझ में आया कि जो काम वह पाषाणी को मनाने के लिए अधूरा छोड़ आया था, उसे आज अश्रुओं के वेग ने पूर्ण कर दिया है।

रामकन्हाई की मूर्खता

जो कहते हैं, गुरुचरण की मृत्यु के समय उसकी दूसरी घरवाली अंतःपुर में बैठकर ताश खेल रही थीं, वे विश्वनिंदक हैं, वे तिल का ताड़ बनाते हैं। असल में गृहिणी उस समय एक पैर के ऊपर बैठी दूसरे पैर के घुटने को ठुड्डी तक उठा कच्ची इमली, हरी मिर्च और झींगा मछली की चटपटी चच्चड़ी[1] के साथ पान्ता भात[2] बड़े मनोयोग से खा रही थीं। बाहर से जब बुलाहट हुई तब स्तूपाकृत चूसे हुए डंठलों और खाली थाली को छोड़ गंभीर भाव से बोलीं, "ज़रा-सा पान्ता भात मुंह में दूं इसके लिए भी समय नहीं मिलता।"

इधर डॉक्टर जब जवाब दे गए तब गुरुचरण के भाई रामकन्हाई ने रोगी की बगल में बैठे हुए धीरे-धीरे कहा, "भैया, यदि तुम्हें वसीयतनामा करने की इच्छा हो तो बताओ।" गुरुचरण क्षीण स्वर में बोले, "मैं बोलता हूं, तुम लिख लो।" रामकन्हाई काग़ज-कलम लेकर तैयार हुए। गुरुचरण कहते गए, "मेरी चल-अचल संपत्ति, सारी ज़मीन-जायदाद मैंने अपनी धर्मपत्नी श्रीमती वरदासुंदरी को दान में दी।" रामकन्हाई ने लिखा, पर लिखते हुए उनकी कलम चल नहीं रही थी। उन्हें बड़ी आशा थी कि उनका इकलौता पुत्र नवद्वीप निःसंतान ताऊ की सारी संपत्ति का अधिकारी होगा। हालांकि दोनों भाई अलग हो गए थे लेकिन इसी आशा में नवद्वीप की मां ने नवद्वीप को किसी भी तरह नौकरी नहीं करने दी और बाल्यावस्था में ही उसका विवाह करा दिया। दुश्मनों का मुंह काला करते हुए विवाह निष्फल नहीं हुआ। लेकिन न चाहते हुए भी रामकन्हाई ने लिखा और हस्ताक्षर करने के लिए भैया के हाथ में कलम थमा दी। गुरुचरण ने निर्जीव हाथों से जो हस्ताक्षर किया वे मात्र कुछ कांपती टेढ़ी लकीरें थीं या उनका नाम, यह समझना बड़ा मुश्किल था।

पत्नी पान्ता भात खाकर जब आई तब वह गुरुचरण की घिग्घी बंधी देख रोने

---

1. विशेष प्रणाली से बनाई गई बंगाली तरकारी।
2. बासी भात, जो पानी में भिगोकर रख दिया जाता है।

लगीं। जिन्होंने बड़ी आशा लगाई थी और संपत्ति से वंचित हुए, उन्होंने कहा, ''ये दिखावटी आंसू हैं।'' पर यह विश्वास योग्य नहीं हैं।

वसीयतनामे का वृत्तान्त सुनकर नवद्वीप की मां दौड़तीं आईं और बड़ा बखेड़ा खड़ा किया। बोलीं, ''मृत्युकाल में बुद्धि नाश होती हैं। ऐसे सोने के चांद से भतीजे के रहते—''

यद्यपि रामकन्हाई पत्नी की अत्यंत श्रद्धा करते थे—इतनी अधिक कि दूसरे शब्दों में कहें तो उसे 'भय' कहा जा सकता है। लेकिन उनसे रहा नहीं गया, दौड़े हुए आकर बोले, ''मंझली, अभी तो तुम्हारे बुद्धि-नाश का समय नहीं हुआ फिर तुम्हारा ऐसा व्यवहार क्यों? भैया चले गए—मैं तो हूं, तुम्हें जो कुछ कहना हो मौका आने पर मुझसे कहना, अभी ठीक समय नहीं है।

समाचार पाकर जब नवद्वीप पहुंचा तब उसके ताऊजी का अंतकाल हो चुका था। नवद्वीप ने मृत व्यक्ति को धमकी दी थी, ''देखता हूं तुम्हारी मुखाग्नि कौन करता है—और श्राद्धादि शांति अनुष्ठान यदि मैं करूं तो मेरा नाम नवद्वीप नहीं।'' गुरुचरण नामधारी व्यक्ति कुछ भी नहीं मानते थे। वे डफ़ साहब के छात्र थे। शास्त्रानुसार जो सर्वापेक्षा अखाद्य वस्तु थी, उसी से उनकी विशेष परितृप्ति होती। लोग यदि उन्हें ईसाई कहते, तो वे जीभ काटकर कहते, ''राम-राम! यदि मैं ईसाई होऊं तो गोमांस खाऊं।'' जीवित अवस्था में जिनकी यह हालत थी, सद्यःमृत अवस्था में वे पिंडनाश की आशंका से ज़रा भी विचलित होंगे, ऐसी संभावना भी नहीं। लेकिन फ़िलहाल इसके अतिरिक्त प्रतिशोध का कोई दूसरा मार्ग नहीं था। नवद्वीप को यह एक सांत्वना मिली कि यह व्यक्ति परलोक में जाकर मरा रहेगा। जितने दिन इहलोक में रहा जाए ताऊजी की संपत्ति न पाकर भी किसी प्रकार पेट चल जाएगा, पर ताऊजी जिस लोक में गए वहां भीख मांगकर पिंड नहीं मिलता। जीवित रहते अनेक सुविधाएं हैं।

रामकन्हाई वरदासुंदरी के पास जाकर बोले, ''भाभी साहिबा, भैया तुम्हें ही सारी संपत्ति दे गए हैं। यह रहा उनका वसीयतनामा। इसे लोहे की संदूक़ची में संभाल कर रख देना।''

उस समय विधवा मुंह ही मुंह दीर्घ पद रचना कर ऊंच स्वर में विलाप कर रही थीं, दो-चार दासियां भी उनके स्वर में स्वर मिलाकर बीच-बीच में दो-चार नए शब्दों की योजना द्वारा शोक संगीत से सारे मुहल्ले की निद्रा दूर भगा रही थीं। बीच ही में इस कागज के टुकड़े के आने से एक प्रकार का लयभंग-सा हो गया और भावों में भी पूर्वा पर योग न रहा। प्रसंग ने नीचे लिखे अनुसार असंबद्ध आकार धारण कर लिया।

''हाय राम, मेरा सर्वनाश हुआ जी! सर्वनाश! अच्छा, देवरजी, यह लिखावट किसकी है? क्या तुम्हारी? ओ जी, अब तुम्हारे जैसे जतन से मेरी कौन देखभाल करेगा, मेरी ओर कौन मुंह उठाकर देखेगा जी—तुम सब जरा रुको तो, इतना मत चिल्ला,

बात सुनने दे। ओ जी, मैं क्यों नहीं पहले चली गई जी—मैं क्यों जीती रही!" रामकन्हाई मन ही मन गहरी सांस भरते हुए बोले, "यह हमारे भाग्य का दोष है।"

घर लौटकर नवद्वीप की मां रामकन्हाई के पीछे पड़ गई। भारी बोझ से लदी गाड़ी समेत गड्ढे में गिरने पर अभागे बैल, गाड़ीवान द्वारा हजारों बार धक्के मारे जाने पर भी, बहुत देर तक जैसे निरुपाय निश्चल भाव से खड़े ही रह जाते हैं, रामकन्हाई भी वैसे ही बहुत देर तक चुप रहकर सहते रहे—अंत में बड़े दीन स्वर में बोले, "मेरा क्या अपराध? मैं तो भैया नहीं हूं!"

नवद्वीप की मां जोर से कड़ककर बोली, "नहीं, तुम बड़े भले आदमी हो, कुछ नहीं समझते, भैया ने कहा, 'लिखो', भाई वैसा ही लिखते गए। तुम सभी एक-से हो। तुम भी समय आने पर वैसा ही करम करने के लिए बैठे हो। मेरे मरते ही किसी मुंह-झौंसी डाइन को घर में ला बैठाओगे—और मेरे हीरे के टुकड़े नवद्वीप को अथाह सागर में झोंक दोगे। पर ऐसी बात सोचना भी नहीं, मैं जल्दी मरने वाली नहीं।"

इस प्रकार रामकन्हाई के भावी अत्याचारों की आलोचना करते हुए गृहिणी क्रमशः और भी असहिष्णु होती चली गई। रामकन्हाई निश्चित रूप से जानते थे, यदि इन सब बे-सिर पैर की काल्पनिक आशंकाओं के निवारण हेतु तनिक भी प्रतिवाद करें तो हित का विपरीत होगा। इस भय से वह अपराधी-से चुप बने रहे—जैसे कि अपकर्म कर ही डाला हो, जैसे उनके लाल नवद्वीप को संपत्ति से वंचित कर उनकी भावी दूसरी घरवाली को सब लिखकर मरे बैठे हों, अब अपराध स्वीकारे बिना दूसरी कोई गति नहीं।

इस बीच नवद्वीप अपने बुद्धिमान मित्रों के साथ अनेक सलाह-मशविरा के बाद मां से आकर बोला, "कोई चिंता नहीं। यह संपत्ति मैं ही पाऊंगा। कुछ दिनों के लिए बाबूजी को यहां से स्थानान्तरित करना होगा। उनके रहने पर भंडाफोड़ हो जाएगा।" नवद्वीप के पिता की अक्ल के प्रति नवद्वीप की मां को रत्तीभर श्रद्धा नहीं थी; अतः उन्हें बात तर्कसंगत जान पड़ी। अंत में मां की ताड़ना से नितांत अनावश्यक निर्बोध कर्मनाशा पिता ने जैसे-तैसे एक बहाना बनाकर कुछ दिनों के लिए काशी में जाकर आश्रय लिया।

थोड़े ही दिनों बाद वरदासुंदरी और नवद्वीप दोनों ही परस्पर के विरुद्ध जाली वकालतनामा तैयार करने के आरोप के साथ कचहरी जा पहुंचे। नवद्वीप ने अपने नाम का जो वकालतनामा निकाला उसके नाम के हस्ताक्षर को देखकर गुरुचरण का हस्ताक्षर स्पष्ट प्रमाणित होता है, इसके लिए दो-एक निःस्वार्थ गवाह भी मिल गए। वरदासुंदरी की ओर से अकेले नवद्वीप के पिता ही गवाह रहे और हस्ताक्षर का पहचानना अन्य किसी के लिए संभव नहीं। उनके अनेक घर में पलता हुआ एक ममेरा भाई था; वह बोला, "दीदी, चिंता की कोई बात नहीं है। मैं गवाही दूंगा और दूसरे गवाह भी जुटाऊंगा।"

मामला जब पूरी तरह तैयार हो गया तब नवद्वीप की मां ने नवद्वीप के पिता को काशी से बुलवा भेजा। अनुगत सज्जन थैला और छाता हाथ में लेकर यथासमय आ उपस्थित हुए। यहां तक कि किंचित् रसालाप तक करने की चेष्टा की। हाथ जोड़कर मुस्कराते हुए बोले, ''गुलाम हाजिर है, अब महारानी की क्या अनुमति होती है?''

गृहिणी ने सिर हिलाकर कहा, ''बहुत हुआ, अधिक हँसी-ठट्टा न करो। इतने दिन बहाना बनाकर काशी में बिता आए, एक दिन के लिए भी मेरी याद नहीं आई!'' आदि।

इस प्रकार उभय पक्ष बहुत देर तक एक दूसरे के नाम पर प्रेम का अभियोग लगाते रहे—अंत में नालिश व्यक्ति को छोड़कर जाति पर जो पहुंची—नवद्वीप की मां पुरुष के प्रेम के साथ मुसलमान के मुर्गी-वात्सल्य की तुलना करने लगी। नवद्वीप के पिता ने कहा, ''रमणी के मुख में मधु, हृदय में छुरी है।''—यद्यपि इस मौखिक मधुरता का परिचय नवद्वीप के पिता को कब मिला, कहना कठिन है।

इसी बीच रामकन्हाई को सहसा कचहरी से एक गवाह का समन मिला। हतवाक् हो वे जब उसके मर्मग्रहण की चेष्टा कर रहे थे तभी नवद्वीप की मां ने आकर रोना-पीटना शुरू कर दिया। बोली, खून पीने वाली चुड़ैल ने केवल बच्चा नवद्वीप को उसके स्नेहशील ताऊ के उत्तराधिकार के औचित्य से वंचित भर करना चाहा हो इतना ही नहीं है, ऊपर से मेरे लाल को जेल भिजवाने का बंदोबस्त कर रही है।

और अंत में, धीरे-धीरे सारे मामले का अनुमान लगाकर रामकन्हाई की आंखें खुली की खुली रह गईं। वे ऊंचे स्वर में बोल उठे, ''तुम सबने यह क्या सर्वनाश कर डाला।'' गृहिणी धीरे-धीरे निजमूर्ति धारण कर बोलीं, ''क्यों, क्या इनमें नवद्वीप की ओर से कोई दोष हुआ है? क्या वह अपने ताऊ की संपत्ति लेगा नहीं? ऐसे ही बिना प्रतिवाद के छोड़ देगा।''

कहां से एक कानी खसमखानी, कोढ़िन आकर कर्तृ-धर्तृ हो जम बैठी—इसे कौन उच्चकुल प्रदीप कनकचंद्र संतान सह सकती है? मान लिया कि मृत्यु समय में तथा डाइन के मंत्र बल से किसी मूढ़ मति ताऊ को बुद्धि भ्रम हो भी गया हो और उसके हीरे से भतीजे ने यदि उस भ्रम को अपने हाथों सुधार लिया हो तो ऐसा क्या अपराध हो गया? हतबुद्धि रामकन्हाई ने जब देखा कि उनकी स्त्री और उनका पुत्र दोनों मिलकर कभी तर्जन-गर्जन तो कभी अश्रु-विसर्जन करने लगे, तब सिर पीटकर वह चुप बैठे रह गए—अन्न त्याग दिया, जल का स्पर्श नहीं किया।

इस प्रकार दो दिन मौन अनशन में बीत गए, मुक़दमे का दिन आ गया। इस बीच नवद्वीप ने वरदासुंदरी के ममेरे भाई को डरा-धमका कर, प्रलोभन देकर ऐसे वश में कर लिया कि उसने अनायास ही नवद्वीप के पक्ष में गवाही दी। जब जयश्री वरदासुंदरी को त्याग दूसरी ओर जाने को उद्यत हो रही थी तभी रामकन्हाई की पुकार हुई।

अनशन से मृतप्रायः सूखे होंठ सूखे मुंह वृद्ध ने कांपती दुर्बल उंगलियों से

गवाह-मंच के कटघरे को जकड़कर पकड़ लिया। चतुर बैरिस्टर ने अत्यंत चतुराई से पेट की बात को निकालने के लिए जिरह शुरू की—बहुत दूर से आरंभ कर, सावधानी से अत्यंत धीर वक्रगति से प्रसंग के निकटवर्ती होने का उद्योग करने लगे।

तब रामकन्हाई जज की ओर घूमकर हाथ जोड़े बोले, "हुजूर, मैं वृद्ध, अत्यंत दुर्बल हूं। मुझमें अधिक बोलने की सामर्थ्य नहीं। मुझे जो कुछ कहना है संक्षेप में कहे देता हूं। मेरे बड़े भैया स्वर्गीय गुरुचरण चक्रवर्ती मरने के समय अपनी सारी संपत्ति का वसीयतनामा अपनी पत्नी श्रीमती वरदासुंदरी के नाम कर गए। वह वसीयतनामा मैंने अपने हाथ से लिखा और भैया ने अपने हाथ से हस्ताक्षर किए। मेरे पुत्र नवद्वीपचंद्र ने जो वसीयतनामा पेश किया है वह जाली है।" कहते-कहते कांपते हुए रामकन्हाई मूर्च्छित हो गए।

चतुर बैरिस्टर विनोदपूर्वक बग़ल के एटर्नी से बोले, "बाइ जोव! इस आदमी को कैसे कसकर पकड़ा।"

ममेरा भाई दौड़ा हुआ दीदी से जाकर बोला, "बूढ़े ने सारी मिट्टी पलीद कर दी थी—मेरी गवाही से मुकदमे की रक्षा हुई।"

दीदी बोली, "ऐसी बात है। आदमी को कौन पहचान सकता है? मैं तो बूढ़े को भला आदमी समझती थी।"

कारावरुद्ध नवद्वीप के बुद्धिमान मित्रों ने बहुत सोचकर स्थिर किया कि अवश्य ही वृद्ध ने डर से यह काम कर डाला है। गवाह के कठघरे में खड़े होकर बूढ़े की बुद्धि ठिकाने नहीं रही, ऐसा नितांत निर्बोध सारे शहर में ढूंढ़े नहीं मिलेगा।

घर लौटकर रामकन्हाई को कठिन विकार ज्वर ने घेर लिया। प्रलाप में पुत्र का नाम उच्चारण करते-करते यह निर्बोध सर्व कर्म विनाशकारी नवद्वीप का बेकार पिता दुनिया से कूच कर गया; नाते-रिश्तेदारों में से किसी-किसी ने कहा, 'और कुछ दिन पहले ही चला गया होता तो अच्छा होता पर उनका नाम नहीं लेना चाहता।'

दीदी

किसी ग्रामवासिनी अभागिनी के अन्यायी अत्याचारी पति के सब दुष्कृत्यों का सविस्तार वर्णन करते हुए पड़ोसिन तारा ने बड़े संक्षेप में अपनी राय प्रकट करते हुए कहा–ऐसे पति के मुंह में आग!

सुनकर जयगोपाल बाबू की पत्नी शशी ने बड़े कष्ट का अनुभव किया–पति जाति के मुख में सिगार की आग छोड़ अन्य किसी दूसरी तरह की आग की किसी दशा में भी कामना करना स्त्री जाति को शोभा नहीं देता।

इसलिए इस बारे में उनके कुछ संकोच प्रकट करने पर कठिन हृदय तारा दुगुने उत्साह के साथ बोली, ऐसे पति के रहने की अपेक्षा सात-सात जन्मों तक विधवा होना कहीं अच्छा है, यह कहते हुए वह बीच सभा से उठकर चली गई।

शशी ने मन-ही-मन कहा, 'पति के ऐसे किसी अपराध की कल्पना वह नहीं कर सकती, जिससे उसके प्रति मन का भाव इतना कठिन हो सके।' इस बात की मन-ही-मन आलोचना करते-करते उसके कोमल हृदय का समस्त प्रीति रस उसके प्रवासी पति की ओर उच्छ्वसित हो उठा, शय्या पर उसके पति जिस तरफ़ सोते थे, उस हिस्से पर बांह फैलाकर लेटे हुए उसने सूने तकिए का चुंबन लिया उसमें पति के सिर की सुगंध का अनुभव किया और द्वार बंद कर लकड़ी के बक्से से पति का बहुत दिनों से आंखों से ओझल तस्वीर और हाथ की लिखी चिट्ठियां निकालकर बैठ गई उस दिन की निस्तब्ध दोपहरी इस प्रकार निभृत-कक्ष में एकांत चिंता में पुरानी स्मृतियों और विषाद के अश्रुजल में बीती।

शशीकला और जयगोपाल का नवदाम्पत्य हो ऐसा नहीं। बाल्यकाल में विवाह हुआ था, इस बीच संतान भी हुई है। दोनों बहुत दिनों तक एक साथ ही रहे थे, नितांत साधारण सहज भाव से ही दिन बीते हैं, किसी भी ओर अपरिमित प्रेमोच्छ्वास का कोई लक्षण नहीं दिखाई दिया। क़रीब सोलह वर्ष एक ही भाव से एक साथ बिताकर अकस्मात् कार्यवश उसके पति के विदेश चले जाने पर शशी के मन में एक प्रबल प्रेमावेग जाग्रत हो उठा। विरह द्वारा बंधन में जितना ही खिंचाव पड़ा कोमल हृदय

को प्रेम के फंदे ने उतना ही सख़्त हो जकड़ लिया; शिथिल अवस्था में जिसके अस्तित्व का वह अनुभव न कर पाई अब उसकी वेदना उसे कसकने लगी।

इसीलिए आज इतने दिनों के बाद इतनी उम्र में, संतान की मां होकर, शशी वसंत मध्याह्न में निर्जन कमरे में विरही शय्या पर उन्मेषित यौवन-नववधू का सुख-स्वप्न देखने लगी। जो प्रेम अज्ञात-भाव से जीवन के सामने से प्रवाहित हो गया है, सहसा आज उसी के कलगीति शब्द से जाग्रत हो मन-ही-मन उसी स्रोत के विपरीत बहते दोनों तीरों पर बहुत दूर कई सोने की नगरियां अनेक कुंजवन देखने लगी—पर उस अतीत की सुख संभावना के बीच अब फिर पदार्पण करने का अवसर नहीं। सोचने लगी, 'अब जब पति को मिल पाएगी तब जीवन को नीरस और वसंत को निष्फल नहीं होने देगी।' कितने दिन कितनी ही बार बेकार की बहसों में, छोटे-छोटे विवादों में उसने पति के प्रति अत्याचार भी किए थे। आज अनुतप्त चित्त हो एकांत मन से संकल्प किया, फिर कभी भी वह असहिष्णुता प्रकट नहीं करेगी, पति की इच्छा में बाधा खड़ी नहीं करेगी। पति का आदेश पालन करेगी, प्रीतिपूर्ण नम्र हृदय से पति के भले-बुरे सभी आचरण सहेगी क्योंकि पति ही सर्वस्व हैं, पति प्रियतम हैं, पति देवता हैं।

शशीकला लंबे समय तक अपने माता-पिता की एकमात्र लाड़ली कन्या रही थी। और जयगोपाल हालांकि मामूली नौकरीपेशा करता था, फिर भी भविष्य की उसे कोई भी चिंता नहीं थी। गांव में राज सुख से रहने के लिए उसे उसके ससुर की यथेष्ट संपत्ति मिली हुई थी।

इसी समय नितांत असमय ही प्रायः वृद्धवय में शशीकला के पिता कालीप्रसन्न के एक पुत्र संतान जन्मी। सच कहें तो माता-पिता के इस अनपेक्षित असंगत अन्याय अचारण के लिए शशी मन-ही-मन अत्यंत क्षुब्ध हुई थी; जयगोपाल को भी यह बात सचमुच अच्छी नहीं लगी थी।

अधिक आयु में लड़के के प्रति माता-पिता का स्नेह अत्यंत प्रबल हो उठा। इस नवागत, लघुकाय, स्तन्यपिपासु, निद्रातुर साले ने अनजाने ही दो निर्बल हाथों के छोटी-छोटी बंद पड़ी मुट्ठी द्वारा ही जयगोपाल की सारी आशाओं और भरोसों का जब अपहरण कर लिया, तब उसने आसाम के एक चाय-बाग़ान में नौकरी कर ली।

पास ही किसी स्थान में नौकरी की तलाश के लिए सभी ने उससे जोर-जबर्दस्ती की थी, पर एक तरह से हर किसी पर गुस्से के कारण या फिर चाय के बगीचे में जल्दी आगे बढ़ने के उपाय की जानकारी के कारण, जयगोपाल ने किसी की बात पर कान नहीं दिया; शशी को बच्चों के साथ मायके में रख वह आसाम चला गया। विवाहित जीवन में पति-पत्नी का यही प्रथम विच्छेद था।

इस घटना के कारण नन्हे से भाई पर भी शशीकला को बड़ा क्रोध आया। जिस मन के आक्षेप को मुंह खोलकर कहने का उपाय नहीं उसी का आक्रोश सबसे अधिक होता है। यह नन्हा-सा प्राणी आराम से मां का दूध पीता और आंखें मूंदकर सोया

रहता और उसकी बहन—दूध गरम, भात ठंडा, लड़के के स्कूल जाने में देरी आदि कई बहानों को ले दिन-रात मान-अभिमान करके स्वयं परेशान होती और सबको तंग करती।

थोड़े दिनों के बाद ही लड़के की मां की मृत्यु हो गई, मरने के पहले मां अपनी कन्या के हाथों शिशुपुत्र को सौंप गईं।

जल्दी ही उस मातृहीन लड़के ने अपनी दीदी के हृदय पर अधिकार जमा लिया। हुं-हुंकार शब्द करते उसके ऊपर कूदकर बड़े आग्रह के साथ अपना नन्हा पोपला-सा मुंह खोलकर उसके मुंह, आंख और नाक के निगलने की चेष्टा करता, छोटी-सी मुट्ठी में उसके बालों की लटों को थामकर किसी भी तरह छोड़ना नहीं चाहता, सूर्योदय के ही पहले जग जाता और लुढ़कता-फुदकता उसके पास आकर कोमल स्पर्श से उसे पुलकित कर जोर-जोर से चिहुंकना आरंभ कर देता—और जब धीरे-धीरे वह उसे दीदी और दीदी—मां कहकर बुलाने लगा, कामकाज के मौके पर और दूसरे समय भी निषिद्ध काम कर, निषिद्ध खाद्य खाकर, निषिद्ध स्थान में गमनपूर्वक उसके प्रति विधिवत् ऊधम मचाना आरंभ कर दिया—तब शशी और रह न सकी। इस लघु स्वेच्छाचारी अत्याचारी के निकट पूर्ण रूप से आत्मसमर्पण कर दिया। लड़के की मां नहीं थी इसलिए, उसके प्रति उसका आधिपत्य कहीं अधिक था।

2

लड़के का नाम रखा गया नीलमणि। उसकी उम्र जब दो वर्ष की हुई तब उसके पिता को एक गंभीर बीमारी ने आ दबोचा। जयगोपाल के पास तत्काल चले आने के लिए पत्र भेजा गया। जयगोपाल जब बहुत कोशिशों के बाद छुट्टी लेकर आ पहुंचा तब कालीप्रसन्न का मृत्युकाल निकट था।

मृत्यु से पहले कालीप्रसन्न ने नाबालिग लड़के की देखरेख का भार जयगोपाल को सौंपकर संपत्ति का चौथाई हिस्सा पुत्री के नाम लिख दिया।

इसलिए जमीन-जायदाद की रक्षा के लिए जयगोपाल को नौकरी छोड़कर चला आना पड़ा।

काफ़ी दिनों के बाद पति-पत्नी का पुनर्मिलन हुआ। किसी जड़ पदार्थ के टूटने पर उसके जोड़ में जोड़ मिला दिया जा सकता है पर दो मानव-मन को जहां विच्छिन्न किया जाता है, दीर्घ विच्छेद के बाद भी रेखा के साथ रेखा ही नहीं मिल पाती। क्योंकि मन एक सजीव पदार्थ है, पलपल उसका स्वभाव परिणत और परिवर्तित होता रहता है।

शशी के लिए इस नए मिलन में नए भाव का संचार हुआ। उसने जैसे एक बार फिर पति के साथ विवाह किया हो। पुरातन दाम्पत्य में चिराभ्यास वश जो जड़ता पैदा हो गई थी, विरह के आकर्षण में अपसृत हो उसने अपने पति को जैसे पूर्वापेक्षा पूर्णतर रूप से प्राप्त किया; उसने मन-ही-मन प्रतिज्ञा की, "जैसे भी दिन आएं, जितने

भी दिन जाएं, पति के प्रति इस दीप्त प्रेम की उज्ज्वलता को कभी भी म्लान नहीं होने दूंगी।"

इस नए मिलन में जयगोपाल के मन की अवस्था भिन्न थी। पहले जब दोनों संयोग में एकत्र थे, तब पत्नी के साथ उनके सारे स्वार्थ और विचित्र अभ्यासों का ऐक्सबंधन था, पत्नी तब जीवन की नित्य सत्य हो उठी थी—उसे छोड़ने पर दैनिक अभ्यास जाल में सहसा बहुत-सा भाग खाली रह जाता। इसलिए बाहर जाकर पहले-पहल तो जयगोपाल अगाध जल में गिरा। लेकिन धीरे-धीरे उसके उस अभ्यास-विच्छेद में नए अभ्यास की पैबंद लग गई।

और इतना ही नहीं। पहले नितान्त निश्चेष्ट-निश्चिंत भाव से उसके दिन कटते। बीच में दो वर्ष तक अपनी स्थिति में उन्नति की चेष्टा उसके मन में ऐसे प्रबल रूप में जग उठी थी कि उसके मन के सामने और कुछ भी नहीं था। इस नए नशे की तीव्रता की तुलना में उसका पूर्व जीवन वस्तुहीन छाया के समान दीखा। स्त्रियों की प्रकृति में प्रधान परिवर्तन लाता है प्रेम और पुरुषों में दुश्चेष्टा।

दो वर्ष बाद, जब जयगोपाल लौटा तो उसने अपनी पत्नी को ठीक पहले जैसा नहीं पाया। उसकी पत्नी के जीवन में इस शिशु साले ने आकर एक नया परिसर ही रच डाला। यह हिस्सा उसके लिए पूरी तरह अपरिचित था और इसमें पत्नी के साथ उसका कोई योग नहीं था। उसकी पत्नी उसको इस शिशु-स्नेह में स्थान देने की बहुत चेष्टा करती पर वह इसमें पूरी तरह सफल हुई या नहीं, कह नहीं सकता।

शशी नीलमणि को गोद में लिए मुस्कराती हुई पति के आगे बढ़ा देती—नीलमणि प्राणपण से शशी के गले से लिपट उसके कंधे में मुंह छिपा लेता, किसी प्रकार आत्मीयता की रक्षा नहीं करता। शशी की इच्छा होती कि उसके इस छोटे भाई के अधीन जितनी तरह की लुभावनी कलाएं हैं—सब जयगोपाल के सामने प्रकट करे; किंतु जयगोपाल इसके लिए विशेष आग्रह नहीं दिखाता और शिशु भी कोई विशेष उत्साही नहीं था। जयगोपाल किसी भी तरह समझ नहीं पाता, इस दुबले-पतले और भारी से सिर वाले और गम्भीर से चेहरे वाले सांवले से लड़के में ऐसा क्या है जिसके लिए उसके प्रति इतने स्नेह का अपव्यय किया जा रहा है।

स्नेह के रंग-ढंग को स्त्रियां बड़ी जल्दी भांप लेती हैं। शशी ने अविलम्ब समझ लिया कि जयगोपाल नीलमणि के प्रति विशेष अनुरक्त नहीं। तब भाई को वह बड़ी सावधानी से आड़ में कर रखती—पति की स्नेहहीन और उदासीन दृष्टि से उसे दूर-दूर रखने की चेष्टा करती। इस प्रकार बालक उसके गोपन का जतन-धन, उसके अकेलेपन की स्नेह-सामग्री बन बैठा। सभी जानते हैं कि स्नेह जितना गोपन, जितना एकांत होता है उतना ही प्रबल होता है।

नीलमणि के रोने पर जयगोपाल बुरी तरह खीज उठता, इसलिए शशी उसे जल्दी से सीने में छुपा, जी-जान से हृदय से, उसे चुप करने की चेष्टा करती—विशेष रूप

से तब जबकि नीलमणि के रोने से रात में उसके पति की नींद में बाधा पड़ती। पति इस क्रंदन परायण बालक के प्रति अत्यंत ईर्ष्यालु रूप से घृणा प्रकट करता हुआ जर्जर चित्त से गरज उठता। तब शशी अपराधिनी-सी संकुचित और त्रस्त-व्यस्त हो उठती। उसी क्षण उसे गोद में दूर ले जाती और एकांत सानुनय स्नेह स्वर में, "मेरा सोना, मेरा धन, मेरा रतन" कहकर सुलाती।

बच्चों के बीच अनेक बहाने लेकर झगड़े-विवाद होते ही रहते हैं। पहले ऐसे अवसरों पर शशी अपनी संतानों को दंडित कर भाई का पक्ष लेती; क्योंकि उस बेचारे की मां नहीं थी। अब न्यायकर्ता के साथ-ही-साथ दंडविधि में भी परिवर्तन हुआ। तब हमेशा ही निरपराध और अविचार के कारण नीलमणि को कठिन दंड भोगना पड़ता। यह अन्याय शशी के हृदय में नटसाल की तरह बिंध जाता; इसलिए वह अपने दंडित भाई को कमरे में ले जाकर मिठाई और खिलौने देकर उसे दुलरा कर चुंबर लेकर शिशु के आहत हृदय को यथाशक्ति सांत्वना देने की चेष्टा करती।

नतीजा यह हुआ कि शशी नीलमणि से जितना ही स्नेह करती, जयगोपाल नीलमणि के प्रति उतना ही खीजता, और जयगोपाल नीलमणि के प्रति जितना ही विराग प्रकट करता शशी उतना ही उसे स्नेहसुधा से अभिषिक्त करती रहती।

वैसे जयगोपाल कभी भी अपनी पत्नी के प्रति किसी प्रकार का कठोर व्यवहार नहीं करता और शशी चुपचाप नम्रता और प्रेम के साथ पति की सेवा करती रहती; केवल इस नीलमणि को लेकर अंदर-ही-अंदर एक-दूसरे को रात हो या दिन आघात पहुंचाने लगे।

इस प्रकार नीरव द्वंद्व का गोपन घात-प्रतिघात खुले विवाद की अपेक्षा कहीं अधिक दुःसह होता है।

3

नीलमणि के सारे शरीर में सिर ही सबसे प्रधान था। ऐसा लगता, मानो विधाता ने एक पतली-सी सींक में फूंक मार उसके सिरे पर एक बड़ा-सा बुद्बुद पैदा कर दिया है। डॉक्टर भी अक्सर यह आशंका प्रकट करते कि लड़का भी किसी बुलबुले के समान क्षण-भंगुर क्षणस्थायी होगा। बहुत दिनों तक उसने बोलना और चलना भी नहीं सीखा। उसके उदास और गंभीर चेहरे को देखकर लगता, उसके माता-पिता अपने बुढ़ापे की सारी चिंताओं का भार इस छोटे शिशु के सिर पर लाद गए हैं।

दीदी की जतन और सेवा से नीलमणि ने अपने विपदकाल को पार किया, छठे वर्ष में पांव रखा।

कार्तिक महीने में भैयादूज के दिन नया कुर्ता, चादर और लालकिनारे की धोती पहनाकर, बाबू बने नीलमणि का शशी तिलक करने जा रही थी, कि पूर्वोक्तस्पष्ट भाषिणी पड़ोसिन तारा ने आ बातों ही बातों में शशी के साथ झगड़ा छेड़ दिया।

उसने कहा, पीठ-पीछे भाई का सर्वनाश कर भाई के माथे पर तिलक लगाने का कोई लाभ नहीं।

शशी यह सुनकर विस्मय, क्रोध, वेदना से वज्राहत हुई। अंत में जाकर सुना, दोनों पति-पत्नी परामर्श कर, लगान की अदायगी न होने के कारण नाबालिग नीलमणि के हिस्से की संपत्ति नीलाम कराकर उसके पति के फुफेरे भाई के नाम बेनामी कर खरीद रहे हैं।

यह सुनकर शशी ने अभिशाप दिया, जो लोग इस सफेद झूठ का प्रचार कर सकते हैं उनका मुंह कोढ़ से गल जाए।

यह कहकर वह रोती हुई पति के पास जा पहुंची और इस अफ़वाह की बात सुनाई।

जयगोपाल बोले, "आजकल किसी पर विश्वास करने का उपाय नहीं। उपेन तो मेरा सगा फुफेरा भाई है, उस पर जमीन-जायदाद का भार सौंपकर मैं पूरी तरह निश्चिंत थी—उसने कब पीछे लगान बाकी रख हासिलपुर महल अपने नाम खरीद लिया है, मैं जान भी नहीं पाया।"

शशी ने आश्चर्य से पूछा, "उस पर मुक़दमा नहीं चलाओगे?"

जयगोपाल ने कहा, "भाई के ऊपर मुक़दमा करूं? और ऐसे मुक़दमे से कोई लाभ भी नहीं, बस पैसों की बर्बादी होती है।"

पति की बात पर विश्वास करना शशी का परम कर्त्तव्य था, पर वह किसी भी तरह विश्वास न कर सकी। तब यह सुखी परिवार, यह प्रेम की गृहस्थी, सहसा उसके लिए अत्यंत विकराल और वीभत्स स्वरूप धारण करती दिखाई दी। जिस गृहस्थी को वह अपना परम आश्रय मानती रही, अकस्मात् एक निष्ठुर फंदा जान पड़ा जिसमें उन दोनों भाई-बहनों को चारों ओर से फांस लिया गया है। अकेली स्त्री, असहाय नीलमणि की कैसे रक्षा करे, काफी सोच-विचारकर भी वह कोई उपाय नहीं सोच पाई। वह जितनी ही चिंता करती उसका हृदय उतना ही भय और घृणा से तथा इस विपन्न बालक भाई के प्रति अपरिसीम स्नेह से भर उठता। उसे लगा, अगर वह कोई उपाय जानती तब सीधे लाटसाहब के पास जाकर निवेदन करती, यहां तक कि महारानी के पास पत्र लिखकर अपने भाई की संपत्ति की रक्षा कर लेती। महारानी कभी भी नीलमणि के वार्षिक सात सौ अट्ठावन रुपये मुनाफ़े के हासिलपुर महल को बेचने नहीं देतीं।

शशी जब इस प्रकार एकबारगी महारानी के पास अर्ज़ी भेजकर अपने फुफेरे देवर को पूरी तरह मज़ा चखाने का उपाय सोच ही रही थी तभी नीलमणि को अचानक ज्वर ने आ घेरा उसे ऐंठन के साथ-साथ मिर्गी के दौरे पड़ने लगे।

जयगोपाल ने किसी गांव के गंवई डॉक्टर को बुलाया। शशी के अच्छे डॉक्टर के लिए अनुरोध करने पर जयगोपाल बोला, "क्यों, मतिलाल बुरा डॉक्टर है?"

तब शशी ने उसके पैरों गिर, सिर की क़सम दी। जयगोपाल ने कहा, "अच्छा,

शहर से डॉक्टर बुलवा रहा हूं।''

शशी नीलमणि को गोद में ले सीने से लगाए पड़ी रही। नीलमणि भी एक क्षण के लिए उसे आंख से ओझल नहीं होने देता; कहीं बहाने से वह चली न जाय, इस भय से उससे चिपटा रहता, यहां तक कि सोने पर भी आंचल नहीं छोड़ता।

सारा दिन इसी प्रकार बीत गया। शाम ढल जाने के बाद जयगोपाल ने आकर कहा, ''शहर में डॉक्टर बाबू नहीं मिले, वे कहीं दूर रोगी देखने गये हैं।'' यह भी कहा, ''एक मुकदमे के सिलसिले में मुझे आज ही कहीं बाहर जाना पड़ रहा है, मैं मतिलाल से कहता जा रहा हूं, वह रोगी को बराबर देख जाया करेगा।''

रात में नीलमणि नींद में बड़बड़ाने लगा। प्रातःकाल ही शशी बिना आगा-पीछा बिचारे बीमार भाई को लिए नाव पर चढ़ी और एकदम शहर के उस डॉक्टर के घर पहुंची। डॉक्टर घर पर ही थे, शहर छोड़कर कहीं बाहर नहीं गए थे। उन्होंने भद्र महिला देख जल्दी से किराए का मकान ठीक करके एक बूढ़ी विधवा की देख-रेख में शशी को रुक जाने को कहा और बालक का इलाज शुरू कर दिया।

दूसरे दिन ही जयगोपाल आ पहुंचे। क्रोध में आगबबूले होकर उसने पत्नी को उसी क्षण साथ लौट जाने को कहा।

पत्नी बोली, ''तुम अगर मुझे काट भी डालो तो भी मैं अभी नहीं लौटूंगी; तुम लोग मेरे नीलमणि को मार डालना चाहते हो; उसके मां नहीं, बाप नहीं, मुझे छोड़ उसका कोई भी नहीं है, मैं उसकी रक्षा करूंगी।'' जयगोपल क्रोध से बोले, ''तब फिर यहीं रहो। मेरे घर में अब कभी न लौटना।''

शशी तब उत्तेजित होकर बोली, ''वह घर क्या तुम्हारा है, घर तो मेरे भाई का है।''

जयगोपाल बोला, ''अच्छा वह देखा जाएगा।''

मुहल्ले के लोगों ने कुछ दिनों तक इस घटना को लेकर बड़ा हंगामा मचाया। पड़ोसिन तारा बोली, ''पति के साथ झगड़ा करना है तो घर बैठकर क्यों नहीं करती? घर छोड़कर जाने की क्या जरूरत। हज़ार हो, आख़िर पति तो है ही।''

पास में जो रुपये थे सब ख़र्च कर गहने आदि बेच शशी ने अपने भाई की मौत के मुंह से रक्षा की। तभी उसे खबर मिली कि द्वारीग्राम में उनकी जो बड़ी जोतवाली जमीन थी साथ ही उस पर जो घर बना था, और जिसकी आय किसी भी तरह सालाना डेढ़ हजार रुपये से कम न होगी, उस जोत जमीन को जमींदार के साथ मिलकर जयगोपाल ने अपने नाम से खारिज करवा दिया है। अब सारी संपत्ति जयगोपाल की है, उसके भाई की भी नहीं।

बीमारी से ठीक हो जाने के बाद नीलमणि करुण स्वर में कहने लगा, ''दीदी, घर चलो।'' उसे अपने साथी भानजों की याद आ रही थी इसी से बार-बार कहने लगा, ''दीदी, अपने उसी घर में चलो न!'' यह सुनकर उसकी दीदी कुछ बोली नहीं बस

रोने लगी, "अब वह हम लोगों का घर कहां!"

लेकिन रोने से ही कोई लाभ नहीं था उस समय सारी दुनिया में दीदी को छोड़कर भाई का दूसरा कोई नहीं था। यह सोच आंखों के आंसू पोंछकर शशी न डिप्टी- मजिस्ट्रेट तारिणी बाबू के अंतःपुर में जाकर उनकी पत्नी के सामने दुखड़ा रोया।

डिप्टी बाबू जयगोपाल को पहचानते थे। भले घर की महिला घर के बाहर निकल जमीन-जायदाद के लिए पति के साथ झगड़े में प्रवृत्त होना चाहती है, इस बात से शशी के प्रति वे बुरी तरह खीज पड़े। उसे भुलावे में रखकर उन्होंने उसी समय जयगोपाल को पत्र लिखा। जयगोपाल दौड़ा आया साले के साथ अपनी पत्नी को जबर्दस्ती नाव पर चढ़ाकर घर पहुंचा दिया।

पती-पत्नी में दूसरी बार संबंध-विच्छेद के बाद फिर से यह दुबारा मिलन हुआ। प्रजापति ब्रह्मा की इच्छा।

बहुत दिनों बाद घर लौटकर पुराने साथियों के साथ नीलमणि बड़े आनंद से खेलता फिरने लगा। उसके उस निश्िंचत आनंद को देख भीतर ही भीतर शशी का हृदय विदीर्ण होता रहता।

4

सर्दियों के दिन थे, मजिस्ट्रेट साहब ने शहर का दौरा करते हुए एक दिन शिकार की खोज में गांव के बीच तंबू डलवाया। गांव के रास्ते पर साहब के साथ नीलमणि की मुलाक़ात हुई। दूसरे बालक उन्हें देख चाणक्य के श्लोक में कुछ परिवर्तनपूर्वक नखी दंत शृंगी आदि के साथ साहब को भी मिलाकर काफ़ी दूर निकल गए लेकिन गंभीर प्रकृति नीलमणि अटल कौतूहल और प्रशांत भाव से साहब को आंखें फाड़-फाड़कर देखता रहा।

साहब ने बड़े विनोद से उसके पास आकर पूछा, "तुम पाठशाला में पढ़ते हो?"

बालक ने नीरव भाव से सिर हिलाकर बताया, "हां!"

साहब ने फिर पूछा, "तुम कौन-सी किताब पढ़ते हो?"

नीलमणि किताब शब्द का अर्थ न समझ चुपचाप मजिस्ट्रेट की ओर ताकता रहा।

नीलमणि ने मजिस्ट्रेट साहब के साथ अपने परिचय का पूरा हवाला बड़े उत्साह के साथ अपनी दीदी को जा सुनाया।

दोपहर में चपकन, पैंट, पगड़ी पहन जयगोपाल मजिस्ट्रेट को सलाम करने गया। हर तरफ अर्थी-प्रत्यर्थी, चपरासी और सिपाहियों की भीड़ ही भीड़! साहब गर्मी के भय से तंबू के बाहर खुली छाया में कैंप मेज लगवाकर बैठे थे और जयगोपाल को चौकी पर बैठाकर उससे स्थानी हालचाल पूछ रहे थे। जयगोपाल अपने गांव वाले सर्वसाधारण के सामने इस गौरव आसन पर जमे मन-ही-मन फूल रहा था और सोच रहा था, 'इस

समय चक्रवर्ती और नदी में से कोई भी आकर देख जाता तो अच्छा होता।'

इतने में नीलमणि को साथ लेकर घूंघट से मुंह ढके एक महिला मजिस्ट्रेट के बिल्कुल सामने आ खड़ी हुई और कहा, "साहब, आपके हाथों मैंने अपने इस अनाथ भाई को सौंप दिया, अब आप ही इसकी रक्षा करें।"

साहब अपने उस पूर्व परिचित वृहत् मस्तिक गंभीर प्रकृति बालक को देख और स्त्री को भद्रमहिला समझकर उसी क्षण उठ खड़े हुए, बोले, "आप अन्दर तम्बू में आइये।"

महिला बोली, "मुझे जो कहना है मैं यहीं कहूंगी।" जयगोपाल का चेहरा फक पड़ गया। वह बेचैनी का अनुभव करने लगा। गांव के कौतूहली लोगों ने परम विनोद का अनुभव किया और चारों ओर से अधिक निकट आने की चेष्टा की। साहब के बेंत उठाते ही सब भाग खड़े हुए।

शशी अपने भाई का हाथ पकड़े उस पितृ-मातृहीन बालक का सारा इतिहास आद्योपांत बता गई। जयगोपाल ने बीच-बीच में उसे रोकने की कोशिश की। मजिस्ट्रेट का चेहरा सुर्ख होता चला गया और वे उठे 'चुप रहो' और बेंत के अगले सिरे से उसे चौकी पर से उठ जाने और सामने खड़े होने का निर्देश दिया।

जयगोपाल मन-ही-मन शशी के प्रति गुर्राता हुआ चुप खड़ा रहा। नीलमणि दीदी से चिपका यह सब चुपचाप सुनता रहा।

शशी की बात समाप्त होने पर मजिस्ट्रेट ने जयगोपाल से कुछ प्रश्न किए और उसका उत्तर सुन बहुत देर तक चुप रहे। फिर शशी को संबोधित करते हुए बोले, "बेटी, यह मुकदमा हालांकि मेरे पास नहीं आएगा फिर भी तुम निश्चिंत रहो–इस संबंध में जो भी उचित होगा मैं करूंगा। तुम अपने भाई को लेकर निर्भय घर लौटकर जा सकती हो।"

शशी बोली, "साहब, जितने दिनों तक उसे अपना घर वापस नहीं मिलता–उतने दिनों तक अपने भाई को मैं घर ले जाने का साहस नहीं जुटा पाती। इस समय नीलमणि को आपके पास न रखने पर इसकी रक्षा कोई नहीं कर सकेगा।"

साहब ने पूछा, "तुम कहां जाओगी?"

शशी बोली, "मैं अपने पति के साथ घर लौट जाऊंगी। मुझे अपनी कोई चिंता नहीं।"

साहब थोड़ा हँसे। गले में ताबीज पहने कृशकाय श्यामवर्ण गंभीर प्रशांत मृदु स्वभाव बंगाली लड़के को साथ ले जाने को किसी तरह राजी हुए।

लेकिन शशी के विदा लेते समय बालक ने उसके आंचल को कसकर पकड़ लिया। साहब बोले, "बेटे, तुम्हें कोई डर नहीं–आओ।"

घूंघट में से अविरल आंसू बहाते-बहाते शशी बोली, "राजा भैया, जा भैया–दीदी के साथ तेरी फिर मुलाक़ात होगी।"

यह कहते हुए उसे चिपटाकर, उसके सिर और पीठ पर हाथ फेरते किसी प्रकार अपना आंचल छुड़ा जल्दी से वहां से चली गई; तुरंत साहब ने नीलमणि को बाएं हाथ से कसकर पकड़ा, वह 'दीदी रे दीदी' कहकर ज़ोर-ज़ोर से रोने-चिल्लाने लगा। शशी ने एक बार मुड़कर देखा फिर दूर से फैलाए दाहिने हाथ द्वारा उसके प्रति नीरव सांत्वना भेजकर विदीर्ण हृदय से चली गई।

बहुत दिनों के बाद फिर उसी चिर परिचित पुराने घर में पति-पत्नी का मिलन हुआ। प्रजापति का निर्बंध!

लेकिन यह मिलन अधिक दिनों तक टिक नहीं पाया। क्योंकि, इसके थोड़े समय के बाद ही, एक दिन सुबह-ही-सुबह ग्रामवासियों को खबर मिली कि पिछली रात शशी हैजे से आक्रांत हो मर गई और रात ही में उसे फूंक दिया गया।

किसी ने इस बारे में कुछ भी नहीं कहा। केवल वह पड़ोसिन तारा रह-रह कर गरज उठती पर सब 'चुप-चुप' कह उसका मुंह बंद कर देते।

विदा के समय शशी भाई को वचन दे गई थी, फिर मुलाक़ात होगी। उस वचन की रक्षा कहीं हुई कि नहीं, मालूम नहीं।

माल्यदान

सुबह का गुलाबी जोड़ा। दोपहर में हवा कुछ गर्म हो उठी और दक्षिण से बहने लगी।

यतीन जिस बरामदे में बैठा था—वहां से बगीचे के एक कोने में एक ओर एक कटहल और दूसरी ओर शिरीप वृक्ष के बीच के अवकाश से बाहर का मैदान नज़र आता है। वह सुनसान मैदान फागुन की धूप में धू-धू जल रहा था। उसी के एक किनारे से एक कच्चा रास्ता निकाला गया है। उसी रास्ते से लदी-खाली बैलगाड़ियां धीमी गति से गाँव की ओर लौट रही थीं, गाड़ीवान सिर पर अँगोछा डाले मन की मौज़ में बेमतलब ही गाना गाते जा रहे थे।

ठीक इसी समय पीछे से एक नारी का सहास्य कंठ स्वर सुनाई पड़ा, ''क्यों यतीन, पूर्वजन्म की किसी की बात तो नहीं सोच रहे हो?''

यतीन बोला, ''क्यों री पटल, क्या मैं ऐसा ही अभागा हूं कि कुछ सोचने के लिए पूर्वजन्म को लेकर घसीटना पड़ेगा।''

आत्मीय-स्वजनों में पटल नाम से परिचित वह लड़की बोल उठी, ''ज्यादा झूठी तारीफ़ न करो। तुम्हारे इस जन्म की तो सारी खबर मैं रखती हूं महाशय! छीः-छीः! इतनी उमर हो गई फिर भी एक साधारण-सी बहू घर में न ला सके। हम लोगों का वह जो धना माली है न उसके भी एक बीवी है—उसके साथ दोनों बेला झगड़ते हुए वह सारे मोहल्ले को बता देता है, उसके भी एक अदद बीवी है। और तुम मैदान की ओर तकते हुए ऐसा भाव दिखा रहे हो, जैसे किसी चंद्रमुखी का ध्यान करने बैठे हो, तुम्हारी यह सब चालाकी क्या मैं नहीं समझती—यह केवल लोगों को दिखाने का ढोंग भर है। देखो यतीन, गाने-पहचाने ब्राह्मण को जनेऊ की जरूरत नहीं पड़ती। हम लोगों का वह धना तो किसी दिन विरह का बहाना करके मैदान की ओर ऐसे तकता नहीं रहता, लंबी जुदाई के दिनों में भी पेड़ तले खुर्पी हाथ में ले उसे दिन बिताते देखा है, लेकिन उसकी आंखों में तो कभी वैसी खुमारी नहीं देखी। और एक तुम हो कि जिस महाशय ने कभी सात जन्म में औरत का मुंह तक नहीं देखा—केवल अस्पताल में मुर्दे की चीरफाड़ और पुस्तकें रट-रटाकर उमर गुजार दी। तुम ऐसी दुपहरी में इस तरह

आकाश की ओर भरी आंखों से क्यों तकते रहते हो। नहीं, यह सब फिजूल की चालाकी मुझे अच्छी नहीं लगती। मेरी देह में आग लग जाती है।''

यतीन हाथ जोड़कर बोला, ''बस, बस, रहने दो। मुझे अधिक शर्मिंदा न करो। तुम लोगों का धना ही धन्य है। उसी के आदर्श पर मैं चलने की चेष्टा करूंगा। और अब कुछ न बोलो, कल सवेरे उठते ही जिस लकड़ी बीनने वाली लड़की का मुंह देखूंगा उसी के गले में माला डाल दूंगा—तुम्हारा यह धिक्कार मुझसे अब सहा नहीं जाता।''

पटल—तो बात तय रही न?

यतीन—हां रही।

पटल—तो चलो।

यतीन—कहां चलूं?

पटल—चलो तो सही।

यतीन—नहीं, जरूर कोई शरारत तुम्हें सूझी है। मैं यहां से इस वक़्त हिलने का नहीं।

पटल—अच्छा, तब यहीं बैठे रहो—कहकर वह तेजी से चली गई।

अब इनका परिचय दिया जाए। यतीन और पटल की उम्र में बस एक ही दिन का अंतर है। पटल यतीन से एक दिन बड़ी है लेकिन यतीन उसके प्रति किसी प्रकार का सामाजिक सम्मान देने-दिखाने को राजी नहीं। दोनों चेहरे भाई-बहन हैं। बचपन से एक साथ खेलते आए हैं। उसे 'दीदी' कहकर नहीं पुकारता, इस बात पर पटल ने यतीन के नाम से बचपन में पिता-चाचा से कई-कई बार शिकायतें कीं, लेकिन किसी भी शासन-विधि द्वारा कोई फल नहीं हुआ—एकमात्र छोटे भाई के लिए भी उसका 'पटल' नाम छूटा नहीं।

पटल अच्छी-खासी मोटी-ताजी, गोल-मटोल और हँसमुख लड़की है—विनोद-रस से परिपूर्ण। उसके कौतुक और हास्य का दमन कर सके, समाज में ऐसी कोई शक्ति नहीं। अपनी सास के सामने भी वह किसी दिन गंभीर बनी न रह सकी। पहले-पहल इस बात को लेकर बड़ी हाय तोबा मची, लेकिन अंत में सभी को हार मानकर कहना पड़ा—उसके यही ढंग हैं। इसके बाद तो ऐसा हुआ कि पटल की बेधड़क प्रफुल्लता के आघात से गुरुजनों का गाम्भीर्य भी धूलिसात् हो गया। पटल अपने आस-पास कहीं किसी के भी मन पर भार, चेहरे पर उदासी या दुश्चिंता नहीं सह पाती—ढेरों गपशप, हँसी और मजाक से उसके चारों ओर की आबोहवा जैसे किसी विद्युत् शक्ति से बोझिल हुई रहती।

पटल के पति हरकुमार बाबू डिप्टी मजिस्ट्रेट थे। उनकी बिहार-अंचल से बदली होकर कलकत्ते के आबकारी-विभाग में नियुक्ति हुई। प्लेग के भय से बाली में एक उद्यान-गृह किराए में लेकर रहते, वहीं से कलकत्ते आया-जाया करते। आबकारी के मामले में उन्हें अक्सर ही दौरे पर देहात का चक्कर लगाना होगा इससे गांव से मां

और दो-एक स्वजनों को लाने की सोच रहे हैं। इसी बीच डॉक्टरी में अभी-अभी उत्तीर्ण, ख्याति और संपत्ति से हीन यतीन बहन के निमंत्रण पर हफ़्ते भर के लिए वहां आ पहुंचा।

कलकत्ते की गली से होकर पहली बार पेड़-पौधों के बीच आकर यतीन छायामय निर्जन बरामदे में फागुन की अलस दुपहरिया में अलसाया बैठा था। तभी पूर्व-कथित यह उपद्रव आरंभ हुआ। पटल के चले जाने पर फिर कुछ देर के लिए निश्चिंत हो वह हाथापांव फैलाकर खूब आराम से बैठा–लकड़ी बीनने वाली लड़की के प्रसंग से बचपन में सुनी काल्पनिक कहानियों के गली-कूचे में उसका मन चक्कर काटने लगा।

इसी समय पटल की हास्यमिश्रित कंठकाकली से वह चौंक पड़ा।

पटल ने किसी एक लड़की का हाथ पकड़े वेग से खींचते हुए यतीन के सामने ला खड़ा किया, कहा, "ओ बिन्नी!"[1]

लड़की बोली, "क्या है, दीदी?"

पटल ने कह, "मेरा यह भाई कैसा है, देख तो भला।"

लड़की निःसंकोच यतीन को देखने लगी। पटल बोली, "क्यों अच्छा है न देखने में?"

लड़की गंभीर भाव से विचार करती सिर हिलाकर बोली, "हां, अच्छा है।"

यतीन लाज से लाल हो चौकी छोड़ते हुए उठकर बोला, "ओह पटल, यह क्या बचपना है!"

पटल बोली, "मैं बचपना कर रही हूं या तुम सयानापना कर रहे हो। लगता है तुम्हारी उम्र को कोई अता-पता ही नहीं।"

यतीन वहां से भागा। पटल उसके पीछे भागते-भागते बोली, "ओ यतीन, तुम्हें डर नहीं, कोई डर नहीं। अभी गले में माला डालने का वक़्त नहीं आया– फागुन-चैत में वैसे भी कोई लगन नहीं–अभी हाथ में समय है।"

पटल जिसे बिन्नी कहकर बुलाती है वह लड़की तो हैरान रह गई। उसकी उम्र सोलह होगी, छरहरी देह, चेहरे की सुंदरता के बारे में अधिक कुछ कहने को नहीं, हां, इतना जरूर है कि उसके चेहरे पर एक तरह की असामान्यता है, जिसे देखने पर वन की हिरणी का स्मरण हो आता है। पंडिताऊ भाषा में उसे निर्बुद्धि कह सकते हैं लेकिन वह बुद्धूपना नहीं है, वह बुद्धिवृत्ति पर अपरिस्फुरण मात्र है, इसने बिन्नी के चेहरे की सुंदरता को...बहुत न चाहते हुए भी एक विशिष्टता प्रदान की है।

शाम को हरकुमार बाबू कलकत्ते से लौटे तो यतीन को देखकर बोले, "अरे!

---

1. मूल में लड़की का नाम 'कुड़ानि'–'कुड़ान' (बाङ्गला)=बटोरना है, रास्ते पर जो लकड़ी-गोबर आदि बटोरती फिरती है वह है 'कुड़ानि'। हिंदी में इसका समानार्थ किया गया 'बिन्नी' अर्थात् लकड़ी आदि बीनने वाली।

यतीन, तुम आए हो, बड़ा अच्छा हुआ। तुम्हें थोड़ी डॉक्टरी करनी होगी। पश्चिम में रहते हुए, अकाल के दौरान हमें एक लड़की मिली जिसे हम पाल रहे हैं—पटल उसे बिन्नी कहकर बुलाती है। अपने मां-बाप के साथ यह लड़की हमारे बंगले के पास पेड़ के नीचे पड़ी हुई थी। ख़बर पाकर जब वहां पहुंचे तो पाया उसके मां-बाप मर गए हैं, लड़की में प्राण मात्र शेष है। पटल ने बड़ी सेवा-जतन से उसे बचाया है। इसकी जाति के विषय में कोई कुछ जानता नहीं—उसे लेकर किसी की आपत्ति पर ही पटल कहती है, "वह तो द्विज है; एक बार मरकर अबकी हमारे घर में जन्म लिया है, उसकी पुरानी जाति कहां धुल-पुछ गई है।" पहले-पहल लड़की ने पटल को मां कहकर बुलाना शुरू किया था; पटल ने उसे धमकाकर कहा, "ख़बरदार, मुझे मां मत कहना, मुझे दीदी कहना।"

पटल का कहना है, " 'इतनी बड़ी लड़की के मां कहने पर अपने आपको वह बूढ़ी समझने लगेगी। शायद अकाल के लगातार उपवासों या अन्य किसी कारण से रह-रहकर उसके शूल-पीड़ा-सी उठती रही है। असल में बात क्या है, तुम्हें अच्छी तरह परीक्षा कर देखनी होगी। अरे ओ तुलसी! बिन्नी को ज़रा बुला तो ला।"

बिन्नी चोटी गूंथते-गूंथते अधसंवरी चोटी पीठ पर लटकाए हरकुमार बाबू के कमरे में आ पहुंची और अपनी हिरणी जैसी दृष्टि दोनों पर डालें, ताकती खड़ी रही।

यतीन को हिचकिचाते देख हरकुमार ने उससे कहा, "तुम तो व्यर्थ का संकोच कर रहे हो यतीन। यह देखने-भर को बड़ी दीखती है पर है कच्चे नारियल-सी, उसके भीतर केवल तरल पानी छलक रहा है—अभी तक सख़्त गिरी का लेशमात्र नहीं। वह कुछ भी नहीं समझती—तुम इसे नारी समझने का भ्रम नहीं करना, यह तो वन की हिरणी है।"

यतीन अपना डॉक्टरी कर्त्तव्य पूरा करने में लग गया—बिन्नी ने जरा भी संकोच प्रकट नहीं किया। यतीन बोला, "शरीर यंत्र में तो कोई विकार दिखाई नहीं दिया।"

पटल चट से कमरे में घुसी और बोली, "हृदय यंत्र में भी कोई विकार उत्पन्न नहीं हुआ है। इसकी परीक्षा करना चाहोगे क्या?"

यह कहकर बिन्नी के पास जा उसकी ठोड़ी स्पर्श कर बोली, "अरी बिन्नी। मेरा यह भाई तुझे पसंद आया?"

बिन्नी सिर हिलाकर बोली, "हां।"

पटल बोली, "तू मेरे भाई से ब्याह करेगी?"

उसने फिर सिर हिलाकर कहा, "हां।"

पटल और हरकुमार बाबू दोनों हँस पड़े। बिन्नी मज़ाक के मर्म को समझ न पाई और उनकी नक़ल उतारती अपने मुख को हँसी से भरकर तकती रही।

यतीन शर्म से लाल हो गया—हड़बड़ाकर बोला, "ओह पटल! तुम बड़ी ज़्यादती कर रही हो—यह बड़ा अन्याय है। हरकुमार बाबू, आप भी पटल को बहुत अधिक

बढ़ावा देते रहे हैं।''

हरकुमार बोले, ''नहीं तो मैं भी उसके पास से प्रश्रय की प्रत्याशा कैसे कर सकता हूं। बात यह है यतीन कि बिन्नी को तुम जानते नहीं इसलिए इतने हैरान हो रहे हो। मालूम होता है तुम लज्जा करके बिन्नी को भी लज्जा करना सिखाओगे, उसे ज्ञान वृक्ष का फल मत चखाना। हम सब उसके बहाने मज़ाक कर रहे हैं—तुम यदि बीच में ही गाम्भीर्य दिखाओगे तो यह उसके लिए एक असंगत-सी बात होगी।''

पटल बोली, ''इसीलिए तो यतीन के साथ मेरी कभी पटी नहीं, बचपन से तो बस झगड़ा ही होता रहा है—वैसे यह बड़ा गंभीर है।''

हरकुमार ने कहा, ''ऐसे कहते हुए लगता है झगड़ा करने का तुम्हारा एक अभ्यास-सा हो गया है—भाई तो खिसक गए अब...''

पटल बोली, ''फिर झूठ! तुम्हारे साथ झगड़ने में कोई मज़ा नहीं—मैं कोशिश भी नहीं करती।''

हरकुमार ने कहा, ''मैं शुरू में ही हार जो मान लेता हूं।''

पटल बोली, ''बड़ी बहादुरी दिखाते हो। शुरू में हार न मानकर अंत में हार मानते तो मैं कितनी खुश होती।''

रात में सोने के कमरे में दरवाज़े-खिड़की खोलकर यतीन बहुत बातें सोचता रहा। जिस लड़की ने अपने मां-बाप को भूख से मरते देखा है उसके जीवन पर कितनी भयानक छाया पड़ी होगी। इस निदारुण घटना से व कितनी सयानी हो उठी है—उसे लेकर भला मज़ाक करना चाहिए! विधाता ने दयाकर उसकी बुद्धिवृत्ति पर एक आवरण डाल दिया है—यदि यह आवरण हट जाए तब अदृष्ट की रुद्र-लीला का कैसा भंयकर चिह्न प्रकट हो पड़ेगा। आज मध्याह्न में पेड़ों के अंतराल से यतीन जब फागुन के आकाश को देख रहा था, दूर से ही, कटहल फूल की सुगंध ने मृदुतर हो उसकी घ्राण शक्ति को आविष्ट कर रखा था, तब उसके मन ने माधुर्य की कुहेलिया में सारे जगत को आच्छन्न देखा था; इस बुद्धिहीन बालिका ने अपनी हिरणी की-सी आंखों द्वारा उस सुनहली कुहेलिका को छिन्न-भिन्न कर डाला है; फागुन के इस कूजन-गुंजन मर्मर के पीछे जो संसार क्षुधा तृष्णा से आतुर दुःख की कठिन देह लेकर विराट मूर्ति धारण किए खड़ा है, आज यवनिका के ऊपर उठते ही शिल्प माधुर्य के अंतराल से स्पष्ट दिखाई दिया।

दूसरे दिन शाम के समय बिन्नी के वही दर्द उठा। पटल ने जल्दी से यतीन को बुलवा भेजा। यतीन ने आकर देखा, कष्ट से बिन्नी के हाथ-पांव ऐंठ रहे थे। देह निस्पंद थी। यतीन ने दवा मंगवाने के लिए आदमी भेज बोतल में गरम पानी लाने का आदेश दिया।

पटल बोली, ''बड़े भारी डॉक्टर बने हैं, पैरों में ज़रा गरम तेल की मालिश क्यों नहीं कर देते? देख नहीं रहे तलवे बर्फ़ जैसे सर्द हो गए हैं।''

यतीन रोगिणी के पैरों के तलवों में ज़ोर से गरम तेल की मालिश करने लगा।

चिकित्सा के चलते रात काफ़ी हो गई। हरकुमार कलकत्ते से लौटकर लगातार बिन्नी के बारे में पूछते रहे। यतीन ने समझा, शाम के समय काम से लौटकर पटल की अनुपस्थिति में हरकुमार बाबू का काम चल नहीं रहा है—बार-बार बिन्नी की खबर लेने का अर्थ यही है। यतीन बोला, ''हरकुमार बाबू परेशान हैं; पटल तुम जाओ।''

पटल बोली, ''दूसरे की दुहाई तो देनी ही होगी। कौन परेशान है, यह मैं खूब समझती हूं मेरे जाने से ही अब तुम्हें मुक्ति मिलेगी। ऐसे तो बात-बात में मारे लाज के चेहरा लाल हो जाता है—तुम्हारे पेट में इतनी बातें छिपी हैं, इसे भला कौन समझेगा?''

यतीन ने कहा, ''अच्छा, दुहाई तुम्हारी। तुम यहीं पड़ी रहो। मुझे बचाओ—तुम्हारा मुंह बंद रहने से ही मेरी जान बची रहेगी। मैंने ग़लत समझा था—हरकुमार बाबू शायद शांति से ही हैं, ऐसा सुयोग उन्हें हमेशा नहीं मिलता।''

बिन्नी को तनिक आराम मिला। उसके आंखें खोलने पर पटल बोली, ''मेरी आंखें खुलवाने के लिए तेरे दूल्हे ने आज बड़ी देर तक तेरे पांव पकड़कर मिन्नतें कीं—क्या इसीलिए आज तूने इतनी देर की? छीः-छीः ! अब उठ और उनके चरणों की धूलि ले।''

बिन्नी ने कर्त्तव्य बोध से उसी समय गंभीर श्रद्धाभाव के साथ यतीन के चरणों की धूलि ली। यतीन तेज़ क़दमों से कमरे से बाहर चला गया।

उसके दूसरे ही दिन से यतीन पर भली-भांति हमला शुरू हुआ। यतीन खाने बैठता तो बिन्नी आ जाती और मुस्कराते चेहरे से पंखा झलते हुए मक्खी उड़ाने लग जाती। यतीन घबराकर बोल उठता, ''रहने दो, रहने दो, जरूरत नहीं।'' बिन्नी इस निषेध से विस्मित हो मुख फेरकर पीछे के कमरे की ओर एक बार ताकती और उसके बाद फिर से पंखा डुलाने लगती। यतीन अंतरालवर्तिनी को लक्ष्य कर बोल उठता, ''पटल, तुम यदि इस प्रकार परेशान करोगी तो मैं खाऊंगा नहीं—यह लो, मैं उठ चला।''

यह कहकर उठने का उपक्रम करते ही बिन्नी ने पंखा फेंक दिया। यतीन ने बालिका के नादान भोले चेहरे पर तीव्र वेदना की रेखा देखी; उसी क्षण अनुतप्त हो वह दुबारा बैठ गया। बिन्नी कुछ समझती नहीं, वह शर्माती नहीं, वेदना का अनुभव नहीं करती, यह बात यतीन भी विश्वास करने लगा था। लेकिन उसने क्षणभर में पाया कि सब नियमों के ही व्यतिक्रम हैं और यह व्यतिक्रम कब सहसा घटित हो जाता है यह पहले से कोई नहीं बता सकता। बिन्नी पंखा फेंककर चली गई।

दूसरे दिन सवेरे यतीन बरामदे में बैठा था, पेड़-पोधों के बीच कोयल की कूक ने भारी धूम मचा रखी है, आम के बौर के गंध से वातास भाराक्रांत है—इतने में देखा बिन्नी चाय का प्याला हाथ में लिए आने में जैसे कुछ हिचकिचा-सी रही हो। उसकी हरिण जैसी आंखों में एक सकरुण भय समाया था—उसके चाय लेकर आने पर यतीन खीझेगा तो नहीं, यह जैसे वह कुछ समझ नहीं पा रही थी। इससे व्यथित हो यतीन ने आगे बढ़कर उसके हाथ से प्याला ले लिया। इस मानव जन्मधारी हरिण शिशु को

तुच्छ कारणों से क्या पीड़ा पहुंचाई जा सकती है। जैसे ही यतीन ने प्याला हाथ में लिया वैसे ही देखा बरामदे के दूसरे छोर से पटल ने सहसा प्रकट हो मौन हँसी से यतीन को घूंसा दिखाया; जिसका मतलब यह था कि आज कैसे पकड़े गए!''

उस दिन शाम के समय यतीन कोई एक डॉक्टरी पत्रिका पढ़ रहा था, इतने में फूलों की सुगंध से चकित हो सिर उठाकर देखा, बिन्नी ने मौलश्री के फूलों की माला हाथ में ले कमरे में प्रवेश किया। यतीन ने मन-ही-मन कहा, ''यह तो बड़ी ज़्यादती हो रही है—पटल के इस निष्ठुर मनोरंजन को और अधिक बढ़ाना देना उचित नहीं होगा।''

उसने बिन्नी से कहा, ''छीः-छीः बिन्नी, तुम्हारे साथ तुम्हारी दीदी मज़ाक कर रही है, तुम इतना भी नहीं समझ पा रही।''

बात ख़त्म होते-न-होते ही बिन्नी ने भीत संकुचित भाव से जाने का उपक्रम किया। तब यतीन ने जल्दी से बुलाकर बहा, ''बिन्नी, ज़रा देखूं तो सही तुम्हारी माला,'' और माला उसके हाथ से ले ली। बिन्नी के मुख पर आनंद की उज्ज्वलता फूट पड़ी, उसी क्षण ओट से एक उच्च हास्य की उच्छ्वास ध्वनि सुनाई पड़ी।

दूसरे दिन, सुबह पटल जब हंगामा मचाने के लिए यतीन के कमरे में पहुंची तो वहां जाकर देखा, कमरा सूना पड़ा है, एक काग़ज पर केवल इतना ही लिखा था—'भाग चला—यतीन।'

''अरी ओ बिन्नी, तेरा दूल्हा तो भाग गया। तू उसे रोक नहीं पाई'', यह कहकर पटल ने बिन्नी की चोटी पकड़ हिलाई और घर के कामकाज में लग गई।

इस बात को समझने में बिन्नी को कुछ समय लगा। वह चित्रवत् खड़ी रही और टकटकी लगाए सामने ताकती रही। फिर धीरे-धीरे यतीन के कमरे में आई। देखा, उसका कमरा खाली पड़ा है। उसकी पूर्व संध्या की दी हुई माला मेज़ पर पड़ी है।

वसंत का प्रातःकाल स्निग्ध सुंदर; कृष्ण चूड़ा की शाखा के भीतर से छाया के साथ धुली-मिली कांपती हुई धूप बरामदे के ऊपर आ पड़ी है। गिलहरी अपनी पूंछ पीठ पर उठा इधर-उधर दौड़-धूप कर रही है और पक्षीगण एक साथ कई सुरों में गाना गाते हुए भी अपने वक्तव्य विषय को किसी भी तरह समाप्त नहीं कर पा रहे हैं। विराट पृथ्वी के इस कोने में यह थोड़ी-सी घन पल्लव छाया और धूपरचित जगतखंड में प्राणों का आनंद फूट पड़ रहा था; उसी के बीच यह बुद्धिहीन बालिका अपने जीवन का, अपने चारों ओर से परिवेश का कोई संगत अर्थ समझ नहीं पा रही थी। सारा-का-सारा ही एक दुर्बोध पहेली है। यह क्या हुआ! और ऐसा क्यों हुआ!! और उसके बाद यह भोर, यह घर, यह जो कुछ है ऐसे ही एकदम एकबारगी ऐसे सूना हो गया, क्यों। जिसमें समझने की सामर्थ्य कम हो, उसे सहसा एक दिन अपने हृदय की इस अतल वेदना के रहस्य गर्भ में बिना प्रदीप हाथ में थमाए किससे उतार दिया। जग के इस सहज-उच्छ्वसित प्राणमय राज्य में, इस पेड़-मृग-पक्षी के आत्म-विस्मृत कलरव के बीच

कौन उसे फिर खींच कर ला सकेगा।

पटल ने घर-गृहस्थी के काम-काज चुकाकर बिन्नी की ख़बर लेने आकर देखा, वह यतीन द्वारा परित्यक्त कमरे में उसकी खाट के पाए को पकड़कर धरती पर पड़ी है—सूनी शय्या को जैसे पैर पकड़कर मना रही हो। उसकी छाती में जो एक सुधा पात्र छिपा पड़ा था उसे जैसे शून्यता के चरणों में व्यर्थ के आश्वासन से औंधाकर उड़ेले दे रही है—धरती पर गठरी-सी पड़ी वह खुले बालों लोटते वस्त्रों में नारी जैसे एकाग्रता की भाषा में कह रही है, 'लो, लो, मुझे लो। ओ जी, मुझे लो।'

पटल हैरानी में भरकर बोली, "यह क्या हो रहा है, बिन्नी?"

बिन्नी उठी नहीं; वह जैसी पड़ी थी, वैसी ही पड़ी रही। पटल के पास आकर उसे स्पर्श करते ही वह उच्छ्वसित हो फफक-फफककर रोने लगी।

तब पटल चकित हो बोल उठी, "अरी मुंह जली, मरी, तूने तो सर्वनाश कर दिया।"

पटल ने हरकुमार को बिन्नी की दशा के बारे में बताते हुए कहा, "यह क्या मुसीबत गले पड़ी। आखिर तुम क्या कर रहे थे, तुमने मुझे क्यों नहीं मना किया।"

हरकुमार बोले, "तुम्हें मना करने की तो मेरी कभी आदत नहीं रही और मना करने पर भी क्या नतीजा निकलता।"

पटल बोली, "आखिर तुम कैसे पति हो? मैं अगर कोई ग़लती करूं तो तुम क्या मुझे ज़बर्दस्ती रोक नहीं सकते? तुमने मुझे यह खेल खेलने ही क्यों दिया?"

यह कहते हुए वह दौड़ी चली गई और ज़मीन पर पड़ी बालिका के गले से लिपट बोली, "मेरी रानी बहन, तुझे जो कुछ कहना है मुझसे खोलकर कह।"

हाय, बिन्नी के पास ऐसी कौन-सी भाषा है, जो अपने हृदय के अव्यक्त रहस्य को वह शब्दों से कह सके। वह एक अनिर्वचनीय वेदना को अपने वक्ष-स्थल में दबाए पड़ी है वह कैसी वेदना है, जगत में ऐसी अनुभूति किसी अन्य को होती है या नहीं, उसे लोग क्या कहते हैं, बिन्नी यह सब कुछ भी नहीं जानती। वह केवल रोकर बता सकती है, मन की बात बताने के लिए उसके पास दूसरा उपाय नहीं।

पटल बोली, "बिन्नी, तेरी दीदी बड़ी बुरी है, लेकिन तू उसकी बात का इतना विश्वास कर लेगी, यह उसने कभी सोचा भी नहीं था। उसकी बात का तो कभी कोई विश्वास नहीं करता, फिर तूने ऐसी ग़लती क्यों की, बिन्नी, एक बार मुंह उठाकर अपनी दीदी की ओर तो देख। उसे तू माफ़ कर दे।"

लेकिन बिन्नी का मन तब विमुख हो चुका था, वह किसी प्रकार भी पटल के चेहरे की ओर तक नहीं सकी; उसने और भी जोर से हाथों में सिर को छिपा लिया। वह सारी बातों को अच्छी तरह समझ न पाने पर भी एक प्रकार की मूढ़ता से पटल पर क्रोध किए हुए थी। पटल तब धीरे-धीरे बाहुपाश खोल चुपचाप उठी और चली गई—फिर खिड़की के पास पत्थर की मूर्ति के समान स्तब्ध भाव से खड़ी फागुन के

धूप चिक्कण सुपारी वृक्ष की पल्लव-श्रेणी की ओर ताकती रही—उसकी आंखों से आंसू बहने लगे।

दूसरे दिन बिन्नी दिखाई नहीं पड़ी। पटल बड़े प्यार से उसे अच्छे-अच्छे गहनों और कपड़ों से सजाती थी। स्वयं अस्त-व्यस्त रहती, अपनी साज-सज्जा के मामले में कोई जतन नहीं लेती, लेकिन अपनी साज-सज्जा के सारे शौक को वह बिन्नी के बहाने ही दूर कर लेती। बहुत दिनों के संचित वसन-भूषण के ढेर बिन्नी के कमरे के फ़र्श पर पड़े हैं अपने हाथ की बाला-चूड़ी, नाक की लौंग तक वह खोल कर फेंक गई है। अपनी पटल दीदी के इतने दिनों के सारे प्यार-दुलार को उसने जैसे शरीर पर से मिटा डालने की कोशिश की है।

हरकुमार बाबू ने उसके बारे में पता लगाने के लिए पुलिस को खबर दी। उस समय प्लेग-दमन की विभीषिका में इतने लोग इतनी दिशाओं में भाग रहे थे कि उन भागने वालों के दल से किसी विशेष व्यक्ति को खोज पाना पुलिस के लिए कठिन था। हरकुमार बाबू ने दो-चार बार ग़लत व्यक्ति की खोज में बड़ा कष्ट पाया था और लज्जित हो बिन्नी के मिलने की आशा भी छोड़ चुके थे। उन्होंने अज्ञात की क्रोड़ से जिस बिन्नी को पाया था—अज्ञात की क्रोड़ ही वह फिर छिप गई।

यतीन ने विशेष प्रयत्न से उस बार प्लेग-अस्पताल में डॉक्टर का पद प्राप्त किया था। एक दिन दोपहर में घर से भोजन के बाद अस्पताल लौटकर उसने सुना, अस्पताल में महिला वार्ड में एक नई रोगिणी भर्ती हुई है पुलिस उसे रास्ते पर से उठा लाई है।

यतीन उसे देखने लगा। लड़की का चेहरा अधिकांश चादर से ढका था। सबसे पहले यतीन ने उसका हाथ उठाकर नाड़ी देखी। नाड़ी में ज्वर अधिक नहीं था किंतु दुर्बलता बहुत ज्यादा थी। परीक्षा के लिए जब चेहरे से चादर हटाकर देखा तो पाया वह बिन्नी थी।

इस बीच पटल के पास से यतीन ने बिन्नी का सारा ब्योरा जान लिया था। अव्यक्त हृदय-भाव द्वारा छायाच्छन्न उसके दो हरिण नयनों ने काम-काज की घड़ी में यतीन की ध्यान दृष्टि पर लगातार अश्रुहीन कातरता विकीर्ण की थी। आज वही रोग से मुंदी आंखों के सुदीर्घ पल्लवों ने बिन्नी के शीर्ण कपोल पर कालिमा की रेखा अंकित कर दी है; देखते ही यतीन की छाती को सहसा जैसे किसी ने कसकर धर दबाया हो। इस लड़की को विधाता ने इतने जतन से फूल के समान सुकुमार गढ़कर अकाल से महामारी के बीच क्यों बहा दिया? आज यह जो अत्यंत कोमल प्राण पीड़ित हो बिस्तर पर पड़ी है, इसने पिछले कई दिनों में विपद के इतने आघात, वेदना का इतना भार, सहा कैसे, कहां समेट पाई इन्हें? यतीन भी इसके जीवन के बीच एक और तीसरे संकट की तरह कहां से आकर फंस गया। रुंधी हुई गहरी सांस यतीन के वृक्ष द्वार पर आघात करने लगी—किंतु उस आघात की ताड़ना से उसके हृदय के तार में एक सुख भरी मीड़ भी बज उठी। वह जो प्रेम जगत में दुर्लभ है, यतीन के बिना मांगे ही,

फागुन की एक भरी दोपहरी में एक पूर्ण विकसित माधवी मंजरी के समान अकस्मात् उसके पैरों के पास स्वयं ही खिसककर आ पड़ा था। वह प्रेम इस प्रकार मृत्यु-द्वार पर आकर मूर्च्छित हो पड़ेगा, पृथ्वी पर भला कौन व्यक्ति उस देवभोग्य नैवेद्य प्राप्ति का अधिकारी है?

यतीन बिन्नी की बग़ल में बैठकर उसे थोड़ा-थोड़ा गरम दूध पिलाने लगा। दूध पीते-पीते उसने बहुत देर बाद गहरी सांस भरी और आंखें खोलीं। यतीन के मुंह की ओर तकते हुए वह उसे सुदूर स्वप्न की तरह याद करने की कोशिश करने लगी। यतीन ने जब उसके माथे पर हाथ रखा और थोड़ा हिलाकर कहा, "बिन्नी।" तब उसकी अचेतनता की अंतिम आच्छन्नता अचानक दूर हो गई—उसने यतीन को पहचाना और तभी उसकी आंखों पर वाष्प कोमल एक और मोह का आवरण पड़ा। प्रथम मेघ के समागम से सुगम्भीर आषाढ़ के आकाश के समान बिन्नी की काली आंखों पर एक जैसे सुदूरव्यापी सजल स्निग्धता घनी हो आई।

यतीन सकरुण जतन के साथ बोला, "बाक़ी बचे दूध को भी खत्म करो।"

बिन्नी थोड़ा उठ बैठी और प्याले पर से यतीन के चेहरे की ओर अपलक देखते हुए उस बाक़ी दूध को भी धीरे-धीरे पी गई।

अस्पताल में डॉक्टर के एक ही रोगी के पास देर तक बैठे रहने से काम नहीं चलता, और यह देखने में भी अच्छा नहीं लगता। अन्य स्थानों के कर्त्तव्य को पूरा करने के लिए यतीन जब उठा तब भय और नैराश्य से बिन्नी की आंखें व्याकुल हो उठीं। यतीन ने उसका हाथ पकड़कर आश्वासन भरे शब्दों में कहा, "मैं फिर जल्द ही आऊंगा. बिन्नी। तुम्हें कोई भय नहीं।"

यतीन ने अधिकारियों को बताया कि इस नई लाई गई रोगिणी को प्लेग नहीं हुआ है, वह भूख से कमजोर हो गई है। यहां प्लेग के दूसरे रोगियों के साथ रहना उसके लिए खतरनाक हो सकता है।

बड़ी कोशिशों से यतीन ने बिन्नी को अन्यत्र ले जाने की अनुमति प्राप्त की और उसे अपने घर ही ले आया। पटल को सारी बातें बताते हुए पत्र भी लिख दिया।

उस दिन शाम के समय रोगी और चिकित्सक के अलावा कमरे में दूसरा कोई नहीं था। सिरहाने रंगीन काग़ज़ के आवरण में घिरी एक मिट्टी के तेल की बाती छायाच्छन्न मृदु प्रकाश विकीर्ण कर रही थी, ब्रैकेट के ऊपर एक घड़ी निस्तब्ध कमरे में टिक्-टिक् करती पेण्डुलम हिला रही थी।

यतीन ने बिन्नी के माथे पर हाथ रखकर पूछा, "अब तुम्हारी तबीयत कैसी है, बिन्नी?"

बिन्नी ने उसका कोई उत्तर न दे, यतीन के हाथ को माथे पर ही दबा रखा।

यतीन ने फिर पूछा, "तबीयत अच्छी लग रही है?"

बिन्नी ने आंखों को तनिक बंद कर कहा, "हां।"

यतीन ने पूछा, "तुम्हारे गले में यह क्या है, बिन्नी?"

बिन्नी ने जल्दी से कपड़ा खींचकर उसे ढंकने की चेष्टा की। यतीन ने देखा, वह एक सूखी मौलश्री की माला थी। उसे यह भी स्मरण हो आया कि वह माला कौन-सी है। यतीन घड़ी के टिक्टिक् शब्द के बीच चुपचाप बैठा हुआ सोचने लगा। बिन्नी की यह पहली-पहली बार छिपाने की कोशिश, अपने हृदय के भाव को गोपन करने का उसका यह प्रथम प्रयास। बिन्नी हिरण शिशु थी, वह कब हृदय-भारातुर युवती नारी हो उठी। किस धूप के प्रकाश, किस धूप के उत्ताप से उसकी बुद्धि का ऊपर का सारा कुहरा छंट गया और उसकी लज्जा, उसकी शंका, उसकी वेदना ऐसी अकस्मात् प्रकट हो पड़ी।

रात के दो-ढाई बजे, यतीन चौकी पर बैठा-बैठा ही सो गया था। अचानक दरवाजा खुलने की आवाज़ से वह चौंक उठा। उसने देखा, पटल और हरकुमार बाबू ने एक बड़ा-सा बैग हाथ में लिए हुए कमरे में प्रवेश किया।

हरकुमार बोले, "तुम्हारी चिट्ठी पाकर कल सुबह आने की सोचकर बिस्तर पर लेटा। आधी रात में पटल बोली, 'सुनो, कल सवेरे जाने पर बिन्नी को देख नहीं पाऊँगी, मुझे अभी जाना होगा।' मैं पटल को किसी भी तरह समझा-बुझाकर रोक न पाया, उसी समय किराए की गाड़ी लेकर चल पड़ा।"

पटल हरकुमार से बोली, "चलो, तुम यतीन के बिस्तर पर सो जाओ।"

हरकुमार थोड़ी-सी आपत्ति जताते हुए यतीन के कमरे में जाकर लेट गए; उन्हें नींद आने में भी देरी नहीं हुई।

पटल लौट आई और यतीन को कमरे के एक कोने में ले जाकर पूछा, "कोई उम्मीद है?"

यतीन बिन्नी के पास आया। उसकी नाड़ी देखी और सिर हिलाकर इशारे से बताया, कोई आशा नहीं है।

पटल बिन्नी के सामने अपने को प्रकट नहीं करना चाहती थी। तभी यतीन को आड़ में ले जाकर बोली, "यतीन, सच कहना, क्या तुम बिन्नी को नहीं चाहते।"

यतीन ने पटल को कोई उत्तर नहीं दिया और बिन्नी के बिस्तर के पास आ बैठा।

उसने उसका हाथ दबाकर हिलाते हुए कहा, "बिन्नी, बिन्नी।"

बिन्नी ने आंखें खोलीं और चेहरे पर एक शांत मधुर मुस्कान का आभास मात्र लाकर बोली, "क्या बात है दादा बाबू?"

यतीन बोला, "बिन्नी, तुम अपनी यह माला मेरे गले में पहना दो।"

बिन्नी अपलक अबूझ आंखों से यतीन के चेहरे की ओर तकती रही।

यतीन बोला, "अपनी यह माला मुझे नहीं दोगी?"

यतीन के इस दुलार का प्रश्रय पा बिन्नी के मन में पूर्वकृत अनादर का ज़रा-सा मान जग उठा। यह बोली, "उससे क्या होगा, दादा बाबू?"

यतीन दोनों हाथों में उसके हाथ को लेकर बोला, "मैं तुम्हें प्यार करता हूं, बिन्नी।"

यह सुनकर क्षण भर के लिए बिन्नी स्तब्ध हो रही; उसके बाद उसकी दोनों आंखों से अविरल आंसू बहने लगे। यतीन बिस्तर के पास ही घुटने मोड़कर बैठ गया, और बिन्नी के हाथ के पास सिर झुकाकर रखा। बिन्नी ने गले से माला उतारकर यतीन के गले में पहना दी।

तभी पटल ने उसके पास आकर पुकारा, "बिन्नी।"

बिन्नी ने अपने शीर्ण मुख को उज्ज्वल कर कहा, "क्या, दीदी?"

पटल उसके पास आकर उसका हाथ पकड़कर बोली, "अब तो तू मुझसे नाराज नहीं, बहन।"

बिन्नी स्निग्ध कोमल दृष्टि से बोली, "नहीं दीदी।"

पटल बोली, "यतीन, तुम थोड़ी देर के लिए उस कमरे में जाओ।"

यतीन के पास वाले कमरे में जाने पर पटल ने बैग खोलकर बिन्नी के सारे गहने-कपड़े उसमें से बाहर निकाले। रोगिणी को अधिक न हिला-डुला एक लाल बनारसी साड़ी बड़ी सावधानी से उसके मलिन वस्त्र पर लपेट दी। फिर एक-एक कर चूड़ी पहना दोनों हाथों में दो बालाएं पहना दीं। इसके बाद बुलाया, "यतीन।"

यतीन के आते ही उसे बिस्तर पर बिठाकर पटल ने उसके हाथ में बिन्नी का एक सोने का हार पकड़ाया। यतीन ने उस हार को धीरे-धीरे बिन्नी का सिर ऊपर उठाकर पहना दिया।

प्रभात में भोर का प्रकाश जब बिन्नी के मुख पर आ पड़ा तब वह प्रकाश वह देख न सकी। उसकी अम्लान मुख-कांति देखकर लगा, वह मरी नहीं है–जैसे एक अतल स्पर्श, सुख स्वप्न में निमग्न हो गई है।

जब मृत देह ले जाने का समय हुआ तब पटल बिन्नी के सीने पर गिर रोती-रोती बोली, "बहन, तेरा भाग्य अच्छा है। जीवन से मेरा मरण सुखकर है।"

यतीन बिन्नी की उस शांत स्निग्ध मृत्यु-छवि की ओर तकते हुए सोचने लगा, "जिनका धन था उन्होंने ही रख लिया, और साथ ही मुझे भी वंचित नहीं किया।"

चोरी का धन

महाकाव्य के युग में स्त्री को पौरुष के बल पर प्राप्त किया जाता था, जो अधिकारी होते वही रमणी-रत्न प्राप्त करते। मैंने कापुरुषता के द्वारा प्राप्त किया, यह बात जानने में मेरी पत्नी को विलंब हुआ। किंतु, विवाह के बाद मैंने साधना की; जिसे धोखा देकर चोरी से पाया, उसका मूल्य प्रतिदिन चुकाया है।

दांपत्य का अधिकार प्रतिदिन ही नए रूप में निर्धारित करना होता है। अधिकांश पुरुष यह बात भूले रहते हैं उन्होंने शुरू से ही समाज का अनुमति-पत्र दिखाकर कस्टम-हाउस से माल छुड़ा लिया है, उसके बाद से वे बिल्कुल लापरवाह हैं। जैसे पहरे वालों ने सरकारी प्रताप ऊपर वाले के दिए तमग़े के ज़ोर पर पाया हो, वर्दी उतारते ही वे अत्यंत अयोग्य हो जाते हैं।

विवाह चिर-जीवन का पाला गान[1] है, उसकी तो एक ही टेक है, किंतु संगीत का विस्तार प्रतिदिन के नव-नव क्रम में है। सुनेत्रा से ही, इस बात को मैं अच्छी तरह समझ पाया हूं। उसमें है प्रेम का ऐश्वर्य, जिसका समारोह समाप्त होना नहीं चाहता, देहरी पर चारों पहर उसकी शहाना रागिनी बजती रहती है। एक दिन आफ़िस से लौटकर देखा मेरे लिए बर्फ़ डला फालसे का शर्बत सजा रखा है, रंग देखते ही मन चौंक उठा; उसीन की बग़ल में छोटी चांदी की तश्तरी में रखा गजरा, कमरे में घुसने के पहले ही सुगंध आई। फिर किसी दिन देखता आइसक्रीम के सांचे में सजाया हुआ फल के गूदे और रस का मिश्रण, एक प्याले में ताल फल की गिरी और छोटी तश्तरी में बस सूर्यमुखी का एक फूल। सुनने में बात कुछ विशेष नहीं लगती, किंतु समझ में आता है कि दिन-दिन वह नए-नए रूप में मेरे अस्तित्व का अनुभव करतीं, पुराने को नए रूप में अनुभव करने की शक्ति कलाकार में होती है। और 'इतरेजनाः' प्रतिदिन घिसी-पिटी लकीर पर चलते हैं। सुनेत्रा में प्रेम की प्रतिभा है नव नवोन्मेष शालिनीसेवा। आज मेरी कन्या अरुणा की उम्र सत्रह साल है, अर्थात् ठीक जिस उम्र में सुनेत्रा का

1. दो दलों द्वारा बारी-बारी से गाया जाने वाला लोकगीत विशेष।

विवाह हुआ था। उसकी अपनी उम्र है अड़तीस किंतु यत्नपूर्वक साज-सज्जा करना, प्रतिदिन पूजा का नैवेद्य सजाना, अपने को उत्सर्ग करने का आह्निक अनुष्ठान वह जानती है।

सुनेत्रा शांतिपुरी काले किनारे की सफ़ेद साड़ी पसंद करती है। खद्दर प्रचारकों की धिक्कार का प्रतिवाद किए बिना उसने इसे स्वीकार लिया है, कैसे भी खद्दर को स्वीकारा नहीं। वह कहती, "देशी तांती का हाथ, देशी तांती का तांत, इन्हीं से मुझे प्यार है। वे शिल्पी हैं, उन्हीं की पसंद का सूत, मेरी पसंद पूरे कपड़े को लेकर है। असली बात, सुनेत्रा समझती है। हल्के सफ़ेद रंग की साड़ी में सब रंगों का संकेत सहज ही फबता है। वह उसी कपड़े को नयापन देती, नाना आभासों में, लगता नहीं कि वह सजी है। वह समझती है मेरे अवेचतन मन का दिगंत उसकी सज्जा से उद्भासित होता है—मैं खुश होता हूं, यह नहीं जान पाता क्यों खुश हुआ हूं।

प्रत्येक मनुष्य में ही एक मैं है वह अपरिमेय रहस्य की असीम मूल्य प्रेम में जुटाता है। अहंकार का कृत्रिम पैसा इसके सामने तुच्छ ठहरता है। आज इक्कीस वर्षों से सुनेत्रा मन-प्राण से यह परम मूल्य मुझे देती आई है। उसके शुभ्र ललाट पर कुमसुम बिंदु के बीच प्रतिदिन लिखी रहती है अक्लांत विस्मय की वाणी। उसके अखिल जगत के मर्मस्थान पर मैं अधिकार किए हूं, इसलिए साधारणगत् का सामान्य कोई होना छोड़ मुझे और कुछ नहीं होना पड़ा। सामान्य को असामान्य रूप में आविष्कार करता है प्रेम। शास्त्र कहता है, अपने को जानो। आनंद में अपने को ही जानता हूं और एक जन है जिसने प्रेम में मेरे अपने को जाना है।

2

मेरे पिता थे एक प्रसिद्ध बैंक के अन्यतम अधिनायक, मैं उसी का एक हिस्सेदार हुआ। जिसे सोता हुआ हिस्सेदार कहते हैं, ऐसी बिल्कुल भी नहीं। ऑफिस के काम ने जैसे चारों ओर से मुझे लगाम से कस दिया हो। मेरे शरीर मन के साथ इस काम का तालमेल नहीं बैठता। इच्छा थी, वन-विभाग में कहीं परिदर्शक का पद दखल कर लूं, खुली हवा में दौड़-धूप करूं, शिकार का शौक मिटा लूं। पिताजी की दृष्टि रोब-दाब की ओर थी, बोले, 'जो काम मिल रहा है, वह सहज में किसी बंगाली के भाग्य में नहीं जुटता।' हार माननी पड़ी। इसके अतिरिक्त लगता है पुरुष के रोब-दाब की चीज स्त्री के लिए मूल्यवान है। सुनेत्रा के जीजा अध्यापक हैं, उनकी इन इम्पीरियल सर्विस से उनके स्त्री-समाज का सिर ऊंचा रहता है। यदि कोई जंगली 'निसपेकेट्टर साहब' बन सोला हैट लगाकर बाघ-भालू की खाल से जमीन ढक देता, इससे मेरी देह का गुरुत्व कम हो जाता है, उसी के साथ अन्य कई ऊंचे पदासीन पड़ोसियों की तुलना में मेरा पद-गौरव घट जाता। क्या पता, यह लघुत्व स्त्रियों के आत्माभिमान को कदाचित कुछ क्षुब्ध करता।

इधर डेस्क में बंधी स्थावरत्व के बोझ से देखते-देखते मेरी यौवन धारा भोथरी

होती जा रही है। दूसरा कोई पुरुष होता तो उस बात को निश्चित मन से भूलकर तोंद की प्ररिधि-विस्तार को दैव-दुर्घटना नहीं मानता। मैं ऐसा नहीं कर सकता। मैं जानता हूं, सुनेत्रा मुग्ध हुई थी मात्र मेरे गुणों पर ही नहीं, मेरे देह-सौष्ठव पर भी। विधाता की स्वरचित जिस वरमाला को गले में पहन एक दिन उसे वरण किया था अवश्य ही प्रतिदिन की अभ्यर्थना में उसका प्रयोजन है। आश्चर्य है कि सुनेत्रा का यौवन आज भी अक्षुण्ण बना है, देखते-ही-देखते मैं ही भाटा के ग्रास में चला जा रहा हूं—बैंक में केवल रुपए जमा हो रहे हैं।

हमारे मिलन के प्रथम अभ्युदय को फिर से एक बार प्रत्यक्ष आंखों के सामने मेरी कन्या अरुणा ले आई। हमारे जीवन का वह उपारुण राग उनके तारुण्य के नवप्रभात में दिखाई दिया जिसे देखकर मेरा समस्त मन पुलकित हो उठता। शैलेन को ओर तक कर देखता हूं, मेरी उन दिनों की आयु उसके शरीर में आविर्भूत हुई है। यौवन की वही क्षिप्रशक्ति, वही अजस्र प्रफुल्लता, फिर प्रतिक्षण प्रतिहत दुराशा में मुरझाए उत्साह की उत्कष्ठा। उस दिन मैं जिस पथ पर चलता था वही पथ उसके भी सामने है, वैसे ही अरुणा की मां के मन को वश में करने के अनेक उपाय उसने रचे हैं, केवल मैं ही उसका यथेष्ट ध्यान आकृष्ट नहीं करता। दूसरी ओर अरुणा मन-ही-मन जानती कि उसके पिता कन्या के दरद को समझते हैं। किसी-किसी दिन न जाने क्यों दोनों आंखों में अदृश्य अश्रु की करुणा लिए मेरे पैरों की ओर के मोढ़े पर वह चुपचाप आ बैठती। उसकी मां निष्ठुर हो सकती हैं, मैं नहीं हो सकता।

अरुणा के मन की बात उसकी मां न समझती हों, ऐसी बात नहीं; लेकिन उनका विश्वास था कि ये सभी 'प्रभात का मेघडम्बरम्' हैं, दिन चढ़ते ही विलीन हो जाएंगे, सुनेत्रा के साथ यहीं मेरे मत का मेल नहीं। भूख तृप्त न कर भूख को मार दिया जा सकता है, लेकिन दुबारा जब पत्तल बिछेगी, तब हृदय की रसना में नवीन प्रेम का स्वाद समाप्त हो जाएगा। मध्याह्न में भोर का सुर मिलाने जाकर और नहीं मिलता। अभिभावक कहते हैं, पहले विवेचना करने वाली उम्र हो, उसके बाद आदि-आदि। हाय रे, विवेचना करने की अवस्था प्रेम करने की अवस्था के ठीक विपरीत दिशा में है।

कई दिन पहले ही आया, 'भरा बादर माह भादर'। घोर वर्षा की आड़ में कलकत्ते के ईंट-लकड़ी के मकान मुलायम हो आए, शहर की प्रखरता अश्रु गद्‌गद कंठस्वर के समान वाष्पाकुल हुई। उसकी मां जानती उनकी अरुणा लाइब्रेरी के कमरे में परीक्षा की पढ़ाई में जुटी हुई है। मैं एक किताब लेने गया था। देखा कि मेघाच्छन्न दिनांत की सजल छाया में खिड़की के सामने वह चुपचाप बैठी है, तब तक उसके बाल बंधे नहीं थे, पुरवैया हवा के साथ वर्षा के छींटे उसके खुले बालों में पड़ रहे हैं।

मैंने सुनेत्रा से कुछ कहा नहीं। तभी शैलेन को चाय के लिए निमंत्रण-पत्र लिख भेजा। अपनी मोटर उनके घर भेज दी। शैलेन आया, उसका अचानक आना सुनेत्रा को पसंद नहीं आया, यह समझना कुछ मुश्किल नहीं था। मैंने शैलेन से कहा, ''गणित

पर मेरा जहां तक अधिकार है, उससे आज के फ़िजिक्स की थाह नहीं मिलती, इसलिए तुम्हें बुला भेजा, 'क्वाण्टम् थ्योरी' यथाशक्ति समझ लेना चाहता हूं, मेरी पुरानी विद्या-बुद्धि में जंग लग गई है।"

कहना न होगा कि विद्या-चर्चा आगे नहीं बढ़ी। मेरा निश्चित विश्वास है कि अरुणा ने अपने पिता की चतुराई स्पष्ट ही भांप ली होगी और मन-ही-मन कहा होगा, ऐसे आदर्श पिता किसी दूसरे परिवार में आज तक नहीं हुए।

'क्वाण्टम् थ्योरी' के ठीक शुरू ही में टेलीफ़ोन की घंटी बजी—मैंने हड़बड़ाते हुए उठकर कहा, "जरूरी काम से बुलाया है। तुम लोग एक काम करो, तब तक पार्लर टेनिस खेलो, छुट्टी मिलते ही लौट आऊंगा।"

टेलीफ़ोन में आवाज आई, "हैलो, क्या यह बारह सौ फलाना नंबर है।"

मैंने कहा, "नहीं, यहां का नंबर सात सौ फलाना है।"

दूसरे ही क्षण नीचे के कमरे में जाकर एक पुराना अख़बार उठाकर पढ़ना शुरू किया, अंधेरा हो आया, बत्ती जला दी।

सुनेत्रा कमरे में आई। चेहरा बड़ा ही गंभीर। मैंने हंसकर कहा, "मैटियोरालॉजिस्ट यानी जलवायु विशेषज्ञ तुम्हारा मुख देखता तो आंधी का संकेत देता।"

इस मजाक में हिस्सा न लेकर सुनेत्रा बोली, "क्यों, तुम शैलेन को इस प्रकार बार-बार प्रश्रय देते हो?"

मैंने कहा, "प्रश्रय देने वाला तो उसी की अंतरात्मा में छिपा हुआ है।"

"इनका मिलना-जुलना कुछ दिन बंद रख पाते तो यह बचकानापन आपसे-आप छूट जाता।"

"बचकानेपन के साथ कसाईपना क्यों करने जाऊं। दिन बीतेगा, अवस्था बढ़ेगी, ऐसा बचकानापन फिर तो लौटकर कभी नहीं आएगा।"

"तुम ग्रह-नक्षत्र नहीं मानते, मैं मानती हूं। ये मिल नहीं सकते।"

"ग्रह-नक्षत्र कहां किस प्रकार मिलते हैं, नज़र नहीं आते, लेकिन ये दोनों अंतर-ही-अंतर में मिल गए हैं, यह तो एकदम स्पष्ट ही दिख रहा है।"

"तुम नहीं समझोगे मेरी बात। तभी हम जन्म लेते हैं, तभी हमारा यथार्थ साथी ठीक हुआ रहता है। मोह की छलना में यदि किसी दूसरे को स्वीकार लेते हैं तब उसी में अज्ञात असतीत्व घटता है। अनेक दुःखों, विपत्तियों में उसकी सज़ा है।"

"यथार्थ साथी को कैसे पहचान पाएंगे!"

"नक्षत्र के अपने हाथों हस्ताक्षर की हुई दलील है।"

3

अधिक लुका-छिपी नहीं चली।

मेरे ससुर अजितकुमार भट्टाचार्य एक संभ्रांत पंडित-वंश में जन्मे थे। बाल्यकाल

पाठशाला के परिवेश में बीता था। बाद में कलकत्ता आकर कॉलेज से गणित में एम. ए. की डिग्री ली। फलित ज्योतिष में उनका जैसा विश्वास था वैसी ही थी उनकी दक्षता। उनके पिता थे पक्के नैयायिक, उनके मतानुसार ईश्वर अप्रमाण-सिद्ध है; मेरे ससुर भी देवी-देवता कुछ नहीं मानते थे, इसका प्रमाण मुझे मिला है। उनके सारे बेकार विश्वासों ने ग्रह-नक्षत्रों पर भीड़ कर रखी थी, एक तरह से कट्टरपंथी कह सकते हैं। ऐसे ही परिवार में सुनेत्रा जन्मी; बाल्यकाल से ही उसके चारों ओर ग्रह-नक्षत्रों का कड़ा पहरा था।

मैं अध्यापक का प्रिय छात्र था, सुनेत्रा को भी उसके पिता शिक्षा देते थे। बारम्बार परस्पर मिलने का सुयोग मिला था। सुयोग व्यर्थ नहीं गया, यह ख़बर बेतार विद्युतवार्ता से मेरे पास पहुंची। मेरी सास का नाम विभावती था। उनका जन्म यद्यपि पुरानी समय सीमा के बीच हुआ किंतु पति के साहचर्य में उनका मन संस्कारमुक्त, स्वच्छ था। पति से उनका अंतर यह कि वह ग्रह-नक्षत्रों को बिल्कुल ही नहीं मानती थीं, मानती थीं अपने इष्ट देवता को। इसको लेकर एक दिन पति के मजाक करने पर कहा था, ''तुम डर-डरकर प्यादों को सलाम ठोकते फिरो, मैं तो साक्षात् राजा को मानती हूं।''

पति ने कहा, ''ठगी जाओगी। राजा के रहने पर भी जो है न रहने पर भी वही है, लाठी कंधे पर प्यादों का दल तो निश्चित ही है।''

सासजी बोलीं, ''ठगी जाऊं, सो भी भला। इससे देहली के दरबार में जाकर नागरा जूते के मामले सिर नहीं झुका सकूंगी।''

मेरी सास मुझसे बड़ा स्नेह करती थीं। उनके पास मेरी मन की बातें अवारित थीं। अवकाशानुसार एक दिन उनसे कहा, ''मां, तुम्हारे लड़का नहीं, मेरी मां नहीं। लड़की देकर मुझे अपने लड़के की जगह लो। तुम्हारी सम्मति पाने पर अध्यापकजी के पैर पकड़ूंगा।''

वे बोली, ''बेटा, अध्यापक की बात बाद में होगी। पहले अपनी जन्मपत्री मुझे लाकर दो।''

मैंने वह दे दी। वे बोलीं, ''कुछ होने का नहीं, अध्यापक राजी नहीं होंगे। अध्यापक की लड़की भी अपने पिता की ही शिष्या है।''

मैंने पूछा, ''लड़की की मां?''

बोलीं, ''मेरी बात छोड़ो। मैं तुम्हें जानती हूं, अपनी लड़की का मन भी जानती हूं, उससे अधिक जानने के लिए नक्षत्र-लोक में दौड़ने का मुझे शौक़ नहीं।''

मेरा मन विद्रोही हो उठा। कहा, ''इस प्रकार की अवास्तव बाधा को स्वीकार करना ही अनुचित है। किंतु जो सत्य नहीं उसके शरीर पर आघात नहीं ठहरता। उसके साथ क्या लेकर लड़ूं?''

इधर चारों ओर से लड़की का रिश्ता आने लगा। ग्रह-नक्षत्रों की असम्मति नहीं, ऐसे भी प्रस्ताव उसमें थे। लड़की ने जिद पकड़ ली, वह चिरकुमारी रहेगी, विद्या की

साधना में ही उसके दिन बीतेंगे।

पिता ने इसका अर्थ नहीं समझा, उन्हें स्मरण हो आई लीलावती की बात। मां ने समझा आड़ में रो रही है। अंत में एक दिन मां ने मेरे हाथों में एक कागज थमाकर कहा, ''यह सुनेत्रा की जन्मपत्री है। इसे दिखाकर अपनी जन्मपत्री में संशोधन कर लाओ, अपनी लड़की का अकारण दुःख नहीं सह सकूंगी।''

बाद में क्या हुआ यह कहने की जरूरत नहीं। जन्मपत्री के अकजाल से सुनेत्रा का उद्धार किया। आंसू पोंछते-पोंछते मां बोली, ''बड़े पुण्य का काम किया है बेटा तुमने।''

उसके बाद इक्कीस वर्ष बीत गए।

4

हवा का वेग बढ़ चला था। वर्षा का विराम नहीं। सुनेत्रा से कहा, ''रोशनी आंखों में लग रही है, बुझा दूं।'' बत्ती बुझा दी गई।

वर्षा की धारा के बीच रास्ते की बत्ती का अस्पष्ट प्रकाश अंधेरे कमरे में पहुंचा। सोफ़े पर सुनेत्रा को अपनी बग़ल में बिठाया। बोला, ''सुनी, तुम मुझे अपना सच्चा साथी मानती हो न?''

''तुम्हारा यह कैसा प्रश्न है? इसका कोई उत्तर देना होगा?''

''तुम्हारे ग्रह-नक्षत्र यदि न मानें।''

''अवश्य मानते हैं, मैं क्या नहीं जानती।''

''इतने दिनों तक तो हम दोनों का साथ निभा। क्या कोई संदेह किसी दिन तुम्हारे मन में जगा?''

''ये सब बेकार की बातें यदि पूछोगे तो मैं गुस्सा हो जाऊंगी।''

''सुनी, बहुत बार दोनों ने साथ-साथ कष्ट झेले हैं। हम दोनों का पहला बेटा आठ महीने में ही चल बसा। टॉइफायड से मैं जब मरणासन्न था, तभी पिताजी की मृत्यु हुई। अंत में देखा जाली वसीयतनामा बनाकर भैया ने सारी संपत्ति हड़प ली। आज नौकरी ही मेरा एकमात्र सहारा है। तुम्हारी मां का स्नेह ही था मेरे जीवन का ध्रुवतारा। पूजा की छुट्टी में घर जाते हुए मार्ग में नौका डूबने से वे पति के साथ मेघना नदी के गर्भ में चली गईं। मैंने देखा, सांसारिक बुद्धि के अभाव में अध्यापक भारी कर्ज़ छोड़ गए; उस क़र्ज़ को स्वीकार लिया। कैसे जाना। कि ये सारी विपत्तियां मेरे ही दुष्ट ग्रहों के कारण न घटित हुई हों। पहले से यदि तुम जानती तो मुझसे विवाह न करतीं।''

सुनेत्रा बिना कोई उत्तर दिए मुझसे लिपट गई।

मैंने कहा, ''सारे दुःख-दुर्लक्षणों से प्रेम ही बड़ा है, हमारे जीवन में क्या इसका प्रमाण वही मिला है?''

"अवश्य, अवश्य मिला है।"

"सोचो, यदि ग्रह के अनुग्रह से तुम्हारे पहले ही मेरी मृत्यु हो तो उस क्षति को क्या मैं जीवित रहने पर पूर नहीं सकता।"

"रहने दो, रहने दो, अधिक मत बोलो।"

"सावित्री के लिए सत्यवान के साथ एक दिन का मिलन भी चिर-वियोग से बड़ा था, उन्होंने तो मृत्युग्रह का भय नहीं माना था।"

सुनेत्रा चुप ही रही। मैंने कहा, "तुम्हारी अरुणा शैलेन से प्रेम करती है, इतना भर जानना ही पर्याप्त है, बाक़ी सारा कुछ अनजाना रहे, क्या कहती हो, सुनी?"

सुनेत्रा ने कुछ भी उत्तर नहीं दिया।

"तुमसे जब प्रथम प्रेम किया, बाधा आई। मैं जीवन में दुबारा किसी ग्रह की मंत्रणा से ही उस निष्ठुर दुःख को आने न दूंगा। उन दोनों की जन्मपत्री के अंकों को मिलाकर जैसे भी हो, कोई संशय नहीं उठने दूंगा।"

ठीक उसी समय सीढ़ी पर पैरों की आहट सुनाई दी। शैलेन उतरकर जा रहा है। सुनेत्रा जल्दी से उठ जाकर बोली, "बेटे शैलेन, क्या तुम जा रहे हो?"

शैलेन ने डरते-डरते ही कहा, "कुछ देर हो गई, घड़ी नहीं थी, मालूम नहीं पड़ा।"

सुनेत्रा बोली, "नहीं, कोई देर नहीं हुई। आज रात तुम्हें यहीं भोजन करके जाना है।"

इसी को तो कहते हैं प्रश्रय!

उसी रात अपनी जन्मपत्री संशोधन का सारा ब्योरा सुनेत्रा को कह सुनाया। वह कह उठी, "न बताते तो ही अच्छा था।"

"क्यों?"

"अब से केवल डरते-डरते रहना होगा।"

"किसका भय? वैधव्य योग का?"

बहुत देर तक सुनी चुप रही। फिर बोली, "नहीं, मैं भय नहीं मानूंगी। मैं यदि तुम्हें छोड़कर पहले चली जाऊं तो फिर मेरी मृत्यु होगी, दोहरी मृत्यु।"

रासमणि का बेटा

रासमणि कालीपद की मां थीं—किंतु उन्हें बाध्य होकर पिता का पद ग्रहण करना पड़ा। मां, अगर मां-बाप दोनों बन जाए तो लड़के के लिए ठीक नहीं होता। उनके पति भवानीचरण पुत्र पर नियंत्रण रखने में बिल्कुल असमर्थ थे। यह पूछने पर कि वे इतना ज्यादा लाड़ क्यों करते हैं, वे जो उत्तर देते, उसे समझने के लिए पूर्व-इतिहास जानना जरूरी है।

बात यह थी—भवानीचरण का जन्म शानियाड़ी के विख्यात संभ्रांत धनी वंश में हुआ था। भवानीचरण के पिता अभयाचरण की पहली पत्नी के पुत्र थे श्यामाचरण। पत्नी-वियोग के पश्चात् अधिक आयु में अभयाचरण ने जब दूसरा विवाह किया तो उनके श्वसुर ने अपनी कन्या के नाम आलंदि ताल्लुका विशेष रूप से लिखा लिया था। जामाता की आयु का हिसाब करके उन्होंने मन-ही-मन सोचा कि यदि कन्या विधवा हो गई तो खाने-पहनने के लिए उसे सौतेले पुत्र के अधीन न रहना पड़े।

उन्होंने जो कल्पना की थी उसके प्रथम अंश को फलते देर न लगी। अपने दौहित्र भवानीचरण के जन्म के कुछ ही समय बाद उनके जामाता की मृत्यु हो गई। उनकी पुत्री ने अपनी विशेष संपत्ति पर अधिकार कर लिया। अपनी आंखों से यह देखकर वे भी परलोक-यात्रा के समय अपनी पुत्री के जीवन के संबंध में बहुत-कुछ निश्चिंत हो गए।

श्यामाचरण उस समय वयस्क हो चुका था। यहां तक कि उसका बड़ा लड़का उस समय भवानी से एक साल बड़ा था। श्यामाचरण अपने पुत्र के साथ-ही-साथ भवानी का भी पालन-पोषण करने लगे। भवानीचरण की माता की संपत्ति में से कभी एक पैसा भी न लेते और प्रतिवर्ष हिसाब साफ करके अपनी विमाता को दिखाकर वे उसकी रसीद लेते, यह देखकर सभी उनकी साधुता पर मुग्ध थे।

वस्तुतः प्रायः सभी ने सोचा कि इतनी साधुता अनावश्यक है, यहां तक कि यह मूर्खता का ही नामांतर है। अविभाजित पैतृक संपत्ति का एक भाग दूसरे विवाह

की स्त्री के हाथ में पड़ जाए, यह गांव के किसी भी आदमी को अच्छा न लगा। यदि श्यामाचरण धोखा देकर लिखित दस्तावेजों को किसी प्रकार अस्वीकार कर देते तो पड़ोसी उनके पौरुष की प्रशंसा ही करते, और जिस उपाय से वे भली प्रकार सफल हो सकते हैं ऐसे परामर्शदाता निपुण व्यक्तियों का भी अभाव न था। किंतु, श्यामाचरण ने अपने पारिवारिक अधिकार का अंग-भंग करके भी अपनी विमाता की संपत्ति को पूरी तरह स्वतंत्र रखा।

इन्हीं कारणों से तथा सहज स्नेहशील स्वभाव के कारण विमाता ब्रजसुंदरी श्यामाचरण पर अपने पुत्र के समान स्नेह और विश्वास करती थीं। और उनकी संपत्ति को श्यामाचरण बिल्कुल अलग समझते थे। इसलिए उन्होंने अनेक बार फटकारा भी था; वे कहती थीं, "बेटा, यह सब तो तुम ही लोगों का है, इस संपत्ति को साथ लेकर तो मैं स्वर्ग नहीं जाऊंगी, यह तुम्हीं लोगों की रहेगी; इतना हिसाब-किताब देखने की मुझे जरूरत क्या है!"

श्यामाचरण इस बात पर कान ही न देते।

श्यामाचरण अपने लड़कों पर कठोर नियंत्रण रखते थे। किंतु भवानीचरण के ऊपर उनका कोई नियंत्रण न था। यह देखकर सभी एक स्वर से कहते, 'अपने लड़कों की अपेक्षा भवानी के ऊपर उनका अधिक स्नेह है।' इस तरह भवानी का पढ़ना-लिखना कुछ भी नहीं हुआ और रुपये-पैसे के मामले में हमेशा बच्चे के समान बने रहकर वे पूर्ण रूप से बड़े भाई पर निर्भर होकर दिन काटने लगे। धन-संपत्ति के विषय में उन्हें कभी कोई चिंता न करनी पड़ती थी—केवल बीच-बीच में एक-आध दिन हस्ताक्षर करने पड़ते। क्यों हस्ताक्षर करते, इसको समझने का वे प्रयत्न ही न करते, क्योंकि प्रयत्न करने पर भी सफल नहीं हो सकते थे।

दूसरी ओर श्यामाचरण का बड़ा लड़का तारापद हर काम में पिता की सहायता करते रहने के कारण काम-काज में पक्का हो गया। श्यामाचरण की मृत्यु के बाद तारापद ने भवानीचरण से कहा, "काकाजी, हम लोगों का साथ रहना अब और नहीं चल सकता। क्या पता किसी दिन किसी साधारण बात को लेकर मनोमालिन्य हो जाए, तो फिर गृहस्थी नष्ट-भ्रष्ट हो जाएगी।"

अलग होकर किसी दिन अपनी संपत्ति की देख-भाल स्वयं करनी पड़ेगी, इस बात की भवानी ने स्वप्न में भी कल्पना नहीं की थी। जिस गृहस्थी में बचपन से वे बड़े हुए थे उसको वे संपूर्ण, अखंड ही समझते थे—उसमें किसी एक स्थान पर जोड़ है और उस जोड़ की जगह से उसके दो हिस्से किए जा सकते हैं, सहसा यह समाचार पाकर वे व्याकुल हो गए।

वंश की सम्मान-हानि और आत्मीयजनों की मनोवेदना जब तारापद को तनिक भी विचलित न कर सकी, तब संपत्ति का विभाजन किस प्रकार हो सकता है, इस असाध्य

चिंता में भवानी को प्रवृत्त होना पड़ा। उनकी चिंता देखकर तारापद ने अत्यंत विस्मित होकर कहा, "काकाजी, बात क्या है? आप इतनी चिंता क्यों कर रहे हैं, संपत्ति का बंटवारा तो हो ही चुका है। पितामह अपने सामने ही तो विभाजन कर गए थे।"

हतबुद्धि होकर भवानी ने कहा, "सच! मैं तो इस विषय में कुछ भी नहीं जानता।"

तारापद ने कहा, "कमाल है। जानते कैसे नहीं? देश-भर के लोग जानते हैं, बाद में आपके साथ हमारा कोई झगड़ा न हो इसलिए आलंदि-तालुका आपके हिस्से में लिखकर पितामह ने पहले से ही आपको अलग कर दिया है—इसी भांति तो अब तक चलता आया है।"

भवानीचरण ने सोचा, "सभी-कुछ संभव है।" प्रश्न किया, "यह घर?"

तारापद ने कहा, "चाहे तो यह घर आप ही रख सकते हैं। सदर महकमे में कोठी है वह मिल जाए तो हमारा काम किसी-न-किसी तरह चल जाएगा।"

तारापद को इस तरह अनायास ही पैतृक घर छोड़ने के लिए राजी होते देखकर वे उनकी उदारता पर विस्मित रह गए। सदर महकमे का अपना मकान उन्होंने कभी नहीं देखा था और उसके प्रति उनकी तनिक भी ममता न थी।

भवानी ने जब अपनी माता ब्रजसुंदरी को सारा वृत्तांत बताया तो उन्होंने माथा ठोककर कहा, "भैया री क्या बात हुई। आलंदि तालुका तो अपने भरण-पोषण के लिए मुझे निजी संपत्ति के रूप में मिला था—उसकी आमदनी भी कोई ऐसी ज्यादा नहीं है। पैतृक संपत्ति में तुम्हारा जो हिस्सा है वह तुम्हें क्यों नहीं मिलेगा।"

भवानी ने कहा, "तारापद कहता है, पिता ने इस ताल्लुके के अलावा हमें और कुछ नहीं दिया था।"

ब्रजसुंदरी ने कहा, "यह बात क्या मैं कहने से ही मान लूंगी। मालिक ने अपने हाथ से अपने वसीयतनामे की दो प्रतियां लिखी थीं—उसकी एक प्रति उन्होंने मुझे सौंप दी थी। वह मेरे संदूक में ही है।"

संदूक खोला गया। उसमें आलंदि ताल्लुके का दानपत्र तो था, किंतु वसीयतनामा नहीं था। वसीयतनामे की चोरी हो गई थी।

परामर्शदाता को बुलाया गया। यह व्यक्ति उनके गुरु महाराज का पुत्र था, नाम था बगलाचरण। सब कहते थे, उसकी बुद्धि बहुत मंजी हुई है। उसका पिता गांव का मंत्रदाता था, और वह मंत्रणादाता। पिता-पुत्र ने गांव के लोगों के परलोक और इहलोक का बंटवारा कर लिया था। दूसरों के लिए उसका फलाफल चाहे जैसा हो उनको अपने लिए कोई असुविधा नहीं हुई।

बगलाचरण ने कहा, "वसीयतनामा न मिला, न सही। पिता की संपत्ति में दो भाइयों का समान भाग तो रहेगा ही।"

इसी समय अपर पक्ष द्वारा एक वसीयतनामा पेश किया गया। उसमें भवानीचरण

का कुछ भी हिस्सा नहीं लिखा था। सारी संपत्ति पौत्रों को दी गई थी। उस समय अभयाचरण के कोई पुत्र नहीं पैदा हुआ था।

बगला को कर्णधारा बनाकर भवानी मुकदमे के महासमुद्र में उतर पड़े। बंदरगाह में आकर लोहे के संदूक की जब परीक्षा की तो मालूम हुआ कि लक्ष्मी के वाहन उल्लू का घोंसला बिल्कुल सूना था। साधारण दो-एक सोने के पंख टूटे पड़े थे। पैतृक संपत्ति अपर पक्ष के हाथ में चली गई और आलंदि ताल्लुके का जो भाग मुकदमे के खर्चे से बच गया था उसके सहारे से किसी प्रकार गुजर तो हो सकती थी, किंतु वंश-मर्यादा की रक्षा नहीं की जा सकती थी। पुराने घर के मिल जाने पर भवानीचरण ने सोचा, 'भारी जीत हुई है।' तारापद का दल सदर में चला गया। उभय पक्षों में अब कोई मेल-जोल न रहा।

2

श्यामाचरण की विश्वासघातकता ब्रजसुंदरी को शूल के समान लगी। श्यामाचरण ने अन्यायपूर्वक मालिक का वसीयतनामा चुराकर भाई को धोखा दिया और पिता का विश्वास भंग किया, इसको वे किसी भी तरह न भूल सकीं। वे जितने दिन जीवित रहीं, प्रतिदिन ही दीर्घ निःश्वास लेकर बार-बार कहतीं, "धर्म इसे कभी नहीं सह सकेगा।" भवानीचरण को प्रायः प्रतिदिन वे यह कहकर आश्वासन देती रहीं कि "मैं कानून-अदालत कुछ नहीं समझती; मैं तुमसे कहती हूं, मालिक का वह वसीयतनामा बहुत दिनों तक कभी नहीं दबा रह सकता। वह तुमको वापस अवश्य मिलेगा।"

माता से बराबर यह बात सुनते-सुनते भवानीचरण के मन को दृढ़ भरोसा हो गया था। वे स्वयं अक्षम थे इस कारण ऐसे आश्वासनपूर्ण वचन उनके लिए अत्यंत सांत्वनाजनक थे। सती-साध्वी के वचन अवश्य पूरे होंगे, जो उनका है वह अपने-आप उनके पास अवश्य लौट आएगा, इस बात को वे निश्चित मान बैठे थे। माता की मृत्यु के पश्चात् उनका यह विश्वास और भी दृढ़ हो गया—क्योंकि मृत्यु के विच्छेद से माता का पुण्य तेज उनको और भी बड़ा प्रतीत होने लगा। दरिद्रता के सारे अभाव और कष्ट मानो उन्हें छू ही न पाते हों। उन्हें लगता, यह अन्न-वस्त्र का कष्ट, यह पहले के ठाठ-बाट में व्यतिक्रम, ये तो जैसे दो दिन के लिए एक अभिनय-मात्र हों—इनमें कोई सत्य ही न हो। इसीलिए जब ढाका की पुरानी धोती फट जाने पर उन्हें कम दामों की मोटी धोती खरीदनी पड़ी तो उन्हें हंसी आ गई। पूजा (दुर्गापूजा) के समय पहले की-सी धूमधाम न हो सकी; 'नमोनमः' करके काम चलाना पड़ा; अभ्यागतों ने यह दरिद्र आयोजन देखकर दीर्घ निःश्वास लेकर पुराने समय की बातों की चर्चा चलाई। भवानीचरण मन-ही-मन हंसे, उन्होंने सोचा, 'ये जानते नहीं—यह सब केवल थोड़े दिनों के लिए है—उसके बाद एक दिन ऐसी धूम से पूजा होगी कि इनकी आंखें खुल जाएंगी।'

भविष्य के इस निश्चित समारोह को वे इस तरह प्रत्यक्ष की भांति देखते कि वर्तमान का दैन्य उन्हें नजर ही न आता।

इस विषय पर उनके साथ चर्चा करने वाला प्रधान व्यक्ति था–उनका नौकर नोटो। न जाने कितनी बार पूजोत्सव की दरिद्रता के बीच बैठकर प्रभु और भृत्य इस पर विस्तार से चर्चा कर चुके थे कि भविष्य में अच्छे दिन आने पर किस प्रकार का आयोजन करना होगा। यहां तक कि किसे निमंत्रित करना होगा किसे नहीं, और कलकत्ता से यात्रा-दल लाने की आवश्यकता है या नहीं, इसको लेकर दोनों पक्षों में घोरतर मतांतर और तर्क-वितर्क होता रहता था। स्वाभाविक अनौदार्यवश उस भविष्यकाल के लिए सूची बनाने में कृपणता दिखाने के लिए नटबिहारी (नोटो) को भवानीचरण की कड़ी फटकार भी सहनी पड़ती। ऐसी घटना प्रायः घटती रहती।

भवानीचरण के मन में मोटे-तौर से संपत्ति-विषयक किसी भी प्रकार की दुश्चिंता नहीं थी। उनकी चिंता का एकमात्र कारण था, उस धन का भोग कौन करेगा। अभी तक उनके संतान न हुई थी। कन्याभारग्रस्त हितैषी उनसे जब एक और विवाह करने का अनुरोध करते तो कभी-कभी उनका मन चंचल हो उठता; उसका कारण यह नहीं था कि नव-वधू के लिए उन्हें कोई विशेष शौक था–वरन् सेवक और अन्न की भांति स्त्री के पुरातनत्व को भी वे श्रेष्ठ गिनते थे–किंतु जिसे संपत्ति की संभावना हो उसके लिए संतान की संभावना का न होना वे विषम विडंबना ही मानते थे।

ऐसी अवस्था में जब उनके पुत्र का जन्म हुआ तब सभी ने कहा, 'अब इस घर का भाग्य पलटेगा, यह उसी का सूत्रपात हुआ है–स्वयं स्वर्गीय मालिक अभयाचरण ने फिर इस घर में जन्म लिया है, ठीक उसी प्रकार की बड़ी आंखें।' बालक की जन्मकुंडली में भी देखा गया, ग्रह-नक्षत्रों का इस प्रकार का योगायोग हुआ था कि अपहृत संपति का उद्धार हुए बिना ही नहीं रह सकता।

पुत्र-जन्म के बाद से भवानीचरण के व्यवहार में कुछ पारिवर्तन दिखने लगा। इतने दिन तक उन्होंने दरिद्रता को एकदम हंसी-खेल की तरह अनायास ही वहन किया था, किंतु पुत्र के मामले में वे उसकी रक्षा न कर सके। शानियाड़ी के विख्यात चौधरी के घर में बुझते हुए कुल-प्रदीप को उज्ज्वल करने के लिए आकाशव्यापी समस्त ग्रह-नक्षत्रों की अनुकूलता के फलस्वरूप जो शिशु धराधाम पर अवतरित हुआ था उसके प्रति तो कुछ-न-कुछ उत्तरदायित्व था ही। पुरातन काल से आज तक इस परिवार में हर पुत्र को जनम से ही जो आदर-सम्मान मिलता आया है, उससे भवानीचरण का ज्येष्ठ पुत्र ही पहले-पहल वंचित हुआ–इस दुःख को वे भूल न सके। 'इस वंश का जो चिरप्राप्य मुझे मिला वह मैं अपने पुत्र को न दे पाया'–यह स्मरण करके उनको लगने लगा, 'मैंने ही इसे वंचित किया है।' इसलिए कालीपद के लिए वे जो अर्थ-व्यय न कर सके, अपने अत्यधिक लाड़-प्यार द्वारा उन्होंने उसकी पूर्ति करने की

चेष्टा की।

भवानी की पत्नी रासमणि भिन्न स्वभाव की स्त्री थीं। उन्होंने शानियाड़ी के चौधरियों के वंश-गौरव के संबंध में कभी उत्कंठा का अनुभव नहीं किया। भवानी यह जानते थे और इसको लेकर मन-ही-मन हंसते थे। सोचते थे, जैसे साधारण दरिद्र वैष्णव वंश में उनकी पत्नी का जन्म हुआ था उसे देखते उनकी यह भूल क्षमा करने योग्य थी—चौधरियों की मान-मर्यादा के संबंध में यह अनुमान करना उनके लिए असंभव ही था।

रासमणि स्वयं भी इसको स्वीकार करती। कहती, "मैं गरीब की बेटी हूं, मान-सम्मान की परवाह नहीं करती, मेरा कालीपद बना रहे, वही मेरा सबसे बड़ा ऐश्वर्य है।" वसीयतनामा फिर मिल जाएगा और कालीपद के कल्याण के लिए इस वंश के विलुप्त संपत्ति-जल-शून्य नदी-पथ में फिर जल की बाढ़ आएगी, इन सब बातों पर वे कान भी न देती थीं। ऐसा कोई व्यक्ति नहीं था जिसके साथ उनके पति खोए वसीयतनामे के विषय में चर्चा न करते हों। केवल अपनी पत्नी के साथ वे मन की इस सबसे बड़ी बात की चर्चा नहीं करते थे। दो-एक बार उसके साथ चर्चा करने का प्रयास किया था, किंतु कोई रस न मिला। अतीत की महिमा एवं भावी महिमा, इन दोनों पर उनकी पत्नी कोई ध्यान नहीं देती थीं; वर्तमान आवश्यकताओं ने ही उनके समस्त हृदय को आकर्षित कर रखा था।

ये आवश्यकताएं भी कोई छोटी न थीं। नाना प्रयत्नों द्वारा गृहस्थी चलानी पड़ती। क्योंकि लक्ष्मी चले जाने पर भी अपना थोड़ा-बहुत भार पीछे फेंक जाती हैं; ऐसी स्थिति में कोई उपाय नहीं रहता, किंतु अपाय रह जाता है। इस परिवार का आश्रय प्रायः नष्ट हो गया था, किंतु आश्रित दल अब उन्हें छुट्टी नहीं देना चाहता था। भवानीचरण भी ऐसे आदमी नहीं थे कि अभाव के भय से किसी को भी विदा कर दें।

इस भारग्रस्त भग्न गृहस्थी को चलाने का भार रासमणि के ऊपर था। किसी से उन्हें कोई विशेष सहायता भी न मिलती थी। कारण, इस परिवार की अच्छी स्थिति के दिनों में सभी आश्रितजनों ने आराम और आलस्य में अपने दिन बिताए थे। चौधरी-वंश के महावृक्ष के नीचे इन लोगों की सुख-शय्या के ऊपर अपने-आप छाया होती रही और पका फल अपने-आप इनके मुंह के पास आकर गिरता था—इसलिए उनमें से किसी को भी तनिक भी प्रयत्न नहीं करता पड़ा। आज इनसे किसी प्रकार के काम करने को कहने पर ये बड़े अपमान का अनुभव करते—और रसोईघर पर धुआं लगते ही इनके सिर में दर्द होने लगता; और चलने-फिरने में न जाने कहां से ऐसी निगोड़ी गठिया की बीमारी आकर अभिभूति कर देती कि वैद्य के बहुमूल्य तेल से भी रोग का उपशमन होने में न आता। इसके अतिरिक्त, भवानीचरण कहते रहते थे कि आश्रय के बदले में आश्रितों से काम लिया जाए तो वह तो चाकरी कराना हुआ—उससे

तो आश्रयदान का मूल्य ही चला जाता है—चौधरियों के परिवार में ऐसा नियम ही नहीं है।

अतएव सारा भार रासमणि के ही ऊपर था। दिन-रात अनेक युक्तियों और परिश्रम द्वारा इस परिवार के समस्त अभावों को चुपचाप मिटाकर चलना पड़ता। इसी तरह दिन-रात दैन्य के साथ संग्राम करके, खींचातानी करके, मोल-भाव करके काम चलाना मनुष्य को बहुत कठोर बना देता है—उसकी कमनीयता चली जाती है। जिनके लिए वह पग-पग पर मरता-खपता रहता है वे ही उसे सहन नहीं कर पाते। रासमणि केवल रसोईघर में भोजन पकाती हों ऐसा नहीं था, भोजन-सामग्री को जुटाने का भार भी बहुत-कुछ उन्हीं के ऊपर था—लेकिन उसी अन्न का सेवन करके मध्याह्न में जो सोते वे प्रतिदिन उस अन्न की भी निंदा करते, और अन्नदाता की भी प्रशंसा नहीं करते थे।

केवल घर का ही काम नहीं, ताल्लुके की जो थोड़ी-बहुत मिल्कियत अभी बाकी थी उसका हिसाब-किताब देखना, लगान अदाएगी की व्यवस्था करना, सब-कुछ रासमणि को करना पड़ता। वसूली आदि के संबंध में इतनी खींचतान पहले कभी नहीं थी—भवानीचरण का रुपया अभिमन्यु से ठीक उल्टा था, वह बाहर निकलना ही जानता था, प्रवेश करने की विद्या उसकी जानी नहीं थी। रुपये के लिए किसी से कभी भी तगादा करने में वे बिल्कुल अक्षम थे। रासमणि अपने प्राप्य के संबंध में किसी से एक पाई की रियायत नहीं करती थी। इसलिए आसामी उनकी निंदा करते; गुमाश्ते भी उनकी सावधानी के मारे बेचैन होकर उनकी वंशोचित क्षुद्रता की चर्चा करके उन्हें गाली दिए बिना न छोड़ते थे। यहां तक कि उनके पति भी उनकी कृपणता और उनकी कर्कशता को अपने विश्व-विख्यात परिवार के लिए अपमानजनक कहकर कभी-कभी मृदु स्वर में आपत्ति करते थे। इस समस्त निंदा और तिरस्कार की पूर्ण रूप से उपेक्षा करके वे अपने नियम के अनुसार काम करती चलतीं, सारे दोष अपने ऊपर ले लेतीं; वे गरीब घर की हैं, बड़े आदमियों की बातें उनकी समझ से बाहर हैं, इसे बार-बार स्वीकार करके, वे घर-बाहर के सब लोगों की अप्रिय होकर आंचल के छोर से कमर कसकर तूफानी वेग से काम करती रहतीं; कोई उन्हें बाधा देने का साहस न करता।

किसी काम के लिए अपने पति को बुलाना तो दूर रहा, मन-ही-मन उन्हें यह भय हमेशा बना रहता था कि भवानीचरण सहसा मालिक होने का दम भरकर कहीं किसी काम में हस्तक्षेप न कर बैठें। 'तुम्हें कुछ चिंता नहीं करनी होगी, इस सबमें तुम्हारे रहने की आवश्यकता नहीं है' ऐसा कहकर हर बात के लिए पति को निरुद्यम बनाकर रखना ही उनका मुख्य उद्देश्य था। पति भी जन्म से ही इस बात के भलीभांति अभ्यस्त थे इसलिए इस विषय में पत्नी को अधिक दुःख नहीं उठाना पड़ा। बहुत उमर बीत जाने तक रासमणि के कोई संतान नहीं हुई थी—इसलिए अपने अकर्मण्य सरल प्रकृति परमुखापेक्षी पति को लेकर ही उनका पत्नी-प्रेम और मातृ-स्नेह दोनों पूर्ण हो गए थे। भवानी को वे वयःप्राप्त बालक के रूप में ही देखती थीं। फलतः सास की मृत्यु के

बाद से घर के मालिक और मालकिन दोनों का काम उनको अकेले ही करना पड़ता। गुरु महाराज के बेटे और अन्यान्य विपद् से पति की रक्षा करने के लिए वे ऐसे कठोर भाव से चलतीं कि उनके पति के मित्र उनसे बहुत डरते थे। प्रखरता को छिपाकर रख सकतीं, स्पष्ट बातों की धार को कुछ नर्म कर सकतीं और पुरुष-मंडली के साथ यथाचित संकोच की रक्षा करती हुई चल सकतीं, ऐसा नारीजनोचित संयोग उन्हें नहीं मिला।

अभी तक तो भवानीचरण आज्ञाकारी की ही भांति चल रहे थे। किंतु कालीपद के विषय में रासमणि को मानकर चलना उनके लिए कठिन हो उठा।

इसका कारण यह था कि रासमणि भवानी के पुत्र को भवानीचरण की दृष्टि से नहीं देखती थीं। अपने पति के संबंध में वे सोचतीं, बेचारा क्या करे, उसका क्या दोष, वह बड़े आदमी के घर में जन्मा है—उसके लिए और उपाय ही क्या है।' इस कारण, उनके पति किसी प्रकार का कष्ट स्वीकार करें, इसकी वे आशा ही नहीं कर सकती थीं। इसलिए हज़ारों अभावों के रहते हुए भी वे अपनी प्राणपण शक्ति से पति के लिए सारी आवश्यक वस्तुएं यथासंभव इकट्ठी कर देतीं। उनके घर में बाहरी आदमियों के लिए खूब कड़ा हिसाब था, किंतु भवानीचरण के आहार-व्यवहार में भरसक पुराने नियमों में तनकि भी व्यतिक्रम न होने पाता। नितांत खींचातानी के दिन यदि किसी चीज की कोई विशेष कमी रह जाती तो वह केवल अभाव के कारण ही हो गई है इस बात को वे किसी भी तरह पति को न जानने देतीं—कदाचित् कहतीं, "अरे! मरे कुत्ते ने भोजन में मुंह डालकर सब भ्रष्ट कर डाला!" और इस तरह अपनी कल्पित असावधानी को धिक्कारतीं। अथवा 'अभागे नोटो की गलती से नई खरीदी धोती खो गई'— कहकर उसकी बुद्धि के प्रति घोर अश्रद्धा प्रकट करतीं—ऐसे अवसर पर भवानीचरण अपने प्रिय भृत्य का पक्ष लेकर गृहिणी के क्रोध से उसको बचाने के लिए व्यग्र हो उठते। यहां तक कि कभी-कभी ऐसा भी हुआ कि जो धोती न तो गृहिणी ने खरीदी और न भवानीचरण ने आंखों से देखी और जिस काल्पनिक धोती को खो देने के कारण नटबिहारी दोषी ठहराया गया—भवानीचरण ने प्रसन्नमुख से स्वीकार कर लिया है कि उस धोती को नोटो ने चुनिया कर दिया था। उन्होंने उसे पहना भी था और उसके बाद—उसके बाद क्या हुआ यह सहसा उनकी कल्पना-शक्ति में नहीं आया—उसको स्वयं पूरा करते हुए रासमणि ने कहा है, "निश्चय ही तुमने अपनी बाहरी बैठक में छोड़ दी होगी। वहां जो चाहे आता-जाता है, किसी ने चुरा ली होगी।"

भवानीचरण के लिए इस प्रकार की व्यवस्था थी। किंतु, अपने पुत्र को वे किसी भी मात्रा में पति के समकक्ष नहीं समझती थीं। वह तो उन्हीं के गर्भ की संतान थी—फिर उसके जिए बाबूपना कैसा! वह काम करने वाला मजबूत आदमी बनेगा—अनायास ही दुःख सहन करेगा और परिश्रम करके खाएगा। इसके बिना उसका काम नहीं चलेगा,

ऐसा न हुआ तो उसे अपमान झेलना पड़ेगा, इस प्रकार की बात किसी प्रकार शोभा नहीं दे सकती। कालीपद के लिए रासमणि ने मोटा-झोटा खाना-पहनना निश्चित कर दिया था। चिवड़ा और गुड़ देकर उसे जलपान करातीं और सिर-कान ढककर रुई का सलूका पहनाकर उसके शीत निवारण की व्यवस्था करतीं। शिक्षक महोदय को स्वयं बुलवाकर उन्होंने कह दिया था कि विशेष ध्यान देकर अनुशासन में संयत रखकर शिक्षा दी जाए, जिससे पढ़ाई-लिखाई में वह किसी तरह की शिथिलता न कर सके।

अब एक बड़ी कठिनाई उपस्थित हुई। निरीह स्वभाव भवानीचरण बीच-बीच में विद्रोह के लक्षण प्रकट करने लगे, किंतु रासमणि ने मानो उनको देखकर भी न देखा। प्रबल पक्ष से भवानी सदा ही हार मानते आ रहे थे, इस बार भी उनको बाध्य होकर हार माननी पड़ी, किंतु मन से उनका विद्रोह-भाव नहीं मिटा। इस परिवार का लड़का दुलाई ओढ़े तथा चिवड़ा खाए, ऐसा असंगत दृश्य कैसे देखा जा सकता है!

दुर्गा-पूजा के समय उन्हें याद आता, मालिकों के राज में नई सज-धज के साथ वे किस प्रकार उत्साह का अनुभव करते थे। दुर्गा-पूजा के दिन रासमणि ने कालीपद के लिए जिन सस्ते कपड़ों की व्यवस्था की थी बीते जमाने में उनके घर के नौकर भी उन पर आपत्ति करते। रासमणि पति को समझने का अनेक प्रकार से प्रयत्न करती कि "कालीपद को जो दिया जाता है उसी से वह प्रसन्न होता है। वह पुराने दस्तूर की बात बिल्कुल नहीं जानता—तुम क्यों व्यर्थ ही मन भारी करते हो।" किंतु, भवानीचरण यह किसी प्रकार नहीं भूल पाते थे कि बेचारा कालीपद अपने वंश का गौरव नहीं जानता इसी से उसको ठगा जा रहा है। वस्तुतः मामूली उपहार पाकर जब गर्व और आनंद से नाचता हुआ वह दौड़कर उनको दिखाने आता तो उससे भवानीचरण को मानो और भी आघात पहुंचता। वे इसे किसी भी तरह न देख पाते थे। उन्हें मुंह फेरकर चले जाना पड़ता।

भवानीचरण का मुकदमा शुरू होने के बाद से उनके गुरु महाराज के घर में बहुत-कुछ धन की प्राप्ति हुई है। इतने से ही संतुष्ट न रहकर गुरुपुत्र प्रतिवर्ष दुर्गा-पूजा के कुछ पहले कलकत्ता से नाना प्रकार की नेत्राकर्षक सस्ती शौकीनी चीजें मंगवाकर कई महीने तक व्यवसाय चलाते रहते। छिपी स्याही, बंसी (मछली मारने का यंत्र), छड़ी-छातों का एकत्र संग्रह, चिट्ठी का सचित्र कागज, नीलाम में खरीदा अनेक रंगों का सड़ा रेशम और साटन का थान, कविता लिखी किनारी वाली साड़ी आदि के द्वारा वे गांव के स्त्री-पुरुषों का मन चलायमान कर देते। कलकत्ता के बाबू लोगों के घरों में आजकल उन सारी चीजों के बिना शिष्टाचार की रक्षा नहीं होती—ऐसा सुनकर गांव का उच्चाभिलाषी हरेक आदमी अपने देहातीपन को मिटाने के लिए सामर्थ्य से बाहर खर्च किए बिना न रहता।

एक बार बगलाचरण एक बड़ी अद्‌भुत मेम की मूर्ति लाए थे। उसमें किसी एक

जगह चाभी भरने से मेम कुर्सी से उठकर खड़ी होकर तेजी से अपने ऊपर पंखा झलने लगती।

पंखा झलने में निपुण गर्मी से भयभीत इस मेम की मूर्ति के प्रति कालीपद के मन में बड़ा लोभ पैदा हुआ। कालीपद अपनी मां को अच्छी तरह जानता था, इसीलिए मां से कुछ न कहकर उसने भवानीचरण के सम्मुख करुण-स्वर में आवेदन प्रस्तुत किया। तत्काल भवानीचरण ने उदारता के साथ उसे आश्वस्त किया, किंतु उसका मूल्य सुनकर उनका मुंह सूख गया।

रासमणि ही रुपया-पैसा वसूल करती थीं, जमा भी उन्हीं के पास रहता था, खर्च भी उन्हीं के हाथों होता था। भवानीचरण भिखारी की भांति अपनी अन्नपूर्णा के दरवाजे पर जाकर उपस्थित हुए। शुरू में अप्रासंगिक बातों की विस्तार से चर्चा करके अंत में एकाएक धांय से अपने मन की इच्छा कह डाली।

रासमणि ने अत्यंत संक्षेप में कहा, "पागल हुए हो।"

भवानीचरण चुप होकर कुछ देर सोचने लग गए। उसके बाद हठात् बोल उठे, "अच्छा देखो, रोज भात के साथ तुम मुझे जो घी और खीर देती हो, उसकी क्या जरूरत है!"

रासमणि बोली, "क्यों, जरूरत क्यों नहीं है।"

भवानीचरण ने कहा, "बैद्यजी कहते हैं, उससे पित्त बढ़ जाती है।"

उग्र भाव से सिर हिलाते हुए रासमणि ने कहा, "तुम्हारा वैद्य तो सब जानता है!"

भवानीचरण ने कहा, "मैं कहता हूं, रात को मेरे लिए पूड़ियां बंद करके भात की व्यवस्था कर दो तो अच्छा होगा। पूड़ियों से पेट भारी रहता है।"

रासमणि ने कहा, "पेट भारी होने से आज तक तो तुम्हें कोई नुकसान होते नहीं देखा। जन्म से पूड़ी खाकर ही तो तुम बड़े हुए हो।"

भवानीचरण सब प्रकार का त्याग स्वीकार करने के लिए प्रस्तुत थे–किंतु, उस ओर बड़ी कड़ाई थी। घी की दर बढ़ रही थी तो भी पूड़ियों की संख्या ठीक पहले-जैसी ही थी। मध्याह्न-भोजन में जब खीर रहती तो दही न देने से कोई क्षति न होती–किंतु, अनावश्यक होने पर भी इस घर में बाबू लोग बराबर दही-खीर खाते आ रहे थे। एक भी दिन भवानीचरण के भोग में उस चिरंतन दही का व्यक्तिक्रम देखना रासमणि किसी भी प्रकार सहन नहीं कर पाती थीं। अतएव देह पर पंखा झलती वह मेम की मूर्ति भवानीचरण के दही-खीर, घी-पूड़ी के किसी छिद्र-पथ से प्रवेश कर सकेगी इसका कोई उपाय न दिखा।

भवानीचरण एक दिन बिल्कुल अकारण ही अपने गुरुपुत्र के निवास-स्थान पर गए और अनेक अप्रासंगिक बातचीत के बाद उन्होंने उस मेम की चर्चा छेड़ दी। उनकी वर्तमान आर्थिक दुर्गति की बात बगलाचरण से छिपी रहने का कोई कारण न था, यह

वे जानते थे; तो भी आज उनके पास रुपया न होने के कारण यह एक साधारण खिलौना अपने लड़के के लिए नहीं खरीद सकते, इस बात का आभास देने में भी मानो उनका सिर कटा जा रहा हो। फिर भी विषम संकोच को दबाकर उन्होंने अपनी चादर में से कपड़े में लिपटा हुआ एक बूटेदार पुराना कीमती शाल बाहर निकाला। अवरुद्ध स्वर में कहा, "समय कुछ खराब आ गया है, नकद रुपया हाथ में बहुत नहीं है—इसलिए सोचा है कि यह शाल तुम्हारे यहां गिरवी रखकर कालीपद के लिए वह गुड़िया ले जाऊं।"

उस शाल की अपेक्षा यदि कम कीमत की कोई वस्तु होती तो बगलाचरण हिचकता नहीं—किंतु वह जानता था, इसे वह हजम नहीं कर सकेगा। गांव के लोग तो निंदा करेंगे ही, जिस पर रासमणि की रसना से जो बातें निकलेंगी वे भी सरस नहीं होंगी। शाल को दुबारा चादर में छिपाकर हताश होकर भवानीचरण को लौटना पड़ा।

कालीपद रोज पिता से पूछता, "पिताजी, मेरी उस मेम का क्या हुआ?"

भवानीचरण रोज ही हंसकर कहते, "ठहरो—जल्दी क्या है। पहले सप्तमी पूजा का दिन तो आवे।"

प्रतिदिन प्रयत्न करके मुंह पर हंसी लाना निरंतर कठिन होने लगा।

उस दिन चतुर्थी थी। कोई बहाना बनाकर भवानीचरण असमय घर के अंदर गए। सहसा मानो किसी बात के प्रसंग में रासमणि से बोल उठे, "देखो, मैं कई दिन से ध्यान से देख रहा हूं, कालीपद की तबीयत जैसे दिन-ब-दिन खराब होती जा रही हो।"

रासमणि ने कहा, "राम! राम! खराब क्यों होगी भला। उसकी तबीयत में तो मुझे कोई गड़बड़ी नहीं दिखाई देती।"

भवानीचरण ने कहा, "देखती नहीं! चुपचाप बैठा रहता है। न जाने क्या सोचता रहता है।"

रासमणि ने कहा, "अगर वह एक पल भी चुप बैठ सकता तो मेरी तो जान बचती। वह और चिंता! कब क्या ऊधम करना होगा, वह यही बात सोचता रहता है।"

इस ओर से दुर्ग-प्राचीन में कोई दुर्बलता नहीं दिखी—पत्थरों पर गोले का दाग भी नहीं पड़ा। निश्वास छोड़कर सिर पर हाथ फेरते हुए भवानीचरण बाहर चले गए। कमरे के बरामदे में अकेले बैठकर खूब जमकर हुक्का पीने लगे। पंचमी के दिन उनकी पत्तल में दही-खीर यों ही पड़े रहे। संध्या-समय केवल एक संदेश खाकर पानी पी लिया, पूड़ी छू भी नहीं पाए। बोले, "भूख जरा भी नहीं है।"

इस बार दुर्ग के प्राचीर में एक बड़ा सूराख दिखा। षष्ठी के दिन रासमणि ने स्वयं कालीपद को अकेले में बुलाकर उसको स्नेह-सूचक नाम से पुकारकर कहा, "भेंटु, तुम्हारी इतनी उमर हो गई, तो भी तुम्हारा बच्चों की तरह मचलना नहीं गया! छिः! छिः! जिसे पाना संभव नहीं है उसके लिए लालच करना आधी चोरी करना है, यह जानते हो।"

कालीपद ने नकियाकर कहा, "मैं क्या जानूं। पिताजी ने ही कहा है कि वह मुझे देंगे।"

पिताजी के कथन का क्या अर्थ था रासमणि कालीपद को समझाने बैठीं। पिता की इस बात में कितना स्नेह और कितनी वेदना है फिर भी अगर यह चीज़ देनी पड़ी तो उनके दरिद्र घर की कितनी क्षति होगी, कितना दुःख होगा, यह विस्तार से समझाया। इस तरह रासमणि ने कालीपद को कभी भी कुछ नहीं समझाया था—वे जो करतीं, अत्यंत संक्षेप में और जोर के साथ करतीं—किसी भी आदेश को नरम बनाने की उन्हें आवश्यकता ही न होती, इसलिए जब कालीपद की आज उन्होंने इतनी मिन्नत की, इतने विस्तार में बातें कीं तो वह चकित हो गया और माता के हृदय में कहीं एक स्थान पर कितनी संवेदना है, बालक होने पर भी वह इसे एक तरह से समझ गया। किंतु, मेम की ओर से एक क्षण के लिए भी मन को हटाना कितना कठिन था, यह प्रौढ़ पाठकों को समझने में कठिनाई नहीं होगी। अतः कालीपद अत्यंत गंभीर मुंह बनाकर एक सींक लेकर जमीन पर लकीर खींचने लगा।

तब रासमणि फिर कठोर हो उठीं। कठोर स्वर में बोलीं, "तुम चाहे गुस्सा हो जाओ, चाहे रोओ-पीटो, जो मिलने का नहीं है वह किसी भी प्रकार नहीं मिलेगा।"

यह कहकर वे व्यर्थ में और समय नष्ट न करके तेजी से घर का काम करने चली गईं। कालीपद बाहर चल दिया। उस समय भवानीचरण अकेले बैठे हुक्का पी रहे थे। कालीपद को दूर से देखते ही चटपट उठकर जैसे कोई विशेष काम हो, ऐसा दिखाकर वे कहीं चल दिए। कालीपद ने दौड़ते हुए आकर कहा, पिताजी, मेरी वह मेम—"

आज भवानीचरण के मुंह पर हंसी नहीं दिखी; कालीपद को गले से लगाकर बोले, "ठहरो बेटा, मुझे एक काम है—कर आऊं फिर सारी बातें होंगी।"—कहते हुए वे घर से बाहर निकल गए। कालीपद को लगा, जैसे चटपट उन्होंने अपनी आंखों से आंसू पोंछ लिए हों। उस समय मुहल्ले के एक घर में उत्सव के लिए शहनाई की जांच-परख करके बयाना दिया जा रहा था। शहनाई के प्रातःकालीन करुण स्वर से शरद से ऋतु की नई धूप मानो प्रच्छन्न अश्रु-भार से व्यथित हो उठी थी। कालीपद अपने घर के दरवाजे के पास खड़ा होकर चुपचाप रास्ते की ओर देखता रहा। उसके पिता कहीं किसी काम से नहीं जा रहे थे—यह उसकी चाल से ही दिख रहा था—उनके पैर ऐसे पड़ते थे मानो नैराश्य का बोझ लादे चले जा रहे हों और उसे उतारने का कहीं स्थान पा रहे हों, यह उनके पीछे से भी स्पष्ट दिखा था।

कालीपद ने अंतःपुर में लौटकर कहा, "मां, मुझे वह पंखा डुलाती हुई मेम नहीं चाहिए।"

मां उस समय सरौंता लेकर जल्दी-जल्दी सुपारी काट रही थीं। उनका मुख प्रसन्न हो उठा। वहीं बैठे-बैठे मां और बेटे में क्या सलाह हो गई यह कोई भी न जान पाया।

सरौंता रखकर डलिया-भर कटी-अनकटी सुपारियां छोड़कर रासमणि उसी समय बगलाचरण के घर चली गई।

भवानीचरण को घर लौटने में आज बहुत देरी हुई। स्नान करके जब वे भोजन करने बैठे तो उनका मुंह देखकर लगा, आज भी दही-खीर की सद्‌गति नहीं होगी, यही नहीं आज मछली के पूरे-के-पूरे सिर से बिल्ली का भोग लगेगा। तभी रासमणि ने डोरी से बंधा कागज का एक डिब्बा अपने पति के सामने लाकर उपस्थित किया। भोजन के पश्चात् भवानीचरण जब विश्राम करने जाएंगे तभी इस रहस्य का वे उद्‌घाटन करेंगी, रासमणि की यही इच्छा थी, किंतु दही, खीर और मछली के सिर का अनादर दूर करने के लिए उसे उसी समय निकालना पड़ गया। डिब्बे के भीतर से मेम की वह मूर्ति बाहर निकलकर अविलंब प्रबल उत्साह से ग्रीष्म-ताप निवारण में लग गई। बिल्ली को आज हताश होकर लौटना पड़ा। भवानीचरण ने पत्नी से कहा, "आज भोजन बहुत उत्तम बना है। बहुत दिन से मछली का ऐसा झोल नहीं खाया। और, दही कितना बढ़िया जमा है, उसकी क्या तारीफ करूं।"

सप्तमी के दिन कालीपद ने बड़े दिनों की आकांक्षा का धन प्राप्त किया। उस दिन, दिन-भर उसने मेम का पंखा डुलाना देख अपने समवस्यक बंधु-बांधुवों को दिखाकर उनकी ईर्ष्या उकसाई। यदि कोई और स्थिति होती तो वह हर समय इस गुड़िया के निरंतर समान रूप से पंखा डुलाते रहने से अवश्य ही एक ही दिन में ऊब जाता—किंतु यह जानकर कि अष्टमी के ही दिन प्रतिमा का विसर्जन कर देना पड़ेगा, उसका अनुराग अटल बना रहा। अपने गुरुपुत्र को दो रुपये नगद देकर रासमणि केवल एक दिन के लिए इस गुड़िया को भाड़े पर ले आई थीं। अष्टमी के दिन लंबी सांस लेकर कालीपद अपने हाथ से डिब्बे समेत गुड़िया बगलाचरण को लौटा आया। इस एक दिन के मिलन की सुख-स्मृति उसके मन में बहुत दिनों तक जागरूक बनी रही; उसके कल्पना-जगत में पंखा चलना कभी बंद नहीं हुआ।

अब से कालीपद माता की मंत्रणा का साथी हो गया और अब से प्रतिवर्ष भवानीचरण कालीपद को इतनी आसानी से पूजा का ऐसा मूल्यवान उपहार दे पाते कि वे स्वयं आश्चर्यचकित हो जाते।

बिना मूल्य दिए संसार में कुछ भी नहीं मिलता और वह मूल्य दुःख का मूल्य है, माता का अंतरंग बनकर यह बात कालीपद प्रतिदिन जितना ही समझ पाता, देखते-देखते वह मानो भीतर से उतना ही प्रौढ़ होने लगा। अब वह सभी कामों में अपनी माता का दाहिना हाथ हो गया था। संसार का भार वहन करना होगा, संसार का भार बढ़ाना नहीं चाहिए—यह बात बिना उपदेश-वचनों के ही उसके रक्त में समा गई।

जीवन का उत्तरदायित्व ग्रहण करने के लिए उसको तैयार होना पड़ेगा, यह बात स्मरण करके कालिपद प्राणपण से पढ़ने लगा। छात्र-वृत्ति की परीक्षा में उत्तीर्ण होने

पर जब उसे छात्रवृत्ति मिली तब भवानीचरण ने सोचा कि और ज्यादा पढ़ने-लिखने की जरूरत नहीं है, अब कालीपद को अपनी जमीन-जायदाद की देखभाल में लगना चाहिए।

कालीपद ने आकर मां से कहा, ''क़लकत्ता जाकर पढ़े-लिखे बिना मैं आदमी नहीं बन सकता।''

मां ने कहा, ''सो तो है ही बेटा, कलकत्ता तो जाना ही होगा।''

कालीपद ने कहा ''मेरे लिए कोई खर्च नहीं करना पड़ेगा। छात्र-वृत्ति से ही काम चला लूंगा—और भी कुछ काम-काज जुटा लूंगा।''

भवानीचरण को राजी कराने में बहुत कष्ट उठाना पड़ा। देख-भाल के लायक कुछ भी तो जमीन-जायदाद नहीं है, यह बात कहने पर भवानीचरण बहुत दुःख का अनुभव करते, इससे रासमणि को यह युक्ति दबा देनी पड़ी। उन्होंने कहा, ''कालीपद को आदमी तो बनना है।'' किंतु वंश-परंपरानुसार शानियाडी के बाहर गए बिना ही तो चौधरी लोग इतने दिन तक आदमी बनते आए थे। विदेश से वे यमपुरी की भांति डरते थे। कालीपद-जैसे बालक को अकेले कलकत्ता भेजने का प्रस्ताव किसी के दिमाग में आ ही कैसे सकता है, यह वे सोच भी न सके। अंत में गांव के सर्वप्रधान बुद्धिमान व्यक्ति बगलाचरण तक ने रासमणि के पक्ष में मत दिया। उसने कहा, ''कालीपद एक दिन वकील होकर उस वसीयतनामे की चोरी के धोखे का बदला चुकाएगा, निश्चय ही यह उसके भाग्य में लिखा है—अतएव कलकत्ता जाने से उसे कोई नहीं रोक सकता।''

यह बात सुनकर भवानीचरण को बड़ी सांत्वना मिली। गमछे में बंधे सारे पुराने कागज-पत्र निकालकर वसीयतनामे की चोरी के बारे में बार-बार कालीपद से चर्चा करने लगे। माता के मंत्री का काम तो कालीपद अभी तक खूब चतुराई से चला रहा था, किंतु पिता की मंत्रणा-सभा में उसका ज़ोर नहीं चला। क्योंकि अपने परिवार के प्रति इस पुराने अन्याय के संबंध में उसके मन में पर्याप्त उत्तेजना नहीं थी। तो भी उसने पिता की बात का समर्थन किया। सीता का उद्धार करने के लिए वीरश्रेष्ठ राम ने जिस प्रकार लंका की यात्रा की थी, कालीपद की कलकत्ता-यात्रा को भी भवानीचरण ने उसी प्रकार खूब बढ़ा करके देखा—वह केवल सामान्य परीक्षा उत्तीर्ण करने की बात नहीं थी—घर की लक्ष्मी को लौटाने का आयोजन था।

कलकत्ता जाने के पहले दिन रासमणि ने कालीपद के गले में एक रक्षा-कवच बांध दिया, और उसके हाथ में पचास रुपये का नोट देते हुए कहा, ''इस नोट को संभालकर रखना, आपद्-विपद् में आवश्यकता पड़ने पर काम आएगा। गृहस्थी के खर्च से बहुत कष्टपूर्वक जमा किए हुए इस नोट को कालीपद ने यथार्थ पवित्र कवच के समान मानकर ही ग्रहण किया—'माता के आशीर्वाद के समान इस नोट की वह सदा रक्षा करेगा, कभी खर्च नहीं करेगा,' मन-ही-मन उसने यह संकल्प किया।

3

भवानीचरण के मुंह से वसीयतनामे की चोरी की बात अब उतनी नहीं सुनाई पड़ती। अब उनकी आलोचनाओं का एकमात्र विषय था कालीपद। उसी की बात कहने के लिए वे अब सारे मुहल्ले में घूमते-फिरते थे। उसकी चिट्ठी मिलने पर घर-घर उसे पढ़कर सुनाने की लालसा में नाक से चश्मा ही नहीं उतरना चाहता था। इसके पहले उनके वंश में भी कोई कलकत्ता नहीं गया था इसलिए कलकत्ता के गौरव-बोध से उनकी कल्पना अत्यंत उत्तेजित हो उठी। हमारा कालीपद कलकत्ता में पढ़ता है, एवं कलकत्ता की कोई भी बात उनसे छिपी नहीं है—यहां तक कि, हुगली के पास गंगा का एक और पुल बनाया जा रहा है, ये सारी बड़ी-बड़ी खबरें उनके लिए बिल्कुल घरेलू बातों-जैसी थीं। "सुना है, भाई! गंगा के ऊपर एक और पुल बनाया जा रहा है—आज ही कालीपद की एक चिट्ठी मिली है, उसमें पूरा समाचार लिखा है।" कहकर चश्मा खोलकर उसके कांच को अच्छी तरह पोंछकर बड़ी आहिस्ता-आहिस्ता चिट्ठी आद्योपांत पढ़कर पड़ोसी को सुनाई। "देखा भैया! कालांतर में न जाने क्या-क्या होने वाला है, कोई ठिकाना है। आखिर ऐसा भी दिन कभी आएगा जब धूल-भरे पैरों से गंगा के ऊपर से कुत्ते, सियार आदि भी पार हो जाएंगे, कलियुग में बात यहां तक पहुंच गई थी।" गंगा के माहात्म्य को इस प्रकार कम करना निस्संदेह शोचनीय बात थी, किंतु कालीपद ने कलिकाल की एक इतनी बड़ी जय-वार्ता लिपिबद्ध करके उनके पास भेजी थी और गांव के अत्यंत अनभिज्ञ लोग इस समाचार को उसी के कारण जान सके हैं, इस आनंद में वे वर्तमान युग में जीवों की असीम दुर्गति की दुश्चिंता भी अनायास ही भूल गए। जिसको देखा उसी से उन्होंने सिर हिलाकर कहा, "मैं कहे देता हूं, गंगा और ज्यादा दिन नहीं रहने की। मन-ही-मन यह आशा कर रहे थे कि गंगा जब भी जाने की तैयारी करेंगी तभी उसका समाचार सबसे पहले कालीपद की चिट्ठी से ही मिलेगा।

इधर कलकत्ता में कालीपद बड़े कष्ट से पराये घर में रहकर लड़कों को पढ़ाकर, रात को बहीखाते की नकल करके पढ़ाई चलाने लगा। किसी प्रकार एंट्रेंस परीक्षा पास करने पर उसे फिर से छात्र-वृत्ति मिल गई। इस अनोखी घटना के उपलक्ष्य में सारे गांव के लोगों को एक बड़ा भोज देने के लिए भवानीचरण उद्विग्न हो उठे। उन्होंने सोचा कि नाव तो प्रायः किनारे आकर लग गई है—इस साहस के बल पर अब से मन खोलकर खर्च किया जा सकता है। रासमणि से कोई प्रोत्साहन न पाने के कारण भोज रुका रहा।

इस बार कालीपद ने कॉलेज के पास एक मेस में आश्रय पाया। मेस के अधिकारी ने उसे निचले तल्ले के एक काम में न आ सकने वाले कमरे में रहने की अनुमति दे दी। कालीपद घर पर उनके लड़के को पढ़ाकर दोनों समय भोजन पाता और मेस के उस सीले अंधेरे कमरे में उसका निवास था। कमरे की एक सबसे बड़ी-सुविधा

यह थी कि वहां कालीपद का कोई साझीदार नहीं था। अतएव, यद्यपि वहां हवा नहीं पहुंचती थी तो भी पढ़ाई-लिखाई निर्विघ्न चलती। जो भी हो, सुविधा-असुविधा का विचार करने लायक स्थिति कालीपद की नहीं थी।

इस मेस में जो लोग भाड़ा देकर रहते थे, विशेष करके जो दूसरी मंजिल पर उच्चलोक में रहते थे उनके साथ कालीपद का कोई संपर्क न था। किंतु, संपर्क न रहने पर भी संघर्ष से बचा नहीं जा सकता। ऊंचे का वज्राघात नीचे वालों के लिए कितना प्राणघातक होता है कालीपद को यह समझते देर न लगी।

इस मेस के उच्चलोक में जो इंद्र के सिंहसान पर था, उसका परिचय आवश्यक है। उसका नाम था शैलेंद्र। वह बड़े आदमी का लड़का था; कॉलेज से पढ़ते समय उसके लिए मेस में रहना आवश्यक न था–तो भी उसे मेस में ही रहना अच्छा लगता था।

उसके बृहत् परिवार में से कई स्त्री और पुरुष आत्मीय लोगों को कलकत्ता लाकर एक किराए के मकान में रहने के लिए घर से अनुरोध किया गया था– वह इसके लिए किसी भी प्रकार राजी न हुआ।

उसने कारण बताया कि घर के लोगों के साथ रहने पर उसकी पढ़ाई-लिखाई कुछ भी न हो पाएगी। किंतु असल कारण यह नहीं था। शैलेंद्र को लोगों की संगत खूब अच्छी लगती; किंतु आत्मीय लोगों से कठिनाई यह थी। उनकी तरह-तरह की जिम्मेदारियां भी ओढ़नी पड़तीं–अमुक के साथ यह नहीं करना चाहिए, अमुक के संबंध में वह न करना अत्यंत बुरी बात होगी। इसी कारण शैलेंद्र के लिए सबसे बढ़कर सुविधापूर्ण जगह थी मेस। वहां आदमी तो थे काफी, फिर भी उसके ऊपर उनका कोई भार न था। वे आते-जाते थे, हंसते थे, बातें करते थे, वे नदी के जल के समान थे, जो बस बहता चला जाता है और कहीं भी लेशमात्र छिद्र नहीं छोड़ता।

शैलेंद्र की धारणा थी कि वह आदमी अच्छा है जिसको सहदय कहते हैं। सभी जानते हैं कि इस धारणा की सबसे बड़ी सुविधा यह है कि इसे अपने साथ बनाए रखने के लिए भला आदमी होने की कोई आवश्यकयता नहीं होती। अहंकार नाम की चीज हाथी-घोड़े की भांति नहीं होती; उसे बहुत ही थोड़े खर्चे पर बिना खुराक के खूब मोटा करके रखा जा सकता है।

किंतु शैलेंद्र में खर्च करने की सामर्थ्य भी थी और प्रवृत्ति भी–इसलिए वह अपने अहंकार को तनिक भी खर्च किए बिना चरकर खाने नहीं देता था–कीमती खुराक देकर उसे सुंदर सुसज्जित करके रखता था।

वस्तुतः, शैलेंद्र के मन में दया काफी थी। लोगों का दुःख दूर करना उसे वास्तव में अच्छा लगता था। किंतु इतना अच्छा लगता कि यदि कोई दुःख दूर करने के लिए उसकी शरण में न आता तो वह उसे विधिपूर्वक दुःख दिए बिना नहीं छोड़ता था। उसकी दया जब निर्दय हो उठती तब बड़ा भीषण रूप धारण कर लेती।

मेस के लोगों को थिएटर दिखाना, बकरे का मांस खिलाना, रुपया उधार देकर उसकी बात हमेशा याद न रखना—उसके द्वारा प्रायः ही घटित होता। नवपरिणीत मुग्ध युवक पूजा की छुट्टी में घर जाते समय कलकत्ता के निवास का व्यय पूरा चुकाकर जब धनहीन हो जाता तब वधू के मन को लुभाने के लिए उपयोगी फैंसी साबुन और एसेंस, और उसी के साथ हाल में आई हुई नई विलायती छींट की एक-आध जाकेट जुटाने के लिए उसे बहुत अधिक दुश्चिंता में न पड़ना पड़ता। शैलेंद्र की सुरुचि पर पूर्ण निर्भर होकर वह कहता, "पर भाई, पसंद तुम्हीं को करनी पड़ेगी।" दुकान पर उसे साथ लिए जब वह खुद अत्यंत सस्ती और खराब चीज छांटता; तब शैलेंद्र उसे डांटकर कहता, "अरे छिः-छिः तुम्हारी पसंद भी कैसी है?"—और सबसे फैंसी चीज उठा लेता। दुकानदार के मुख पर चिंता आते ही शैलेंद्र दाम चुकाने का अकिंचन भार स्वयं ले लेता—दूसरे पक्ष के बार-बार आपत्ति करने पर भी कान न देता।

इस प्रकार जहां शैलेंद्र था वहां वह चारों ओर के सभी लोगों का सभी बातों में अवलंबस्वरूप बन गया था। यदि कोई उसका आश्रय स्वीकार न करता तो उसके उस औद्धत्य को वह किसी भी प्रकार सहन न कर पाता। लोगों का हित करने का उसे ऐसा ही प्रबल शौक था।

बेचारा कालीपद नीचे के सीले कमरे में फटी बनियान पहने मैली चटाई पर बैठा पुस्तकों के पन्नों पर आंखें गड़ाए झूम-झूमकर पाठ याद करता रहता। जैसे भी हो उसे स्कॉलरशिप पाना ही होगा।

कलकत्ता आने के पहले माता ने उसे अपने सिर की सौगंध देकर कहा था कि वह बड़े आदमियों के लड़कों के साथ हेल-मेल बढ़ाकर वहां आमोद-प्रमोद में मतवाला न हो जाए। माता का आदेश होने के कारण ही नहीं, कालीपद को जो दैन्य स्वीकार करना पड़ा था उसकी रक्षा करते हुए बड़े आदमियों के लड़कों के साथ मिलना उसके लिए असंभव था। वह कभी भी शैलेंद्र के पास न फटकता—और यद्यपि वह जानता था कि शैलेंद्र का मन जीतने पर उसकी प्रतिदिन की अनेक दुरूह समस्याएं क्षण-भर में आसान बन सकती हैं, फिर भी कभी किसी कठिन संकट में भी कालीपद उसके प्रसाद-लाभ के लोभ से आकर्षित नहीं हुआ। वह अपना अभाव संजोए अपने दारिद्र्य के निभृत अंधकार में दुबका पड़ा रहता।

गरीब होकर भी दूर रहे, शैलेंद्र इस अहंकार को किसी भी प्रकार सहन नहीं कर सका। इसके अतिरिक्त, भोजन-वस्त्र में कालीपद का दारिद्र्य इतना प्रत्यक्ष था कि वह आंखों को अत्यंत अखरता था। जब भी दोतल्ले की सीढ़ी चढ़ते उसके अत्यंत फटे-पुराने कपड़े-लत्ते और मसहरी-बिस्तर निगाह में पड़ते तभी वह मानो एक अपराध की भांति मन में खटकता। इसके अतिरिक्त, उसके गले में ताबीज़ लटकता रहता और वह दोनों समय यथाविधि संध्या-वंदन करता। उसकी यह सारी विचित्र ग्राम्यता ऊपर

के दल के लिए अत्यंत हास्यप्रद थी। शैलेंद्र के पक्ष के एक-दो व्यक्ति इस एकांतवासी निरीह आदमी के रहस्य का उद्घाटन करने के लिए दो-चार दिन उसके कमरे में भी आए-गए। किंतु वे इस लज्जाशील आदमी का मुंह न खुलवा सके। उसके कमरे में ज्यादा देर बैठे रहना सुखकर तथा स्वास्थ्यकर तो था नहीं, इसलिए उठना पड़ जाता।

'यदि इस अकिंचन को एक दिन बकरे के मांस की दावत में बुलाया जाए तो वह अवश्य कृतार्थ होगा,' यह सोचकर कृपा करके उसे एक बार निमंत्रण-पत्र भेजा गया। कालीपद ने कहला भेजा, भोज के भोज्य को सहना उसके लिए संभव नहीं है, उसका अभ्यास दूसरे प्रकार का है। इस प्रत्याख्यान से शैलेंद्र और उसका दल अत्यंत क्रुद्ध हो उठा।

कुछ दिनों तक उसके ठीक ऊपर के कमरे में ऐसा धमाधम शब्द और जोर से गाना-बजाना चलता रहा कि कालीपद के लिए पढ़ने में मन लगाना असंभव हो गया। दिन के समय जब भी संभव होता वह गोलदिघी में एक पेड़ के नीचे पुस्तक लेकर पढ़ा करता एवं रात रहते ही उठकर बड़े सवेरे एक दीपक जलाकर अध्ययन में लग जाता।

कलकत्ता के भोजन और निवास-स्थान के कष्ट तथा अति परिश्रम के कारण कालीपद को सिर-दर्द की बीमारी ने आ घेरा। कभी-कभी ऐसा होता कि तीन-चार दिन तक उसको पड़े रहना पड़ता। वह निश्चयपूर्वक जानता था, कि यह समाचार मिलने पर उसके पिता उसे कभी भी कलकत्ता में नहीं रहने देंगे और व्याकुल होकर शायद कलकत्ता तक दौड़े आएंगे। भवानीचरण समझते थे कि कलकत्ता में कालीपद ऐसे सुख में है जिसकी गांव के लोगों के लिए कल्पना करना भी असंभव है। देहात में जिस प्रकार पेड़-पौधे, झाड़-झंखाड़ अपने-आप पैदा होते हैं कलकत्ता की हवा में सब तरह के आरामों के उपकरण मानो उसी तरह अपने-आप उत्पन्न होते हैं और सभी उनका फल भोग सकते हैं—ऐसी उनकी धारणा थी। कालीपद ने उनकी इस भ्रांति को किसी भी प्रकार नष्ट नहीं किया। अस्वस्थता के अत्यंत कष्ट के समय भी उसने एक दिन भी पिता को पत्र लखना बंद नहीं किया। अस्तु, ऐसी पीड़ा के दिन शैलेंद्र का दल जब ऊधम मचाकर भूतों का तमाशा करने लगता तो कालीपद के कष्ट की सीमा न रहती। वह खाली करवटें बदलता रहता और निर्जन कमरे में पड़ा-पड़ा माता को पुकारता और पिता का स्मरण करता। इस तरह दरिद्रता का अपमान और दुःख वह जितना भुगतता उतनी ही उसके बंधन से अपने पिता-माता को मुक्त करने की उसकी प्रतिज्ञा उसके मन में और भी दृढ़ होती जाती।

कालीपद ने अपने को समेटकर सबकी दृष्टि से बचा रखने की चेष्टा की, किंतु, उससे उत्पात तनिक भी कम न हुआ। एक दिन उसने देखा कि चीना बाजार से खरीदे गए उसके पुराने सस्ते जूतों की जोड़ी के एक जूते के बदले में एक अति सुंदर विलायती

जूता रखा था। इस प्रकार के अनमेल जूते पहनकर कॉलेज जाना असंभव ही था। उसने इस संबंध में कोई शिकायत न करके वह पराया जूता कमरे के बाहर रख दिया और जूतों की मरम्मत करने वाले मोची से कम दाम पर पुराना जूता खरीदकर काम चलाने लगा। एक दिन ऊपर से एक लड़के ने अचानक कालीपद के कमरे में आकर पूछा, "क्या आप भूल से मेरे कमरे से मेरा सिगरेट-केस ले आए हैं? मुझे कहीं मिल नहीं रहा है।" कालीपद ने खीझकर कहा, "मैं आप लोगों के कमरे में नहीं गया।" "अरे! यह लो, यहीं तो है"—कहते हुए वह लड़का कमरे के एक कोने से एक मूल्यवान सिगरेट-केस उठाकर बिना कुछ कहे ऊपर चला गया।

कालीपद ने मन-ही-मन निश्चय किया, 'अगर एफ.ए. की परीक्षा में अच्छी छात्र-वृत्ति पा जाऊं तो इस मेस को छोड़कर चला जाऊंगा।'

मेस के लड़के प्रतिवर्ष मिलकर धूम-धाम से सरस्वती पूजा करते थे। उसके व्यय का प्रधान अंश शैलेंद्र वहन करता, किंतु चंदा सभी लड़के देते। गतवर्ष अत्यंत अवहेलना करके कालीपद के पास कोई चंदा मांगने भी नहीं आया। इस वर्ष महज उसे तंग करने के ही लिए उसके सामने चंदे की कॉपी लाकर रख दी। जिस दल से कालीपद ने कभी कुछ भी सहायता नहीं ली थी, जिनके प्रायः नित्य मनाए जाने वाले आमोद-प्रमोद में योग देने के सौभाग्य को उसने एकदम अस्वीकार कर दिया था, वे जब कालीपद के पास चंदे की सहायता मांगने आए तो पता नहीं उसने क्या सोचकर पांच रुपये दे डाले। पांच रुपये शैलेंद्र को अपने दल के किसी भी व्यक्ति से नहीं मिले थे।

कालीपद के दारिद्र्य की कृपणता की अभी तक तो सभी उपेक्षा करते आए थे, किंतु आज उसका यह पांच रुपये का दान उनके लिए बिल्कुल असह्य हो गया। "इसकी अवस्था जैसी है वह तो हमसे छिपी नहीं है, तब इसका इतना दिखावा किसलिए। मालूम होता है, सब पर तुरप लगाना चाहता है।"

सरस्वती-पूजा खूब धूमधाम से हुई—कालीपद ने जो पांच रुपये दिए थे, वे न भी दिए होते तो कोई विशेष कमी न पड़ती। किंतु कालीपद के पक्ष में यह बात नहीं कही जा सकती। उसे पराए घर भोजन करना पड़ता—हमेशा समयानुसार भोजन भी न मिलता। इसके अतिरिक्त, पाकशाला के भृत्य लोग ही उसके भाग्य-विधाता थे, अतएव भले बुरे, कम-ज्यादा के विषय में कोई अप्रिय चर्चा न करके जल-पान के लिए कुछ संबल उसे हाथ में रखना ही पड़ता। वही पूंजी गेंदे के फूलों के शुष्क स्तूप के साथ विसर्जित देवी प्रतिमा के पीछे अंतर्धान हो गई।

कालीपद की सिर-दर्द की बीमारी बढ़ती गई। इस बार की परीक्षा में वह फेल तो नहीं हुआ, किंतु छात्र-वृत्ति न पा सका। इस कारण पढ़ने का समय कम करके उसे एक और ट्यूशन की व्यवस्था करनी पड़ी। और बहुत ज्यादा उपद्रव होने पर भी वह मुफ्त का निवास-स्थान न छोड़ सका।

ऊपर की मंजिल पर रहने वालों ने आशा की थी कि इस बार छुट्टियों के बाद निश्चित रूप से कालीपद इस मेस में लौटकर नहीं आएगा। किंतु यथासमय उसके उस नीचे के कमरे का ताला खुल गया। धोती के ऊपर वहीं अपना धारीदार पुराना चीनी कोट पहने कालीपद ने कोठरी में प्रवेश किया, एवं एक मैले कपड़े में बंधी बड़ी पोटली के साथ टीन का बक्स उतारकर रखने के बाद सियालदह के कुली ने उसके कमरे के सामने उकडूं बैठकर काफी झगड़ा करके भाड़ा चुकवाया। इस पोटली में बहुत-सी छोटी-बड़ी हॉडी-सकोरों, कुल्हड़ों से कालीपद की मां ने कच्चे आम, बेर चालता आदि चीजों से बने अनेक प्रकार के मुखरोचक पदार्थ स्वयं तैयार करके रख दिए थे। कालीपद जानता था कि उसकी अनुपस्थिति में मजाक बनाने वाला ऊपरी मंजिल का दल उसके कमरे में प्रवेश करता था। उसे और कोई आशंका नहीं थी, बस इसी बात का बड़ा संकोच था कि कहीं उसके पिता-माता के स्नेह की कोई निशानी इन हंसी उड़ाने वालों के हाथ में न पड़ जाए। उसकी मां ने उसे खाने की जो चीजें दी थीं वे उसके लिए अमृत-तुल्य थीं–पर वे सभी उसके दरिद्र ग्रामीण-घर की स्नेह-संपत्ति ही थीं। जिस पात्र में वे रखी थीं वह मैदा लगाकर चिपकाई सकोरे से ढंकी हांडी थी उसमें भी शहर के वैभव का कोई चिह्न न था, न तो वह कांच का पात्र था, न चीनी मिट्टी का बर्तन; किंतु उन्हें कोई शहरी लड़का अवज्ञा भाव से देखे यह उसके लिए एकदम असह्य था। पहले वह अपनी इन सारी विशेष वस्तुओं को तख्त के नीचे पुराने समाचार-पत्रादि से ढककर रखता था। इस बार ताले-चाबी का सहारा लिया। अगर वह पांच मिनट के लिए भी कमरे से बाहर जाता तो कमरे में ताला बंद करके जाता।

यह बात सबकी आंखों में खटकी। शैलेंद्र बोला, "बड़ी भारी धन-संपत्ति है न! जिस कमरे में घुसने पर चोर की आंखों में भी पानी आ जाए–उसी कमरे में बार-बार ताला लगता है–देखता हूं, एकदम दूसरा 'बैंक आफ बंगाल' हो गया है। हम में से किसी पर भी विश्वास नहीं–कहीं उस पबना की छींट के चीनी कोट का लोभ न संवरण कर पाएं। अरे राधू! उसको भले आदमियों के लायक एक नया कोट खरीदकर दिए बिना तो किसी भी तरह नहीं चलेगा। हमेशा उसका वही एकमात्र कोट देखते-देखते मुझे ऊब हो गई है।"

शैलेंद्र ने कालीपद के उस सीलन-भरी उखड़े चून वाली दीवारों वाले अंधेरे कमरे में कभी प्रवेश नहीं किया था। सीढ़ियों से ऊपर चढ़ते समय बाहर से देखते ही उसका सारा शरीर संकुचित हो उठता। विशेषकर जब वह संध्या के समय देखता, एक टिमटिमाता दीपक लिए कालीपद उस घुटन वाले बंद कमरे में नंगे-बदन अकेला बैठा पुस्तक के ऊपर झुका पढ़ाई कर रहा है, तब उसका दम घुटने लग जाता। दल के लोगों से शैलेंद्र ने कहा, "इस बार कालीपद सात राजाओं का कौन-सा धन-वैभव हरकर ले आया है, जरा इसका पता चलाओ!"

इस कौतुक में सबने उत्साह प्रकट किया।

कालीपद के कमरे का ताला बहुत ही कम दामों वाला ताला था, उसकी रोक बहुत मजबूत रोक नहीं थी; प्रायः सभी चाबियों से वह खुल जाता। एक दिन संध्या समय जब कालीपद लड़कों को पढ़ाने गया था, उसी बीच में दो-तीन अत्यंत आमोद प्रिय लड़कों ने हंसते-हंसते ताला खोलकर हाथ में एक लालटेन लिए उसके कमरे में प्रवेश किया। तख्त के नीचे से अचार, चटनी, अमावट आदि के बर्तनों को खोज निकाला, किंतु ये चीजें बहुमूल्य गोपनीय सामग्री हों, ऐसा उन्हें नहीं लगा।

खोजते-खोजते तकिए के नीचे से छल्लेसहित एक चाबी मिली। उस चाबी से टीन का बक्स खोलते ही कुछ मैले कपड़े, किताबें, कॉपी, कैंची, छुरी, कलम इत्यादि दिखे। बक्स बंद करके वे जाने की तैयारी कर ही रहे थे कि सारे कपड़े-लत्तों के नीचे रूमाल में लिपटी कोई चीज बाहर निकली। रूमाल खोलते ही फटे कपड़ों का एक पुलिंदा दिखाई पड़ा। उस पुलिंदे को खोलने के बाद लगभग तीन-चार कागजों के आवरण उतार डालने पर पचास रुपये का एक नोट निकला।

इस नोट को देखकर फिर कोई अपनी हंसी न रोक सका। वे हा-हा करके उच्च स्वर में हंस पड़े। सबने निश्चय किया कि इस नोट के लिए ही कालीपद बार-बार कमरे में ताला लगाता है, दुनिया के किसी आदमी का विश्वास नहीं कर पाता। उसकी कृपणता और संदेहशील प्रकृति पर शैलेंद्र के प्रसाद-प्रत्याशी सहचरगण विस्मित हो उठे।

इसी समय सहसा लगा, मानो सड़क पर कालीपद-जैसे किसी की खांसी सुनाई पड़ी हो। तत्क्षण बक्स का ढक्कन बंद करके नोट हाथ में लिए वे ऊपर भाग गए। एक ने झटपट दरवाजे में ताला लगा दिया।

शैलेंद्र उस नोट को देखकर खूब हंसा। पचास रुपये शैलेंद्र के लिए कुछ भी न थे, फिर भी इतना रुपया कालीपद के बक्स में है उसका व्यवहार देखकर कोई इसका अनुमान नहीं कर सकता था। तिस पर इस नोट के लिए इतनी सावधानी! सबने तय किया, देखा जाए इन रुपयों के खो जाने पर यह विचित्र व्यक्ति क्या कांड करता है।

लड़के पढ़ाकर रात में नौ के बाद थके हुए कालीपद ने कमरे की अवस्था पर तनिक भी ध्यान न दिया। विशेषकर उसका सिर मानो फटा जाता हो। समझ गया कि अब कुछ दिन उसके सिर की पीड़ा चलेगी।

दूसरे दिन उसने कपड़े निकालने के लिए तख्त के नीचे से टीन का बक्स खींचा तो देखा, बक्स खुला हुआ है। यद्यपि कालीपद स्वभावतः असावधान नहीं था फिर भी उसको लगा शायद वह ताला लगाना भूल गया होगा। कारण, यदि कमरे में चोर आता तो बाहर के दरवाजे का ताला बंद न रहता।

बक्स खोलकर देखा तो उसके कपड़े-लत्ते सब उलट-पुलट गए थे। उसका हृदय हताश हो गया। जल्दी से सारी चीजें बाहर करके देखीं, माता का दिया हुआ उसका

वह नोट नहीं था। कागज और कपड़े के पुलिंदे थे। कालीपद ने सारे कपड़ों को बार-बार जोर-जोर से झाड़ा, पर नोट नहीं निकला। उधर ऊपर की मंजिल के लोग एक-एक दो-दो करके मानो अपने काम से सीढ़ियों से उतरकर उस कमरे की ओर दृष्टिपात करते हुए बार-बार चढ़ने-उतरने लगे। ऊपर अट्टहास का फव्वारा छूट रहा था।

जब नोट की कोई आशा न रही और जब सिर की पीड़ा के मारे सामान इधर-उधर करना उसके लिए और संभव नहीं रह गया, तब वह बिस्तर पर मृत-तुल्य औंधा लेट गया। वह उसकी माता की बड़ी तपस्या का नोट था—जीवन के न जाने कितने क्षणों को कठिन यंत्रणाओं में पीसकर दिन-पर-दिन धीरे-धीरे यह नोट संचित हुआ था। एक दिन था जब वह इस दुःख के इतिहास को बिल्कुल भी नहीं जानता था, उस समय उसने अपनी माता के भार को केवल बढ़ाया था, अंत में जिस दिन मां ने उसको अपने प्रतिदिन भुगते जाने वाले दुःख का साथी बना लिया था, उस दिन के से गौरव का उसने अपने जीवन में फिर कभी अनुभव नहीं किया। कालीपद ने अपने जीवन में जो सबसे बड़ा संदेश, जो महत्तम आशीर्वाद पाया था, वह इसी नोट में समाया हुआ था। अपनी माता के अतलस्पर्शी स्नेह-समुद्र-मंथन से प्राप्त अमूल्य साधना के उस उपहार का चोरी चला जाना उसे एक पैशाचिक अभिशाप के समान प्रतीत हुआ। बगल के जीने पर आज पैरों की आहट बार-बार सुनाई पड़ रही थी। अकारण चढ़ने-उतरने का आज अंत ही नहीं हो रहा था। गांव आग में जलकर राख हुआ जा रहा हो, और ठीक उसके समीप ही आनंदपूर्ण कल-कल शब्द करती नदी अविरत बही जा रही हो—यह भी ठीक वैसा ही था।

ऊपर के तल्ले का अट्टहास सुनकर सहसा एक बार कालीपद को लगा कि यह चोर का काम नहीं है। पलक मारते वह समझ गया कि शैलेंद्र का दल मजाक में उसका वह नोट ले गया है चोर के चुराने पर भी उसके मन को इतना कष्ट न होता। उसे लगने लगा मानो धन-मद-गर्वित युवकों ने उसकी मां की देह पर हाथ उठाया हो। इतने दिन से कालीपद इस मेस में था, उसने एक भी दिन इन सीढ़ियों से होकर ऊपर के तल्ले पर पैर तक न रखा था। आज अपनी देह पर वही फटी बनियान लिए, खाली पैर मन के आवेग और सिर-दर्द की उत्तेजना से उसका मुंह लाल हो गया था—वह तेजी से ऊपर चढ़ गया।

आज रविवार था—कॉलेज जाने का कार्यक्रम नहीं था, लकड़ी की छत वाले बरामदे में मित्र लोग कोई कुर्सी पर, कोई बेंत के मूढ़े पर बैठे हास्यालाप कर रहे थे। कालीपद दौड़कर उनके बीच जा धमका और क्रोध के मारे भर्राए गले से बोल उठा, "दीजिए, मेरा नोट दीजिए!"

यदि वह विनती के स्वर में बोलता तो वह सफल हो जाता, इसमें संदेह नहीं, किंतु, उसकी उन्मत्तवत् क्रुद्धमूर्ति देखकर शैलेंद्र अत्यंत क्रोधित हो उठा। इसमें संदेह

नहीं कि यदि उसके घर का दरबान होता तो वह उससे इस असभ्य का कान पकड़कर दूर कर देता—सब खड़े होकर एक साथ गरज उठे, "क्या कह रहे हैं जनाब! कैसा नोट!"

कालीपद ने कहा, "आप लोग मेरे बक्से से नोट ले आए हैं।"

"इतनी बड़ी बात! हमें चोर बनाना चाहते हैं!"

यदि कालीपद के हाथ में कुछ होता तो वह उसी क्षण खून-खराबी कर डालता उसका रुख देखकर चार-पांच लोगों ने मिलकर उसके हाथ पकड़ लिए। वह जाल में फंसे बाघ की तरह दहाड़ने लगा।

इस अन्याय का प्रतिकार करने की उसमें कोई शक्ति न थी, कोई प्रमाण न था—सभी उसके संदेह को पागलपन कहकर उड़ा देते। जिन्होंने उसको मृत्युबाण मारा था, वे उसके औद्धत्य को असह्य कहकर जोर-जोर से छाती फुलाने लगे।

वह रात कालीपद ने किस प्रकार बिताई, यह कोई नहीं जान सका। सौ रुपये का एक नोट निकालकर शैलेंद्र ने कहा, "जाओ, उस उजड्ड को दे आओ!"

सहचरों ने कहा, "पागल हो गए हो! गर्व तो चूर होने दो—पहले हम सबको एक लिखित क्षमा-याचना दे, उसके बाद विचार किया जाएगा।"

यथासमय सब सोने गए और नींद आते भी किसी को देर न लगी। सुबह कालीपद की बात प्रायः सब भूल ही गए। सुबह किसी-किसी ने सीढ़ियों से नीचे उतरते समय उसके कमरे में बोलने की आवाज सुनी। सोचा, शायद वकील को बुलाकर परामर्श कर रहा हो। किवाड़ अंदर से बंद थे। बाहर से कान लगाकर जो सुना उससे कानून का कोई संपर्क नहीं था, बिल्कुल असंबद्ध प्रलाप था।

ऊपर जाकर शैलेंद्र को खबर दी। शैलेंद्र उतरकर दरवाजे के बाहर आ खड़ा हुआ। कालीपद न जाने क्या कह रहा था, अच्छी तरह समझ में नहीं आ रहा था, केवल रह-रहकर 'पिताजी-पिताजी' पुकार उठता था।

भय हुआ, शायद नोट के शोक से पागल हो गया हो। बाहर से दो-तीन बार पुकारा, "कालीपद बाबू!" किसी ने कोई उत्तर नहीं दिया। केवल वही बड़बड़ाहट चलती रही। शैलेंद्र ने फिर उच्च स्वर में कहा, "कालीपद बाबू, दरवाजा खोलिए, आपका वह नोट मिल गया है।"

दरवाजा नहीं खुला, केवल बड़बड़ाहट की अस्पष्ट ध्वनि सुनाई पड़ी।

बात इतनी बढ़ जाएगी इसकी शैलेंद्र ने कल्पना भी न की थी। उसने मुंह से अपने अनुयायियों के सामने पश्चाताप प्रदर्शित नहीं किया। किंतु, उसके मन में कांटा चुभने लगा। वह बोला, "दरवाजा तोड़ना चाहिए।"

किसी-किसी ने सलाह दी, "पुलिस को बुला लाओ—क्या पता पागल होकर अगर अचानक कुछ कर बैठे—कल जिस तरह का हाल देखा है—साहस नहीं होता।"

शैलेंद्र ने कहा, "नहीं, अभी जल्दी से कोई जाकर अनादि डॉक्टर को बुला लाओ!"

अनादि डॉक्टर घर के पास ही रहते थे। उन्होंने आकर दरवाजे से कान लगाकर कहा, "यह तो विकार ही मालूम पड़ता है।"

दरवाजा तोड़ने पर भीतर घुसकर देखा—तख्त पर बिछा अस्त-व्यस्त बिस्तर कुछ खिसककर जमीन पर लोट रहा था। कालीपद जमीन के ऊपर पड़ा था—वह चेतनाशून्य था। वह लोट रहा था, रह-रहकर हाथ-पैर पटकता और प्रलाप करता था, उसकी लाल-लाल आंखें खुली हुई थीं और उसके चेहरे से मानो खून फूटा पड़ रहा था।

डॉक्टर ने उसके पास बैठकर बहुत देर तक परीक्षा करके शैलेंद्र से पूछा, "इसका कोई संबंधी है?"

शैलेंद्र का मुंह विवर्ण हो गया। उसने डरकर प्रश्न किया, "क्यों, बात क्या है।"

डॉक्टर ने गंभीर होकर कहा, "खबर कर देना अच्छा है, लक्षण अच्छे नहीं हैं।"

शैलेंद्र ने कहा, "इनके साथ हमारा घनिष्ठ परिचय नहीं है—कुटुंबियों का समाचार हम कुछ भी नहीं जानते। खोज करेंगे। किंतु, इस बीच में क्या करना चाहिए?"

डॉक्टर ने कहा, "इस कमरे से रोगी को इसी वक्त दूसरे तल्ले के किसी अच्छे कमरे में ले जाना उचित होगा। दिन-रात सेवा-सुश्रूषा की व्यवस्था भी करनी चाहिए।"

शैलेंद्र बीमार को स्वयं अपने कमरे में ले गया। अपने साथियों को भीड़ न करने के लिए कहकर कमरे से विदा कर दिया। कालीपद के सिर पर बर्फ की थैली रखकर अपने हाथ से हवा करने लगा।

पहले ही कह चुका हूं, इस कमरे की ऊपरी मंजिल पर रहने वाला दल कहीं किसी प्रकार का अपमान या परिहास न करे इसलिए अपने पिता-माता का पूरा परिचय कालीपद ने इनसे छिपा रखा था। स्वयं उनके नाम जो चिट्ठी लिखता उसे सावधानी से डाकघर में जाकर दे आता और डाकघर के पते से ही उसके नाम चिट्ठी आती—प्रतिदिन वह स्वयं जाकर ले आता।

कालीपद के घर का परिचय पाने के लिए एक बार फिर उसका बक्स खोलना पड़ा। उसके बक्स में चिट्ठियों के दो बंडल थे। प्रत्येक बंडल बड़े यत्न से फीते से बंधा हुआ था। एक बंडल में उसकी माता की चिट्ठियां थीं और दूसरे में उसके पिता की। माता की चिट्ठियों की संख्या थोड़ी थी, पिता की चिट्ठियां ही अधिक थीं।

चिट्ठियों को हाथ में लेकर शैलेंद्र ने दरवाजा बंद कर दिया और रोगी के बिस्तर के पास बैठकर देखना आरंभ किया। चिट्ठी में पता पढ़ते ही एकदम चौंक पड़ा। शानियाड़ी, चौधुरी का परिवार, छः आने के हिस्सेदार! नीचे नाम देखा, भवानीचरण देव शर्मा। भवानीचरण चौधुरी!

चिट्ठी रखकर स्तब्ध होकर बैठकर वह कालीपद के मुख की ओर देखता रहा। कुछ दिन पहले एक बार उसके सहचरों में से किसी ने कहा था कि उसके चेहरे से कालीपद का चेहरा बहुत मिलता है। यह बात सुनने में उसे अच्छी नहीं लगी थी और सबने उसे एकदम उड़ा दिया था। आज वह समझा कि बात निर्मूल नहीं थी। उसके पितामह दो भाई थे—श्यामाचरण और भवानीचरण, यह बात वह जानता था। उसके परिवर्तीकाल के इतिहास की उसके घर में कभी चर्चा नहीं हुई। भवानीचरण के पुत्र है और उसका नाम कालीपद है, यह वह नहीं जानता था। यह कालीपद! यह उसका चाचा!

तब शैलेंद्र को याद आने लगा, शैलेंद्र की पितामही, श्यामाचरण की पत्नी जितने दिन जीवित रहीं, अंत तक बड़े स्नेह से वे भवानीचरण के विषय में चर्चा करती रहीं। भवानीचरण का नाम लेते ही उनकी आंखों में आंसू भर आते। भवानीचरण उनके देवर थे, किंतु अवस्था में उनके पुत्र की अपेक्षा छोटे थे, उनको उन्होंने अपने पुत्र के समान ही पाल-पोसकर बड़ा किया था। संपत्ति के झगड़े के कारण जब वे अलग हो गए तो भवानीचरण की थोड़ी-बहुत खबर पाने के लिए उनका हृदय लालायित रहता। उन्होंने बार-बार अपने लड़कों से कहा था, भवानीचरण को अत्यंत सीधा भला आदमी समझकर जरूर तुमने धोखा दिया है—मेरे ससुर उसे इतना प्यार करते थे कि मैं इस बात पर विश्वास नहीं कर सकती कि वे उसको संपत्ति से वंचित कर जाएं।'' उनके लड़के इन बातों पर बहुत खीझते और शैलेंद्र को याद आया कि वह भी अपनी पितामही के ऊपर बहुत क्रोधित होता। यही नहीं, पितामही के उनका पक्ष लेने के कारण, भवानीचरण के ऊपर भी उसे बड़ा क्रोध आता है। अब भवानीचरण की ऐसी दरिद्र अवस्था थी यह भी वह नहीं जानता था—कालीपद की स्थिति देखकर वह सब बात समझ गया और हजारों प्रलोभनों के रहते हुए भी इतने दिन तक कालीपद उसकी अनुचर-मंडली में भर्ती नहीं हुआ इससे उसने बड़े गौरव का अनुभव किया। यदि दैववश कालीपद उसका अनुवर्ती होता तो आज उसकी लज्जा की सीमा न रहती।

4

शैलेंद्र के दल के लोगों ने इतने दिन तक प्रायः प्रतिदिन ही कालीपद को कष्ट दिया था और अपमानित किया था। शैलेंद्र इस घर में उनके बीच काका को नहीं रख सका। डॉक्टरों का परामर्श लेकर बड़े यत्न से उसको एक अच्छे घर में स्थानांतरित कर दिया।

शैलेंद्र की चिट्ठी पाकर एक साथी का सहारा लिए भवानीचरण चट-पट कलकत्ता दौड़े आए। आते समय व्याकुल होकर रासमणि ने कष्ट से संचित अपने धन का अधिकांश अपने पति के हाथ में देते हुए कहा, ''देखना कहीं देख-भाल में कमी न हो। यदि ठीक समझो तो खबर मिलते ही मैं आ जाऊंगी।'' चौधुरी परिवार में वधू

के लिए चट-से कलकत्ता जाने का प्रस्ताव बहुत ही असंगत था। अतः पहले समाचार के मिलते ही उनका जाना संभव नहीं हुआ। उन्होंने रक्षा काली देवी की मनौती की और ज्योतिषी को बुलाकर स्वस्त्ययन कराने की व्यवस्था करा दी।

कालीपद की अवस्था देखकर भवानीचरण हतबुद्धि हो गए। कालीपद को उस समय अच्छी तरह चेतना नहीं आई थी; उसने उनको मास्टर साहब कहकर पुकारा—इससे उनका हृदय विदीर्ण हो गया। प्रायः बीच-बीच में कालीपद प्रलाप करता हुआ 'पिताजी' 'पिताजी' पुकार उठता था—वे उसका हाथ पकड़कर उसके मुंह के पास मुंह ले जाकर जोर से कहते, "मैं यह रहा बेटा, मैं आ गया हूं।" किंतु उसने उन्हें पहचाना हो, ऐसा भाव प्रकट नहीं किया।

डॉक्टर ने आकर कहा, "ज्वर पहले की अपेक्षा कुछ कम हो गया है, अब शायद अच्छे की ही ओर चलेगा।" कालीपद अच्छे की ओर नहीं जाएगा, यह बात भवानीचरण सोच ही नहीं सकते थे। विशेषकर उसके बचपन से सभी कहते चले आ रहे थे कि कालीपद बड़ा होकर कोई असाधारण कार्य करेगा—इसे भवानीचरण ने केवल-मात्र लोगों के मुंह की कही बात समझकर ग्रहण नहीं किया था—यह विश्वास उनके लिए बिल्कुल संस्कारगत हो गया था। कालीपद को बचना ही होगा, यह उसके भाग्य का लेख है।

इसी कारण, डॉक्टर जितना अच्छा बताता वे उससे कहीं ज्यादा अच्छा सुन लेते और रासमणि को जो पत्र लिखते उसमें आशंका की कोई बात ही न रहती।

शैलेंद्र के व्यवहार से भवानीचरण एकदम आश्चर्यान्वित हो गए। यह कौन कहेगा कि वह उनका परमात्मीय नहीं था। विशेषकर कलकत्ता का सुशिक्षित सभ्य लड़का होने पर भी वह उनके प्रति जिस प्रकार श्रद्धा-भक्ति रखता था ऐसा देखने में नहीं आता। उन्होंने सोचा कि कलकत्ता के लड़कों का शायद इसी तरह का स्वभाव होता है। मन-ही-मन विचारा, यह तो होने की ही बात है, अपने देहाती लड़कों की शिक्षा ही क्या और सोहबत ही क्या।'

ज्वर कुछ-कुछ कम होने लगा और कालीपद ने धीरे-धीरे चेतनता प्राप्त की। पिता को चारपाई के पास देखकर वह चौंक पड़ा; सोचा, उसके कलकत्ता की स्थिति की बात अब उसके पिता को मालूम हो जाएगी। उससे भी अधिक चिंता यह थी कि उसके ग्रामीण पिता शहर के लड़कों के परिहास के पात्र बन जाएंगे। चारों ओर देखकर वह समझ न पाया कि यह कौन-सा कमरा था। लगा, 'यह क्या स्वप्न देख रहा हूं!"

उस समय अधिक सोचने की शक्ति उसमें नहीं थी। उसे लगा कि बीमार का समाचार पाकर उसके पिता ने आकर एक अच्छे मकान में ला रखा है। कैसे लाए, उसका खर्च कहां से जुटा, इतना खर्च करने के बाद कैसा संकट उपस्थित होगा, यह सब बातें सोचने का समय उसके पास नहीं था। इस समय तो उसे अच्छा होना ही होगा, मानो सारी दुनिया से वह यह मांग कर सकता हो।

एक बार जब उसके पिता कमरे में नहीं थे तब शैलेंद्र एक बर्तन में कुछ फल लेकर उसके पास आकर उपस्थित हुआ। कालीपद अवाक् होकर उसके चेहरे की ओर देखता रहा। सोचने लगा, 'इसमें कोई परिहास है क्या।' पहली बात जो उसके मन में आई वह यही थी कि उसके हाथ से तो पिताजी की रक्षा करनी होगी।

फलों का पात्र टेबिल के ऊपर रखकर पैर पकड़कर शैलेंद्र ने कालीपद को प्रणाम किया और कहा, "मैंने गुरुतर अपराध किया है, मुझे क्षमा करें।"

कालीपद हड़बड़ा गया। शैलेंद्र का मुंह देखते ही वह समझ गया कि उसके मन में कोई कपट नहीं है। पहले जब कालीपद मेस में आया था, यौवन की दीप्ति से चमकती हुई इस सुंदर मुखश्री को देखकर कितनी बार उसका मन कितना आकर्षित हुआ था, किंतु वह अपनी दरिद्रता के संकोच के कारण कभी उसके निकट भी नहीं गया। यदि वह समकक्ष होता, यदि मित्र के समान उसके पास जाने का अधिकार उसके लिए सुलभ होता, तो वह कितना खुश होता—किंतु एक-दूसरे के अत्यंत पास रहते हुए भी दोनों के बीच रहने वाले अपार व्यवधान को पार करने का उपाय नहीं था। शैलेंद्र जब जीने से ऊपर चढ़ता या नीचे उतरता तो उसकी बढ़िया चादर की सुगंध कालीपद के अंधेरे कमरे में पहुंच जाती—तब पढ़ाई छोड़कर इस हंसमुख चिंता-रेखाहीन तरुण मुख की ओर एक बार देखे बिना उससे न रहा जाता। तुरंत क्षण-भर के लिए उसके उस सीले कोने वाले कमरे में दूर के सौंदर्य-लोक के ऐश्वर्य की चमकती हुई रश्मि की छटा आ पड़ती। उसके बाद उसी शैलेंद्र का निर्दय तारुण्य उसके लिए कैसा प्राणघातक हुआ यह सभी को ज्ञात है। आज जब शैलेंद्र ने बिस्तर पर उसके सामने फलों का पात्र लाकर उपस्थित किया तब कालीपद ने दीर्घ निश्वास लेकर उस सुंदर मुंह की ओर फिर एक बार आंख उठाकर देखा। क्षमा की बात अपने मुंह से बिल्कुल भी नहीं निकाली—धीरे-धीरे फल उठाकर खाने लगा—जो कहना था वह इसके द्वारा कह दिया गया।

कालीपद प्रतिदिन आश्चर्य से देखने लगा कि उसके ग्रामीण पिता भवानीचरण के साथ शैलेंद्र की मित्रता खूब जम गई है। शैलेंद्र उनको दादा (पितामह) कहता, और एक-दूसरे के बीच निरंतर हंसी-मजाक चलता रहता। उन दोनों के हंसी-मजाक का प्रधान लक्ष्य थीं अनुपस्थित दादी (पितामही)। इतने समय बाद हंसी-मजाक के इस दक्षिण-पवन के हिल्लोल से भवानीचरण के मन में मानो यौवन-स्मृति का पुलक संचरित होने लगा। दादी से अपने हाथों का तैयार किया हुआ अचार, अमावट आदि सारी चीजें शैलेंद्र ने रोगी की अनवधानता के समय चुराकर खा डाली थीं, यह बात आज उसने निसंकोच भाव से स्वीकार की। इस चोरी की खबर से कालीपद को बड़े ही गहरे आनंद का अनुभव हुआ। अपनी मां के हाथ की चीजें वह दुनिया के लोगों को बुलाकर खिलाना चाहता था यदि वे उसका मूल्य समझ सकें। कालीपद के लिए आज उसकी रोग-शय्या

आनंद-सभा बन गई—ऐसा सुख उसे अपने जीवन में कम ही मिला था। उसे प्रतिक्षण लगने लगा, 'मां होती तो कितना अच्छा होता! यहां होतीं तो उसकी मां इस विनोदप्रिय सुंदर युवक को कितना स्नेह करतीं'—इस बात की वह कल्पना करने लगा।

रोगी के कमरे की सभा में बातचीत का केवल एक विषय था जो कभी-कभी आनंद-प्रवाह में बड़ी बाधा डाल देता। कालीपद के मन में मानो दारिद्र्य का एक अभिमान था—किसी समय उनके पास प्रचुर ऐश्वर्य था इस बात को लेकर व्यर्थ ही गर्व करने से उसको बड़ी लज्जा का अनुभव होता। 'हम गरीब हैं' इस बात को किसी 'किंतु' से ढक देने के लिए वह तनिक भी राजी न था। भवानीचरण भी अपने ऐश्वर्य के दिनों की बात गर्व से चलाते हों, ऐसा नहीं था। किंतु वे उनके सुख के दिन थे, उनके पूर्ण यौवन के दिन थे। विश्वासघाती संसार का वीभत्स रूप तब तक उनके सामने नहीं आया था। विशेषकर श्यामाचरण की पत्नी उनकी अत्यंत स्नेहमयी भाभी रमासुंदरी जब उनके घर की मालकिन थीं तब उस लक्ष्मी के भरे भंडार के दरवाजे पर खड़े होकर उन्होंने कितना अजस्र स्नेह लूटा था—उन अस्तमित सुख के दिनों की स्मृति के आलोक से ही तो भवानीचरण के जीवन की संध्या स्वर्ण-मंडित हो गई थी। किंतु, इस संपूर्ण सुखद स्मृति की बातचीत में घूम-फिरकर उस वसीयतनामे की चोरी की बात आ ही जाती। इस प्रसंग के आते ही भवानीचरण बड़े उत्तेजित हो जाते। अब भी वह वसीयतनामा मिल जाएगा, इस संबंध में उनके मन में लेश-मात्र भी संदेह न था—उनकी सती-साध्वी मां की बात कभी व्यर्थ नहीं जाएगी। यह बात चलते ही कालीपद मन-ही-मन अशांत हो उठता। वह जानता था कि यह उसके पिता का निरा पागलपन था। माता-पुत्र दोनों ने इस पागलपन को प्रश्रय भी दिया था, किंतु शैलेंद्र के सामने उसके पिता की यह दुर्बलता प्रकट हो यह उसको जरा भी अच्छा न लगा। कितनी बार उसने पिता से कहा है, ''नहीं पिताजी यह तुम्हारा मिथ्या संदेह है।'' किंतु इस प्रकार के तर्क का परिणाम उल्टा होता। यह प्रमाणित करने के लिए कि उनका संदेह निर्मूल नहीं था वे सारी घटना का विस्तार से विश्लेषण करने लगते। तब कालीपद अनेक प्रयत्न करने पर भी किसी भी प्रकार उनको रोक न पाता।

विशेषकर शैलेंद्र को यह प्रसंग बिल्कुल भी अच्छा न लगता था। कालीपद ने यह स्पष्ट रूप से लक्ष्य किया था। यही नहीं, वह भी कुछ विशेष उत्तेजित होकर मानो भवानीचरण की युक्तियों का खंडन करने का प्रयत्न करता। अन्य सब मामलों में तो भवानीचरण और सबका मत मान लेने को प्रस्तुत थे, किंतु इस मामले में वे किसी से भी हार न मान पाते थे। उनकी मां पढ़ना-लिखना जानती थीं—उन्होंने स्वयं अपने हाथ से उनके पिता का वसीयतनामा और अन्य प्रमाण-पत्र बक्स में बंद करके लोहे के संदूक में रख दिए थे; फिर भी उनके सामने ही जब मां ने बक्स खोला तो देखा कि अन्य प्रमाण-पत्र तो ज्यों-के-त्यों थे, किंतु वसीयतनामा नहीं था, इसको चोरी न

कहा जाए तो और क्या! कालीपद उनको ठंडा करने के लिए कहता, ''अच्छा तो है पिताजी, जो तुम्हारी संपत्ति का उपभोग कर रहे हैं वे भी तो तुम्हारे बेटे की ही तरह हैं, वे तुम्हारे भतीजे ही तो हैं। वह संपत्ति तुम्हारे पिता के वंश में ही रही—यही क्या कम खुशी की बात है।'' शैलेंद्र यह सब बातें बहुत देर तक नहीं सह पाता था, वह कमरे से उठकर चला जाता था। कालीपद मन-ही-मन दुखी होकर सोचता, शैलेंद्र शायद उसके पिता को अपने मन में अर्थ-लोलुप-विषयी समझता है। उसके पिता में अर्थलोलुपता की गंध तक नहीं थी—अगर वह यह बात किसी प्रकार शैलेंद्र को समझा पाता तो कालीपद को बड़ा आराम मिलता।

इतने दिनों में शैलेंद्र कालीपद और भवानीचरण को अपना परिचय अवश्य दे देता। किंतु, इस वसीयतनामे की चोरी की चर्चा ने ही उसमें बाधा पहुंचाई। यह बात वह किसी भी प्रकार स्वीकार नहीं करना चाहता था कि उसके पिता तथा पितामह ने वसीयतनामे की चोरी की है। लेकिन इसके साथ यह बात भी वह किसी प्रकार अस्वीकार नहीं कर सका कि पैतृक संपत्ति के न्याययुक्त अंश से वंचित रखने से भवानीचरण के प्रति एक निष्ठुर अन्याय हुआ है। अब इस प्रसंग में किसी प्रकार का तर्क करना उसने बंद कर दिया—वह बिल्कुल चुप रहता—और यदि कोई मौका पाता तो उठकर चला जाता।

अब भी शाम को कालीपद को थोड़ा ज्वर और सिरदर्द रहता था, किंतु उसको वह बीमारी नहीं समझता था। पढ़ने के लिए उसका मन बेचैन हो उठा। एक बार वह छात्र-वृत्ति चूक गया, दुबारा तो इस तरह काम नहीं चलेगा। शैलेंद्र से छिपकर उसने फिर पढ़ना शुरू कर दिया; इस विषय में डॉक्टर का कड़ा निषेध है, यह जानते हुए भी उसने उसे अमान्य कर दिया।

भवानीचरण से कालीपद ने कहा, ''पिताजी तुम घर लौट जाओ—वहां मां अकेली हैं। मैं तो काफी अच्छा हो गया हूं।''

शैलेंद्र ने भी कहा, अब आपके जाने से कोई हानि नहीं। अब तो चिंता की कोई बात मैं नहीं देखता। अब जो थोड़ा-बहुत रह गया है वह दो दिन में सुधर जाएगा। फिर हम लोग तो हैं ही।''

भवानीचरण ने कहा, ''यह तो मैं अच्छी तरह जानता हूं; कालीपद के लिए चिंता करने की कोई बात नहीं। मेरे कलकत्ता आने की कोई आवश्यकता थी ही नहीं, फिर भी भाई मन कहीं मानता है। खासकर तुम्हारी दादी जब जिद पर अड जाती हैं उससे पीछा छुड़ाने का तो फिर कोई रास्ता ही नहीं रहता।''

शैलेंद्र हंसकर बोला, ''दादा, तुम्हीं ने तो दुलार करके दादी को इतना बिगाड़ा है।''

भवानीचरण ने हंसकर कहा, ''अच्छा भाई, अच्छा, घर में जब पोते की बहू आएगी तब तुम्हारी शासन-प्रणाली कैसा कठोर रूप धारण करेगी, देखा जाएगा।''

भवानीचरण पूर्ण रूप से रासमणि की सेवा में पले हुए जीव थे। कलकत्ता का अनेक प्रकार सुविधापूर्ण आयोजन भी रासमणि के स्नेह और सेवा के अभाव को किसी प्रकार पूरा न कर सका। इस कारण घर जाने के लिए उनसे बहुत ज्यादा अनुरोध नहीं करना पड़ा।

सवेरे सामान बांधकर तैयार हुए थे, तभी कालीपद के कमरे में जाकर देखा, उसका मुंह और आंखें अत्यंत लाल हो गई थीं—उसका शरीर जैसे आग के समान जल रहा था, कल आधी रात तक उसने लॉजिक कंठस्थ की थी, बाकी रात एक क्षण के लिए भी वह न सो सका।

कालीपद की दुर्बलता तो दूर न हुई, उसके ऊपर रोग का ओर प्रबल आक्रमण देखकर डॉक्टर विशेष चिंतित हुए। शैलेंद्र को अलग ले जाकर बोले, "इस बार तो दशा अच्छी नहीं मालूम होती।"

शैलेंद्र ने भवानीचरण से कहा, "देखो, दादा, तुमको भी कष्ट हो रहा है, रोगी की भी शायद भलीभांति सेवा नहीं हो रही है, इससे मैं सोचता हूं, और देरी न करके दादी को बुला लिया जाए।"

शैलेंद्र ने कितना ही छिपाकर क्यों न कहा हो, एक भीषण डर ने भवानीचरण के मन को आकर अभिभूत कर लिया। उनके हाथ-पैर थर-थर कांपने लगे। वे बोले, "तुम जैसा ठीक समझो वही करो!"

रासमणि के पास चिट्ठी गई; वे फौरन बगलाचरण को साथ लेकर कलकत्ता आ गईं। संध्या समय कलकत्ता पहुंचकर वे केवल कुछ घंटों के लिए ही कालीपद को जीवित देख सकीं। ज्वर की अवस्था में उसने रह-रहकर मां को पुकारा था—वही आवाज उनके हृदय में चुभी रह गई।

यह आघात सहकर भवानीचरण किस प्रकार बच सकेंगे इसी भय के कारण रासमणि अपने शोक को भलीभांति प्रकट करने का भी अवसर नहीं पा सकीं—उनका पुत्र फिर उनके पति में जाकर विलीन हो गया—फिर पति के रूप में दो व्यक्तियों का भार उन्होंने अपने व्यथित हृदय पर ले लिया। उनके प्राणों ने कहा, "अब अधिक मैं नहीं सह सकती।" फिर भी उन्हें सहना ही पड़ा।

5

उस समय रात बहुत थी। गहरे शोक की भारी थकावट से रासमणि केवल क्षण-भर के लिए अचेत होकर सो गई थीं, किंतु भवानीचरण को नींद नहीं आ रही थी। कुछ देर बिस्तर पर करवटें बदलकर अंत में लंबी सांस के साथ 'दयामय हरि' कहकर उठ पड़े। कालीपद जब गांव की पाठशाला में पढ़ता था, जब वह कलकत्ता नहीं गया था, तब वह कोने के जिस कमरे में बैठकर पढ़ता-लिखता था भवानीचरण ने कांपते हाथों

में एक दीपक लिए हुए उसी निर्जन कमरे में प्रवेश किया। रासमणि के हाथ से चित्रित फटी हुई कथरी अब भी तख्त पर बिछी थी, उसमें अब भी कई जगह उस स्याही के दाग थे; मैली दीवार के ऊपर कोयले से खिंची उस रेखागणित की रेखाएं दिख रही थीं; तख्त के एक कोने में हाथ से बंधी मैले कागजों की कई कॉपियों के साथ रॉयल रीडर के तीसरे भाग के फटे पन्ने आज भी बिखरे पड़े थे। और–हाय, हाय!–उसके बचपन के छोटे पैरों से निकलकर एक पैर की चट्टी जिस कमरे में पड़ी थी, उसको इतने दिन किसी ने देखकर भी नहीं देखा था, आज वह आंखों को सबसे बड़ी होकर दिख रही थी–संसार में ऐसी कोई बड़ी चीज न थी जो आज इस छोटी चट्टी को ढक सके।

ताक में दिया रखकर भवानीचरण आकर उस तख्त पर बैठ गए। उनके सूखे नेत्रों में जल नहीं आया, किंतु उनके हृदय को न जाने कैसा लग रहा था–लंबी सांस लेते हुए उनकी पसलियां मानो विदीर्ण हुई जा रही थीं। कमरे का पूर्व की ओर का दरवाजा खोलकर जंगले में से उन्होंने बाहर की ओर देखा।

अंधेरी रात थी, टप्-टप् करके वर्षा हो रही थी। सामने चहारदीवारी से घिरा घना जंगल था। उसमें पढ़ने के कमरे के ठीक सामने थोड़ी-सी जमीन में कालीपद ने बागीचा लगाने का प्रयत्न किया था। अब भी उसके अपने हाथ से लगाई हुई झूमका बेल बांस के बेड़े के ऊपर खूब पल्लवित होकर हरिया रही थी–वह फूलों से लद गई थी।

आज बालक के उस यत्नपालिक बागीचे की ओर देखकर उनके प्राण जैसे मुंह को आ गए हों। और कोई आशा नहीं रह गई थी; गर्मी के समय और पूजा के अवसर पर कॉलेज की छुट्टी होती; किंतु जिसके लिए उनका दरिद्र घर खाली पड़ा था वह अब कभी किसी छुट्टी में लौटकर घर नहीं आएगा। "हाय! मेरे बेटे!" कहते हुए भवानीचरण वहीं जमीन पर बैठ गए। अपने पिता के दारिद्र्य को दूर करने के लिए ही कालीपद कलकत्ता गया था, किंतु वह इस वृद्ध को संसार में बिल्कुल निस्सहाय छोड़कर चला गया।–बाहर वर्षा ने और भी जोर पकड़ लिया।

इसी समय अंधेरे में घास पत्तों में पैरों की आहट सुनाई पड़ी। भवानीचरण का हृदय धड़कने लगा। जिस बस की कोई भी आशा न थी उसकी भी मानो वे आशा कर बैठे। उन्हें लगा, मानो कालीपद बागीचा देखने आया हो किंतु मूसलाधार वर्षा जो पड़ रही थी–वह तो भीग जाएगा, इस असंभव उद्वेग के कारण जब उनका मन भीतर से चंचल हो उठा तब जंगल के बाहर उनके कमरे के सामने आकर कोई क्षण-भर के लिए खड़ा हो गया। चद्दर से वह सिर ढके हुए था–उसका चेहरा पहचानने का कोई उपाय न था। किंतु, उसका सिर कालीपद के समान ही रहा होगा। "आ गए बेटे!" कहते हुए भवानीचरण झटपट उठकर बाहर का दरवाजा खोलने गए। दरवाजा खोलकर

बागीचे में आकर उसी कमरे के सामने उपस्थित हुए। वहां कोई न था। उस वर्षा में ही सारे बागीचे में घूमकर देखा, किसी को भी न देख पाए। आधी रात के उस अंधकार में खड़े होकर टूटे स्वर में एक बार 'कालीपद' कहकर जोर से पुकारा—कोई उत्तर न मिला। उस पुकार से नटु नौकर गोशाला से निकल आया और बड़े यत्नपूर्वक वृद्ध को कमरे में ले गया।

दूसरे दिन सवेरे नटु ने कमरे में झाड़ू देते हुए देखा, जंगले के सामने ही कमरे के भीतर पोटली में बंधा कुछ पड़ा है। वह उसने लाकर भवानीचरण के हाथ में दे दिया। भवानीचरण ने खोलकर देखा, एक पुराना दस्तावेज-सा था। चश्मा निकालकर आंखों पर चढ़ाया। थोड़ा-सा पढ़ते ही वे चटपट दौड़कर रासमणि के सामने जा उपस्थित हुए और कागज उनके सामने खोलकर रख दिया।

रासमणि ने प्रश्न किया, "यह क्या है?"

भवानीचरण बोले, "वही वसीयतनामा।"

रासमणि ने कहा, "किसने दिया।"

भवानीचरण ने कहा, "वह कल रात आया था, वही दे गया है।"

रासमणि ने प्रश्न किया, "अब मुझे कोई जरूरत नहीं।" कहकर उस वसीयतनामे के टुकड़े-टुकड़े कर डाले।

यह समाचार जब गांव में फैला तब बगलाचरण ने सिर हिलाते हुए गर्व के साथ कहा, "मैंने कहा था न कि कालीपद के द्वारा ही वसीयतनामा मिल सकेगा?"

रामचरण मोदी ने कहा, "किंतु दादाजी, कल रात जब दस बजे की गाड़ी आकर स्टेशन पर पहुंची तब देखने में सुंदर एक बाबू ने मेरी दुकान पर आकर चौधुरियों के घर का रास्ता पूछा था—मैंने उसका रास्ता दिखा दिया था। उसके हाथ में ऐसा ही कुछ देखा था।"

"अरे हट" कहते हुए बगलाचरण ने यह बात एकदम उड़ा दी।

विद्रोही

लोग कहते हैं अंग्रेजी पढ़ना और भाड़ झोंकना बराबर है। अंग्रेजी पढ़ने वालों की मिट्टी खराब है। अच्छे-अच्छे एम.ए. और बी.ए. मारे-मारे फिरते हैं, कोई उन्हें पूछता तक नहीं। मैं इन बातों के विरुद्ध हूं। अंग्रेजी पढ़-लिखकर मैं डॉक्टर बना हूं। अंग्रेजी शिक्षा के विरोधी तनिक आंख खोलकर मेरी दशा देखें।

सोमवार का दिन था। सवा नौ बजे मेरे मित्र बाबू सन्तोषकुमार बी. एस-सी. एक नवयुवक रोगी को साथ लिये मेरे दवाखाने में आये। उस रोगी की आयु अठारह-उन्नीस से अधिक न थी। गेहुआं रंग, बड़ी-बड़ी आंखें, गठीला शरीर, कपड़े स्वदेशी, किन्तु मैले थे। सिर के बाल लम्बे और रूखे। उस युवक को देखकर मुझे बहुत प्रसन्नता हुई।

सन्तोषकुमार ने युवक का परिचय कराते हुए कहा–"आप जिला नदिया के निवासी हैं, नाम ललित कृष्ण बोस है, किन्तु ललित के नाम से प्रसिद्ध हैं। एम.ए. में पढ़ते थे; परन्तु किसी कारणवश कॉलेज छोड़ दिया।"

मैंने मुस्कराते हुए पूछा–"आजकल आप क्या करते हैं?"

सन्तोषकुमार ने उत्तर दिया–"दो महीने पहले यह किरण प्रेस में प्रूफरीडर के काम पर थे परन्तु इस काम में जी न लगने के कारण नौकरी छोड़ दी। परसों से ज्वर से पीड़ित हैं, कोई अच्छी औषधि दीज़िए।"

आज से पहले भी मैंने इस युवक को कहीं देखा है, परन्तु कहां देखा है और कब? यह स्मरण नहीं। रोग की छान-बीन के पश्चात् मैंने ललित से कहा–"मालूम होता है, आप आवश्यकता से अधिक परिश्रम करते हैं, खैर, कोई बात नहीं दो दिन में आराम हो जायेगा।"

ललित बहुत मधुर-भाषी था। मैं उसकी बातों पर लट्टू हो गया। मैंने कहा–"हर तीन घण्टे के अन्तर से दवा पीजियेगा। दूध और साबूदाने के सिवाय कोई और चीज खाने की आवश्यकता नहीं। कल फिर आने का कष्ट कीजियेगा।"

ललित हंसने लगा। जाते समय मैंने उससे कल अवश्य आने के लिए कहा, परन्तु

ललित ने शाम ही को आने का वचन दिया।

ललित प्रतिदिन सुबह-शाम मेरे यहां आने लगा। मैं उसके व्यवहार से बहुत प्रसन्न था। घंटों इधर-उधर की बातें होती थी। ललित वास्तव में ललित था। वह मनुष्य नहीं देखता था।

ललित अब मेरे घर पर ही रहने लगा। मेरा लड़का उमाशंकर आठवीं कक्षा में पढ़ता था। ललित ने कहा—"मैं इसको बंगला सिखाऊंगा बंगला बड़ी मधुर भाषा है।" मैं स्वयं भी यही चाहता था। उमाशंकर ने बंगला पढ़ना शुरू कर दिया, ललित आज से उमाशंकर का अध्यापक हो गया।

2

कलकत्ता जैसे बड़े नगर में यों तो प्रत्येक त्यौहार पर बड़ी रौनक होती है किन्तु दुर्गा-पूजा के अवसर पर असाधारण धूमधाम और चहल-पहल दिखाई देती है। दशहरा के दिन प्रायः सारे रास्तों पर जन-समूह होता है। बड़े-बूढ़ों में भी उस दिन एक विशेष हर्ष की भावना होती है, लड़कों और युवकों की तो चर्चा ही व्यर्थ है। प्रत्येक व्यक्ति अपनी धुन में मस्त दिखाई देता है। जिस समय दुर्गा की सवारी सामने से आती है तो 'काली माई की जय' के उच्च जय-घोष से आकाश गूंज उठता है, हृदय में एक अनुपम आवेश उत्पन्न होता है।

उस दिन दुर्गा पूजा थी। हम सब व्यक्ति भी शोभा देखने गये थे, ललित साथ था। पहले की अपेक्षा ललित में आज अधिक प्रदर्शन था। प्रत्येक स्थान पर वह देवी की मूर्ति को नमन करता, कभी उसके नेत्र लाल हो जाते और कभी उनमें आंसू उमड़ आते। मैंने देखा, कभी वह हर्षातिरेक से नाचने-कूदने लगता और कभी सर्वथा मौन हक्का-बक्का होकर इधर-उधर देखता। मैंने बहुत प्रयत्न किया; परन्तु उनकी इन चेष्टाओं को न समझ सका। उससे मालूम करने का साहस न हुआ।

हमारे पीछे एक गरीब बुढ़िया एक आठ-नौ साल के बच्चे को साथ लिये खम्भे की आड़ में खड़ी थी। सम्भवतः अथाह जन-समूह के कारण उसको किसी ओर जाने का साहस न होता था। वह भिखारिन थी। गरीबी के कारण पेट पीठ से लग गया था। उसने अपना दाहिना हाथ भीख के लिए पसार रखा था। बच्चा अनुनय-विनय करते हुए कह रहा था—"बाबा, भूखे की सुध लेना, परमेश्वर तुम्हारा भला करेगा।" किन्तु संसार में गरीबों की कौन सुनता है? गरीब बुढ़िया की ओर किसी ने आंख उठाकर भी न देखा, प्रत्येक मनुष्य अपनी प्रसन्नता में प्रसन्न था। बच्चे ने बुढ़िया से कहा—"घंटों बीत गए परन्तु अब तक दो पैसे मिले हैं, सोचता था आज दुर्गा-पूजा है कुछ अधिक ही मिल जायेगा; किन्तु खेद है कि चिल्लाते-चिल्लाते गला बैठ गया; कोई सुनता ही नहीं। जी में आता है यहीं प्राण त्याग दूं।" यह कहकर बच्चा रोने लगा।

बुढ़िया की आंखों में आंसू झलकने लगे। उसने कहा, "बेटा! अपना भाग्य ही

खोटा है, कल सत्तू खाने के लिए छः पैसे मिल गये थे आज उसका भी सहारा दिखाई नहीं देता। आज भूखे पेट ही रहना होगा। हाय! यह हमारे पाप का फल है।''

बुढ़िया ने एक ठंडी उसांस ली और अपने फटे मैले आंचल से अपनी और बच्चे की आंखें पोंछीं। बच्चा फिर उसी विनती से कहने लगा—'बाबा, भूखे की सुध लेना, परमेश्वर तुम्हारा भला करेगा।' परन्तु नक्कारखाने में तूती की आवाज कौन सुनता? इतना अधिक जन-समूह था; किंतु इस विनती पर कोई कान देकर सुनने वाला न था।

ललित उस समय बुढ़िया की ओर देख रहा था। उसकी दुखित दशा देखकर उसका हृदय विकल हो गया। उसने अपनी जेब टटोली, उसमें फूटी कौड़ी भी नहीं थी, बहुत व्याकुल हुआ। उसने अपनी दूसरी जेब में हाथ डाला, कुछ आवश्यक कागजों के बीच में एक अठन्नी निकल आई। ललित की निराशा प्रसन्नता में परिवर्तित हो गई, मुखड़ा खिल गया। वह अठन्नी उसने बुढ़िया के हाथ पर रख दी।

जिस प्रकार दस-पांच रुपये लगाने वाले को लाटरी में दस-बीस हजार रुपये मिल जाने पर प्रसन्नता होती है, जिस प्रकार एक युवती नये आभूषण पहनकर प्रसन्न होती है, जिस प्रकार एक सूखे हुए खेत में वर्षा हो जाने से किसान हर्ष से फूला नहीं समाता, जिस प्रकार कोई नया कवि अपनी कविता को किसी पत्रिका में छपा हुआ देखकर प्रसन्न होता है। उससे कहीं अधिक उस गरीब बुढ़िया को अठन्नी पाकर प्रसन्नता हुई। प्रसन्नता के मारे उसकी आंखों में आंसू भर आए, वह निर्निमेष ललित की ओर देखने लगी। उसका मग्न हृदय ललित को सहस्र आशीष दे रहा था।

यह दशा देखकर मुझे बहुत आश्चर्य हुआ। मैंने अनेकों बार उस बुढ़िया को देखा था, उससे मुझे सहानुभूति भी थी किन्तु कभी यह साहस न हुआ कि उसकी सहायता करूं। कभी हृदय में आता कि उसको कुछ देना चाहिए, कभी यह कहता कि इसमें क्या रखा है, संसार में लाखों गरीब हैं किस-किसकी सहायता करूंगा? ललित, जिसे कभी-कभी भूखे तक रहना पड़ता, जिसको मैंने कभी एक पैसे का पान तक चबाते न देखा था और जो मेरी दृष्टि में बहुत कंजूस था, उसका यह दान देखकर मेरे आश्चर्य की सीमा न रही।

स्वप्न में उस दिन मुझे ललित की बहुत-सी विशेषताएं दिखाई दीं। मालूम नहीं वे सत्य थीं या असत्य, किन्तु ज्योतिषी के हिसाब से उनको सत्य ही समझना चाहिए। इसका कारण यह है कि रात मुझे ढाई बजे नींद आई और वह स्वप्न मैंने रात के अंतिम पहर में देखा था।

3

ललित के सहयोग से उमाशंकर में आश्चर्यजनक परिवर्तन हो गये। कहां तो वह बिना मोटर के घर से बाहर न निकलता था पर अब यह दशा थी कि ललित के साथ वायु-सेवन के लिए प्रतिदिन कोसों पैदल निकल जाता, सिनेमा देखने का चस्का जाता रहा, व्यक्तिगत

विलास सामग्री और प्रदर्शन के व्यसन को भी तिलांजलि दे दी। अंग्रेजी शिक्षा से अब उसे घृणा हो गई।

रविवार के दिन मेरे यहां कुछ मित्रों की गार्डन-पार्टी थी, खूब आनंद रहा। मैं अपने मित्रों के सत्कार में लगा हुआ था। उधर उपेन्द्रकुमार, गोपाल, उमाशंकर और ललित में चुपके-चुपके बातें हो रही थीं। ये लोग क्या बातें कर रहे थे यह बताना कठिन है, क्योंकि प्रथम तो पार्टी की झंझटों में उलझा हुआ था, उनकी ओर अधिक ध्यान न था, दूसरे वे मेरे से दूर थे और धीरे-धीरे बातें कर रहे थे, बीच-बीच में जब ये लोग खिल-खिलाकर हंस पड़ते तो मुझे भी हंसी आ जाती।

गोपाल बाबू को मैं काफी समय से जानता हूं, रिश्ते में यह सन्तोषकुमार के बहनोई होते हैं। प्रथम श्रेणी के शौकीन प्रेमी स्वभाव के हैं। आज देखा तो कलाई रिस्टवाच से खाली थी, रेशम की कमीज में से सोने के बटन गायब थे, होंठों की लाली गायब, बाल भी फैशन के न थे। मैंने सन्तोषकुमार से धीरे से कहा—"आज तो भाई साहब का कुछ और ही रंग है वह पहली-सी चटक-मटक दिखाई नहीं देती, क्या बात है? कुछ समझ में नहीं आता।"

सन्तोषकुमार ने मुस्कराते हुए उत्तर दिया—"आजकल इन पर स्वदेशी भूत सवार है। कई महीने से यह इसी रंग में रंगे हुए हैं, क्या आपने आज ही इन्हें इस वेश में देखा है?"

मैंने उत्तर दिया—"हां! और इसीलिए मुझे आश्चर्य भी हुआ।"

सन्तोषकुमार ने किसी सीमा तक उपेक्षा-भाव से कहा—"हमें क्या मतलब? जो जिसके जी में आए करे, बार-बार समझाने पर भी यदि कोई न सुने तो क्या किया जाए। अधिक कहने-सुनने से अपनी प्रतिष्ठा पर आंच आती है। जैसी करनी वैसी भरनी प्रसिद्ध है। जब बन्दी-गृह में चक्की पीसनी पड़ेगी तो आटे-दाल का भाव मालूम हो जायेगा।"

मैंने कहा—"सन्तोषकुमार तुम बिल्कुल सत्य कहते हो, जमाने की हवा कुछ बदली हुई दिखाई देती है। ललित को भी कुछ स्वदेश की सनक है। यद्यपि मैं स्वदेशी का विरोधी हूं और देश-भक्त मुझे एक आंख नहीं भाते तब भी मैं ललित की स्पष्टवादिता और सात्विकता पर मुग्ध हूं। उसकी रुचि मुझे बहुत भाती है।"

सन्तोष कहने लगा—"किन्तु आपकी भांति उसकी धाक नहीं बंध सकती। आप जब पाश्चात्य वस्त्र पहनकर बाहर निकलते होंगे तो अशिक्षित मनुष्य भय से कांप उठते होंगे और अशिक्षित व्यक्ति आपसे नमस्कार करके आकाश पर पहुंच जाते होंगे।"

मुझे हंसी आ गई, सन्तोषकुमार भी हंसने लगा।

उस दिन रात को मैं अचेत सोया हुआ स्वप्न देख रहा था कि किसी ने मुझे झंझोड़ा, मैं चौंक गया। आंखें खोलकर देखता हूं तो मेरा नौकर रामलाल हाथ में लालटेन लिये खड़ा है।

मुख पर हवाइयां उड़ रही हैं, शरीर थर-थर कांप रहा है। मैंने घबराकर मालूम किया—"क्यों रामलाल क्या बात है, तुम कांप क्यों रहे हो?"

रामलाल ने उत्तर दिया—"बाबू, पुलिस ने सारा मकान घेर रखा है, कोई बात समझ में नहीं आती। मैं कोई चोर या बदमाश न था, पुलिस का नाम सुनकर घबरा गया। दो-एक बेईमानियां जो छिपकर की थीं वे आंखों के सामने फिरने लगीं। पूर्ण विश्वास हो गया कि पुलिस मुझे गिरफ्तार करने आई है।"

पुलिस की हलचल सुनकर मेरी चेतना जाती रही। साहस करके नीचे आया। रामलाल बोला—"आज्ञा हो तो दो-चार हाथ दिखाकर पुलिस वालों को पृथ्वी पर लिटा दूं?"

मैंने कहा—"सावधान! भूलकर भी ऐसा न करना, पुलिस से बिगाड़ करना अच्छा नहीं होता।"

द्वार खोल दिया। दो-तीन सार्जेण्टों के साथ एक श्वेत वस्त्रधारी बंगाली और आठ-दस सिपाही कमरे के अन्दर घुस आये।

बंगाली बाबू ने जेब से एक बादामी कागज निकालकर मुझे दिखाते हुए कहा—"यह गिरफ्तारी-वारंट है, आपके यहां विद्रोहियों की गुप्त मंत्रणा का स्थान है। विद्राही तुरन्त गिरफ्तार किया जाएगा।"

मुझ पर बिजली-सी टूट पड़ी। मैं समझा सम्भवतः मैं ही विद्रोही हूं और मेरी गिरफ्तारी का यह वारंट है, मुझको पुलिस गिरफ्तार करने आई है। आह! अब कुशल नहीं, यदि फांसी से बच रहा तो काला पानी अवश्य भेजा जाऊंगा।"

मैंने कंपकपाते हुए कहा—"विद्रोही और वह भी मेरे मकान में? आप क्या कह रहे हैं। मैं सरकार का शुभाकांक्षी हूं। इसी वर्ष मुझे राय साहस की उपाधि मिली है आपको भ्रम हुआ है।"

एक सार्जेण्ट ने त्योरी बदलकर कहा—"अम काला आदमी नहीं है, गोरा आदमी कभी झूठ नहीं बोल सकता।"

बंगाली बाबू ने तनिक रुष्टता की मुद्रा में कहा—"पुलिस का भ्रम नहीं हो सकता, भ्रम प्रायः डॉक्टरों को हुआ करता है।"

मैंने पूछा—"विद्रोही का नाम क्या है?"

कहा—"शरद्कुमार।"

"बंगाली है?"

"हां।"

"कहां का रहने वाला है?"

"श्री रामपुर का।"

मेरे सिर से जैसे विपत्ति-सी टल गई। नाम सुनते ही होंठों पर हंसी खेलने लगी। मैंने कहा—"महाशय, इस नाम का कोई व्यक्ति मेरे घर में नहीं है।"

"कोई और बंगाली आपके मकान में है?"

"हां, सीधा-साधा नवयुवक है जो उमाशंकर को बंगला भाषा पढ़ाता है।"

उस श्वेत वस्त्रधारी बंगाली ने कहा—"हां, उसकी ही खोज है। उसका असली नाम शरद्कुमार है। पुलिस महीनों से उसके पीछे परेशान है, हाथ ही न आता था।"

मैंने आश्चर्य से कहा—"वह तो जिला नदिया का रहने वाला है और आप कहते हैं कि अपराधी श्री रामपुर का निवासी है।"

"सब उसकी चालें हैं, वह श्री रामपुर का निवासी है। उसके पिता का नाम हृदयनाथ है जो एक प्रसिद्ध जमींदार हैं।"

मैंने फिर पूछा—"उस पर क्या अपराध है?"

इंस्पेक्टर ने उत्तर दिया—"विद्रोह, एक गुप्त संस्था से उकसा संबंध है। बम बनाना, चोरी, डकैती, कत्ल, लूटमार यह उनकी देशसेवा है।"

यह सुनकर मुझे हंसी आ गई। मैंने कहा—"आप महानुभाव एक सत्रह-अठारह वर्ष के बंगाली युवक को विद्रोही बना रहे हैं, यह भला कोई मानने की बात है। एक साधारण युवक की गिरफ्तारी के लिए इतने व्यक्ति!"

चार सिपाही दरवाजे पर खड़े किए गये, घर की तलाशी शुरू हुई। दालान, कोठरी, बैठक, रसोईघर, यहां तक कि दिशा-मैदान तक के स्थान को ढूंढ़ डाला किन्तु ललित का कहीं पता न था। अलबत्ता उसके कमरे में एक कागज का टुकड़ा मिला; पढ़कर सब आश्चर्य से एक-दूसरे का मुंह ताकने लगे। उसमें लिखा हुआ था—

"इंस्पेक्टर साहब

नमस्ते।

मैं फिर भाग रहा हूं। आपके पुलिस वाले समझ गये होंगे कि मैं कितना भयानक व्यक्ति हूं, जरा बचते रहियेगा।

भारत माता का तुच्छ सेवक

शरद्"

बंगाली बाबू ने अपने माथे पर हाथ मारकर कहा—"बना बनाया खेल बिगड़ गया, कमबख्त ने चक्मा दे दिया। महीनों की मेहनत पर पानी फिर गया।"

पुलिस निराश होकर वापस चली गई। हम सब भी उमाशंकर के साथ ललित के लिए आंसू बहाने लगे। ललित से हम सबको बहुत अधिक प्रेम था, उसका यह काम देखकर मुझे आश्चर्य हुआ।

महाशय! मैं वही डॉक्टर हूं, मेरी डॉक्टरी बहुत चमक गई है, उमाशंकर मैट्रिक पास कर चुका है, उसकी दशा दिन-प्रतिदिन बदलती जा रही है। यह वही उमाशंकर है जो अपने हाथों गिलास में पानी भी नहीं डालता था, आज वही गरीबों की सेवा के लिए हर समय उद्यत रहता है। ललित के पश्चात् स्वयंसेवक का जीता-जागता चित्र मुझे उमाशंकर ही में दिखाई दिया। एक दिन बैठे-बैठ ललित का ध्यान आ गया, आंखों

में आंसू भर आये। उसकी स्मृति से पुराना प्रेम ताजा हो गया। इसी बीच उमाशंकर ने कमरे में प्रवेश किया। उसके हाथ में एक अंग्रेजी का अखबार था। मुंह लाल हो रहा था, आंखें डबडबा रही थीं। उसने भर्राई हुई आवाज में कहा—''ललित को आजीवन देश-निकाले का दंड दिया गया है। वह कातिल नहीं था, वह देश का सच्चा सेवक, स्वतंत्रता का पुजारी, सहृदय और सबसे प्रेम का बर्ताव करने वाला मनुष्य था।

''ललित का उद्देश्य कत्ल या लूटमार करना रहा हो या विद्रोह, इसके विषय में मैं कुछ नहीं जानता, मैं उसके स्पष्टवादी स्वभाव और उसकी सादगी का कायल हूं। मुझे उस पर पूर्ण विश्वास था।'' उमाशंकर के शब्द सुनकर मेरा हृदय दहल गया। उमाशंकर रोने लगा। मैं भी अधिक न सहन कर सका, मैंने अपने आंसू पोंछे। इसके पश्चात् मैंने कहा—''उमाशंकर ललित को देखने के लिए हृदय विकल है, वह कब तक वापस आयेगा।''

उमाशंकर ने इसका कोई उत्तर न दिया, वह दहाड़ें मार-मारकर रोने लगा। उसकी यह दशा देखकर मुझसे भी सहन न हो सका। दशा भिन्न हो गयी, हृदय के टुकड़े-टुकड़े हो गये, चिन्ता और क्रोध तिलमिलाने और छटपटाने लगा।

मुन्ने की वापसी

पहले-पहल राइचरण जब मालिक के यहां नौकरी करने आया तब उसकी उम्र बारह वर्ष की थी। जैसोर ज़िले में उसका घर था। लंबे बाल, बड़ी-बड़ी आंखे, सांवला, चिकना और छरहरा। जात से कायस्थ। उसके मालिक भी कायस्थ थे। मालिक के एक साल के बच्चे की देखभाल और पालन-पोषण में सहायता करना ही उसका प्रधान कर्त्तव्य था।

इस शिशु ने समय के साथ ही राइचरण की गोद छोड़कर स्कूल, स्कूल छोड़कर कॉलेज, अंत में कॉलेज छोड़कर मुंसिफ़ी में प्रवेश किया। राइचरण अब भी उनका नौकर था।

उसके मालिक की एक और बढ़ती हुई है; मांजी घर में पधारी हैं, अतः अनुकूल बाबू पर राइचरण का पहले जितना अधिकार था उसका अधिकांश ही नई मालकिन के हाथों में आ गया है।

पर मालकिन ने जैसे राइचरण का पूर्वाधिकार घटा दिया है वैसे ही एक नया अधिकार सौंप, उसका बहुत कुछ पूरा भी कर दिया है। कुछ ही दिन हुए अनुकूल के एक पुत्र हुआ है—और राइचरण ने मात्र अपनी चेष्टा और अध्यवसाय से उसे पूर्णरूपेण अपने वश में कर लिया है।

वह उसे इतने उत्साह के साथ झुलाना शुरू करता है, उसे दोनों हाथों से पकड़ ऐसी निपुणता के साथ आकाश में उछालता है, उसके मुंह के पास जाकर ऐसी आवाज के साथ सिर हिलाता रहता है, किसी उत्तर की प्रत्याशा न करके ऐसे सब बिल्कुल अर्थहीन, असंगत प्रश्न सुर के लहजे में शिशु से करता रहता है कि यह छोटा अनुकूल वंशजात राइचरण को देखते ही एकदम पुलकित हो उठता है।

और जब बच्चा घुटनों के बल रेंगता अत्यंत सावधानी से चौखट पार करता और किसी के पकड़ने आने पर खिलखिलाहट भरी हँसी और किलकारी के साथ तेजी से किसी सुरक्षित स्थान में छिपने की कोशिश करता, तब राइचरण उसके असाधारण चातुर्य और विचार-शक्ति को देखकर चकित रह जाता। वह मांजी के पास जाकर गर्व

और विस्मय से कहता, "मां, तुम्हारा बेटा बड़ा होकर जज बनेगा, और पांच हजार रुपये रोज़गार करेगा।"

दुनिया में कोई दूसरी मानव संतान इस आयु में चौखट लांघने जैसा असंभव चातुर्य का परिचय दे सकती है यह राइचरण की समझ से परे है, केवल भावी जज के लिए ही कुछ आश्चर्य नहीं।

आखिर शिशु ने जब टलमला कर चलना शुरू किया तो वह आश्चर्यजनक घटना थी और जब मां को मां, बुआ को बुई तथा राइचरण को चन्न कहकर पुकारने लगा, तो राइचरण उस अविश्वसनीय संवाद की जिस-तिस के पास घोषणा करने लगा।

सबसे आश्चर्य की बात तो यह है कि 'यह मां को मां, बुआ को बुआ, पर मुझे चन्न कहता है। वास्तव में, शिशु के मस्तिष्क में यह बुद्धि कैसे आई कहना कठिन है। निश्चय ही कोई वयस्क व्यक्ति कभी भी इस प्रकार के असाधारणत्त्व का परिचय नहीं दे सकता और यदि देता भी तो उसके जज पद-प्राप्ति की संभावना के विषय में जनसाधारण के मन में संदेह उत्पन्न होता।

कुछ दिनों बाद राइचरण को मुंह में रस्सी लगाकर घोड़ा बनना पड़ा। और मल्ल बनकर शिशु के साथ कुश्ती लड़नी पड़ी—फिर पराभूत होकर भूमि पर धराशायी न होने पर तो भारी विप्लव मच जाता।

इसी समय अनुकूल बाबू की पद्मा नदी के किनारे वाले किसी ज़िले में बदली हो गई। अनुकूल अपने शिशु के लिए कलकत्ता से बच्चों की ठेलागाड़ी ले गए। साटिन का कुर्ता, सिर पर ज़री की टोपी, हाथों में सोने के कड़े और पैरों में पाजेब पहना कर राइचरण—नवकुमार को दोनों वक्त गाड़ी में हवा खिलाने ले जाता।

वर्षा ऋतु आई। भूखी पद्मा अपने एक-एक ग्राम में बाग़-बगीचे, गांव के गांव और शस्य खेत मुख में डालती चली गई। बालूचर के काम-वन और वन झाऊ पानी में डूब गए। किनारे के टूटने के निरंतर झुपझाप शब्द और जल के गर्जन से दसों दिशाएं मुखरित हो उठीं और द्रुतवेग से धावमान फेन राशि ने नदी की तीव्र गति को प्रत्यक्ष दृष्टिगोचर कर दिया।

अपराह्न में बादल छाए थे लेकिन वर्षा की कोई संभावना नहीं थी। राइचरण के ख़ब्ती छोटे मालिक किसी भी तरह घर में रहना नहीं चाहते थे। गाड़ी में चढ़ बैठे। राइचरण धीरे-धीरे गाड़ी ठेलता हुआ धान के खेत के किनारे नदी तीर पर आ पहुंचा। नदी में एक भी नाव नहीं, खेत में एक भी आदमी नहीं—बादलों की सूराखों से ही दीख पड़ा कि उस पार जनशून्य बालुका-तीर पर शब्दहीन दीप्त समारोह के साथ सूर्यास्त का आयोजन हो रहा है। उस निस्तब्धता के बीच सहसा शिशु ने एक ओर उंगली-निर्देश करते हुए कहा—"चन्न, फू...।"

कुछ ही दूर जलपूर्ण पंकिल भूमि पर एक विशाल कदंब वृक्ष की ऊंची डाल पर कई एक कदंब के फूल खिले थे, उसी ओर शिशु को लुब्ध दृष्टि आकृष्ट हुई थी।

दो-चार दिन हुए, राइचरण ने उन्हें एक सींक में पिरोकर कदंब फूल की गाड़ी बना दी थी, उसे रस्सी से बांधकर खींचने में इतना आनंद आया था कि उस दिन फिर राइचरण को लगाम नहीं बांधनी पड़ी, घोड़े से एकबारगी ही सईस के पद पर उसकी बढ़ोत्तरी हो गई थी।

कीचड़ में से होते हुए फूल चुन लाने की इच्छा चन्न की नहीं हुई जल्दी से विपरीत दिशा में उंगली-निर्देश कर वह बोला, "देखो-देखो-व-ह-देखो चिड़िया, वह उ-ड़-गई। अरी चिड़िया, आ-जा रे..." इस प्रकार निरंतर कई तरह से बहलाता हुआ वह वेग से गाड़ी ठेलने लगा।

किंतु जिस बालक के भविष्य में जज होने की कुछ भी संभावना हो उसे हर प्रकार सामान्य उपायों से भुलाने की प्रत्याशा व्यर्थ है—और खासतौर पर तब जबकि चारों और दृष्टि आकर्षण के लिए उपयोगी कुछ भी नहीं था और काल्पनिक चिड़िया को लेकर अधिक समय तक काम नहीं चलना।

राइचरण ने कहा, "तब तुम गाड़ी में ही बैठे रहना, मैं चट् से फूल चुनकर ला रहा हूं। ख़बरदार, किनारे पेर मत जाना।" कहते हुए घुटने के ऊपर धोती उठाकर वह कदंब वृक्ष की ओर चल पड़ा।

पर जल के किनारे जाने का जो निषेध हुआ—इससे शिशु का मन कदंब फूल से प्रत्यावृत्त हो—उसी क्षण जल की ओर धावित हुआ। देखा, जल कलकल-छलछल करता दौड़ता चला जा रहा है; जैसे शैतानी करते किसी एक वृहत् राइचरण के हाथ से बचकर एक लाख शिशु प्रवाह सहास्य कल स्वर से निषिद्ध स्थान की ओर द्रुतवेग से भागा जा रहा हो।

उनके उस असत् दृष्टांत से मानव शिशु का चित्त चंचल हो उठा। गाड़ी से धीरे-धीरे उतरकर वह जल के किनारे गया—एक लंबी घास बीन उसमें बंसी की कल्पना कर झुककर मछली पकड़ने लगा—विह्वल जलराशि ने अस्फुट चंचल भाषा में शिशु को बार-बार अपने खेल के घर में आने का आह्वान जनाया। एक बार झप से एक शब्द हुआ, किंतु वर्षा में पद्मा के किनारे ऐसे शब्द कितने ही सुनाई पड़ते हैं। राइचरण ने अंगोछा भरकर कदंब के फूल चुने। पेड़ से उतर कर वह मुस्कराता हुआ गाड़ी के पास आया। देखा—कोई नहीं है। चारों ओर ताका कहीं किसी का कोई चिह्न तक नहीं।

क्षणभर में राइचरण के शरीर का सारा खून जमकर बर्फ़ हो गया, सारा जगत् मलिन विवर्ण धूमिल-सा लगने लगा। वह टूटे दिल से एक बार जी-जान लगाकर चिल्ला उठा, "बाबू—मुन्ना बाबू—मेरे प्यारे भैया बाबू...!"

किंतु 'चन्न' कहते किसी ने उत्तर नहीं दिया, किसी शिशु कंठ की शैतानी भरी हँसी भी नहीं सुनाई पड़ी केवल पद्मा पूर्ववत् छलूछलू-कलूकलू कर भागती जा रही थी जैसे वह कुछ भी न जानती हो और दुनिया भरकर इन तमाम साधारण घटनाओं की ओर ध्यान देने के लिए उसके पास जैसे एक क्षण का भी समय न हो।

संध्या हो जाने पर उत्कंठित जननी ने चारों और आदमी दौड़ाए—हाथ में लालटेन लिए हुए आदमियों ने नदी के किनारे देखा, राइचरण निशीथ की तूफ़ानी हवा के समान सारे खेतों में—"बाबू—मेर मुन्ना बाबू"...कहता बैठे गले से चिल्लाता फिर रहा है। अंत में घर लौटकर राइचरण मांजी के पैरों में आकर धड़ाम-से गिरा। उससे जितना ही पूछा जाता, वह रोते-रोते यही बताता—"मुझे कुछ नहीं मालूम मां!"

यद्यपि सभी ने मन-ही-मन समझ लिया कि यह काम पद्मा नदी का ही है फिर भी गांव के पास ख़ानाबदोशों के एक दल का समागम हुआ है, उनके प्रति भी संदेह दूर नहीं हुआ। और माताजी के मन में ऐसा संदेह उपस्थित हुआ कि शायद राइचरण ने उसे कहीं छिपा रखा है; यहां तक कि उसे बुलाकर बड़ी चिरौरी करते हुए बोली, "तू मेरे बच्चे को लौटा दे—तू जितने रुपये चाहे मैं तुझे दूंगी।" यह सुनकर राइचरण ने माथा पीट लिया। मालकिन ने उसे भगा दिया।

अनुकूल बाबू ने अपनी पत्नी के मन से राइचरण के प्रति इस अनुचित संदेह को दूर करने की चेष्टा की थी। उन्होंने पूछा था, 'आखिर राइचरण ने ऐसा जघन्य अपराध किस उद्देश्य से किया होगा?' मालकिन बोलीं, "क्यों, उसकी देह पर सोने के गहने जो थे।"

2

राइचरण अपने गांव लौट गया। इतने दिनों तक उसे संतान नहीं हुई थी, होने की विशेष आशा भी नहीं। पर दैव योग से वर्ष के पूरे होते न होते उसकी पत्नी ने अधिक आयु में एक पुत्र संतान को जन्म दे अपनी लोकलीला संवरण की।

इस नवजात शिशु के प्रति राइचरण के मन में अत्यंत विद्वेष जगा। सोचा, यह जैसे छल से ही मुन्ना बाबू का स्थान अधिकार करने को आया हो। उसे लगा, मालिक के इकलौते बेटे को जल में बहाकर खुद बेटे के सुख का उपभोग करना जैसे एक महापातक हो। अगर राइचरण की विधवा बहन न होती तो यह शिशु पृथ्वी की वायु का अधिक दिन भोग नहीं कर पाता।

आश्चर्य की बात यह है कि इस बच्चे ने भी थोड़े दिनों के बाद ही चौखट लांघना शुरू किया और सभी प्रकार की मनाही की अनदेखी करने में सकौतुक चतुरता प्रकट करने लगा। यहां तक कि इसका कंठस्वर—हँसने-रोने की आवाज बहुत कुछ उसी शिशु जैसी थी। कभी-कभी जब इसका रोना सुनकर, राइचरण की छाती सहसा जोरों से धड़कने लगती। लगता, भैया बाबू राइचरण को न पाकर कहीं रो रहा है।

फेलूना[1]—राईचरण की बहन ने इसका नाम रखा था फेलूना—समय आने पर उसने 'बुआ' कहकर बुलाया। उस परिचित बुलाहट को सुनकर एक दिन सहसा राइचरण

1. बंगला अर्थ 'निरादृत'; हिंदी समानार्थक 'फेंकू'।

के मन में आया—'फिर तो मुन्ना बाबू मेरा मोह-बंधन तुड़ा नहीं पाए हैं। उसने तो मेरे घर में ही आकर जन्म लिया है।'

इस विश्वास के पक्ष में कई अकाट्य युक्तियां थीं, पहली, उसके जाने के साथ ही साथ इसका जन्म। दूसरी, इतने दिनों के बाद अचानक उसकी पत्नी के गर्भ से ही संतान का जन्म-ग्रहण जो कभी भी स्त्री के निजगुण से नहीं हो सकता है। तीसरी, यह भी घुटनों के बल रेंगता है, टलमलाकर चलता है और बुआ को 'बुआ' कहता है। जिन सभी लक्षणों के रहने पर भविष्य में जज हुआ जा सकता है उनमें से अधिकांश इसमें मौजूद हैं।

तब मांजी के उस भयानक संदेह की बात सहसा याद आई—चकित हो उसने मन-ही-मन कहा, "वाह, मां के मन ने जान लिया कि उसके बच्चे को किसने चुराया है।" तब इतने दिनों तक शिशु की जो अवहेलना की थी उसके लिए बड़ा अनुताप हुआ। वह फिर शिशु की पकड़ में आ गया।

अब से फेलूना को राइचरण इस प्रकार पालने लगा जैसे वह बड़े घर का लड़का हो। उसे साटिन का कुर्त्ता खरीद दिया। जरी की टोप ले आया। मृत पत्नी के गहने गलाकर चूड़ी और बाला तैयार हुए। मुहल्ले के किस भी लड़के के साथ उसे खेलने नहीं देता। रात-दिन केवल स्वयं ही उसके खेल का साथी रहता। मोहल्ले के लड़के मौका पाकर उसको नवाबजादा कहकर मजाक उड़ाते और गांव वाले राइचरण के इस प्रकार के सनकी आचरण से आश्चर्य में पड़ गए।

फेलूना की जब विद्याभ्यास की उम्र हुई तब राइचरण अपनी सारी ज़मीन-जायदाद बेच उसे लेकर कलकत्ता चला गया। वहां बड़ी मुश्किलों से एक नौकरी जुटाकर उसने फेलूना को विद्यालय भेजा। स्वयं जैसे-तैसे रहकर लड़के को अच्छा खिला-पहना कर अच्छी शिक्षा देने में कोई कसर नहीं छोड़ता। मन-ही-मन कहता, 'बेटा तू स्नेहवश मेरे घर में आया है, इससे तेरी देखरेख में कोई कमी हो, यह नहीं होगा।'

इसी तरह बारह वर्ष बीत गए। लड़का पढ़ने-लिखने में अच्छा और देखने-सुनने में भी ख़ासा, मोटा-ताज़ा और उज्ज्वल श्यामवर्ण का था—पहनने-ओढ़ने केश-विन्यास की ओर उसके विशेष ध्यान था—मिजाज़ से भी कुछ बेहद शौक़ीन था। पिता को ठीक पिता-सा नहीं मान पाता था। क्योंकि राइचरण स्नेह में पिता और सेवा में नौकर जैसा था। उसका एक दोष यह भी था कि वह फेलूना का पिता है, यह बात उसने सबसे छिपा रखी थी। जिस छात्रावास में फेलूना रहता था, वहां के छात्र पूर्वी बंगाल[1] के राइचरण का हमेशा मज़ाक़ उठाते और पिता की अनुपस्थिति में फेलूना भी उस हँसी-मजाक में शामिल नहीं रहता हो, ऐसा नहीं कह सकते। फिर निरीह वात्सल्य स्वभाव वाले

1. पश्चिमी बंगाल के लोग पूर्वी बंगाल के लोगों को नीची निगाह से देखते रहे हैं, और उन्हें 'बांगाल' कहकर संबोधित करते हैं, जो अपमानबोधक है।

राइचरण का सभी बहुत आदर करते थे और फेलूना भी स्नेह करता था, पर जैसा कि पहले कहा गया ठीक पिता की तरह नहीं, वह किंचित् अनुग्रहमिश्रित था।

राइचरण बूढ़ा हो चला है। मालिक उसके काम में हमेशा खोट ही निकालते। वास्तव में उसका शरीर अब शिथिल हो आया है। काम में भी उतना मन नहीं लगा पाता, हमेशा कुछ-न-कुछ भूल जाता। लेकिन जो व्यक्ति पूरा वेतन देगा वह वार्धक्य के बहाने को नहीं मानना चाहेगा। इधर राइचरण जो ज़मीन-जायदाद बेचकर नक़द रुपये संग्रह कर ले आया था वह भी अब ख़त्म हो चला। आजकल फेलूना ने भी पहनने-ओढ़ने की कमी के मामले में हमेशा अपनी नापसंदगी को जाहिर करना शुरू कर दिया है।

3

एक दिन राइचरण ने अचानक काम से जवाब दे दिया और फेलूना को कुछ रुपये देकर बोला, ''ज़रूरत आ पड़ी है, मैं कुछ दिनों के लिए गांव जा रहा हूं'', यह कहकर वह वारासत जा पहुंचा। उस समय अनुकूल बाबू वहां के मुंसिफ़ थे।

अनुकूल के फिर दूसरी सन्तान नहीं हुई, गृहिणी अभी तक पुत्र-शोक हृदय में पाले जा रही हैं।

एक दिन शाम को बाबू कचहरी से आकर विश्राम कर रहे थे और मालकिन किसी संन्यासी से संतान-कामना से बहुमूल्य जड़ी-बूटी और आशीर्वाद खरीद रही थीं। इतने में आंगन से आवाज आई, ''मां, जय हो!''

बाबू ने पूछा, ''कौन है रे?''

राइचरण ने आकर प्रणाम करते हुए कहा, ''मैं राइचरण हूं।'' बूढ़े को देखकर अनुकूल बाबू का हृदय आर्द्र हो आया। उसकी वर्तमान हालत के बारे में हजारों प्रश्न और फिर से उसे काम में लगाने का प्रस्ताव दिया।

राइचरण ने म्लान हँसी के साथ कहा, ''मैं मांजी को एक बार प्रणाम करना चाहता हूं।''

अनुकूल उसको साथ ले अंतःपुर में गए। मांजी ने प्रसन्न भाव से राइचरण का आदर नहीं किया। राइचरण इस बात पर ध्यान दिए बिना ही हाथ जोड़े बोला, ''मालिक, मालकिन, मैंने ही तुम्हारे लड़के को चुराया है। न तो पद्मा ने और न किसी दूसरे ने, दरअसल कृतघ्न और अधम तो मैं ही हूं।''

अनुकूल बोल उठे, ''क्या कह रहे हो, कहां है वह!''

''जी मेरे पास ही है, मैं परसों ला दूंगा।''

उस दिन रविवार को कचहरी बंद थी। प्रातःकाल से पति-पत्नी दोनों प्राणी उन्मुख हो रास्ता देख रहे थे। दस बजे फेलूना को साथ लेकर राइचरण हाजिर हुआ।

अनुकूल की पत्नी ने बिना कोई प्रश्न किए, बिना कोई ननु-नच किए उसे गोद

में बिठा, उसे स्पर्श कर, उसे सूंघकर, अतृप्त नयनों से उसके मुख को निहारा, और हँसते-रोते व्याकुल हो उठीं। वास्तव में लड़का देखने में अच्छा था—वेश-भूषा, आकार-प्रकार में दारिद्रय का कहीं कोई चिह्न नहीं। मुख पर अत्यंत प्रियदर्शन विनीत सलज्ज भाव उसे देखकर अनुकूल के हृदय में भी सहसा स्नेह उच्छ्वसित हो उठा।

फिर भी उन्होंने अविचलित भाव धारण किए हुए पूछा, "कोई प्रमाण है?"

राइचरण ने कहा, "ऐसे काम का प्रमाण कैसे रह सकता है। मैंने जो तुम्हारा लड़का चुराया, इस बात को तो बस भगवान ही जानते हैं, दुनिया में दूसरा और कोई नहीं जानता।"

अनुकूल ने सोचकर निश्चय किया कि लड़के को पाते ही उनकी पत्नी ने जिस आग्रह के साथ उसे संभालकर पकड़ रखा है अब प्रमाण जुटाने के लिए प्रयत्न करना युक्तियुक्त नहीं होगा। जैसा भी हो, विश्वास करना ही ठीक होगा। इसके अलावा राइचरण ऐसा लड़का पाएगा कहां से और बूढ़ा नौकर अकारण ही उनकी प्रतारणा क्यों करेगा?

उन्होंने लड़के से भी बातचीत की और जाना कि वह बचपन से ही राइचरण के साथ है और राइचरण को ही वह पिता के रूप में जानता है। लेकिन राइचरण ने कभी पिता के समान उसके साथ व्यवहार नहीं किया, उसमें बहुत कुछ नौकर-सा ही भाव था।

अनुकूल मन से संदेह को दूर हटाते हुए बोले, "लेकिन राइचरण, अब तू हम लोगों के पास भूल से भी नहीं फटक सकता।"

राइचरण हाथ जोड़े गद्गद वाणी से बोला, "मालिक, अब मैं बुढ़ापे में कहां जाऊंगा?"

मालकिन ने कहा, "बेचारे को यहीं रहने दो, हमारे बच्चे का कल्याण होगा, उसे मैंने माफ़ कर दिया।"

न्यायपरायण अनुकूल ने कहा, "उसको क्षमा नहीं मिलेगी।"

राइचरण अनुकूल के पैरों से लिपटकर बोला, "मैंने कुछ नहीं किया, ईश्वर ने किया है।"

अपने पाप को ईश्वर के मत्थे मढ़ने की कोशिश देख अनुकूल और ज्यादा चिढ़कर बोले, "जिसने ऐसा विश्वासघाती काम किया है उसका फिर से विश्वास कर लेना उचित नहीं होगा।"

राइचरण ने मालिक के चरण छोड़ते हुए कहा, "वह मैं नहीं हूं!"

"फिर कौन हैं?

"मेरा भाग्य है।"

पर इस सफ़ाई से किसी शिक्षित व्यक्ति को संतोष नहीं हो सकता।

राइचरण बोला, "दुनिया में मेरा कोई नहीं है।"

फेलूना ने जब यह पाया कि वह मुंसिफ़ का लड़का है और राइचरण ने इतने दिनों तक उसे चुराकर अपना लड़का कहकर अपमानित किया है, तो उसे मन-ही-मन थोड़ा क्रोध आया फिर भी उदारतापूर्वक पिता से बोला, ''बाबूजी आप उसे माफ़ कर दें, घर में यदि न रखें तो उसके हर महीने कुछ रुपये बांध दीजिए।'' इसके बाद राइचरण ने बिना कुछ बोले एक बार बेटे के चेहरे की ओर देखा सबको प्रणाम किया, उसके बाद दरवाजे के बाहर जाकर दुनिया के अनगिनत लोगों में मिल गया। महीने में अंत में, अनुकूल ने जब उसके गांव के पते पर कुछ रुपये भेजे तब वे रुपये लौट आए। वहां उस नाम का कोई व्यक्ति नहीं था।

कंकाल

हम तीन बाल्य साथी जिस कमरे में सोते थे उसके बग़ल के कमरे की दीवार पर एक पूरा नरकंकाल लटका हुआ था। रात को हवा में उसकी हड्डियां खट्खट् शब्द करतीं हिलती रहतीं। दिन के समय हम लोगों को उन हड्डियों को हिलाना-डुलाना पड़ता। तब हम पंडित महाशय से मेघनाद-बध और कैंबल स्कूल के छात्र से अस्थि-विद्या पढ़ते थे। हमारे अभिभावकों की इच्छा थी कि हम लोगों को एक-बारगी ही सर्व-विद्याओं में पारदर्शी बना देंगे। उनका उद्देश्य कहां तक सफल हुआ, हम लोगों को जो जानते हैं उनके समक्ष प्रकट करना बेकार है और जो जानते नहीं उनसे छिपाना ही बेहतर है।

उसके बाद बहुत दिन बीत गए। इस बीच उस कमरे से कंकाल और हमारे मस्तिष्क से अस्थि-विद्या कहां स्थानान्तरित हुई, खोज करने पर भी पता नहीं पड़ा।

कुछ दिन हुए, एक दिन रात में किसी कारण अन्यत्र स्थानाभाव होने से मुझे उसी कमरे में सोना पड़ा। अनभ्यासवश नींद नहीं आ रही थी। इस करवट उस करवट करते गिरजा की घड़ी के बड़े-बड़े घंटों ने लगभग सारे घंटे बजा दिए। इतने में कमरे के कोने में जो तेल का शेज[1] जल रहा था, वह करीब पांच मिनट तक भकभकाता हुआ एकबारगी बुझ गया। इसके पहले ही हमारे घर में दो-एक दुर्घटनाएं घट चुकी थीं। इसलिए इस प्रकाश के बुझने से सहज ही मृत्यु की बात मन में उदित हुई। मन में आया, यह जो रात के दूसरे प्रहर में एक दीप-शिखा चिर अंधकार में विलीन हो गई, प्रकृति के लिए यह भी जैसी, और मनुष्य की छोटी-छोटी प्राण-शिखाएं कभी दिन, कभी रात में सहसा बुझकर विस्मृत हो जाती हैं, वे भी वैसी ही हैं।

क्रमशः उस कंकाल की बात याद आई। उसकी जीवितावस्था के विषय में कल्पना करते-करते सहसा लगा, एक चेतन पदार्थ अंधकार में कमरे की दीवार टटोलते हुए मेरी मसहरी के चारों ओर चक्कर काटता फिर रहा है, उसके सघन निःश्वास का शब्द सुनाई पड़ रहा है। वह जैसे कुछ खोज रहा है, पर पा नहीं रहा है और बड़ी तेजी से

1. शीशे की आवरणी में रखा हुआ दीप।

सारे कमरे की परिक्रमा कर रहा है। निश्चित समझ पाया कि मेरे निद्राहीन उष्ण मस्तिष्क की यह सारी कल्पना है और मेरे ही मस्तिष्क में जो रक्त सांय-सांय करता दौड़ रहा है। वही तेज़ क़दमों की आहट के समान सुनाई पड़ रहा है। लेकिन फिर भी मेरे सारे शरीर में भय की एक लहर दौड़ गई। इस अकारण भय को जबर्दस्ती दूर करने के लिए बोल उठा, ''कौन!'' पदध्वनि मेरी मसहरी के पास आकर रुक गई और एक उत्तर सुनाई पड़ा, ''मैं! मेरा वह कंकाल कहां गया, इसी से खोजने आयी हूं।''

मैंने सोचा, अपनी काल्पनिक सृष्टि से भयभीत होना ठीक नहीं—पांव रखने के मसनद को बलपूर्वक कसकर पकड़े हुए चिरपरिचित के समान अत्यंत सहज स्वर में बोला, ''आधी रात में यह अच्छा काम ढूंढ़ निकाला है। तो उस कंकाल की इस समय तुम्हें क्या आवश्यकता?''

अंधकार में मसहरी के अत्यंत निकट से उत्तर मिला, ''कहते क्या हो? मेरी छाती की हड्डी तो उसी में थी। मेरा छब्बीस वर्ष का यौवन तो उसी के चारों ओर विकसित हुआ था—एक बार देखने की इच्छा नहीं होगी?''

मैंने फ़ौरन कहा, ''हां, बात तो एकदम ठीक है। तो तुम जाकर खोजो। मैं थोड़ा सोने की कोशिश करूं।''

उसने पूछा, ''तुम अकेले हो? फिर तो मैं थोड़ी देर बैठूं। थोड़ी गपशप की जाए। पैंतीस साल पहले मैं भी मनुष्य के पास बैठकर मनुष्य के साथ गपशप करता था। इन पैंतीस वर्षों में मैं केवल श्मशान की वातास में हू-हू शब्द करता घूमता फिरा हूं। आज तुम्हारे पास बैठकर फिर एक बार मनुष्य के समान गपशप करूं।''

ऐसा लगा, मेरी मसहरी के पास कोई आ बैठा है। निरुपाय हो मैं कुछ अधिक उत्साह से बोला, ''यही भला है। जिससे कि मन खूब प्रफुल्लित हो ऐसी कोई कहानी सुनाओ।''

उसने कहा, ''उससे अधिक मज़ेदार कहानी यदि सुनना हो तो मैं अपने जीवन की कहानी सुनाऊं।''

गिरजे की घड़ी ने टन-टन दो बजाए।

''जब मैं जीवित थी और छोटी थी तब एक व्यक्ति से यमराज के समान डरती थी। वह थे मेरे पति। मछली को बंसी से पकड़ने पर उसे जैसा लगता होगा मुझे भी वैसा ही लगता। अर्थात् कोई एक बिल्कुल अपरिचित जीव जैसे बंसी में फंसाकर मुझे मेरे स्निग्ध गंभीर जीवन-जलाशय से झटका देकर खींचे लिए जा रहा है—कैसे भी उसके हाथ से मुक्ति नहीं। विवाह के दो महीने बाद ही मेरे पति की मृत्यु हो गई और मेरे नाते-रिश्तेदार मेरी ओर से बहुत रोये-धोये। मेरे ससुर ने बहुत से लक्षणों को मिलाकर देखा और सास से कहा, '' 'शास्त्र में जिसे विषकन्या कहते हैं यह लड़की वही है।' यह बात मुझे स्पष्ट याद है। सुन रहे हो! कैसा लग रहा है?''

मैंने कहा, ''अच्छा! कहानी की शुरूआत बड़ी मज़ेदार है।''

"आगे सुनो। मैं प्रसन्नता से मायके लौट आई। धीरे-धीरे उम्र बढ़ने लगी। लोग मुझसे छिपाने की कोशिश करते, पर मैं अच्छी तरह जानती थी, मेरी जैसी सुंदरी दुर्लभ है।—तुम्हें क्या लगता है?"

"शायद ऐसा ही हो! पर मैंने तो तुम्हें कभी देखा नहीं।"

"देखा नहीं। क्यों? मेरा यह कंकाल। हि हि हि हि! मैं मज़ाक कर रही थी। तुम्हारे पास मैं कैसे प्रमाणित करूं कि उन दो ख़ाली आंखों की कोटरों में बड़ी-बड़ी दो काली नुकीली आंखें थीं और वे लाल अधर जिन पर मंद मुस्कान खेलती रहती थी उस समय की अनावृत्त दंतसार, विकट हास्य के साथ उसकी कोई तुलना ही नहीं हो सकती; और उन कई रूखी-सूखी अस्थिखंडों के ऊपर इतना लालित्य और लावण्य, यौवन की इतनी कठिन-कोमल सुडौल परिपूर्णता प्रतिदिन प्रस्फुटित हो उठ रही थी, तुमसे यह बताते हुए हँसी आती है और क्रोध भी आता है। तब मेरे उस शरीर से अस्थि-विद्या सीखी जा सकती है यह उस समय के बड़े-बड़े डॉक्टर भी विश्वास नहीं करते थे। मुझे पता है एक डॉक्टर ने अपने किसी विशेष मित्र से मेरे लिए कनकचम्पा कहा था। उसका मतलब यह कि दुनिया के सभी मनुष्य ही अस्थि-विद्या और शरीर तत्त्व के दुष्टांत क्षेत्र थे, केवल मैं ही सौंदर्यरूपी पुष्प के समान थी। कनकचंपा में क्या किसी कंकाल का वास हो सकता है?

"मैं जब चलती थी तब स्वयं समझ पाती कि हीरे का टुकड़ा हिलाने पर उसके चारों ओर जैसे प्रकाश जगमगाता है वैसे ही मेरी देह की प्रत्येक गति से सौंदर्य भंगिमा—स्वाभाविक विभिन्न हिल्लोलों में चारों ओर फूट पड़ती। अक्सर मैं देर तक अपने दोनों हाथों को देखती रहती—दुनिया के सारे उद्धत पौरुष के मुंह में लगाम कसकर मधुर भाव से बस में कर सकें, ऐसे थे वे दो हाथ। सुभद्रा अर्जुन को लेकर जिस गर्वित भंगिमा से अपने विजय-रथ को विस्मित तीनों लोकों के बीच में से हांककर ले गई थी, शायद उनकी भी ऐसी ही दो सुडौल बाहुएं आरक्त करतल और लावण्य शिखा के समान उंगलियां रही होंगी।

किंतु मेरे उस निर्लज्ज विरावरण निराभरण चिरवृद्ध कंकाल ने मेरे नाम से तुम्हारे पास मिथ्या गवाही दी है। उस समय मैं निरुपाय निरुत्तर थी। इस कारण दुनिया में सबसे अधिक तुम पर ही क्रोध आता है। इच्छा होती है, मेरे उस सोलह वर्षीय जीवन्त यौवन ताप से उत्तप्त आरक्तिम रूप को एक बार तुम्हारी आंखों के आगे खड़ा कर, दीर्घकाल के लिए तुम्हारी दोनों आंखों की नींद उड़ा दूं। तुम्हारी अस्थि-विद्या को अस्थिर बनाकर देश निकाला दे दूं।

मैंने कहा, "यदि तुम्हारी देह होती तो उस देह को छू शपथ लेकर कहता, उस विद्या का रंचमात्र मेरे मस्तिष्क में नहीं है। और, तुम्हारा वह भुवनमोहन पूर्ण यौवन रूप रजनी के अंधकार पट पर ज्वाजल्यमान हो प्रकटित है। और अधिक कहना नहीं होगा।"

"मेरी कोई सखी नहीं थी। भैया ने विवाह न करने की क़सम खा रखी थी। अंतःपुर में मैं अकेली थी। बगीचे में पेड़ के नीचे अकेले बैठे मैं सोचती सारा विश्व मेरे से ही प्रेम कर रहा है, सारे तारे मेरा ही निरीक्षण कर रहे हैं वातास बहाने से बार-बार दीघ निःश्वास छोड़ती बगल से निकली जा रही है और जिस तृणासन पर मैं दोनों पैरों को फैलाकर बैठी हूं उसमें यदि चेतना होती तो वह फिर से अचेतन हो जाता। दुनिया के सारे युवा पुरुष उस तृण-पुंज रूप में दलबद्ध हो चुपचाप मेरे चरणवर्ती हो खड़े हैं, इस प्रकार की मैं कल्पना करती; अकारण हृदय में जाने कैसी वेदना का अनुभव होता।

"भैया के मित्र शशीशेखर जब मेडिकल कॉलेज से पास होकर निकले तो वही हमारे परिवार के डॉक्टर बने। मैंने पहले भी बहुत बार छिप-छिपकर उन्हें देखा था। भैया बड़े विचित्र आदमी थे—दुनिया को जैसे अच्छी तरह आंखें खोलकर नहीं देखते। संसार उनके लिए पूरी तरह खाली नहीं—इसलिए सरकते-सरकते एकबारगी छोर पर जाकर उन्होंने आश्रय लिया था।

उनके मित्रों में एक ही थे शशी शेखर। इसलिए बाहरी युवकों में हमेशा इन्हीं शशी शेखर को देखती और जब संध्या समय पुष्पवृक्ष के तले मैं साम्राज्ञी का आसन ग्रहण करती तब दुनिया की सारी पुरुषजाति शशीशेखर की मूर्ति धारण कर मेरे चरणागत होती। "सुन रहे हो? मन में कैसा लग रहा है?"

मैंने निःश्वास लेते हुए कहा, "लग रहा है, शशीशेखर के रूप में ही जन्म लेता तो अच्छा होता।"

"पहले पूरा सुनो।"

"एक बार जब बदली के दिन थे मुझे ज्वर आया। डॉक्टर देखने आए। वही मेरा प्रथम साक्षात्कार था।

"मैं खिड़की की ओर मुंह किए थी, संध्या की लाल आभा के पड़ने से बीमार चेहरे की विवर्णता दूर हो गई थी। जब डॉक्टर ने कमरे में घुसते ही मेरे मुंह की ओर एक बार देखा तब मैंने मन-ही-मन डॉक्टर ही कल्पना में अपने मुख की ओर ताका। उस संध्यालोक में कोमल तकिए पर एक ईषत् क्लिष्ट कुसुम कोमल मुख; असंयमित छोटी लटें ललाट पर आ गिरी थीं और लज्जा से झुके बड़े-बड़े नयन पल्लव कपोलों पर छाया विस्तार कर रहे थे।"

"डॉक्टर ने मृदु विनीत स्वर में भैया से कहा, "एक बार तो हाथ देखना ही होगा।"

"मैंने देहावरण से क्लांत सुडौल हाथ को बाहर निकाल दिया। एक बार अपने हाथ की ओर ताककर देखा, यदि नीले रंग की कांच की चूड़ियां पहन पाती तो ये और भी सुंदर दीखते। रोगी के हाथ को लेकर नाड़ी देखने में डॉक्टर की ऐसी हिचकिचाहट इसके पहले मैंने कभी नहीं देखी थी। अत्यंत असंलग्न भाव से कांपती उंगलियों से नाड़ी देखी, उन्होंने मेरे ज्वर के उत्ताप को जाना, मैंने भी उनके अंतर की

नाड़ी कैसी चल रही है, इसका कुछ आभास पाया।–क्यों विश्वास नहीं हो रहा है?''

मैंने कहा, ''अविश्वास का कोई कारण नहीं–मनुष्य की नाड़ी प्रत्येक अवस्था में समान रूप से नहीं चलती है।''

कालक्रम से और भी दो-चार बार रोग में और आरोग्य होने के बाद देखा, मेरी उस संध्याकालीन मानस सभी में विश्व की करोड़ों पुरुष संख्या अत्यंत ह्रास पाती और अंत में एक पर आ ठहरी मेरी दुनिया प्रायः जनशून्य हो आई। जगत में केवल एक डॉक्टर और एक रोगी ही बचे रहे।

''संध्या समय मैं छिपकर एक वासन्ती रंग की साड़ी पहनती, अच्छी तरह जूड़ा बांधकर बालों में बेला की एक माला लपेटती, एक आईना हाथ में लिए बगीचे में जा बैठती।

क्यों? क्या अपने को देखकर कैसे भी परितृप्ति नहीं होती। वास्तव में नहीं होती। क्योंकि, मैं तो स्वयं अपने को नहीं देखती तब अकेले में बैठकर मैं दो होती। और तब मैं डॉक्टर की आंखों से अपने को देखती, मुग्ध होती और प्यार करती तथा दुलारती, फिर भी प्राणों के भीतर एक दीर्घ निश्वास संध्या वातास के समान हाहाकार कर उठता।

''तब से फिर मैं अकेली नहीं रही। जब चलती तब आंखें नीची कर देखती मेरे पैरों की उंगलियां पृथ्वी पर किस प्रकार पड़ती हैं, और सोचती यह पदक्षेप हमारे नए परीक्षोत्तीर्ण डॉक्टर को कैसा लगता होता। मध्याह्न में खिड़की के बाहर कड़ी धूप, कहीं कोई आवाज़ नहीं, बीच-बीच में एक चील बहुत दूर आकाश में शब्द करती उड़ जाती; और हमारे बगीचे के प्राचीर के बाहर खिलौने वाला सुर में 'खिलौने लो, चूड़ी लो' कहता हांकता जाता; मैं एक उज्ज्वल सफ़ेद चादर बिछा अपने हाथों बिछौना लगा सोती; एक अनावृत बाहु कोमल बिछौने पर जैसे अनादर से फैलाकर सोचती, इस हाथ को इस भंगिमा में न जाने किसने देखा, न जाने किसने दोनों हाथों से उठा लिया, न जाने कौन इसके आरक्त करतल पर चुंबन जड़ते हुए फिर धीरे-धीरे लौटा जा रहा है–सोचो यदि कहानी का अंत यहीं होता तो कैसा होता?''

मैंने कहा, ''बुरा नहीं। कुछ अधूरा अवश्य रहता पर उतने को अपने मन से पूरा करते हुए बाक़ी रात अच्छी तरह कट जाती।''

''किंतु इससे तो कहानी बड़ी गंभीर हो जाती। इसका व्यंग्य, कहां रहता! इसके भीतर का कंकाल अपनी समस्त दंत पंक्ति फैलाए कहां दीखता?''

''उसके बाद सुनो। तनिक प्रसिद्धि पाते ही हमारे मकान की निचली मंज़िल पर डॉक्टर ने अपना दवाखाना खोला। तब मैं उनसे बीच-बीच में हँसते-हँसते दवा की बात, विष की बात, मनुष्य की कैसे सहज में मृत्यु होती है, यह सारी बातें पूछती रहती। डॉक्टरी बातों से डॉक्टर का मुंह खुल जाता। सुनते-सुनते मृत्यु जैसे परिचित घर के लोगों के समान हो गई प्रेम और मृत्यु केवल इन्हीं दो को ही मैंने सारी दुनिया में देखा।

''मेरी कहानी अब समाप्त होने को ही है, अब अधिक बाक़ी नहीं है।''

मैंने मृदु स्वर में कहा, ''रात भी लगभग बीत ही चली है।''

इधर कुछ दिनों से पाती डॉक्टर बाबू बड़े अन्यमनस्क से और मेरे सामने जैसे भारी लज्जित दीखते। एक दिन देखा, वे कुछ अधिक सज-धजकर भैया से उनकी बग्घी-जोड़ी मांगकर ले गए कि रात को कहीं जाएंगे।

''मेरे से रहा नहीं गया। भैया के पास जाकर इधर-उधर की अनेक बातों के बाद पूछा, 'अच्छा भैया, डॉक्टर बाबू बग्घी लेकर आज कहां जा रहे हैं?''

संक्षेप में भैया ने कहा, ''मरने।''

''मैंने कहा, नहीं, सच-सच बताओ न।''

''उन्होंने पहले से कुछ खोलकर कहा, विवाह करने।''

''मैंने कहा, सचमुच! और यह कहकर मैं खूब हँसने लगी।''

''धीरे-धीरे सुनने में आया इस विवाह में डॉक्टर को बारह हजार रुपये मिलेंगे।

''किंतु मेरे से यह बात छुपाकर रख मुझे अपमानित करने का क्या अर्थ था। मैं क्या उनके पैर पकड़कर कहने गयी थी कि उनके ऐसा करने पर मैं छाती कूटकर मर जाऊंगी। पुरुषों पर विश्वास करने का उपाय नहीं। दुनिया में मैंने केवल एक ही पुरुष देखा है और एक ही क्षण में ही सारा ज्ञान हासिल कर लिया है।''

''संध्या से पहले डॉक्टर के रोगी देखकर कमरे में आने पर मैंने बहुत अधिक हँसते-हँसते कहा, कहिए डॉक्टर साहब, क्या आज आपका विवाह है?''

''मेरी प्रसन्नता देख केवल डॉक्टर लज्जित हुए हों ऐसा नहीं, वह बड़े उदास हो गए।''

''मैंने पूछा, बात क्या है जो बाजा-गाजा नहीं है।''

''सुनकर कुछ लंबी गहरी सांस भरते हुए बोले, विवाह जैसी वस्तु क्या इतनी अधिक आनंद की बात है।''

''सुनकर मैं हँसते हुए बेहाल हो गई। ऐसी बात भी तो कभी नहीं सुनी। मैंने कहा, 'ऐसा नहीं होगा, बाजा बजना चाहिए, रोशनी होनी चाहिए।''

''मैंने भैया को भी इतना परेशान किया कि भैया उसी समय पूरी तरह उत्सव के आयोजन में लग गए।

''मैं तो बस यही बातें करने लगी, ''बहू के घर में आने पर क्या होगा, क्या करूंगी। फिर पूछा, अच्छा डॉक्टर साहब, तब भी क्या आप रोगियों की नाड़ी टटोलते फिरेंगे?''

''हि-हि-हि-हि। यद्यपि मनुष्य का विशेष तौर पर पुरुषों का मन दृष्टिगोचर नहीं, फिर भी मैं शपथपूर्वक कह सकती हूं, ये बातें डॉक्टर के हृदय पर सेल के समान बिंध रही थीं।''

''आधी रात के बाद लग्न था। संध्या समय डॉक्टर छत पर बैठकर भैया के

साथ दो-एक पेग शराब के पी रहे थे। दोनों की यह आदत थी। धीरे-धीरे आकाश में चांद निकला।

"मैंने हँसते-हँसते आकर बताया डॉक्टर साहब भूल गए क्या! यात्रा का समय तो हो गया है। यहां एक मामूली-सी बात बतानी जरूरी है। इसी बीच छिपकर दवाखाने में जाकर थोड़ा-सा चूर्ण संग्रह कर लाई थी और मैंने उस चूर्ण का कुछ अंश सुविधानुसार अलक्षित रूप से डॉक्टर के गिलास में मिला दिया था। किस चूर्ण को खाने पर आदमी मरता है, यह डॉक्टर से पहले ही जान लिया था।"

डॉक्टर एक सांस में गिलास खाली कर कुछ आर्द्र गद्‌गद कंठ से मेरे मुख की ओर मर्मान्तिक दृष्टिपात करते बोले, "तो चलता हूं।"

"वंशी बजने लगी। मैंने एक बनारसी साड़ी पहनी; जितने गहने संदूक में थे सब निकालकर पहने, मांग में चौड़ा करके सिंदूर भरा। उसी मौलश्री तले मेरा बिस्तर बिछाया।

"बड़ी सुंदर रात थी। उज्ज्वल चांदनी छिटक रही थी। सुप्त जगत की थकान हरती दक्षिण वायु बह रही थी। जुही और मोंगरे की सुगंधि से सारा बगीचा गमक रहा था।

"वंशी-ध्वनि जब क्रमशः दूर चली गई और ज्योत्स्ना अंधकार में परिणत हो आई, ये तरुणपल्लव और आकाश तथा आजन्म काल के घर द्वार को लिए पृथ्वी जब भरे चारों ओर से माया के समान विलीन होने लगी, तब मैं आंखें बंद कर हँसी।"

"इच्छा थी, जब लोग आकर मुझे देखेंगे तब यह हँसी जैसे गुलाबी नशे के समान मेरे होंठों पर छायी रहे। इच्छा थी, जब मैं अनंत रात्रि के वासरकक्ष में धीरे-धीरे प्रवेश करूंगी, तब यह हँसी भर यहां से मुख पर लेती जाऊंगी। कहां है वह वासरकक्ष! कहां है मेरी वह विवाह की वेशभूषा! अपने भीतर से एक खट्-खट् शब्द से जगकर देखा—मुझे लेकर तीन बालक अस्थि-विद्या सीख रहे हैं। हृदय के बीच जहां सुख दुःख-धुक्-धुक् करते और यौवन की पंखुरियां दिन-प्रतिदिन एक-एक कर प्रस्फुटित होतीं, वहीं बेंत के संकेत द्वारा किस अस्थि का क्या नाम है, मास्टर सिखा रहे थे। और वह जो अंतिम हँसी होंठों पर मैंने प्रस्फुटित की थी, उसका कोई चिह्न देख पाए थे क्या?"

"कहानी कैसी लगी?"

मैंने कहा, "कहानी तो बड़ी आनंदप्रद है।"

इतने में पहली बार कौआ बोला। मैंने पूछा, "अभी रुकोगी क्या?"

कोई उत्तर नहीं मिला।

तभी कमरे में भोर के प्रकाश ने प्रवेश किया।

□□□